드래곤
라자

1

이영도 판타지 장편소설

드래곤 라자

1

태양을 향해 달리는 말

황금가지

차 례

일러두기

드래곤 라자 신판에서는 구판에서 활용된 단어 중 일부 단어를 저작권 문제로 인하여 수정하게 되었습니다.

독자분들의 양해 부탁드립니다. 감사합니다.

제1부

태양을 향해 달리는 말

……따라서 이상의 예에서처럼 드래곤 라자와 드래곤의 관계는 인간의 주종의 계약으로 이해되기 곤란한 점이 많다. 드래곤 라자가 드래곤을 가리켜 '나의 충직한 친구여'라고 말했을 때 이를 국왕이 가신을 향해 하는 말과 같은 의미로 받아들여서는 곤란할 것이다. 그러나 드래곤 라자가 보여주는 애매 모호한 태도로 인하여 많은 이들이 드래곤과 드래곤 라자의 관계를 주종 관계로 착각하고 있다. 이 드래곤 라자의 애매 모호한 태도는 훗날 그들의 재앙이자 바이서스의 재앙인……

「품위 있고 고상한 겐턴 시장 말레스 추발렉의 도움으로 출간된, 믿을 수 있는 바이서스의 시민으로서 겐턴 사집관으로 봉사한 현명한 돌로메네 압실링거가 바이서스의 국민들에게 고하는 신비롭고도 가치 있는 이야기」 돌로메네 지음, 770년. 제3권 527쪽.

1

“드래곤이야! 정말 화이트 드래곤이야! 우와, 멋있어!”

“흥, 달밤에 뱀 밟았을 때의 네 얼굴만큼이나 창백하군 그래?”

“후치 네드발! 너! 그 말 하지 말라고 그랬지?”

나는 피식 웃었다. 제미니는 펄쩍 뛰면서 누가 들었을세라 주위를 둘러보고 있다. 계집애. 뱀을 밟았으면 밟았지 왜 그렇게 덥석 안겨? 그렇게 안겨들면서 설마 키스 한 번 당하지 않을 거라고 생각한 건 아니겠지? 나는 그때를 떠올리고는 조금 전과 좀 다른 의미로 웃었다. 그러자 제미니는 나를 잡아먹을 듯이 노려보았고 나는 딴청을 피웠다.

“저것 봐! 후치, 저기, 저 애가 드래곤 라자인가 봐!”

제미니는 어느새 다시 그 화이트 드래곤에게 눈길을 보내고 있었다. 하긴, 도저히 눈을 뗄 수가 없는 모습이니까. 나는 제미니가 가리킨 방향을 보았다.

화이트 드래곤의 바로 옆에서, 역시 하얀 말을 타고 걷고 있는 소년이 보였다. 고상한 취미군. 흰 드래곤 옆에 백마라. 게다가 어울리게도 소년은 흰 망토까지 두르고 있었다. 나는 콧방귀를 뀌었다.

“드래곤 라자야 드래곤에게 잡아먹힐 염려는 없겠지만 저 말은 정말 불쌍하군.”

"응?"

"웬만한 배짱이 아니면 드래곤 옆에서 저렇게 나란히 걷기 힘들걸."

"어머? 그렇구나."

"어쩌겠어. 자기가 하얗게 태어난 잘못이지. 그러니까 화이트 드래곤 옆에서 '혹시 절 잡아드시고 싶지는 않으시겠죠?' 라고 묻는 눈으로 걸어야 되는 것이고."

"하하. 후치. 말을 너무 재미있게 하네."

"하하하! 이놈, 정말 그럴듯하게 말하는군?"

내 말을 들은 주위의 어른들과 제미니는 허리를 꺾으며 웃었고 나는 침을 퉤 뱉었다.

화이트 드래곤을 귀족으로 바꾸고 백마를 평민으로 바꾸면 꽤나 그럴듯한 은유가 되겠지만 우리 마을의 단순한 사람들은 아무도 알아듣지 못했다. 제기랄, 내가 이상한 것인가? 사실 우리 영주님은 마음씨도 좋고 평민들을 괴롭히는 이야기 속의 영주들과는 아무런 유사점도 없다.

제미니는 웃다가 다시 발돋움을 했다. 주위에 몰려선 사람들 때문에 잘 보이지 않는 모양이었다. 계집애, 도대체 남들 클 때 뭐한 거야? 난 입맛을 다신 다음 제미니의 허리를 잡았다. 제미니는 눈을 흡떴고 나는 한숨을 쉬었다.

"쓸데없는 생각 하지 마, 제미니."

그리고 제미니를 오른쪽 어깨 위에 올려 주위의 어른들 틈에서도 좀더 잘 보이게 해주었다. 제미니는 얼굴이 벌겋게 되었을 것이 틀림없지만 그래도 내려달라고 하지는 않았다.

"좀 잘 보이냐?"

"으응……. 그러고 보니 저 드래곤 라자는 열 살도 안 되어 보이네?"

"쳇. 드래곤 라자는 나이와 상관없어. 드래곤이 보기엔 다섯 살 꼬마든 여든 살 현자든 모두 어린애로 보이니까."

주위의 어른들은 나에게 놀란 눈길을 보내었고, 갑자기 시선을 받게 된 제미니는 어쩔 줄 몰라하는 모양이었다. 부끄러워서 몸을 꿈틀거리는 것이 그대로 내게 전해졌다. 여러 가지 하네.

나는 주위에 신경 쓰지 않고 앞의 광경만을 바라보았다.

어쨌든 장관이었다.

거대한 화이트 드래곤은 아무리 보아도 머리에서 꼬리까지 300큐빗은 넘을 듯했다. 간단히 머리와 목 부분이 100큐빗, 몸통 100큐빗, 꼬리가 100큐빗? 걷고 있느라 날개는 접고 있었지만 틀림없이 그 날개는 몸의 길이와 황금 비율을 이루고 있겠지. 먼길을 여행해 왔을 텐데도 그 거대한 머리는 꼿꼿이 곤두서 당당하게 하늘을 받치고 있었다. 저토록 거대한 생물이 어쩌면 저렇게 우아하게 걸을 수 있을까. 소나 말도 가끔 자기 목을 무거워하는데 드래곤은 그보다 훨씬 더 무거울 저 목을 늘어뜨리지 않았다. 그리고 사람도 간혹 다리를 끌지만 드래곤은 사슴처럼 가볍게 발걸음을 옮겼다. 창공을 질주하는 가벼움으로 화이트 드래곤은 인간들의 앞을 걸어가고 있었다.

그리고 나라면 1000셀을 준다고 해도 서고 싶지 않을 자리, 즉 드래곤의 바로 옆에는 말을 탄 어린 소년이 가고 있었다. 말도, 망토도, 입고 있는 옷도 그 소년에겐 죄다 너무 컸다. 물론 주어진 의무도 그 소년에겐 너무 크겠지. 소년은 긴 여행에 지친 듯 자기를 환영하러 나온 사람들에게도 별로 시선을 보내지 않고 있었다. 아니, 수줍어하고 있는 듯했다.

그리고 그보다 멀리 뒤처져서는 기사 약간 명과 보병들이 뒤따르고 있었다. 수도에서부터 화이트 드래곤과 드래곤 라자를 호위해 온 병사들인 모양이다. 내가 조금 전 말했듯이, 소년이 타고 있는 말이야 어쩔 수 없이 드래곤의 바로 옆에서 걸어야 했지만 그 병사들은 그럴 필요가 없었다. 그래서 그들은 간신히 일행으로 보일 정도의 거리에 뒤처져서 걷고 있었다.

드래곤을 보고 기가 막혀 있던 사람들은 그제야 환호를 보내기 시작했다.

"드래곤 라자 할슈타일 만세!"

"할슈타일 만세!"

소년은 자기 이름을 부르는 소리를 듣자 더욱 고개를 숙여 머리 전체를 옷깃 속에 파묻어 버릴 태세였다. 만세라고? 열 살도 안 된 꼬마에게 만세라니 정말 웃기는군. 차라리 '무병장수하소서!' 라고 말하지.

"위대한 드래곤 캇셀프라임 만세!"

"캇셀프라임 만세!"

저 허연 드래곤은 인간들이 외치는 만세라는 의미를 알면 얼마나 웃을까? 어쨌든 저 드래곤의 이름은 캇셀프라임이고 그 옆의 드래곤 라자 꼬마의 이름은 할슈타일인 모양이다. 가난한 우리 마을의 촌사람들이 그렇게 세상 물정에 해박할 리야 없다. 영주의 성에서 나온 사람들이 먼저 고함을 지르면 주위의 마을 사람들이 눈치 빠르게 따라서 고함을 지르는 것뿐이다. 아마 오늘이 가기 전에 그 이름을 까먹을지도 모르지.

"아무르타트를 반드시 무찌르십시오!"

"아무르타트를 무찔러요!"

나는 순간 부르르 떨었다.

아무르타트. 그 이름은 절대로 잊을 수 없다. 그리고 적어도 이때만큼은 마을 사람들의 외침에도 진실성이 담겨 있었다. 놀랍게도 나 역시 팔을 휘두르며 외치고 있었을 정도니까.

"빌어먹을, 아무르타트를 죽여버려요! 그 새끼를 박살내!"

내가 흥분하는 바람에 제미니는 하마터면 떨어질 뻔한 모양이다. 제미니는 기겁해서 내 머리칼을 쥐어뜯었고, 나는 퍼뜩 정신이 들어서 제미니를 붙잡았다.

"어, 미안해. 제미니."

"내려줘!"

제미니는 화난 목소리로 내려달라고 외쳤고 난 순순히 내려주었다. 제미니는 잉잉거리며 내 팔을 꼬집었다.

"일부러 그랬지! 응응?"

난 정신없이 꼬집히면서 재빨리 머리를 굴렸다. 나는 제미니의 입을 틀어막으며 귓속말을 했다.

"쉬잇! 쉿! 제미니, 조용히해! 드래곤은 계집애를 무척 좋아한단 말이야. 시선 끌 짓 하지 마!"

제미니는 눈을 똥그랗게 떴다. 난 무시무시한 표정을 지으며 잔인하게 말했다.

"씹기가 좋아서 그런대……. 그러니까 말이야, 다른 때는 한 번에 꿀떡 삼키지만 너 정도의 계집애는 저 이빨로 꼭꼭 씹어서 냠냠 먹는다구! 특히 빨강머리 계집애는……."

예상대로 제미니는 발발 떨면서 내 등 뒤로 숨어버렸다. 등 뒤로 숨는 바람에 내가 빙긋 웃는 것은 보지 못했을 것이다.

나 때문에 터무니없는 오명을 뒤집어쓴 줄도 모르고 화이트 드래곤은 점잖게 걸어가고 있었다. 과연 멋있는 놈이었다. 저렇게 강력해 보이고 무서워 보이는 것이 그 옆에 있는 조그만 꼬마의 명령에 따라 움직인다는 것은, 어쩐지 서글픈 느낌이 들 정도로 멋있는 놈이었다.

이윽고 기다란 행렬은 영주의 성이 있는 언덕배기로 사라졌다. 사람들은 서서히 흩어지거나 몇 사람씩 모여서 잡담을 나누었다.

"우리 영주님, 오늘 잠은 다 잤겠는걸?"

"그러게 말이야. 허허. 저런 드래곤이 안뜰에 있는데 곤히 잠들 수 있겠나."

난 어른들의 그 말에 빙긋 웃었다. 그런데 그때 내 귀를 자극하는 소리가 들려왔다.

"정말 근사하더군. 저 정도면 아무르타트도 끝장이야."

"글쎄. 아무르타트란 놈, 워낙에 괴물이라서."

아무르타트, 아무르타트!

난 그 이름을 들을 때마다 온몸이 차가워지는 느낌이 든다. 동시에 머릿속은 불타듯이 뜨거워진다. 아무르타트, 빌어먹을, 뒈져버릴, 칵! 썩은 두엄더미에 처박고 똥물을 뒤집어씌우고 석 달 열흘 동안만 두들겨주고…… 에잇! 내가 하는 말은 왜 항상 이 모양이지? 내가 구사할 수 있는 욕설이라고는 이 마을의 어른들이 자녀 교육에 대한 아무런 생각 없이 애들 앞에서 뱉어내는 욕설들뿐이라고.

내 눈에 불꽃이 튄 모양이다. 제미니가 놀라서 내 팔을 붙잡았으니까.

"후치?"

"아, 제미니. 가자. 해가 저물겠는걸."

"응. 그래. 후아! 멋있었어."

제미니는 가슴에 손을 얹고 심호흡을 했다. 난 갑자기 짓궂어지고 싶어졌다.

나는 제미니의 귓가로 입을 가져갔다.

"……그런데 말이야. 드래곤은 너 같은 빨강머리 계집애를 몸살나게 좋아한다고 말했지? 아까 네가 내 등 뒤에 숨었을 때 말이야, 저놈이 입맛을 다시며 널 봤는데, 넌 못 봤지?"

제미니는 파랗게 질려버렸다. 아마 오늘밤에 제대로 못 자는 건 우리 영주님 말고 한 사람 더 있을 것이다.

나는 제미니를 너무 겁준 것을 후회하게 되었다.

제미니는 자기 혼자서는 죽어도 못 가겠다고 내 팔을 붙잡고 늘어졌고, 그래서 난 어쭙잖게도 기사 흉내를 내며 제미니를 에스코트해야 되었다. 제미니 집안은 숯지기 집안이고 그래서 집도 마을에서 좀 떨어진 숲 속인데, 내가 정말 의아하게 생각하는 것은 어떻게 숲 속에서 태어나고 자란 제미니가 해만 지면 숲 속에 못 들어가느냐는 것이다. 해가 뉘엿뉘엿 저물고 있는 서녘 하늘을 바라보며 제미니는 도중에 해가 지면 어쩌나 하며 걱정하는 표정이었다.

"야이, 계집애야! 도대체 나이가 열일곱 살인데 집에도 못 돌아간단 말이야!"

"그러게 누가 그렇게 겁주랬어?"

난 거칠게 머리를 긁으며 바삐 걸었고 제미니는 행여나 떨어질세라 바싹 따라왔다.

제미니의 집으로 가던 도중, 난 갑자기 칼의 집에 들를까 생각했다. 그의 집에 방문하는 것은 기분 좋은 일이고, 왜 칼이 구경나오지 않은 것인지 궁금하기도 했다. 내가 갑자기 발걸음을 바꾸자 제미니는 놀라서 날 붙잡았다.

"어, 어디가?"

"조금만 더 가면 되잖아. 혼자 가."

"칼에게 가는 거야?"

"응."

"그럼 같이 가. 그리고 돌아올 때 끝까지 데려다줘."

순결한 소녀와 엘프를 돌보시는 그랑엘베르여! 어쩌자고 이 소녀에게 이렇게 앞뒤 없는 억지를 부릴 수 있는 능력을 주시었습니까. 흠, 난 칼에게 배운 말투와 마을에서 태어나 자라면서 습득한 말투 두 가지를 쓰며 때론 나 스스로도 내 말에 놀랄 때가 있다. 지금 같은 경우가 그렇지.

나는 아무 말 않고 걸어갔고 제미니는 승낙받은 것이나 다름없다는 듯이 날 따라왔다.

칼의 집은 숲 언저리의 공터에 위치하고 있었다.

그는 밭을 갈지도, 가축을 키우지도 않았다. 그렇다고 뭘 만들어 파는 것도 아니다. 게다가 세금도 내지 않았고, 1년 중 며칠 동안 영주에게 바쳐야 되는 부역의 의무조차 행하지 않았다. 그럼에도 불구하고 그는 술을 빚고, 빵을 사며, 책을 읽으며 유유자적하며 살았다. 그것은 제미니에게는 도저히 풀지 못한 수수께끼였고, 그래서 제미니는 칼을 조금 어려워하고 있었다. 하지만 난 칼에게 이것저것 배워서 사정을 안다. 때론 그것이 나를 뿌듯한 느낌에 젖게 만들곤 한다.

칼의 집 쪽으로 가까이 다가감에 따라 탁, 탁 하는 도끼질 소리가 들려왔다.

이윽고 눈앞에 공터가 나왔다. 적당한 몸집에 갈색 머리, 사람 좋게 생긴 중년의 얼굴이 보인다. 거리에서 만났다면 제대로 기억하지도 못할 평범하게 생긴 사나이가 나무를 쪼개고 있었다.

"네드발 군이 왔는가?"

칼은 도끼를 내려놓으며 반가운 표정을 지었다. 저것 또한 제미니에겐 불가사의한 일이다. 숲지기의 딸인 제미니로서는 자기 아버지의 허락도 받지 않고 마음대로 땔감을 해 쓸 수 있는 칼이 도대체 이해되지 않았다. 제미니는 경계하는 눈빛을 띠면서도 다리를 살짝 구부리며 인사했다.

"안녕하세요. 칼."

나도 친절하게 인사했다.

"참 게으르군요. 칼. 해가 질 때 밤에 쓸 장작을 쪼개다니."

"하하하, 네드발 군. 진짜 게으른 건 그게 아니지. 장작 쪼개기도 귀찮아서 그냥 떨면서 자는 게 정말 게으른 거라네. 오래간만이군요. 스마인타그 양."

그리고 바로 이것이 제미니가 칼을 어려워하면서도 이렇게 찾아올 수 있는 이유이다. 스마인타그 양이라고? 칼은 제미니의 부모나 마을 사람 대부분이 제미니, 아니면 젬이라고 불러서 나도 가끔 잊어먹는 제미니의 성을 기가 막히게 기억하며 제미니를 이렇게 불러준다. 제미니는 배시시 웃었다. 어이구, 징그러워.

"말이 되는 말을 해요. 그렇게 게으른 사람이 어디 있어요?"

"아냐, 네드발 군. 내 친구 중에는 그런 녀석이 있어요. 나무 쪼개기 싫다고 벌벌 떨면서 자다가 감기에 걸려서 죽을 뻔한 친구지."

"아니, 감기에 걸린다고 누가 죽어요? 점점 허풍만 느는군요."

"이런이런. 도무지 연장자의 말이 통하지 않는 괘씸할 정도로 씩씩한 청년이로고. 허허. 들어오게나. 스마인타그 양? 들어오세요. 아름다우신 숙녀께서 내방하셨는데 이렇게 세워둬서야 예의가 아니죠."

"그럼 삼가 실례하겠습니다."

제미니는 우아하고도 간드러진 목소리로 대답했다. 아악! 지상 최대의 닭살!

우리가 오두막 안으로 들어가자 그나마 남아 있던 해가 꼴까닥 넘어갔다. 그래서 칼은 방 한가운데의 테이블에 초를 밝혔고 제미니는 눈이 부시다는 표정을 과장되게 지었다. 하긴 영주님의 성이나 초장이인 우리 집 아니면 어디서 촛불을 구경할까.

칼은 우리를 앉힌 다음, 먼저 벽난로에 불을 피우고는 책보다는 술병이 더 많은 책장으로 걸어갔다. 책장에 있어야 할 책들은 모조리 바닥이나 침대 위에 뒹굴고 있었다.

그는 술병과 잔을 들고 와 우리 앞에 놓고는 술을 따랐다.

"들게나. 네드발 군. 사과주라네. 잘 익었을 겁니다. 스마인타그 양."

아마 제미니의 집에서 보면 난리가 났을 것이다. 우리 집도 별로 다를 바는 없다. 하지만 우리 둘은 능청스럽게도 아주 익숙하다는 듯이 술잔을 들어올렸다. 나야 양조장 막내 미티 녀석에게 간혹 술찌끼를 얻어다 먹기도 하지만 제미니는 술에는 전혀 익숙하지 않을 텐데도 앙큼스럽게 태연한 표정을 지었다.

칼은 자신의 잔에도 술을 채우고는 잠시 어떤 말로 건배할지 생각했다.

"어디 보자…… 음, 그렇지 두 청춘 남녀의 영원한 사랑을 위해……."

"칼!"

내 비명소리가 조금 처절했나 보다. 칼은 눈이 휘둥그레지며 말했다.

"어? 싫은가? 그렇다면 그들의 용기와 미모를 타고날 그 2세를 위해……."

제미니는 온몸을 비비 꼬고 있었다. 어찌 정숙한 요조 숙녀인 자신을 나 같은 난봉꾼과 연결하여 생각하느냐는, 격조 높은 비난이 섞인 눈길이었다. 나로선 심히 억울 무쌍한 일이다.

그때 내 뇌리에 번뜩이는 생각이 있었다.

"아무르타트의 파멸을 위해 건배하죠."

칼은 갑자기 입을 꽉 다물고 어두운 표정을 지었다. 제미니는 분위기가 갑작스럽게 변하자 당황했다.

칼은 잠시 후 한숨을 쉬고는 다시 웃음을 띠었다.

"그러세나. 음. 알았어. 자네가 그럴 결심인 줄은 몰랐군. 언제 출발할 건가? 그럼 용맹 무비한 네드발 군이 저 악명 높은 아무르타트를 물리쳐 드래곤 슬레이어의 명예를……."

"예?"

"어? 아냐? 그럼 스마인타그 양께서?"

"풋, 프흡, 프하하하하!"

제미니는 죽어라고 웃어대기 시작했고 나도 헛웃음을 지었다. 칼은 빙긋빙긋 웃으며 술잔을 입가로 가져갔다. 어쨌든 더 이상 다른 건배의 말을 생각하다간 도저히 술을 마실 수 없을 것 같아

나도 술잔을 기울였다.

삽시간에 귓불과 목언저리가 뜨거워지고 숨결에서 단내가 났다. 나는 눈을 크게 끔뻑거렸다. 칼은 내 모습을 바라보며 빙긋 웃더니 지나가는 어투로 가볍게 물었다.

"드래곤 라자가 왔다더군?"

"예. 칼. 후우! 아무르타트 놈을 끝장내려고 왔지요."

제미니도 간신히 웃음을 멈추고는 자연스럽게 술을 마셨다. 아니, 술잔을 입가로 가져간 순간까지만 자연스러웠고 그 다음 곧 볼을 있는 대로 부풀렸다. 틀림없이 간신히 삼킨 게 뻔하다.

"흠, 흠, 아흠! 큼. 아, 퍽 좋은 술이군요. 칼."

"감사합니다. 스마인타그 양."

난 빙긋 웃고는 다시 칼에게 말했다.

"왜 구경 나오지 않았지요?"

"장작을 쪼개느라고 갈 수 없었다네. 어떻던가? 장관이었을 테지?"

"예. 드래곤 라자는 겨우 예닐곱 살 정도던데 드래곤은 어마어마한 화이트 드래곤이더군요."

"맞춰볼까? 화이트 드래곤이라면, 캇셀프라임이로군?"

제미니는 놀란 표정을 지었지만 난 태연할 수 있어서 기뻤다. 칼은 푸근하게 웃으며 의자 등받이에 기대었다.

"그리고, 그 꼬마는 설마 할슈타일은 아니었겠지?"

이건 틀렸다. 난 어리둥절한 눈으로 말했다.

"할슈타일 맞는데요?"

칼은 눈을 크게 떴다가 잠시 눈을 감았다. 그는 눈을 감은 채로 술잔을 정확하게 입에 가져갔다. 한 모금 마시더니 칼은 다시 눈을 뜨고 빙긋 웃었다.

"청년 처녀가 연장자를 찾을 땐, 연장자는 지나온 세월이 헛되지 않았다는 것을 알려주기 위해서라도 그의 지혜의 두루마리를 펼쳐보여야겠지."

나는 바짝 긴장했다.

"재미있는 이야기라도?"

"……할슈타일 가(家)의 후계자라. 그 집안에 아직도 드래곤 라자의 혈통이 내려온단 말이지?" 칼은 혼잣말 비슷하게 말하더니 곧 피식 웃었다. "말도 안 되는 소리."

"말이 안 된다고요?"

"어디서 드래곤 라자의 재능이 있는 꼬마 하나를 데려와서 할슈타일 가를 잇게 한 거라네. 네드발 군."

칼은 마치 자기 가문의 일처럼 자신 있는 태도로 잘라 말했다. 어이가 없었다.

"그렇게 단정짓는 이유가 뭐지요?"

이렇게 말하니 나도 꼭 대륙의 일을 토론하는 현자의 한 사람이 된 듯해서 기분이 뿌듯했다. 특히 제미니가 감히 끼어들 생각도 못하고 감탄한 눈으로 바라보는 것은 정말 마음에 들었다.

칼은 촛불에 술잔을 비춰보면서 낮게 말했다.

"간단한 덧셈 뺄셈의 결과지. 할슈타일 가에 드래곤 라자의 혈통이 허락된 시간은 300년. 그 마지막 300년은 벌써 15년 전에 지나갔다네, 네드발 군. 그런데 그 꼬마는 예닐곱 살이라며? 따라서 그 아이가 할슈타일 가의 혈통이라면 드래곤 라자일 수는 없지."

"300년? 그게 뭔데요?"

"아아, 네드발 군, 네드발 군! 제발 새집 뒤질 시간이 있다면 책 좀 읽게나!"

이로써 대륙의 일을 토론하는 현자의 한 사람은 온데간데없이 사라지고 새집이나 뒤지는 개구쟁이 하나만 남게 되었다. 제미니는 깔깔거리며 웃었고 난 얼굴을 붉혔다.

칼은 계속 그 사람 좋은 웃음을 벙긋벙긋 웃으며 말했다.

"자넨 우리나라의 역사도 모르는가. 300년, 아니 315년 전은 우리나라의 개국 기원년이 아닌가? 그리고 그때 영광의 7주 전쟁 때 드래곤 로드는 할슈타일 공(公)에게 드래곤 라자의 혈통을 약속했다네. 그 가문에 300년 동안 드래곤의 우정이 함께하여 드래곤 라자의 자질을 지닌 후손들이 태어나기로 했어요. 알았나?"

내가 좀 정신이 없었을 정도이니 제미니는 아예 하나도 알아듣지 못했을 것이다. 칼은 두 명의 청중이 도대체 알아듣지 못한다는 것을 깨닫고는 좀 쉽게 말하기 시작했다.

"음……, 스마인타그 양. 우리나라 바이서스가 언제 생겼지요?"

"아, 저 대왕께서 영광의 7주 동안 암흑의 들판을 가로질러 드래곤 로드를 물리치신 때입니다."

"역시 기품에 어울리는 교양을 지니셨습니다. 스마인타그 양."

제미니의 표정은…… 차마 말하기 싫다. 그거 모르는 사람도 있냐?

"개국왕이신 루트에리노 대왕께서는 그 영광의 7주의 마지막 날 드래곤 로드를 물리치셨지만 그 스스로도 다시는 검을 쥐실 수 없을 만큼의 상처를 입으셨지요. 그때 할슈타일 공이 드래곤 로드를 구출했지요. 드래곤 로드는 생명의 은인인 할슈타일 공에게 축복을 내렸습니다."

난 성급하게 끼어들었다.

"300년 동안 그 가문에 드래곤 라자가 태어날 것이라고요?"

"그렇다네, 네드발 군. 그리고 제4대 국왕이신 에리네드 전하께서 북방 정벌을 하실 때 할슈타일 가문도 우리 전하께 복속되게 되었지. 에리네드 전하께서는 개국왕 루트에리노 대왕에 반역한 할슈타일 가문을 멸망시키는 대신 주종의 서약을 받아들이는 것으로 만족하셨다네. 사실 드래곤 라자는 희귀한 것 아닌가? 그런데 대대로 드래곤 라자를 배출하는 가문을 멸망시킨다는 것은 아까운 일이지. 게다가 드래곤 라자를 잃은 드래곤은 폭주하게 되니 그 또한 위험한 일이고."

칼이 풀어놓는 해박한 지식은 제미니를 반쯤 얼어붙게 만들었다. 나는 질문했다.

"그런데 그 300년이 다 지났고요?"

"그렇다네. 따라서 여기서 재미있는 일이 발생해요."

나와 제미니는 바짝 긴장해서 몸을 기울였다. 칼도 마치 무슨 비밀스러운 중대 회의를 나누는 것처럼 몸을 앞으로 숙이며 낮게 말했다. 초장이의 아들과 술지기의 딸과 신비스러운 무위 도식자의 이야기도 비밀스러운 중대 회의라고 불릴 수 있다면.

"할슈타일 가문은 다른 개국 공신 가문에 비한다면 원래 반역자 가문이지? 하지만 대대로 드래곤 라자를 배출하는 집안이라는 이유로 그 동안 영화를 누려왔다네. 그런데 할슈타일 가문에서 더 이상 드래곤 라자를 배출하지 못하게 된다면?"

"아항? 그래서 양자를?"

"그렇지. 가난한 집안에서 태어난 드래곤 라자의 자질을 지닌 아이들을 강제로 양자로 끌어들이는 거지. 아니, 잠깐. 수정할까. 사들인다고 해야 정확하겠지? 어쨌든 가난한 집안에서가 아니면 아이를 내놓지는 않겠지."

"돈을 주고 양자로?"

"그렇다네. 드래곤 로드의 약속 시한은 이미 끝났지만, 드래곤 라자들을 끌어모아 드래곤 라자의 혈통을 새로이 만들어내려는 것이라네. 마치 좋은 수말과 암말을 끌어모아 종마를 만들어내려는 것처럼."

칼의 어투는 신랄했다. 제미니는 겁도 없이 술을 다시 한 모금 마시고는 불쾌한 표정으로 말했다.

"추잡한 일이군요……."

"네. 스마인타그 양. 300년 동안 권세를 누리고도 모자라 그 권세를 더 연장시키고자 가난한 부모들에게서 아이를 빼앗아 그 가문에 입양시키는 거지요. 물론 그 아이들로서는, 어쩌면 그 부모들에게도 좋은 일일지도 모르지요. 가난한 집안보다야 할슈타일 가의 양자가 되는 것이 낫다고도 볼 수 있지 않겠습니까?"

나는 자신도 모르게 말했다.

"어디에나 운이 튀는 녀석이 있어."

칼은 나를 바라보았다.

"부러운가, 네드발 군?"

"솔직히 부럽지 않다면 거짓말이겠지요."

"네드발 군은 나이도 있고 이것저것 주위를 살필 줄도 알겠지. 하지만 예닐곱 살밖에 되지 않은 아이들을 그 부모에게서 떼어내 처음 보는 사람을 부모라 부르게 하는 것은 가엾은 일이야."

"쳇, 그 자식들도 5년쯤 지나고 나서 다시 자기가 뒹굴던 오두막으로 돌아가라면 죽어도 그렇게는 못하겠다고 그럴걸요?"

내 말투가 격해졌다. 제미니는 그런가 하는 표정을 지었고 칼은 담담하게 웃었다.

순결한 소녀와 엘프를 돌보시는 그랑엘베르여…… 쩝, 오늘 여러 번 당신을 불러서 저도 참 미안스럽게 생각합니다만, 도대체 어쩌자고 제 등에 업혀 있는 이 소녀에게 술을 벌컥벌컥 마실 수 있는 무모함을 주셨습니까?

제미니를 업고 숲길을 돌아오며 나는 악을 쓰고 싶어졌다.

칼이 빚은 사과주는 맛은 좋았지만 진짜 독했다. 그런 걸 마치 사과 주스처럼 마셨으니 제미니는 그대로 기절해 버리지 않은 것이 다행이다. 나 또한 그렇게 말짱하다고는 말할 수 없었지만. 나는 휘청거리면서 간신히 제미니를 떨어뜨리지 않고 걸었다.

이미 해는 져서 숲 속은 캄캄해지고 있었다. 어릴 때부터 돌아다닌 숲이라서 취한 정신에도 얼마든지 자신 있게 걸을 수는 있었다. 하지만 정말 힘들었다. 특히 등에 업힌 제미니가 때때로 발작적으로 '잇힛히히힛!' 하고 귀신 같은 웃음소리를 내서 나를 질겁하게 만드는 것은 정말 못 견딜 노릇이었다.

"이히히힛! 히힛!"

"그만 웃어!"

"음냐, 거 참 우습네, 냠."

"뭐가?"

"몰라. 그냥 우스워. 까르르륵."

크아아악! 이 망할 계집애, 늑대가 물어가든 말든 집어던지고 튀어버릴까? 풀뿌리에 걸려 거의 쓰러질 뻔하면서 내가 떠올린 생각이다. 그때 제미니가 내 귀를 잡아당기며 말했다.

"내려주우!"

"넌 지금 당장 집에 돌아가 찬물 뒤집어쓰고 자야 돼."

"이대로 들어가면 나 맞아죽어."

음. 그건 맞는 말이군. 아무래도 술이 좀더 깬 다음에 들어가는 것이 낫겠다. 난 제미니를 내려놓고 그 옆에 쓰러지듯이 주저앉았다.

"후와! 넌 열 살 이후로 키는 안 크고 몸무게만 불렸냐?"

온몸이 땀으로 끈적거렸다. 얼굴에 가랑잎들이 달라붙어 있어서 그것을 떼어내었다. 제미니는 꿈틀거리며 내게 다가와 내 팔을 들어올리더니 자연스럽게 자기 어깨에 척 얹었다. 즉, 내 겨드랑이에 파묻혔다.

"추워, 제미니?"

"우키기기키각!"

"……."

내가 허공을 향해 소리없이 갖은 욕설을 퍼붓고 있을 때 제미니가 내 겨드랑이에 대고 말했다.

"정말 우스워. 냠냠, 드래곤 라아자아."

"뭐가 우습냐?"

물론 절대로 내 겨드랑이가 대답한 것은 아니다.

"우습잖아."

"그러니까 뭐가?"

"우스운데."

"……으악! 저게 뭐야?"

"엄마야!"

제미니는 마을 대로에서 아장아장 걷던 시절 앞에서 영주님의 늙은 사냥개가 하품을 했을 때 이후로 항상 그래왔듯이 나에게 답삭 안겨들었다. 난 껄껄 웃었고 제미니는 눈물이 글썽한 눈으로 사태가 이해되지 않는다는 듯 얼떨떨해서 나를 쳐다보았다.

"우습다는 것은 이런 걸 말하는 거지."

"후치 네드발! 너!"

"술이 확 깨지?"

제미니는 사과 향기가 나는 한숨을 쉬며 내게서 떨어졌다. 그러나 조금 후 숲 속에서 우석거리는 소리가 들리자 다시 달려들었다.

"저, 저게 뭐야?"

"이런. 바람소리야."

"내가 바람소리도 모를 것 같아?"

난 잠시 얼이 빠져서 제미니를 바라보았다. 밤만 되면 집 밖에도 못 나오는 겁쟁이지만 분명히 제미니는 숲지기의 딸이며 숲에서 태어나 자라왔다. 제미니가 바람소리가 아니라고 말한다면 아닐 것이다.

그 추측은 정확했다. 잠시 후, 주위가 갑자기 밝아지는 듯한 느낌이 들며 사람 소리가 들려왔다. 발자국 소리, 두런거리는 말소리, 그리고 절그럭거리는 소리.

마지막은 검을 찬 사람이 걸을 때 나는 소리였다.

나는 벌떡 자리에서 일어났다. 실수였다. 눈앞이 빙 돌면서 다리가 풀렸다. 나무를 짚어 간신히 쓰러지지는 않았다. 제미니도 일어서서는 내 등 뒤에 숨었다. 나는 제미니를 나와 나무 사이에 서게 만들고 앞을 살폈다. 숲 속에서 일렁이는 불빛이 보였다. 분명 한 무리의 사람들이 횃불을 들고 숲 속을 걷고 있는 것이다.

“사, 산적인가 봐!”

나는 제미니의 상상력에 깊은 경의를 보내었다.

“새로운 형태의 산적이군. 이름은 횃불단 정도 될까?”

횃불을 저렇게 밝히고 마음대로 소리를 내고 있으니 죽었다 깨어나도 산적일 수는 없다. 제미니는 내 말뜻을 알아듣고는 좀 밝은 표정이 되었다. 흠. 여기는 영주의 숲이고 내 뒤에는 영주의 숲지기의 딸이 있으니, 나로선 산적이 아니라면 별로 겁날 것은…….

“아차, 들키면 끝장이다!”

“응?”

“우리 둘은 취했잖아? 네 부모님에게 알려지면…….”

“히이익!”

제미니는 당장 나무를 타고 올라갈 자세를 취했다. 아니, 어떻게 저런 발상이 가능한 거지? 예상대로 제미니는 취해서는 도저히 나무를 탈 수 없다는 것을 깨닫게 되었다. 그것도 나무에서 떨어져 엉덩방아를 찧고는 소리높이 비명을 지른 다음에 깨달은 것이다. 아이고, 순결한 소녀와 엘프를 돌보시는…… 이젠 정말 지겹사옵니다.

“누구냐!”

사람들의 다급한 걸음 소리에 박자를 맞춰 그들이 차고 있을 검집에서 검이 빠져나오는 소리가 들렸다. 쇳소리에 몸이 얼어붙는 것 같다. 삽시간에 사방에서 한 손엔 횃불을 들고 다른 손엔 롱소드를 뽑아든 병사들이 나타났다.

“영주의 숲에 밤중에 돌아다니다니, 넌…… 아니, 뭐야? 후치, 제미니?”

나와 제미니는 어쩔 수 없이 가장 적합한 태도를 취했다.

“에헤헤헤…….”

나타난 병사들은 모두 가죽 갑옷을 입고 있는 영주의 병사들이었다. 그들은 모두 어처구니없다는 표정으로 롱소드를 다시 검집에 꽂아넣고 있었고 그들 중 우두머리인 샌슨 퍼시발이 피식거리며 다가왔다. 그는 성의 대장장이의 아들로 경비대 대장이며, 성에 초를 상납하는 초장이 아들인 나와는 잘 아는 사이다. 나보다 열 살이나 더 많아서 롱소드도 차고 병사도 인솔하지만 속마음은 나와 별 다름없는 악동이다.

그는 피식피식 웃으며 내게 다가오다가 문득 눈살을 찌푸렸다.

“응? 뭐야, 이건? 너희들 술 마셨구나?”

“에헤헤헤…….”

샌슨은 나와 제미니를 번갈아 쳐다보다가 나를 퍽 불안하게 만드는 웃음을 지었다.

“음. 후치. 드디어 네가 이 정도의 일을 벌이게 되었군. 돈이 어디서 나서 술을 샀냐? 하긴 사랑의 힘으로, 아니 욕망의 힘이랄까? 어쨌든 술을 구했군. 그리고 제미니를 잔뜩 취하게 했단 말이지. 의외로 소심하군. 취하게 해놓지 않으면 자신이 없었나 보군?”

“오해예요!”

제미니의 비명은 잘 들리지 않았다. 왜냐하면 주위의 병사들의 웃음소리가 너무 높았기 때문이다. 이건 넘어가 줄 수 없는 일이었고, 그래서 나는 이번엔 샌슨을 불안하게 만들기로 결심했다.

조금 전 샌슨의 입가에 있던 웃음을 이번엔 내가 지어보였다.

"성밖 물레방앗간에는 방앗소리 요란한데……."

샌슨은 당장 내 말을 잘라들어왔다.

"위험한데 밤중에 돌아다니면 쓰겠냐? 크험! 흠. 빨리 집으로 돌아가도록 해라!"

"오늘도 웬 처녀 남의 눈길 피해 방앗소리를 찾네."

"후치!"

이번엔 주위의 병사들이 샌슨을 향해 웃었다. 그리고 일부는 내게 다가와 진지한 목소리로 말했다.

"계속해…… 부탁이야."

"달빛에 드러난 처녀, 눈에 익은 걸음걸이."

샌슨은 내게 달려들려고 했지만 병사들이 재빨리 샌슨을 껴안았다. 샌슨은 발을 동동 굴렀지만 세 명이나 되는 병사가 샌슨을 꽉 잡은 채 껄껄거리고 웃었다. "이건 반란이닷! 놔!" "웃기네. 시끄러워, 샌슨. 노래 좋잖아?" 음. 우리 경비대 기강은 저 정도로 삼엄했던가.

"미풍에 스치는 처녀, 코에 익은 향기."

"후치! 임마! 형님! 아버지! 할아버지!"

나는 샌슨의 애타는 외침을 못 들은 척하며 계속 여유 있게 노래를 했다. 제미니마저 그런 샌슨을 보며 키들거렸고 병사들은 침을 꼴깍꼴깍 삼켰다. 술 때문인지 평소보다 훨씬 혀가 매끄러웠다.

"부엌의 음식 냄새? 빨래터의 잿물 냄새? 저장고의 와인 냄새?"

병사들은 손을 쥐었다 놨다 하면서 바짝 긴장했다. '주방의 마가렛인가? 빨래터라면 그 금발머리, 그래. 앤이다. 저장고라면 설마 그라디스인가?' 병사들은 재빨리 의견을 교환했다. 확신하건대 영광의 7주 전쟁 때 루트에리노 대왕과 여덟 별들의 작전회의도 이보다는 덜 진지했을 것이다. 나는 시치미를 뚝 떼고 노래를 계속했다.

"셋 중 하나 확실한데, 이 냄새는…… 이 냄새애애애느으으은……."

병사들은 할딱거리며 날 응시했고 샌슨은 붉으락푸르락해지다가 못해 이제 눈물을 뽑을 지경이 되었다. 아무래도 앞으로 한 달은 샌슨 옆에 가까이 못 가겠는걸. 그때였다.

"어랏? 이게 무슨 냄새야?"

병사들은 의아한 표정을 지었겠지만 난 상관하지 않았다. 분명 냄새, 독특한 듯하면서도 익숙한 냄새가 났다. 그때 제미니도 눈을 껌뻑거리더니 말했다.

"꽃향기 같은데……. 무슨 꽃인지 모르겠네?"

병사들은 어리둥절해서 서로를 쳐다보았다.

그때 병사들 등 뒤의 숲에서 누군가가 나타났다.

"아마 제게서 나는 향기일 거예요."

숲을 헤치고 예닐곱 살 정도의 꼬마가 걸어나왔다. 난 취한 상태에서도 그 꼬마가 낯이 익다는 느낌이 들었다. 나보다는 제미니가 확실히 사람을 잘 알아본다.

"드래곤 라자!"

2

숲을 걸어나온 드래곤 라자는 쑥스럽다는 투의 웃음을 지었고 병사들은 그제야 자신들의 임무를 깨달았다. 간신히 풀려난 샌슨이 말했다.

"할슈타일 공. 따라오시지 말라고 하지 않았습니까?"

드래곤 라자는 어설프게 웃으며 말했다.

"저, 노랫소리도 들리고 웃음소리도 들려서……. 별로 위험할 것 같지는 않더군요."

나는 그 꼬마를 바라보았다. 낮에는 거대한 백마 위에서 마치 떨어질까 무섭다는 듯이 앉아 있던 아이였지만 지금은 단출한 평상복을 입고 있어 대단할 것 없는 보통 꼬마처럼 보였다. 아니, 보통 그 정도의 꼬마에게 보이는 도발적인 눈빛도 보이지 않는 소심해 보이는 꼬마였다. 나라면 절대로 낮의 그 아이라는 것을 알아보지 못했겠지만 제미니는 귀신같이 알아보았던 것이다.

샌슨은 고개를 끄덕이며 말했다.

"하긴 그랬겠군요. 자자! 후치와 제미니는 어서 돌아가거라!"

나는 엉거주춤하며 몸을 돌렸고 나의 장대한 폭로를 듣지 못하게 된 몇몇 병사들은 아쉬운 한숨을 쉬었다. 그런데 그때 제미니가 앞으로 나서며 말했다.

"그런데 이 밤중에 여기서 뭐하세요?"

샌슨은 제미니를 보자 갑자기 뭔가를 떠올렸다는 표정을 지었다.

"응? 아참! 그렇지. 제미니, 네가 도와주면 되겠구나."

"예?"

"우린 민트를 찾고 있어. 밤중에 갑자기 찾으려니 너무 힘들구나."

"아니, 민트를 뭐하러…… 아! 이 냄새는 민트 향이었구나!"

제미니가 말한 순간 나도 깨달았다. 드래곤 라자에게서 나던 냄새는 민트 향이었던 것이다.

그런데 어떻게 사람 몸에서 저런 냄새가 나지? 매일같이 민트를 접하는 우리 영주님이라면 모르지만. 아, 우리 마을의 영주님은 맛없는 고기를 먹기 위해 주로 민트를 향신료로 쓴다. 우리 영주님은 돈도 별로 없고 성격도 까다롭지 않아서 계피나 정향 등의 고급 향신료 대신 흔한 민트를 쓰는 것이다. 어쨌든 냄새를 없애야 먹을 수 있는 게 고기 요리니까.

드래곤 라자는 제미니의 말에 반가운 듯한 미소를 지으며 말했다.

"저, 누나. 누나는 민트가 어디 있는지 잘 아세요?"

병사들은 순간 당황했고 드래곤 라자도 흠칫하는 표정이었다. 나도 물론 놀랐다. 드래곤 라자께서 저렇게 평범하고 친근한 말투를 건네다니. 하지만 취해 버린 제미니는 깨닫지 못한 모양이다.

"그럼, 잘 알지. 우리 아빠가 숨지기니까……요."

다행히 제미니도 어느 정도의 눈치는 있었다. 드래곤 라자는 실수를 감추려는 듯 시선을 딴 데로 돌리면서 말했다.

"그렇다면, 이 병사들에게 도움이 되어주실 수 있겠군요."

샌슨이 재빨리 나섰다.

"드래곤 캇셀프라임의 식사 때문이다. 성내에 있는 민트를 모조리 동원했지만 그래도 모자라더구나. 그래서 급히 찾으러 나온 것이다."

아이고 맙소사!

그 드래곤은 주제에 민트 향을 넣어야 밥을 먹는 모양이구나. 하긴 사람이 싫어하는 냄새를 드래곤은 꼭 좋아하라는 법은 없겠지. 하지만 드래곤이 먹어치우는 양이라면 정말 엄청난 민트가 필요할 텐데. 성의 병사들은 이 밤중에 드래곤의 식사 때문에 향신료를 찾으려고 숲 속에 들어온 모양이다. 퍽이나 웃기는 일이다.

제미니도 어처구니없다는 표정이었다.

"저, 민트라면 사바인 계곡에 흐드러지게 나 있어요."

"이야! 그래? 잘됐구나. 좀 안내해 주렴."

제미니는 안절부절했다. 이 계집애는 아무리 병사들과 함께라도 절대로 이 밤중에 사바인 계곡에 들어가지 못할 것이다. 반도 못가서 아무거나 밟고는 고래고래 비명을 지르며 되돌아서 버리겠지. 할 수 없다.

"내가 안내할게. 나도 그 위치를 아니까."

내가 나서자 샌슨도 잘됐다는 표정이었다.

"오냐, 그럴래? 다행이구나. 그럼 제미니는 돌아가렴."

제미니는 울상이 되었다. 지금 술 냄새 풀풀 풍기면서 집에 들어가면 제미니 엄마는 제미니를 꽤나 귀여워해 주실 것이다. 엉덩이에 불이 나겠지.

어두운 숲 속을 걸어가는 데 보름달빛은 꽤 도움이 되었다.

차가운 숲 속의 밤공기를 계속 쐬자 술기운이 가시는 것을 느꼈다. 내 옆에는 샌슨이 함께 걷고 있었고 드래곤 라자는 병사들에게 둘러싸여 우리 조금 뒤쪽에 걸어오고 있었다. 나는 샌슨에게 방향을 지시하며 나지막하게 말을 걸었다.

"웃기는 드래곤이군. 냄새가 나서 고기를 못 먹겠다고 그래?"

"항상 민트를 사용해서 먹는다고 그러던데. 수도에 있을 때는 항상 민트를 가득 준비해 놓는다더군."

샌슨도 이 밤중에 고작 민트나 찾으러 출동해서 별로 기분은 좋지 않은 듯했다.

"쳇. 그래서 저 드래곤 라자에게서도 그런 냄새가 난 거군. 그런데 저 드래곤 라자는 왜 따라왔지?"

"드래곤이 식사를 하지 않으니까 걱정이 되나 봐. 못 기다리겠다고 부득불 따라나오더군."

"흐음. 드래곤 라자와 드래곤의 우정이라. ……발 조심해. 여긴 자갈밭이라 미끄러져."

"알았어."

뒤를 흘깃 돌아보았다. 병사들에 가려서 드래곤 라자는 잘 보이지 않았다. 아마 그 꼬마는 고생이 심할 것이다. 밤중에 산을 타는 것은 쉬운 일이 아니니까.

"저 드래곤 라자의 이름은 뭐래?"

"할슈타일 공이잖아?"

"그건 가문명이고, 이름은?"

"너 미쳤니? 귀족의 이름을 내가 어떻게 알아? 그냥 할슈타일 공이지."

괜히 기분이 지저분한걸. 하긴, 우리 같은 평민이 귀족의 이름을 알 필요야 없지. 언제 이름을 부를 기회가 있겠나?

하지만 칼의 말에 의하면 저 꼬마는 할슈타일 가문에 입양된 아이일 테고, 따라서 원래는 귀족도 아니었을 것이다. 아마 나처럼 다 쓰러져가는 오두막에서 뒹굴다 어떻게 드래곤 라자의 자질을 가지고 있다는 것이 알려져 분수에 없는 귀족이 되었겠지. 도대체 유피넬은 왜 나 같은 사람에게는 그런 자질을 내리지 않으신 거지? 아냐, 유피넬이 제대로 알아서 한 거야. 내가 귀족이 되면 그건 정말 웃길 거야.

"우하하하하!"

나는 계곡을 한달음에 달려 내려갔다. 샌슨은 질겁했다.

"임마! 후치, 위험해!"

난 들은 척도 하지 않았다. 눈앞에 바위, 펄쩍 뛴다, 바위를 차고, 그 앞에 풀밭. 미끄러지지 않기 위해 몸을 낮춘다. 약간 미끄러지다가, 쓰러지기 전 팔을 위로 휘두르며, 다시 뛰어오른다. 에라, 앉아버린다. 미끄러진다. 주루루룩. 앞으로 미끄러지는 힘을 이용해, 허리를 튕겨세운다. 그리고 다시 뛴다. 바위를 차면, 계곡의 바닥이다.

아직 남아 있던 취기와 속도감이 섞여 춤이라도 추고 싶은 기분이 들었다. 난 계곡의 바닥에서 위를 올려다보았다. 손을 흔들었지만 보이지 않는 모양이다.

"후치! 어디 있냐? 괜찮아?"

위에서 고함지르는 소리가 들려왔다. 나도 고함을 질렀다.

"정말 느리네. 빨리 내려오지 않을 거야?"

"야! 뭐가 보여야 내려가지!"

할 수 없이 나는 팔짱을 끼고 기다렸다. 그러고 보니 위에서 일렁거리는 횃불과의 거리가 꽤 멀었다. 횃불이 내려오는 속도는 짜증스럽게 느렸다. 이렇게 달이 밝은데 왜 안 보인다는 거야.

땀이 식으며 계곡의 밤바람이 오싹하게 느껴졌다. 몸이 떨릴 정도인데. 하지만 상쾌했다. 달빛 정말 좋군. 이런 밤엔 나처럼 청아한 목소리로 부르는 노래가 어울리지.

"성밖 물레방앗간에는 방앗소리 요란한데……."

"후치이이이! 으악!"

샌슨의 비명소리가 나더니 곧 횃불들 중 하나가 이상한 동작을 취했다. 그리고 뭔가 주루룩 미끄러지는 소리가 들렸다. 나는 놀라서 어두운 산비탈을 올려다보았지만 아무것도 보이지 않았다.

잠시 후 샌슨의 숨막히는 신음소리가 들렸다.

"으으윽. 장가 다 갔군……."

"……처녀는 눈물로 침대보를 적시겠지. 내 님의 거시기가 완전히 끝장이래."

샌슨이 날 잡아먹으려 드는 소동이 있었지만 어쨌든 병사들과 드래곤 라자는 계곡 바닥까지 내려왔다. 병사들은 모두 땀을 닦으며 씩씩거리고 있었다. 그들은 나처럼 간단한 옷이 아니라 갑옷을 입고 사바인 계곡을 타고 내려와서 모두 제정신이 아니었다. 가벼운 가죽 갑옷이라고 흔히 말하지만 그것은 다른 갑옷에 비해 가볍다는 말일 뿐 보통의 옷보다야 훨씬 무겁다. 결코 입고 뛰어다닐 만한 물건이 아니다.

특히 할슈타일 공께서는 기절할 듯한 모습이었다. 나는 한마디 건네보았다.

"힘드시죠. 드래곤 라자."

"헉헉. 아, 예. 헉."

"이제 다 온 겁니다. 앉아서 쉬십시오. 바로 저 둔덕이거든요."

할슈타일 공은 말도 못하고 고개만 끄덕였다. 나는 붙임성 있게 웃어주고는 병사들을 재촉했다.

"아, 뭐해요! 어서 일어나 민트를 향해 돌격!"

병사들은 숨을 푸푸 몰아쉬면서 일어났다. 병사들은 각자 준비해 온 자루를 꺼내들었고 나는 휘파람을 불며 그들을 둔덕으로 데려갔다. 둔덕에는 민트가 가득 나 있었다. 샌슨은 세 명으로 하여금 횃불을 들고 서게 했고, 나머지 병사들은 민트를 채집했다. 난 그 옆에서 팔짱을 끼고 감상했다.

"임마, 후치! 너도 좀 도와라."

"내 역할은 여기까지의 안내."

"관두자, 관둬."

"달빛 좋은 밤, 우리의 용사들. 가슴에 품은 정열, 민트에 내뿜는다."

병사들은 킬킬거렸다. 난 기세가 올라 더욱 목청껏 소리를 지르기 위해 고개를 들어올렸다. 밤하늘 동편에서 이제 서서히 하늘 중앙으로 떠오르고 있는 셀레나의 보름달이 기가 막히도록 시원한 빛을 내뿜고 있었다.

"하늘엔 셀레나, 용사들의 롱소드를 서슬 푸르게 비추니."

"그 어떤 민트라도 용사들의 손길을 피할쏘냐."

"보름달 아래 채집한 것들, 최상의 향취가 함께 하리니."

"라이칸스롭을 축복하는 보름달이여. 용사들을 축복하소서."

샌슨이 고함을 꽥 질렀다.

"임마! 우리보고 늑대로 변하라는 거야? 이렇게 고함을 지르며? 아우우……."

우우우…… 아우우우우……

온몸의 털이 곤두섰다. 너무도 시간을 잘 맞춰서 늑대가 울어 젖힌 것이다. 놀란 나머지 주저앉아 버리는 병사도 있었다.

"우와, 하, 놀라라. 샌슨, 친구들이 부르네?"

샌슨도 굳어버린 채 서 있었다가 내 말에 간신히 웃음을 띠었다.

"깜짝이야. 원 참 녀석들. 정말 타이밍 잘 맞추네."

그때였다.

우워어어…… 크르르…… 우워워워워!

아까보다 더 소리가 가까워져 있었다. 병사들의 얼굴빛이 바뀌었다. 소리는 점점 가까워지며 이윽고 돌멩이를 걷어차는 '좌르륵!' 하는 소리까지 들려왔다. 다가오고 있었다. 늑대가 횃불로 달려들다니. 이렇게 많은 사람들이 있는데. 그런데 달려오다니. 보통 늑대가 아니다.

샌슨은 급히 롱소드를 뽑았다.

"네 녀석의 그 노래대로라면 곤란한데."

병사들도 제각기 롱소드를 뽑아들었다. 난 파랗게 질려버렸고, 어떻게 달아나야 할지 주위를 둘러보았다. 드래곤 라자의 모습이 보였다. 그 꼬마도 역시 엉거주춤한 모습으로 겁을 집어먹고 있었다. 샌슨은 급히 지시했다.

"모두 할슈타일 공과 후치를 둘러싸라. 그리고 자렌, 해리…… 또 누가 코팅된 검을 가졌지?"

"나야."

양조장 장남 터너가 앞으로 나섰다. 샌슨은 고개를 끄덕였다. 곧 샌슨과 세 명의 병사가 앞에 서고 나머지 병사들은 나와 드래곤 라자를 둘러쌌다. 나는 겁에 질려 어쩔 줄을 몰랐다. 발소리는 그렇게 많지 않았다. 한 놈인 것 같다. 하지만 엄청난 발소리였다.

"저, 저기!"

우리 앞쪽 약 70큐빗 위쪽의 언덕 위로 거대한 그림자가 나타났다. 달빛을 등 뒤에 받고 있어 실루엣으로 보이는 그 몸은 5큐빗은 되어 보였다. 늑대가 아니다. 두 발로 서 있었고 구부정한 허리 위로 머리를 한 두서너 개 더 올려도 충분히 여유가 남을 만한 어깨가 보였다. 어깨 양쪽으로 늘어진 팔에는 달빛을 받아 번뜩이는 대거 같은 발톱들이 보였다.

"위어울프다!"

샌슨은 롱소드를 앞으로 쭉 뻗어들었다. 보름달 아래 롱소드의 반사광은 엄청났다. 다가오면 죽이겠다는 뜻이 롱소드의 날을 타고 그대로 언덕 위의 위어울프에게 쏘아져 가는 듯했다. 위어울프는 움직이지 않고 우리를 내려다보았다.

마음씨 좋고 순진하긴 해도, 역시 성의 경비대 대장인 샌슨은 전혀 눈싸움에서 밀리는 기색이 없었다. 하지만 눈싸움 말고 몸싸움은 어떨까. 위어울프가 손을 휘두르면 황소의 머리가 박살난다. 4년 전 어느 여름밤 위어울프가 마을까지 내려와 난동을 부렸을 때 똑똑히 보았다.

나는 이빨을 딱딱 부딪치며 그 모습을 바라보았다.

제기랄. 우리의 민트 채집단께서는 아무도 활을 가져오지 않았다. 저렇게 바보처럼 서 있을 때 한방 날려야 되는데. 아니지. 위어울프가 화살에 맞아 죽을까? 왠지 맞으면 그대로 튕겨낼 것 같은 기분이 드는걸.

샌슨은 낮게 지시했다.

"자렌, 왼쪽으로. 터너, 오른쪽으로. 해리는 내 뒤를. 놈이 움직이면 자렌과 터너는 양쪽에서 벤다. 해리는 머리를 찌르고."

지시를 마치고 샌슨은 그대로 T자를 이룬 대형으로 서서히 앞으로 걸어갔다. 샌슨의 대단한 배짱 때문에 나머지 세 명도 두려움을 잊는 듯했다. 샌슨은 아마 자기가 방패가 되어주는 동안 해리가 자신의 등 뒤에서 안전하게 머리를 노리도록 하려는 모양이다. 해리는 키가 껑충하고 완력이 좋으므로 충분히 샌슨의 등 뒤에서 위어울프의 머리를 노릴 수 있을 것이다. 만일 피하면 자렌과 터너가 양쪽에서 베어들어간다.

위어울프는 그런 샌슨의 작전을 아는지 모르는지 그저 가만히 서 있었다. 아마 놈도 노랫소리에 달려왔다가 이렇게 많은 병사들이 몰려 있는 것을 보고는 당황한 모양이다. 드래곤 식사용 민트 채집이라는 우습지도 않은 작전으로 이렇게 많은 병사들이 출동했다는 것을 알게 되면 저 위어울프는 과연 어떤 반응을 보일까?

위어울프는 뛰었다.

"크아아악!"

위어울프는 곧장 샌슨에게 달려들었다. 5큐빗짜리 공격력이 돌진해 오는데도, 샌슨은 작전이 맞아들어가자 씩 웃으며 기다렸다. 어떻게 웃을 수 있을까?

위어울프가 눈앞까지 다가와 팔을 휘두를 때, 샌슨은 재빨리 허리를 숙이며 그 다리를 베어들어갔다. 그리고 허리를 숙인 샌슨의 등 위로 해리가 롱소드를 찔렀다. 둘은 정말 타이밍이 좋았다. 위어울프는 샌슨이 다리를 베려 하자 움찔하며 아래를 보았다. 그래서 샌슨의 등 뒤에서 갑자기 뻗어나온 해리의 롱소드를 보지 못했다.

롱소드는 정확하게 위어울프의 목을 찔렀다.

"끄억!"

"받아랏!"

동시에 세 개의 검광이 보름달 빛에 번뜩였다. 위어울프의 양쪽과 그 다리 쪽. 샌슨은 도끼질하듯이 풀스윙으로 낮게 베느라 그대로 앞으로 굴러버렸다. 위어울프는 목이 뚫리고 다리를 맞아서 무릎을 꿇으면서도 양쪽에서 날아드는 자렌과 터너의 롱소드를 두 손으로 잡았다. 퍽! 칼로 고기를 치는 지독한 소리, 뼈가 금속에 부딪히는 소리가 들렸다. 그러나 위어울프는 목의 롱소드와 양손으로 쥔 롱소드, 그리고 무릎을 꿇어버리느라 행동이 봉쇄되었다. 그래서 발 옆으로 굴러지나간 샌슨이 일어나 등 뒤를 찌르는 것은 막을 수 없었다.

푸욱!

샌슨이 찌른 롱소드는 위어울프를 꿰뚫어 배쪽으로 피가 터져나왔다. 정면에 서 있던 해리는 그 피를 뒤집어썼지만 물러나지 않고 목을 찌른 롱소드를 비틀면서 비스듬히 당겼다. 당장 위어울프의 목이 건들건들했다. 이윽고 위어울프는 쓰러졌다. 그리고 그 등으로 다시 네 개의 롱소드가 날아들었다.

위어울프는 이미 죽었다. 그래서 등에 롱소드가 박혀도 꼼짝도 하지 않았다. 샌슨은 롱소드를 뽑아들며 한숨을 쉬었다. 나머지 사람들도 롱소드를 뽑아들고는 품에서 수건을 꺼내어 그 피를 닦았다. 특히 피를 완전히 뒤집어쓴 해리의 모습은 가관이었다.

샌슨은 이윽고 나에게 눈을 돌렸다. 그의 눈빛이 번뜩였고, 그건 퍽 불안했다.

"너 이 자식! 말이 씨가 된다고……."

"으악!"

나는 달아나려고 했지만 사방을 둘러싸고 있던 병사들이 빙긋 웃으며 내 어깨를 꽉 잡았다. 그래서 샌슨은 아무런 부담 없이 내 정수리를 난타할 수 있었다.

난 샌슨에게 목이 졸리면서 외쳤다.

"끄억…… 자, 잡았으니…… 됐잖아? ……케엑!"

샌슨은 껄껄 웃으며 날 놓아주었다. 난 목을 쓰다듬으며 한참 캑캑거렸다. 그때 내 눈에 허옇게 질려버린 드래곤 라자의 얼굴이 보였다. 샌슨도 그것을 본 듯, 그에게 말을 걸었다.

"괜찮습니다. 할슈타일 공. 안심하십시오."

할슈타일 공께서는 더듬거리며 말했다.

"아, 아저씨, 정말, 대, 대단하네요?"

드래곤 라자는 몹시 놀란 듯 다시 평어를 썼다. 원래 평민이었을 테니까. 샌슨은 기겁할 듯이 놀랐지만 간신히 대답했다.

"아니, 과찬의 말씀이십니다."

드래곤 라자도 퍼뜩 정신을 차렸다.

"그런데……, 어떻게 보통 롱소드로 워울프를?"

샌슨은 롱소드를 들어올려 보였다.

"제 것과 나머지 세 명의 검은 은으로 코팅되어 있지요. 빛이 예쁘지요?"

드래곤 라자는 알았다는 듯이 고개를 끄덕였다. 저것도 우리 영주님을 가난하게 만드는 이유 중의 하나지 뭐. 바이서스 어디에서 병사들의 검에 은도금을 해준단 말인가. 그러나 저건 미적인 요소는 전혀 없다. 오로지 실용성을 위해 은을 발라두었을 뿐이다. 물론 축복받은 은으로 통째로 만드는 것이 대(對)라이칸스롭 전용 무기의 제조법이지만 그랬다가는 한 자루도 못 만들었을 것이다. 그래서 임시 방편 비슷하게 은도금을 한 것이지만 우리 경비병들은 그 정도로도 잘 싸운다. 왜냐하면…….

"귀, 귀하들은 일개 병사인데……, 수, 수도의 기사들보다 더 용맹해 보이는군요."

"글쎄요. 이곳의 병사들은 아무르타트라는 체에 걸러진 알짜배기들이거든요."

"예?"

샌슨은 빙긋 웃으며 멋진 동작으로 롱소드를 다시 검집에 꽂아 넣었다.

"아무르타트 때문에 이 주위에는 몬스터들이 득실거리지요. 그래서 몬스터들과 싸우면서 수많은 병사들이 죽어간답니다. 그리고 살아남은 병사들은, 최고로 단련된 병사들뿐이지요. 하지만 우리 중 누구라도 다음 번 싸움에서 죽을 수 있습니다. 그걸 아니까 겁없이 싸울 수 있습니다."

롱소드가 검집 속으로 완전히 사라지기 직전, 달빛에 반사되는 검광이 내 눈을 부시게 만들었다. 잠시 내 눈엔 대장장이의 아들이자 내 노래에 허둥대는 순진한 샌슨이 루트에리노 대왕보다 더 위대한 영웅으로 보였다. 보름달 아래의 마력이었을까, 아니면 정말 샌슨은 루트에리노 대왕만큼의 영웅일까?

내 의문을 알 리 없는 샌슨은 고개를 돌려 위어울프를 조사하고 있던 터너를 바라보았다. 터너는 씁쓸한 표정으로 고개를 가로저으며 말했다.

"아는 얼굴이야."

"그래."

"4년 전 위어울프 침입 때 실종되었던 카르도 씨야. 강 건너에 살았지."

주위는 잠시 조용해졌다. 샌슨은 무겁게 고개를 끄덕이고는 곧 빠르게 말했다.

"자, 다들 빨리 움직이자. 시체 수습하고, 보고는 내일 내가 하지. 늦었어. 내가 내려가서 한잔 살 테니 힘들 내자고."

"와, 샌슨 대장 만세올시다."

"이럴 때만 만세지?"

병사들은 어두운 심정을 씻어내려는 듯 농담을 주고받으며 민트를 정성스럽게 모아 자루에 담았다. 샌슨은 자신의 자루를 들어올리다가 나를 보면서 히죽 웃었다.

"자, 후치? 노래 값은 치러야지."

"에엑?"

샌슨은 방긋방긋 웃으며 내 어깨에 자루를 턱 올려놓았다. 나는 다리가 휘청한다는 시늉을 해보였고 모두들 왁자하게 웃었다. 그까짓 민트 한 자루 별로 무거울 것도 없다. 하지만 나는 투덜거리며 몸을 돌렸다. 내가 입 속으로 구시렁거리자 샌슨은 말했다.

"임마, 입 밖으로 꺼내서 말해. 뭘 구시렁거리냐?"

"……부엌의 음식 냄새? 빨래터의 잿물 냄새? 저장고의 와인 냄새?"

샌슨은 처절하게 외쳤다.

"야이, 자식아아아아!"

취소다. 절대로 샌슨은 루트에리노 대왕 같은 영웅이 아니다. 하지만 둘 중 하나를 고르라면 난 샌슨과 친구로 남겠어. 루트에리노 대왕은 아무래도 놀려먹을 수 없을 것 같으니.

숙취와 중노동, 흥분 등 여러 가지 요인으로 꿈자리는 무시무시했다.

난 바닥에서 일어나 앉아 멍하게 창문으로 들어오는 햇살을 바라보고 있었다. 꿈자리는 끔찍스러웠는데, 너무 끔찍해서인지 아무것도 기억나지 않았다. 다만 어디에 짓눌리다 만 듯한 머리 때문에 나는 눈의 초점도 제대로 못 맞추고 앉아 있었던 것이다.

"일어났으면 치우고 씻어라."

아버지의 말소리가 들려와도 그 뜻을 이해하는 데 시간이 퍽 걸릴 정도였다. 당연히 아버지는 내 등을 걷어찼고, 나는 간신히 일어나다가 미끄러져 엉덩방아를 찧었다.

"아, 아버지. 다리가 완전히 풀렸어요!"

"잘한다. 어서 못 일어나?"

"다리가 완전히 풀렸다니까요?"

"갈수록 태산이다. 했던 말 또 하고. 네 할아버지께서 돌아가시기 1년 전부터 그랬지."

아버지는 한숨을 쉬며 날 치매 환자로 몰아가셨다. 난 구시렁거리며 일어났다. 몸에 둘둘 말고 자던 모포를 집어 털고는 침대 위에 던져두었다. 침대는 아버지 것이고 난 바닥에서 모포를 말고 잔다.

"나도 침대 좀 만들어줘요. 뼈마디가 쑤신다니까요?"

"그래? 네 할아버지께서 돌아가시기 3년 전부터 그런 증상이 있으셨지."

이젠 날 신경통 환자로 몰아가신다. 난 포기하고는 밖으로 나갔다.

아버지와 내가 사는 오두막 옆에는 아버지의 작업장이 바로 붙어 있다. 작업장이라고 해봐야 오두막의 지붕을 길게 늘인 다음 기둥을 세워둔 정도지만. 나는 그 작업장의 물통에 머리를 처박았다. 어차피 윗옷은 벗고 자니까 아침에 일어나서 그대로 머리만 물통에 박으면 세수다.

"푸아!"

찬물을 뒤집어쓰자 머릿속에 끈적하게 굳어 있던 알코올 때문에 누군가가 머리를 쾅쾅 때리듯이 아팠다. 몇 번 발을 헛디딘 뒤에야 간신히 중심을 잡고 가슴과 팔도 씻을 수 있었다. 아버지는 그런 내 모습을 보며 인자하게 말씀하셨다.

"잘 논다. 귀여워 미치겠구나. 걸음마를 다 하고."

"양초 주문량은 어제 다 만들었지요? 그럼 오늘은 일 없지요?"

"없긴 왜 없냐, 이 자식아! 벌집 모으고 비계도 받아와야지!"

"어? 더 만드실 거예요?"

"성에서 급한 주문이 나왔다. 아무르타트 정벌군에 사용될 양초야."

아무르타트 정벌군이라. 그럼 이번이 제9차 아무르타트 정벌군인가?

캇셀프라임이라는, 그 수도에서 온 화이트 드래곤도 도착했으니 제9차 아무르타트 정벌군의 가장 중요한 부분은 정비된 것이다. 어차피 인간들은 수백 명을 모아 간다 해도 아무르타트를 어떻게 할 수 없다. 회색 산맥의 공포이자 중부 대로의 슬픔 아무르타트. 이 강대한 드래곤에게 인간의 만용을 부리려 들었다가는 뼛조각 하나 고향으로 돌아오지 못하게 될 것이다. 깨끗이 태워지거나, 통째로 잡아먹힐 테니까.

드래곤에게는 드래곤으로 맞서야 되는 것이다. 그래서 우리 영주님의 간곡한 부탁과 정성(칼과 나의 추측이지만 틀림없이 많은 뇌물이 오갔을 것이다. 불쌍한 우리 영주님. 돈도 별로 없으면서.)으로 마침내 제9차 아무르타트 정벌군에 황송스럽게도 수도의 캇셀프라임을 포함시킬 수 있었던 것이다.

난 마당의 테이블에 아침 식사를 차리면서 말했다.

"아버지."

"왜?"

"캇셀프라임은 아무르타트를 이기겠지요?"

"내가 그걸 어떻게 아냐? 내가 많이 보았던 싸움, 그러니까 너와 제미니가 싸우는 거라면 누가 이길지 짐작할 수 있지만."

"나와 제미니가 싸우면 어떻게 되는데요?"

"전적을 말해 주랴? 넌 제미니 덕분에 다리가 두 번 부러지고 팔을 한 번, 그리고 콧등이 왕창 벗겨진 적도 있었고 물구덩이에 빠져서 감기에 걸린 것은 셀 수도 없다."

그래. 어렸을 때 난 제미니에게 그토록 심하게 당했었지. 난 제미니에 대한 해묵은 적개심이 맹렬히 불타오르는 것을 느꼈다. 그런데 아버지의 말은 끝난 것이 아니었다.

"무엇보다 기억에 남는 것은, 제미니에게 네 고추를 보여주다가 제미니가 자신에게는 없는 그것이 가짜가 아니냐고 의심한 끝에 그것을 잡아당겨……."

"아버지!"

"따라서 난 눈물을 좍좍 흘리며 제미니의 아버지에게 널 사위로 받아들여 달라고 애원할 수밖에 없었다. 음. 고얀 놈. 왠지 남녀의 역할이 바뀐 것 같다고 생각되지 않아?"

이로써 난 여자에게 순결을 빼앗긴 등신 같은 아들네미가 되었다. 더 이상 말을 했다간 무슨 가공할 과거사가 폭로될지 몰랐기에 나는 서둘러 아침 준비를 마쳤다.

아침 식사가 끝나고 아버지는 턱수염에 묻은 술을 닦아내면서 말했다.

"양초는 오늘부터 네가 만들어라."

"예?"

"난 좀 바빠질 것 같구나. 집사님께도 이미 말씀드렸다. 품질이 좀 떨어질진 모르겠지만 네가 만들 거라고 말씀드렸고 허락도 받았다."

"품질 어쩌고 하는 부분은 잊겠어요. 무슨 일이신데요?"

"이번에 아무르타트 정벌군에 자원했다."

나는 잠시 아무 말도 할 수가 없었다. 할말이 없는 것이 아니라 너무 많은 말이 나오려고 해서 갈피를 잡을 수 없었다. 그래서 제일 먼저 나온 말은 극히 평범했다.

"아버진 창도 못 쓰시잖아요?"

"그래서 오늘부터 연습할 생각이다. 정벌군의 훈련에도 참가하고."

"가면 살아 돌아오실 수 있다고 생각하세요?"

“네 걱정은 하지 않는다. 제미니가 널 보살펴줄 거야. 부디 제미니에게 사랑받도록 노력해야 한다.”

나는 아버지의 농담에도 불구하고 냉정할 수가 없었다.

“농담하지 마세요. 아버진 가면 돌아가실 거예요. 개죽음이라고요!”

“군대에서 작전을 짤 땐 전체에서 사망자 비율이 30퍼센트 이하가 될 수 있을 때 작전을 추진한다고 들었다. 따라서 내가 죽을 확률도 30퍼센트란다.”

갑자기 엄청나게 거리감 느껴지는 변명을 들어서 나는 정신이 없었다.

“그건 작전일 뿐이잖아요? 아무르타트에게 도전했던 군대는 무조건 백 퍼센트 죽었어요!”

“글쎄. 이번엔 캇셀프라임도 있으니 훨씬 나을 거야.”

나는 숨을 헉헉 몰아쉬었다. 아버지는 너무도 태연한 표정이었다.

“뭔데요? 이유가 뭐예요? 왜 자원하신 거예요?”

“아무르타트가 쓰러지는 것을 볼 권리가 있는 사람을 찾는다면, 나도 그중에 들어가기 때문이지.”

“아버지가 그러시면 어머니가 기뻐할 것 같아요?”

처음으로 아버지의 표정에 어두운 그림자가 스쳐 지나갔다.

아버지는 테이블 위의 술병을 들어올려서 빈 잔에 다시 채웠다. 술병을 기울이는 아버지의 손끝이 흔들렸다고 느낀 것은 단지 내 생각일 뿐이었을까. 난 숨을 푸푸 몰아쉬며 그 모습을 바라보았다. 갑자기 아버지는 내 물잔을 비우시더니 거기에 술을 채웠다.

"어제 보니 자면서 술주정까지 제법 하더구나."

난 내 앞에 있는 술잔을 바라보았다. 꼭 아버지의 죽음을 위해 바치는 술잔 같았다. 아버지는 술잔을 들어올리면서 말씀하셨다.

"잡아라."

난 술잔을 잡았다. 고개를 숙이고 있어 아버지의 얼굴은 볼 수 없었다.

"난 죽으려 가는 것이 아니다. 돌아가신 네 어머니의 이름을 걸고, 난 살아서 돌아오겠다."

난 고개를 번쩍 들었다. 아버지는 웃고 계셨다.

"정말입니까?"

"여자에게 그토록 당하는 너 같은 반편이 아들을 두고 죽기엔 너무나……"

"믿을게요."

"그럼, 내 생환을 위해 건배해 다오."

그런 것이라면 얼마든지 마실 수 있다. 아버지와 나는 건배하고는 술잔을 말끔히 비웠다.

"아버지……."

"왜 부르느냐?"

"돌아가시면 안 돼요."

아버지께서는 깊은 한숨을 쉬셨다. 난 아버지를 애타는 눈초리로 바라보았다.

"나도 내 아내의 목숨을 가져간 녀석에게 내 목숨까지 주고 싶은 마음은 없다. 술주정뱅이 아들의 목숨이라면 한 번쯤 고려해 볼 만하지만."

난 눈초리를 확 바꿨다. 아버지는 껄껄 웃으셨다. 하지만 아버지는 내 표정을 잘못 이해하신 것이다.

"그래요! 제가 갈게요!"

"멍청아. 군대 징집 하한선도 모르냐? 넌 열일곱 살이야."

아버지는 아주 간단한 말씀으로 내 입이 다물어지게 만들었다.

"……그거 상한선은 없어요?"

"있지만 내 나이는 아니다. 약오르지?"

마을 대로에도 이상한 분위기가 술렁거렸다.

아무르타트 정벌군 소식 때문이었다. 흥분, 걱정, 희망, 불안 그 모든 것들을 적절히 배합하여 통째로 절구에 넣고 갈아버린 다음 마을 대로에 뿌린 것 같았다. 속삭임, 웃음소리, 한숨소리, 고함소리. 평소 때라면 아무렇지도 않을 그런 소리들이 어쩐지 오늘은 매우 이상하게 들려왔다.

난 성으로 걸어갔다.

성에서 버리는 동물의 지방은 유지 양초의 원료로 쓰인다. 그 외에 생선 기름으로 만드는 것도 있고, 난 구경도 못해 봤지만 고래 기름으로 만드는 양초도 있다고 한다. 어쨌든 지방으로 만드는 유지 양초는 좀 저급품이지만 평민들에게는 굉장히 값진 것이다. 따라서 평민들에게 자선을 베푸는 의미로 우리 영주님은 영주의 성에서 나오는 비계나 동물 지방 등을 양초로 만들게 한 다음 필요로 하는 시민들에게 무상으로 나눠주게 한다. 하지만 밤에 책을 읽거나 하는 시민은 그렇게 많지 않으므로 수요는 높지 않다. 그리고 벌집으로 만드는 보다 고급품인 파라핀 양초는 성에서 사들이며, 그것으로 우리는 먹고 산다. 즉 성에서는 음식 찌꺼기로 시민들에게 자선을 베풀고 파라핀 양초를 사들임으로써 우리 가족을 먹여살린다. 마음씨 좋은 우리 영주님. 이야기에 나오는 못된 영주들은 초장이들에게 음식 찌꺼기를 팔아먹기도 한다던데.

숙취 때문에 나는 될 수 있는 대로 땅만 보면서 걸었다. 그래서 자칫 마을 대로에 모여선 사람들과 부딪힐 뻔했다.

사람들은 마을 대로를 완전히 막고 모여서 있었다. 난 무슨 일인가 싶어 주위를 둘러보았다. 양조장의 미티가 보였다.

"미티? 뭐야? 무슨 일이야?"

"후치냐? 저기 성을 봐."

그러고 보니 사람들의 눈은 전부 언덕 위쪽, 영주의 성을 향해 있었다. 나는 고개를 뽑아들고 성 쪽을 바라보았다.

성벽 위로 거대한 하얀 목이 보였다.

"캇셀프라임?"

그런데 바로 그 옆에서 뭔가 넓고 큼직한 하얀 것이 올라오며 그 목을 가려버렸다. 나는 잠시 후 그것이 다시 내려갔을 때에야 그것이 캇셀프라임의 날개라는 것을 알아차렸다. 날개는 다시 올라왔다가 내려갔다.

날갯짓을 하는 것이다.

이윽고, 캇셀프라임은 둥실 떠올랐다. 거짓말 같다는 느낌이 들었다. 저렇게 커다란 덩치가 하늘을 날려면, 산꼭대기 같은 곳에서 산비탈로 마구 내달려야 간신히 떠오를 것 같았다. 그런데 캇셀프라임은 마치 참새나 된 것처럼 제자리에서 우아하게 날아올랐다. 참새라고? 아니, 해오라기 같았다. 그 우아한 날개의 움직임. 느리면서도 가벼운 몸놀림. 가공할 힘이 있음에 틀림없을 텐데도 한없이 부드럽게 움직이는 목과 꼬리.

캇셀프라임은 이윽고 완전히 날아올라 성 위의 하늘에 떠올랐다. 그것은 천천히 날개를 저어 우리가 서 있는 쪽을 향해 날아왔다.

너무 빨랐다.

날개를 천천히 움직이고 있어 그렇게 빠르다는 느낌이 오지 않았다. 하지만 그건 캇셀프라임의 거대한 날개라면 다른 조그만 새들이 수백 번은 날개쳐야 될 거리를 한 번 날갯짓으로 돌파할 수 있다는 걸 깨닫지 못했기 때문이다. 캇셀프라임은 어느 새 우리 머리 위를 지나가고 있었다.

"캇셀프라임 만세!"

"만세!"

사람들은 모두 감동하여 팔을 뻗어올리며 소리높여 환호를 보내었다. 나 또한 그 광경에 감동해서 말도 되지 않는 소리를 지르고 팔을 내둘렀던 모양이다. 칼이 내 어깨를 잡았을 때 급히 팔을 내리다가 칼의 콧잔등을 찍어버릴 뻔했으니까.

"이크, 조심하게나. 네드발 군."

"아, 칼?"

"흠. 과연 장관이구먼."

"예. 어, 그런데 캇셀프라임은 어딜 가는 거지요?"

"글쎄올시다. 날아간 방향으로 보아 회색 산맥이군. 정찰이 아닐까 하는데."

"정찰? 정찰이라면 우습네요. 저건 누구 눈에나 뜨일 테고 당연히 아무르타트에게도 보일 텐데."

"지금은 그렇구먼."

"예?"

"오, 네드발 군. 인비저빌리티라는 마법이 있다는 것이 이토록이나 비밀스러운 일이었던가?"

"아! 마법!"

난 머리를 딱 쳤다. 물론 그게 어떤 원리인지야 나로선 도저히 알 수 없지만, 인비저빌리티는 물체를 투명하게 만든다는 것은 나도 알고 있다. 그런데 그 생각을 떠올리지는 못했던 것이다.

하지만 나로서도 변명할 말은 있다고. 난 태어나서 지금까지 마법사라고는 딱 세 번밖에 보지 못했다. 제6차 아무르타트 정벌군 때 한 명, 그리고 제8차 아무르타트 정벌군 때 두 명을 봤다. 그리고 그들이 마법사라는 것만 알았지 그들이 마법을 쓰는 모습은 한 번도 보지 못했다. 그러니 나에겐 마법이란 신비한 것, 알 수 없는 것이고, 그래서 마법에 대해 바로 떠올릴 수가 없었던 것은 당연하잖아.

칼은 미소를 지으며 다시 걷기 시작했다. 나는 그 옆에서 나란히 걸었다.

"하긴 마법사라는 것이 워낙이 희귀한 것이니, 우리의 네드발 군이 그것을 떠올리지 못했다고 해서 뭐라고 할 수야 있겠는가."

"그런데 누가 캇셀프라임에게 인비저빌리티를 써주지요?"

"응? 그야 캇셀프라임이 직접 쓰는 것 아닌가."

"드래곤이 마법도 써요?"

칼은 황당한 표정으로 날 바라보았고 난 가장 적절한 대응, 즉 뻰뻰스러운 얼굴로 그것쯤 모른다고 해서 하늘과 땅이 뒤집히기라도 하느냐는 듯한 표정을 지었다. 그런데 대답은 엉뚱한 곳에서 왔다.

"마법은 원래 드래곤의 것이지."

나와 칼은 동시에 말이 들려온 쪽으로 고개를 돌렸다.

노인, 아니 청년, 아니 노인인가? 나이를 짐작할 수 없는 복장을 하고 있는데다가 머리엔 얼굴이 다 가려질 정도로 후드를 내려쓰고 있었다. 입고 있는 옷은 검은 색의 능직 로브. 여행자들 중 말을 타지 않는 사람이라면 선택해 볼 만한 옷이다. 두껍고 펑퍼짐한 옷으로 밤에 잘 때 특히 좋다. 하지만 활동이 많을 경우엔 대단히 거추장스럽다. 이불을 둘러쓰고 달리는 셈이니까. 등에는 가방을 메고 오른손엔 지팡이를 세워들고 있었는데, 오른손의 소매는 팔꿈치까지 흘러내려서 팔에 가득한 문신이 잘 보였다. 어디서부터 시작인지, 몇 개의 선인지 짐작할 수도 없이 복잡한 선들이 도형을 이루고 있었다. 글자인가? 무늬인가? 어떻게 보면 글자인 것 같고 어떻게 보면 무늬인 것 같았다.

남자는 후드를 천천히 걷어올렸다. 마치 그 동작의 완성을 위해 몇 년은 족히 연습을 한 것처럼 완만하면서도 부드러운 동작. 이윽고 드러난 목에서 볼에 이르기까지 문신이 보였다. 오른팔과 그 볼을 볼 때, 아무래도 상체 전체에, 어쩌면 온몸에 문신이 있는 모양이다.

그리고 나타난 눈. 없다. 하얗다. 마지막으로 드러난 머리카락은 하얀 백발. 검은 옷에 검은 문신으로 검정색 일변도에 하얀 눈과 하얀 머리카락이 이색적이었다. 대단히 주눅 들게 만드는 위압적인 모습의 장님 노인이었다.

"저, 누구시죠?"

내겐 그 사람의 이름을 물어야 할 이유도, 그 이름을 알아야 할 필요도 없지만 먼저 마음대로 말을 건 쪽은 저 문신 장님 쪽이니까. 문신 장님은 무표정하게 말했다.

"타이번."

"타이번이라. 드래곤에 대해 잘 아세요?"

"아니, 몰라."

"……이것 보세요. 무턱대고 다른 사람들의 대화에 끼어들었다면 두 사람 모두에게 조언을 건넬 만한 지혜와 연륜이 있어야 될 거 아녜요?"

나도 이 정도는 말할 줄 안다. 칼의 덕분이지만. 타이번이라는 그 문신 장님은 보이지도 않는 눈으로 빙긋 웃었다.

"질문이 잘못됐어."

"예?"

"난 드래곤보다는 마법에 대해 잘 알지."

"마법사예요?"

"이런, 자네도? 반갑네. 장님 동지."

척 보면 마법사인 것을 모르겠느냐는 고상한 비난인 것 같은데. 하지만 난 마법사가 온몸에 문신을 하고 검정색 로브를 입고 다녀야 된다는 말은 들어본 적이 없는걸.

"칼. 내가 장님이 아니라고 좀 말해 주겠어요?"

"그러지. 이 청년은 장님이 아닙니다. 다만 눈을 뜨고 있어도 별볼일이 없다는 것 정도지요."

"그럼 장님보다 더 고약하군."

칼과 타이번의 즉석 합동 작전으로 난 단숨에 눈 뜬 장님이 되어버렸다. 칼은 내 콧방귀를 피식 웃어넘기고는 타이번에게 말을 걸었다.

"근처에서는 못 뵙던 분이시군요. 전 칼이라고 합니다."

"내 이름은 이미 알고 있겠지. 목적을 묻는다면 여생을 마칠 자리를 찾고 있는 늙은이라고 대답할 수 있겠지."

"여생을?"

"그렇다네. 보이지도 않는 눈으로 떠돌아다니는 것도 지겹고, 정착해서 내 무덤자리나 정해서 풀 베며 가꿀 생각이네. 그래서 부탁인데, 이 마을은 어떤 마을인가?"

"영주님은 헬턴트 자작이시고, 썩 괜찮으신 분입니다. 노인장께서 대륙을 주유하셨다면 영주님께서는 노인장을 초청하여 심원한 지혜, 혹은 머나먼 지방의 재미있는 풍습을 들으시겠지요. 하지만 시기가 안 좋군요."

타이번은 고개를 끄덕였다.

"그렇지 않아도 들어오자마자 술렁거리는 소리가 가득하더군. 그대로 떠나버릴까도 생각했다네. 하지만 이 나이가 되면 섣부른 판단은 피하게 되지. 자네가 괜찮다면 주점에 좀 안내해 주겠나? 난 자네 둘에게 술을, 자네 둘은 내게 조언을 줄 수 있겠지."

타이번은 위압적인 겉모습에 비해 온화한 사람인가 보다. 우선 이치를 알고 예절 있게 도움을 청하고 있다. 게다가 자네 둘이라고 했으니 거기엔 나도 포함되며, 난 백번 찬성이다. 칼은 날 바라보았지만 '혹시 바쁘지 않은가?' 등의 질문을 할 필요가 없다는 것을 깨닫고는 그냥 걸어갔다.

마을 광장에 있는 펍 '산트렐라의 노래'로 가는 동안 타이번은 날 놀라게 했다. 대로에는 강아지들과, 정열이라는 면에서는 강아지와 결코 차이점을 찾을 수 없는 개구쟁이들, 그리고 가축과 마차 때문에 생긴 흙구덩이와 진흙탕이 가득했지만 타이번은 마치 눈을 뜬 것처럼 여유 있게 걸어갔다. 롱 부츠를 신고 있어서 무턱대고 걸어간다고 생각할 수도 있지만 그런 것도 아니었다.

타이번은 그냥 자연스럽게 그런 것들을 피해가며 걸어갔다. 지팡이 쓰는 손이 정말 민감한 모양이군.

롱 부츠? 그러고 보니 고급품이다. 난 내 나막신에 들어오는 모래들을 느끼며 타이번의 롱 부츠를 부럽게 바라보았다. 어느새 우리는 '산트렐라의 노래'에 도착했다.

펍 안에는 조금 전 캇셀프라임의 비행을 구경하던 축들이 한 잔 하러 들어와 있었다. 요란한 소리. 그들은 서로 캇셀프라임이 1분에 날개를 몇 번 치는가에 대해 대토론을 벌이고 있었다. 현재 여섯 번일 거라는 주장이 우세한 것 같았다. 그거야 그저 계산하기 편하게 10초에 한 번씩이라고 생각하는 것일 테고, 캇셀프라임의 날갯짓은 자기 마음대로일 테지, 뭐.

칼은 친절하게 타이번을 의자에 앉혔다. 주점의 주인인 해너 아주머니는 날 멀거니 바라보더니 피식 웃어버렸다.

"너, 숲 속에서 몰래 술 마시고 취한 채 계곡을 달리는 버릇이 있다더니 이젠 아주 당당하게 술집에 들어오는구나?"

어떻게 어제 처음 일어난 일이 내 버릇씩이나 되어 있는 것일까? 난 내 동료 두 사람을 턱으로 가리키며 퉁명스럽게 말했다.

"저분들 따라온 거예요."

"어련하겠냐. 두 분은 맥주고 넌 우유겠지?"

"맥주 세 잔!"

"아니, 한 잔은 와인이야. 뮤러카인 사보네 있는가?"

늙은 마법사 타이번의 말이었다. 주점 아주머니의 얼굴이 확 변했다. 그게 뭔데? 주점 아주머니는 놀란 눈으로 타이번을 바라보다가 말했다.

"저, 있긴 있는데, 아, 저……."

타이번은 빙그레 웃고는 팔을 품속으로 집어넣었다가 빼서 동전을 튕겼다.

주점 안에 스며들어 오는 오전의 낮은 햇살을 되튕기며 허공을 날아가는 것은 반짝반짝하는 금화였다. 너무 눈이 부셔서 눈을 감을 뻔했다. 그 번쩍이는 빛에 캇셀프라임의 날갯짓 회수를 토론하던 축들도 놀라서 바라보았다. 해너 아주머니는 황송스러운데다가 그것을 잡아낼 자신이 없자 아예 치마로 받아내었다. 해너 아주머니의 떨리는 손이 치마폭에서 두툼한 금화를 집어내었다.

해너 아주머니는 당황해서 말했다.

"저, 선생님. 잘못 던지신 것 아닌가요?"

"음? 모자란가? 이런, 100셀짜리가 아닌가? 늙긴 늙었나 보군. 손이 무뎌졌어."

타이번은 다시 품을 뒤지려 들었고 해너 아주머니는 황급히 말했다.

"아, 아니 맞습니다."

"그래? 허허. 내 손은 그대로군. 다행이야. 자네들도 주문하게."

칼은 그냥 맥주를 주문했지만 난 17세였다.

"무카라사네보!"

해너 아주머니는 내 뒤통수를 쥐어박았다.

"뮤러카인 사보네야, 이 멍청한 녀석아."

"……맥주."

해너 아주머니는 머리를 절절 흔들면서 바로 걸어갔다.

"아이고, 큰일이다. 7년 만에 한 병이 작살나는구나. 이제 겨우 두 병 남았어."

이리하여 맥주 두 잔과 그…… 포기하자. 어쨌든 괴상망측한 와인이 테이블 위에 놓였다. 해너 아주머니는 계속해서 사위 보면 주려고 했던 건데, 손자 보면 주려고 했던 건데, 하면서 아쉬워했지만 그러면서도 창가로 다가가 감탄하는 눈으로 그 100셀짜리 금화를 햇빛에 비쳐보았다. 주점에 있던 다른 사람들도 재빨리 해너 아주머니에게 다가가 그 금화를 함께 구경하며 감탄했다.

"주점의 분위기는 썩 좋군."

"훌륭한 척도가 되지요."

"음. 좋은 마을이야. 영주의 인망이 괜찮군."

"됨됨이가 약하다는 게 정확할 겁니다."

"나쁘지 않아. 그런데 캇셀프라임은?"

"아무르타트 때문입니다."

"중부 대로 어딘가에 블랙 드래곤 때문에 괴로움을 당하는 마을이 있다는 말을 들었지."

"여깁니다."

"참, 거, 고약하군. 이런 아름다운 마을에 그런 고통이 있다니."

"전후 관계가 바뀌었습니다. 아무르타트가 있어 우리 마을이 아름다운 것이지요."

"그래? 그럴 수도 있겠군."

칼과 타이번은 나로서는 도저히 이해 못할 괴상한 문답을 주고받았다. 그래서 난 입을 다물고 있었지만, 칼의 마지막 말에는 도저히 참을 수 없었다. 난 흥분하여 무례하게 끼어들며 말했다.

"어, 저, 그게 무슨 말이지요?"

칼은 잠시 내 존재를 잊었던 모양이다. 그는 얼떨떨한 얼굴로 날 바라보더니 곧 친절한 표정으로 설명했다.

“우리 마을은 강력하지만 조용한 마을이지. 네드발 군. 대륙 어디를 돌아보아도 우리 마을 같은 곳은 없어요. 우리 마을에서는 대도시에서 보이는 소란스러움과 복잡한 인간 관계는 없지. 모두 아무르타트 때문에 괴로워하지만, 그래서 사람들끼리는 참으로 살갑게 살아가는 마을이지.”

난 고개를 끄덕였다. 이건 칼과 자주 나누던 말 중에 하나다.

“그건 전에도 들었어요.”

“그렇지. 우리 마을 사람들은 생활이 고통스러워서 강하게 단련되었지만 그만큼 다정하다네. 여기에서는 일개 병사도 오크 대여섯 마리는 너끈히 상대할 수 있을 정도야. 자네 친구 샌슨 퍼시발, 난 그 청년을 안타깝게 생각하지만, 어쨌든 그 청년이라면 어쩌면 오거도 상대할 수 있을걸? 그런데도 여기서는 순박한 시골 청년으로 살아가고 있지. 만일 수도 같은 대도시라면 퍼시발 군은 예전에 복잡한 인간 관계 속에 휘말려 들어가 기사단 대장쯤 노리며 출세 지향형 인간이 되었겠지.”

그 말에는 찬성이다. 내 친구라서 하는 말은 아니지만, 정말 샌슨은 기사단의 망토를 어깨에 두르고 보검을 허리에 차고 어전에 서 있어도…… 안 어울리겠다. 쳇. 샌슨은 역시 물레방앗간에 숨어서 그 처녀나 초조하게 기다리고 있어야 어울리겠다.

“그래서?”

“별말은 아니야. 우리 마을은 모두가 강한 사람들이지만, 따스한 마을이고, 조용한 마을이지. 우리는 아무르타트와 일종의 균형을 이루는 셈이지. 하지만 이제 캇셀프라임이 왔다네.”

“캇셀프라임은…….”

"캇셀프라임이 아무르타트를 물리치면, 우리 마을은 원래의 좋은 위치 때문에 크게 번영할 거라네. 우리 마을이 중부 대로에서는 꽤 발전할 수 있는 위치에 있다는 것은 잘 알 테지? 아직 개척되지 않은 대륙의 서부로 들어가려면 우리 마을은 그 관문이 되겠지. 어쨌든 뮤러카인 사보네까지 구경할 수 있는 마을이니까."

"그게 그렇게 희귀한 술이에요?"

"뭐, 제법 희귀하지. 전하께서도 마음대로 마실 수 없는 술이니까."

난 입을 쩍 벌렸다. 아니, 국왕께서도 마음대로 마실 수 없는 술을 주문하다니, 저 타이번은 도대체 뭐하던 작자야? 칼은 담담하게 말했다.

"어쨌든 아무르타트가 없어지면, 우리 마을은 지금 현재의 모습대로 있을 수는 없다네. 번영하게 되겠지."

"좋은 일이잖아요?"

"음. 하지만 우리 마을이 번영하게 되면 어떻게 될까?"

"예?"

"우리 마을을 노리는 자가 많아지겠지. 사람들은 이권과 경쟁을 배우겠지. 사실 우리 영주님은 마음씨 좋은 분이지만, 우리 마을을 탐내는 무리들이 생기면 과연 그 자리를 지킬 수 있을까? 지금이야 누가 아무르타트의 앞마당 같은 이 마을을 노리겠는가. 그러니 우리 영주님처럼 소심한 분도 자리를 지키시는 거지."

간신히, 아주 간신히 이해했다. 그 이해를 위해 맥주 한 잔이 완전히 소모되었다. 칼은 말했다.

"그러니까 우리 마을이 이토록 좋은 위치와 비옥한 토지에도 불구하고 대륙의 어느 누구의 관심도 끌지 않는, 그래서 조용하고 사람끼리 서로 사랑하며 살 수 있는 마을로 있을 수 있는 것은, 따지고 보면 아무르타트 덕분이라네."

"웃기는 소리!"

난 탁자를 꽝 내리쳤다. 칼은 별로 놀라지 않았고 타이번만이 놀라서 보이지도 않는 눈을 희번덕거렸다.

"그러면 아무르타트, 그 개자식한테 감사라도 할까요? 우리 마을이 낙원처럼 아름다운 것이 모두 아무르타트 때문이라고? 아무르타트 때문에 더더욱 생존 욕구가 부채질되어 모두가 근면 성실한 사람들이 되어서 고맙다고 할까요? 녀석 때문에 득시글거리는 몬스터들이 심심하면 마을에서 약한 사람들을 죽여버리니까 점점 강한 사람만 남게 해줘서 고맙다고 할까요?"

나는 아무래도 열두 시간 안에 연속으로 술을 마셔선 안 되는 타입인가 보다. 어제 이후로 반나절이 지났지만 당장 취기가 짜릿하게 올랐다.

"그 자식 때문에 중부 대로의 관문인 우리 마을이 발전도 되지 않고 목가적인 마을인 채로 있다고 고마워하라고요? 혹시 타이번이 그렇게 말하면 이해해요. 하지만! 하지만 칼은 어떻게 그런 말을 해요? 칼은 항상 봤잖아요? 한 달에 한두 명씩은 꼬박꼬박 죽어나가는 사람들을 봤고, 그 가족들이 우는 것을 봤잖아요! 아니, 지금 당장 강 건너에 가보세요. 4년 만에 죽은 시체로 돌아온 카르도 씨 가족에게 그렇게 말해 봐요!"

주점의 다른 사람들, 즉 해너 아주머니와 그 옆에 있던 사람들이 놀라서 나를 바라보았다. 하지만 난 그쪽은 쳐다보지도 않고 칼만을 바라보았다. 칼은 맥주잔을 들어올리며 말했다.

"그 이야기는 들었네. 그리고, 네드발 군."

그리고 칼은 맥주를 삼키고는 말했다.

"자네 말이 다 옳아요."

그때 타이번이 조심스럽게 입을 열었다.

"이봐. 후치라고 했던가? 내가 보기에 이 옆의 칼은 너무 이른 나이에 인간에게 실망해 버렸어. 그러니 아직 인간을 사랑하는 나이인 자네가 보기엔 이해할 수도 없는 말도 하는 것이고."

"집어치워요! 당신이 뭘 안다고, 오늘 처음 만났잖아?"

"그러나 이런 사람을 처음 보는 것은 아니니까."

그때 칼이 말했다.

"타이번. 그만 하십시오. 네드발 군. 내 잘못일세. 용서해 주게."

칼은 슬쩍 웃으며 말했다.

"취해서 한 말이라네. 잊어요, 네드발 군."

난 씩씩거리며 두 사람을 바라보다가 자리에서 일어났다.

"네드발 군?"

칼이 불렀지만 난 돌아보지도 않고 달려나가 버렸다. 제기랄, 펍을 빠져나오자 오전의 햇살이 내 얼굴을 사정없이 때려왔다. 미칠 것 같은 햇살이었다.

3

"가아악, 퉤!"

성에서 음식 찌꺼기를 받아나오는 길에 나는 성 뒷문에다 침을 뱉었다. 영주 저택의 집사 하멜은 쪼그만 게 술 냄새 풀풀 풍기면서 성에 들어오다니 간덩이가 붓지 않았느냐고 내 건강 상태를 걱정했다. 정강이를 걷어차고 머리를 쥐어박는 것도 걱정하는 태도라면 말이지만.

내가 이용하는 것은 정문이 아니라서 아무 걱정이 없다. 공식적인 손님들은 모두 정문을 이용할 뿐 이 뒷문은 영주의 저택에 물건을 납품하는 나 같은 사람 이외에는 아무도 이용하지 않는다. 그래서 경비병도 없고 따라서 내가 침을 뱉든 어쩌든…….

"이 자식, 이 무슨 무례한!"

다시 뒤통수에 불이 번쩍했다. 맞은 데 또 맞다니. 하지만 성에서 내가 어떻게 해볼 수 있는 사람은 아무도 없으므로 나는 황급히 고개를 숙이며 말했다.

"죄송합니다. 잘못했습니다. 그만 무의식 중에……."

"음, 잘못을 뉘우치느냐?"

잠깐. 이 목소리는 아무래도 어디서 많이 들었던 것이다. 나는 슬며시 고개를 들어보았고, 히죽히죽 바보처럼 웃고 있는 샌슨의 얼굴을 보게 되었다.

"샌슨! 이런, 간 떨어질 뻔했잖아!"

"그러게 왜 놀랄 짓을 해, 임마. 뭐야? 고기 받아가는 거야?"

"고기는 무슨. 비곗덩어리지. 그런데 경비 대장이 뒷문에서 뭐 하는 거지?"

"아, 어젯밤에 술김에 여길 들어오다가 뭘 흘려서……."

샌슨은 마음 턱 놓고 말하다가 문득 자신이 말하고 있는 대상이 나라는 사실을 떠올린 모양이다. 샌슨의 얼굴이 굳어버렸고 난 그것을 놓치지 않았다.

"뭘 흘려서? 그런데 혼자서 살짝 찾으러 왔다는 것은……."

"그, 그거야 경비 임무를 비워둘 순 없잖아?"

"아니지, 아니지. 비번들이 있을 텐데. 부탁하면 얼마든지 도와줄 텐데. 즉, 그것은 누군가에게 들키면 안 되는 물건일 수도 있겠고……."

"무, 무, 무슨 상상을 하는 거야?"

"으응? 어랏, 흥분하는데? 즉, 그것은 비밀스러운 것이며 흘릴 정도로 작은 물건. 흠. 하지만 꼭 되찾아야 되는 물건. 그것은……."

샌슨은 눈이 동그래졌지만 설마 네까짓 게 보지도 못한 물건을 어떻게 정확하게 말하랴 하는 표정으로 날 바라보고 있었다. 난 아주 먹음직스러운 음식을 앞에 둔 표정으로 말했다.

"반지군?"

샌슨은 기절할 듯한 표정으로 날 쳐다보았다.

"너, 어, 어떻게……?"

"그 아가씨의 손에서 반지가 없어진 걸 봤거든. 그 아가씨는 반지를 누구에게 줬을까? 뭐, 그 아가씨라고 말하는 것도 귀찮군. 그 아가씨의 이름은…….”

턱! 샌슨은 내 어깨를 붙잡았다.

“제발…… 부탁이야.”

샌슨의 표정은 가관이었고 난 그만 배를 잡고 웃어버렸다. 뭐? 오거를 상대할 만한 전사라고?

잠시 후, 나와 샌슨은 성의 뒷문 근처 풀밭을 뒤지고 있었다. 날씨는 가을이라 귀뚜라미들이 펄쩍 뛰는 일이 많았다. 샌슨은 풀밭을 뒤지면서도 몇 번이나 내게 아무에게 말하지 말 것을 맹세하라고 재촉했고, 난 17세라서 맹세는 못한다고 잡아뗐다. 맹세는 자기 말에 책임을 져야 하는 성년이 되어야 할 수 있는 것이잖아.

“그럼 약속해!”

“약속이라. 그것 곤란한데. 내 입은 때론 나도 주체하지 못해서.”

진실을 얘기하고 싶어하는 내 입과는 달리 샌슨은 갖은 욕설이 터져나오는 입을 가지고 있었다. 흠, 그러고 보면 난 얼마나 고상한가.

잠시 후 나는 조그만 구리 반지를 찾아냈다.

“샌슨, 찾았어!”

샌슨은 팔짝팔짝 뛰면서 좋아했다. 난 건네주며 말했다.

“작아서 손가락엔 못 끼겠군. 또 잃어버리지 않으려면 실에 꿰어 목에 걸어.”

“아, 그랬는데 끊어졌던 거야. 이번엔 쇠사슬이라도 준비해야겠어.”

샌슨은 날 보지도 않고 말했다. 시선은 모조리 그 구리 반지에

쏠려 있었고 혹시나 그것이 어디 상하지나 않았나 살피듯이 이리 돌려보고 저리 뒤집어보고 쓰다듬어보고 난리도 아니었다. 나만 옆에 없다면 입 안에 넣어 맛이라도 볼 듯한 태세다. 정말 닭살 돋아 못 봐주겠다.

우리 둘은 잠시 땀을 식히기 위해 나무 아래에 앉았다. 샌슨은 그때까지도 반지를 만지작거리더니 얼굴을 붉히며 말했다.

"이번에 돌아오면 정식으로 사람들에게 알리고 결혼식을 올릴 거야."

"돌아오면이라니?"

"그야 아무르타트 정벌에서 돌아오면."

나는 눈을 크게 떴다.

"어? 샌슨도 가? 샌슨은 성의 경비대잖아."

"성의 경비대라기보다는 헬턴트 영주님의 경비대지. 성을 지키는 것은 곧 영주님을 지키는 것이잖아."

"아, 그야 그렇긴 한데……."

"이번엔 우리 영주님도 출진하신다."

이건 우리 아버지가 정벌군에 자원했다는 것보다 더 웃긴다. 난 기가 막혀서 말했다.

"영주님이? 말 타는 법은 안 잊어먹었어?"

"응? 어떻게 알았냐? 그래서 전차로 나가시는데."

난 입을 딱 벌렸다. 아니, 전차라니? 내 상상력으로는 전차 같은 것은 저기 남쪽의 자이펀과의 국경에나 있어야 어울리지 우리 성에 그런 것이 있을 거라고는 도저히 믿어지지 않았다.

"아니, 우리 성에 전차가 있었어?"

"응. 영주님 명령으로 우리 아버지가 만드셨어. 짐수레를 개조

해서."

난 더 이상 말하고 싶지도 않았다. 그건 짐수레도, 개조 전차도 아니라 장의 마차일 것이다. 정말 기가 막힌다는 말의 의미를 확실히 깨닫는 순간이었다.

"영주님이 가서 뭐하신다고? 솔직히 말해서 우리 영주님, 전차에서 굴러 떨어지지만 않으면 다행일 텐데 설마 포차드라도 휘두르시겠어?"

샌슨도 히죽히죽 웃으며 말했다.

"뭐, 죄송스럽지만 나도 별로 그러실 수 있을 거라고 믿어지지는 않는군."

"그럼 왜 나가시는 건데?"

"글쎄. 이번엔 수도에서도 드래곤과 드래곤 라자가 왔잖아? 그런데 이 마을의 주인으로서 영주가 안 나갈 수는 없겠지."

"그럼 할 수 없이 나가는 것이군?"

"할 수 없어서는 아니지. 이번엔 하멜 집사도 말릴 수 없다는 거지."

"응?"

"제6차 정벌군 이후로 영주님은 계속 출진하고 싶어하셨어. 하지만 그 동안은 하멜 집사가 계속 못 가도록 막아왔거든? 하지만 이번엔 수도에서도 귀빈들이 왔으니까 하멜 집사도 막을 수 없지."

6차 정벌군……. 아아. 영주님의 외동아들인 젊은 영주님이 전사했을 때다.

기억이 난다. 젊은 영주 헬턴트 남작. 우리야 귀족의 이름엔 관심 없고 우리 마을에 귀족이라고는 영주이신 헬턴트 자작 이외엔 없으니 헷갈릴 것도 없었다. 하지만 헬턴트 자작의 아들인 알반스 헬턴트가 수도에서 사관 학교를 졸업하고 자이펀과의 전투에서 뭔가 공을 세운 다음, 헬턴트 남작이 되어 우리 마을에서 좀 떨어진 곳에 영지를 얻어 돌아왔을 때는 우리들도 좀 헷갈렸다. 그래서 우린 처음엔 헬턴트 자작, 헬턴트 남작, 이렇게 부르다가 그냥 귀찮아서 입에 익은 대로 우리 영주님, 그리고 젊은 영주님이라고 불렀다. 젊은 영주님도 그걸 좋아했던 것으로 기억한다.

그러나 젊은 영주님은 자기 영지를 오래 다스리지는 못했다. 자기 아버지의 영지를 괴롭히는 아무르타트에 대한 증오는 젊은 헬턴트 남작이 태어났을 때부터 키워왔던 것이었고, 그래서 그는 헬턴트 자작의 만류에도 불구하고 6차 정벌군에 합류했다.

그리고 3주 후, 비오는 마을 대로에서 젊은 영주님의 투구를 끌어안고 통곡을 하던 젊은 영주님의 어머니 영주 마님의 모습이 보였다. 난 그때 사정도 모르고 영주 마님과 주위의 모든 사람들이 울기에 덩달아 울었다. 그리고 그날 이후로 영주 마님의 모습은 볼 수 없었다. 전혀 저택 밖으로 나오지 않으시는 것이다.

난 그때를 떠올리며 낮게 말했다.

"하긴…… 젊은 영주님이 돌아가신 이후로 우리 영주님은 살아도 곧 그곳이 지옥. 차마 아침마다 떠지지 않는 눈을 뜨며 아드님이 존재하지 않는 현실을 바라보고, 밤마다 감기지 않는 눈을 감으며 아드님이 죽는 악몽 속에 잠드셨겠지."

샌슨은 놀란 눈으로 날 쳐다봤다.

"야, 혹시 머리에 열이 난다든가, 맥박이 좀 이상하다든가……."

"됐어요, 됐어. 몰래 연애할 시간이 있으면 책 좀 읽어!"

이건 언젠가 칼이 나에게 했던 말을 좀 바꾼 것이다. 하지만 샌슨은 싱긋 웃을 뿐이다.

"그럼, 돌아오면 축복 속에 결혼식?"

"응. 축하해 줄 거지? 너도 정식으로 초대할게."

혹시 살아서 못 돌아온다는 생각은 하지 않았어?

난 17세였다. 하지만 그런 나로서도 이런 말을 꺼내는 것은 쉽지 않았다. 게다가 그렇게 질문해 봤자 무슨 좋은 대답을 들을 것인가. 그 스스로도 그런 생각, 엄청나게 떠올려보았을 것이다. 그래서 난 그 말을 꺼내는 대신 밝은 표정을 지으며 정답게 말했다.

"정말…… 정말 그 아가씨 불쌍해. 어디서 이런 오거 같은 남자를…… 오호, 물레방앗간이 웬수로다."

"뭐야, 이 자식아!"

"아니, 누구를 원망하랴. 그 밤에 물레방앗간으로 나오라는 말에 왜 아무런 경계심 없이 나갔더냐. 그날 이전까지 청년은 처녀의 것이었지만, 그날 이후로는 처녀는 청년의 것 되었도다. 달빛도 붉게 물들일 청년의 애타는 고백이여. 청년은 거부의 말도 못하도록 처녀의 입술에 감미로운 자물쇠를 채웠으니, 아아, 애닯도다. 애처롭다. 그 입술을 도둑맞음으로써 처녀의 자유는 이미 사라졌으니. 새장에 갇힌 새요, 고삐 채운 야생마……."

"임마! 후치! 서! 안 때릴 테니까 서! 너 잡히면 죽어!"

샌슨은 눈물을 찔끔 뽑으며 경비 대장의 임무도 망각한 채 앞뒤 안 맞는 말을 하며 날 추적했고 난 신나게 노래를 부르며 마을 대로를 달려갔다. 마을 사람들은 대단히 협조적이어서 샌슨은 곳곳에서 이상하게 발이 걸리고 요상하게 부딪혀서 나는 여유 있게 노래를 할 수 있었고 마침내 마을 사람들의 열렬한 호응과 기대 속에 처녀의 이름이 공개될 뻔했으나…… 불쌍해서 관뒀다. 다음에 또 써먹으려면 아껴둬야지.

음식 찌꺼기가 든 나무통을 둘러멘 채 나는 숲 속의 오솔길을 걷고 있었다. 휘파람이라도 불고 싶을 정도로 좋은 날씨였고, 샌슨이 쥐어박은 정수리의 통증도 가실 듯이 상쾌한 바람이 불었다. 하지만 기름 비린내 때문에 그 모든 것을 망치고 있었다. 난 그저 묵묵히 걷고 있었다.

그때 오솔길 옆 나무 뒤에서 제미니가 팔짝 뛰어나왔다.

"안녕!"

제미니는 두 손을 뒤로 돌린 채 나타났다. 엉덩이를 쓰다듬고 있는 것이다.

"꽤 맞았냐?"

제미니 어머니의 손바닥에 맞을 바에는 웬만한 남자의 주먹을 맞는 것이 나을 거야. 하지만 17년 동안 단련된 제미니는 까딱없는 모양이다.

"으응. 그런데 웬 기름통이야? 어제 일 끝났다고 했잖아."

"주문이 더 들어왔어. 아무르타트 정벌군에 사용될 양초."

"그래? 얼마나 더 만들어야 되는데?"

"그건 나도 몰라. 수도에서 온 기사들과 정벌군 지휘관들이 작전을 세워야 소모량이 정해지는 거지. 하지만 내 생각이지만 별로 많이 쓰이지는 않을 것 같아."

"왜애?"

제미니는 나와 함께 걷기 시작했다.

"그야 기사들도 별로 없고 작전도 별로 없을 테니까. 다른 때는 사람들이 많아서 양초도 많이 필요했지만 이번엔 그렇지 않잖아. 이번 싸움은 결국 아무르타트와 캇셀프라임의 대결이야. 그러니 기사들이 밤을 새워가며 작전을 짤 까닭은 없고…… 열흘 거리니까 오가는 데 소모될 양을 다 따져봐도 100개 정도 되겠지."

"흠. 그렇겠네."

제미니는 고개를 끄덕이다가 말했다.

"그런데 어제 드래곤 라자 말이야, 싸움이 시작되면 그 아이가 캇셀프라임에 타는 거야?"

"응? 왜? 타지 않아."

"어? 캇셀프라임을 타고 지휘해야 되는 거 아니야?"

"그 꼬마가 무슨 싸움을 안다고. 네가 말하는 건 드래곤 나이트야. 드래곤의 허락으로 드래곤을 타게 되는 기사. 드래곤 라자는…… 그러니까 드래곤과 인간의 매개물 정도지. 드래곤이 인간의 명령을 듣게 되는 계약을 나타내는 일종의 상징물."

나는 장엄하게 설명했지만 제미니는 입술을 실룩거렸다.

"무슨 말인지 이해가 안 돼."

나는 눈살을 찌푸렸다.

"아이고, 골이야. 야이 계집애야! 그러니까 말이야, 네가 사는 곳은 어디야? 영주의 숲이지?"

"응."

"그런데 영주의 숲지기는 영주님 자신이지? 그러니까 실제로 이 숲에서 나무를 자르고, 과일을 따고, 버섯을 캐고, 사냥을 할 권리는 모두 영주님에게 있잖아."

"어…… 그렇지."

"하지만 사실 숲지기는 네 아빠지. 알겠어? 이 숲에서 나무를 자르고 버섯을 캐려면 영주님께 허락을 얻는 것이 아니라 네 아버지에게 허락을 받아야 되잖아."

제미니는 자랑스러운 표정으로 고개를 끄덕였다.

"음. 그래."

"알겠어? 드래곤 라자도 드래곤의 주인이지만 실제로 드래곤에게 뭘 부탁하려면 드래곤 라자에게 할 필요 없어. 드래곤에게 직접 부탁해야 돼. 캇셀프라임도 마찬가지야. 아무르타트를 무찔러 주면 좋겠다고 인간들이 말했고, 캇셀프라임은 그 말을 들어주기로 결심했으니까 가서 싸우는 거야."

제미니는 고개를 갸웃거리며 한참 생각했다. 그러다가 그녀는 기발한 생각을 떠올렸다는 듯이 손뼉을 치며 말했다.

"응, 저, 그러니까 말이야. 내가 캇셀프라임에게 '날 태워주세요.' 그러면 캇셀프라임이 좋을 경우 날 태워주는 거야? 그러니까 드래곤 라자의 허락을 받지 않아도?"

"어라? 정확해. 제법이군. 그러니까 이런 거야. 드래곤과 인간이 직접 의사를 나누는 거지. 드래곤 라자는 아무런 일도 하지 않아. 하지만 드래곤 라자가 없는 드래곤은 인간과 아예 아무런 의사도 나누지 않고 보는 족족 죽여버리려고만 하지."

"아무르타트처럼?"

"그래…… 그 빌어먹을 새끼처럼!"

나는 돌멩이를 걷어차 버렸다. 얄밉게도 돌멩이는 나무에 부딪혀 다시 내 발 앞으로 돌아왔고, 난 그걸 더 힘껏 걷어찼다. 돌멩이는 풀숲 속으로 사라졌다.

"화내지 마아."

"제길, 난 그 이름이 싫어!"

제미니는 날 슬픈 눈으로 바라보았고 난 외면해 버렸다. 그러자 제미니도 시선을 돌려버렸다. 우리는 말없이 그렇게 조금 걸었다. 갑자기 제미니가 말했다.

"정말 그래볼까?"

"응?"

"캇셀프라임에게 날 태워달라고 부탁해 볼까?"

내 분노는 남김 없이 사라져버렸다. 아이고, 그랑엘베르여!

"……물론 캇셀프라임은 널 태워줄 거야."

"정말?"

"응. 그리고 높은 하늘로 올라가서는 널 냠냠 씹어서 꿀꺽 삼키고는 시치미 뚝 떼고 내려오겠지. 아마 트림도 안할 거야. 너 정도론 배가 별로 부르지……."

"후치! 끔찍한 말 자꾸 할래?"

제미니는 내 발을 콱 밟고는 달려가 버렸다. 망할 계집애. 메고 있는 기름통 때문에 달려가지 못해서 난 고함만 좀 질러주었다. 제미니는 멀리서 나에게 감자를 먹였다.

망할, 망할, 망할! 저 예쁜 것!

응? 어라, 내가 미쳤나?

양초를 고기 시작했다.

미리 잘 다듬은 동물 지방을 물 속에 넣고 은근한 불에 끓인다. 잠시 후 물 위로 기름이 떠오르면 그것만 살짝 떠낸다. 이것은 꽤 덥고 냄새도 고약하고 시간도 많이 걸리는 힘든 작업이다. 이렇게 기름만 걸러 모은 다음, 여기에 왁스 등의 고형제를 집어넣는다. 그러고는 미리 가운데 심지를 묶어둔 틀에 이걸 붓는다. 심지는 보통 갈대를 사용한다. 실을 꼬아서 심지로 쓰면 불꽃이 곱지만 실은 비싸다. 그래서 갈대를 기름에 적셨다가 잘 말려서 심지로 쓴다. 갈대 심지는 불꽃이 탁탁 튀고 광도도 약하지만, 재료가 공짜니까.

그러곤 응달에서 적당히 식힌다. 그런 뒤 틀을 떼어내면 양초가 완성된다. 싱거울 정도로 간단하지만 직접 해보라고. 그렇게 쉬운 일은 아니라는 것을 알게 될 것이다.

나에게도 쉬운 일은 아니다. 기름의 녹은 정도를 살피는 것이라든지, 고형제의 양을 정하는 것, 갈대 심지가 부러지지 않을 정도로 기름을 붓는 것, 모두 손끝의 기술이 필요하다. 재수 없어서 심지를 끊어먹기라도 하면 양초 한 개분의 재료를 다 버려야 된다. 한 번에, 정확히 붓는 이 기술은 나도 익히는 데 꽤 세월이 걸렸다.

그런 중요한 모든 업무가 전부 내 손끝에서 이루어지는 것이다. 난 탁 트인 작업장 가운데 앉아 냄비의 기름을 부으며 아버지를 감상했다.

아버지는 옆에서 좀 지시라도 해주면 좋을 텐데 아예 작업장 근처에도 안 오신다. 어디서 나무 작대기 하나를 깎아와서는 마당에서 휘두르고 계신다. 아마 창이라고 생각하시는 모양인데, 저기에 이름이나 붙이지 않았다면 다행이겠다. 다 큰 어른이 나무 작대기를 휘두르면서 아주 진지하게 '야! 하앗! 얍!' 따위의 기합을 지르고 있는 것을 보니 아무리 내 아버지라 해도 정말 못

봐드리겠다.

"아버지."

"다 했느냐?"

"예. 틀은 다 채웠어요."

우리집에는 양초틀이 전부 40개다. 따라서 100개를 만들려면 세 번에 걸친 작업이 필요하다. 물론 아무도 100개를 만들면 된다고 하진 않았지만 내 예상으론 그 정도 될 것이다. 그리고 난 지금 그 40개의 양초틀을 다 채우고는 정확하게 냄비를 비웠다. 남는 건 무조건 버려야 되는 것이니까(두 번 끓이면 못 쓴다). 난 눈대중으로 아주 정확하게 재료를 맞췄던 것이다.

아버지도 그걸 보셨다. 내가 냄비를 들어올려 보였으니까.

"사랑받는 남편이 되겠다."

"……감사합니다."

난 양초틀을 응달로 옮기고 냄비를 씻고 재료를 갈무리했다. 그 동안에도 아버님은 계속해서 '으랏차차!' '어기여차!' '으샤으샤!' '어절씨구!' 등의, 창술과는 무관할 듯한 기합을 동원하며 나무 작대기를 휘두르고 계셨다.

"보고 있기가 괴로워요."

"겸허하게 존경해라. 질투는 곤란해."

"제가 대무(對武)해 드릴까요?"

"드디어 골육상쟁이로구나. 작대기 하나 준비해 오너라."

난 작업장 한켠의 막대기를 고르다가 아버지께서 들고 있는 것을 흘깃 보았다. 그러고는 월등히 길고 묵직한 놈으로 골랐다. 아버지의 눈썹이 올라갔다.

"허허허. 목수는 연장을 탓하지 않는 법."

난 어깨를 으쓱하고는 고른 것을 내려놓았다. 그리고 더 커다란 걸 집어들었다.

"……망할 놈."

난 그걸 머리 위로 들어올려 붕붕 돌렸다. 샌슨이나 그 부하들이 가끔 이러는 것을 본 적이 있다. 그러나 나는 그 동작에 나만의 고유한 동작을 끼워넣었다. 샌슨은 마지막에 창을 내려 허리 높이에 들지만, 나는 그것을 놓치고 헐레벌떡 주우러 달려갔으니까.

어쨌든 아버지와 나는 간신히 마당에서 나무 작대기를 든 채 노려보고 있을 수 있었다. 아버지는 내가 보기엔 도대체 들고 있는 자세부터가 엉성했다. 무슨 칼을 드는 것도 아닌데 가슴 앞에 세워들고 다리는 각각 제멋대로 가 있다. 이래서야 찌르면 피하지도 못하시겠다.

"다리를 좀 좁혀 어깨 넓이로 하세요."

"작전이냐?"

"……순수한 조언이에요."

아버지는 순순히 다리를 좁히셨다. 난 자세를 취해 보이며 말했다.

"그리고 창은 이렇게 드시고요. 무슨 도끼질 하세요? 넓고 헐겁게 잡으세요."

역시 아버지는 내 말대로 하셨다. 그러곤 우리 둘은 약 30분에 걸쳐 정말 눈 뜨고 못 봐줄 광경을 연출했다.

난 내가 이런 놈인 줄은 몰랐다. 난 막대기를 뻗다가도 움찔해서 도로 물렸던 것이다. 하지만 아버지는 당신의 아들네미를 개패듯이 두드리셨다. 뭐, 피하는 게 그렇게 어렵지는 않았다. 아버지는 내가 가만히 서 있어도 엉뚱한 곳을 찌를 정도였으니까. 오히려 내가 피하려다가 아버지의 막대기를 찾아가서 맞는 일이 잦았다.

"흠, 더 할 수 있겠느냐?"

"그렇게 보이세요?"

"전혀. 일어나거라."

난 아버지의 부축을 받으며 일어났다. 석양이 내리고 있었다. 나는 아버지의 어깨에 기대어 오두막 앞의 테이블까지 걸어갔고 아버지는 몸소 물병을 가져오셨다. 주위는 온통 붉었고 아버지의 얼굴은 그래서인지 따스해 보였다.

난 물을 한 모금 들이키고 말했다.

"아버지. 정말 이래가지고 돌아오시겠어요?"

"그래. 나도 그게 걱정이다. 지휘관이 내 솜씨에 반해서 그대로 수도에 끌고 가 임금님께 알현이라도 시키겠다면 어떻게 하지? 난 이 마을이 좋은데."

"……."

아버지는 내 머리를 헤집으면서 웃으셨다.

"걱정 마라. 나아지겠지. 앞으로 8일 남았으니."

"8일 후가 출전이에요?"

"응. 오늘 성에서 그렇게 들었다. 내일부터는 성의 훈련에도 참가할 테고."

"고작 1주일 훈련해서……."

"뭐, 작전 지휘관들은 우리에게 별로 기대하지 않는 모양이더구나. 어차피 싸움은 거의 캇셀프라임이 맡게 될 테니까."

"캇셀프라임 뒤에 꼭 숨어 있으시고 혹시나 '돌격!' 어쩌고 하면 그대로 '으악! 적의 화살에 맞아버렸나 봐!' 하고 쓰러져버리세요."

"……아무르타트가 활도 쏘느냐? 지휘관에게 그 정보를 알려줘야겠구나."

"지휘관은 누군데요?"

"드래곤 라자를 호위해 온 수도의 기사다. 기사 휴리첼. 백작이라던데."

"백작이면 우리 영주님보다 높네요?"

"자이펀 전쟁의 최전선이 아니라 이런 시골 영지의 작전에 파견된 인물이니 뻔한 것이니라. 능력이 없거나 수완이 없는 백작이겠지."

"그런데 백작쯤 되는 사람이 끌고 온 병사가 고작 그거예요?"

"글쎄. 캇셀프라임을 가리켜 고작 그거라고 말하느냐?"

"하긴 그렇군요."

난 고개를 돌려 서쪽을 바라보았다. 붉게 타오르는 석양. 서쪽은 아무르타트가 있는 곳이다. 갑자기 난 그 붉은 석양이 아무르타트가 토하는 불꽃처럼 느껴졌고, 그 따스한 붉은 빛 속에서 어처구니없게도 한기를 느꼈다. 난 몸을 부르르 떤 다음 그대로 테이블에 엎어져 잠들어버렸다. 대무가 너무 힘들었던 모양이다.

타오르는 붉은 불꽃.

집을 태우고, 마을을 태우고, 하늘과 땅을 태우고 있다. 보이는 건 불꽃뿐이다.

어머니가 불타고 있다.

불의 신발, 불의 옷, 불의 머리카락. 팔에는 불의 팔찌가 타오른다.

어머니의 표정은 평온하여, 그 광경은 아름다워 보였다. 어처구니없게도 난 어머니가 참 따스해 보였다. 그 품에 안기면 저 불이 날 따스하게 해줄 것 같다.

어머니께 달려간다.

어머니는 두 팔을 벌리신다. 어서 오렴, 어서 오렴.

어머니의 두 팔이 활짝 펼쳐진다. 어서 오렴. 계속 펼쳐진다. 어서 오렴. 마침내 다 펼쳐진 그것은 검은 날개.

어머니의 어깨 위에, 엉뚱한 머리가 있다. 검고 번쩍이는 피부. 그래서 주위의 불꽃을 일그러진 모습으로 반사한다. 앞으로 휘우듬하게 돋은 뿔, 그대로 달려가면 저기에 찔려버리겠지. 그 머리는 입을 벌린다. 그 안은 터무니없이 거대한 동굴, 절대, 암흑, 영원, 무한.

난 왜 계속 달려가고 있을까.

"멍청아! 어딜 달려가는 거야!"

아버지에 의해 간신히 나는 벽난로를 향해 돌진하는 것을 멈추게 되었다. 조금만 더 달려갔다간 그대로 머릿가죽을 홀랑 태워먹을 뻔했다.

"꿈꿨냐?"

그러고 보니 난 모포에 둘둘 말린 채 오두막 바닥에 있었고 아버지는 침대에 걸터앉아 뭔가를 쓰고 계셨다. 아버지는 쓰고 계시던 것을 장 위에 올려놓으시고는 나에게 다가와 이마를 짚으셨다. 그러곤 머리를 갸우뚱하셨다. 내 이마엔 땀이 흠뻑 돋아나 있었고 난 그때까지도 멍한 눈으로 앉아 있었다. 아버지가 내 눈을 뒤집어보기까지 하셨는데도 난 가만히 앉아만 있었다. 아버지는 결국 주먹을 불끈 쥐고 뒤로 당기셨다.

"거기서 멈추시죠."

"다행이구나. 저녁도 먹지 않고 자서 그런 게냐? 하긴 네 나이에 그건 예삿일이 아니지. 저기 테이블 위에 빵 있으니 먹어라."

난 일어섰지만 빵을 먹기 위해서는 아니었다. 그대로 오두막 바깥으로 나온 것이다.

"땀 좀 식힐게요."

"그래라."

모포 속에 있다가 밖에 나오니 무시무시하게 추웠다. 팔에 소름이 돋을 정도였다. 하지만 땀을 흘린 이후라 상쾌하기 그지없었다. 내일 감기로 쓰러지든 말든, 난 작업장의 물통에 다가갔다. 물통에 머리를 박으려는 순간, 나는 움찔했다.

물통 안은 아무것도 보이지 않는 캄캄한 암흑이었다. 물이 들어 있는지조차 보이지 않았다. 도저히 머리를 갖다 박을 엄두가 나지 않았다. 머리를 집어넣기만 하면 그대로 온몸이 빨려들어갈 것만 같았다.

난 치를 떨며 물통에서 물러나 오두막의 벽에 기대어 앉았다.

"엄마……."

어머니라고 할 생각이었다. 하지만 내겐 어머니라는 말로 어머니를 부른 시기는 없었다. 어쩔 수 없이, 내 오랜 기억이 시키는 대로 말은 그렇게 나왔다.

풋. 이게 무슨 감상 어린 사춘기 꼬마의 말투냐.

그런데 왜 볼이 축축해지는 거지?

4

휘파람. 휘파람.

하멜 집사를 만나러 성에 가는 길이다. 양초는 이미 100개를 만들어두었지만, 그건 내 예상이며 실제로 얼마나 쓰일지 알 수가 없다. 무조건 더 만들 수는 없었고, 그래서 하멜 집사를 만나거나 얼굴도 모르는 그 '작전 지휘관' 씨라도 만나 봐야겠다. 하지만 내가 언감생심 '작전 지휘관' 씨를 만날 수야 없을 테고, 하멜 집사에게 물어보면 나 대신 물어봐 주겠지.

휘파람. 휘파람.

그리고 그것 말고도 용무가 있다. 아버지는 창술 수련 이틀만에 몸져 누워버렸기 때문에 그것도 보고해야 한다. 절대로! 내가 때려서 그렇게 된 것은 아니다. 아버지는 너무 열심히 휘두르시다가 몸살이 나신 것이다. 뭐라고 위로해 드리고 싶은 마음도 생기지 않는다.

휘파람. 휘파람.

마을 대로의 분위기가 올 때마다 바뀌는 듯하다. 이번엔 오가는 수레들이 많이 보였다. 내가 초를 준비하는 것처럼 다른 여러 가지 전쟁 준비 물품들이 많이 필요하겠지. 스푼과 나이프를 준비하지 않아서 굶어죽은 자이편 군대의 이야기는 유명하다. 물론 자이편에서는 우리 바이서스 군대로 이름이 바뀐 채 그 이야기가 전해지겠지. 그렇게 멍청한 군대가 설마 있을까.

휘파람. 휘파람.

내 생각이지만 아마도 그 캇셀프라임의 식사를 준비하는 것이 가장 힘들 것 같은데. 성 안에서 번져나오는 소문에 의하면 캇셀프라임은 한끼 식사로 황소 다섯 마리를 먹어치운다고 한다. 말도 안 되는 소리. 우리 영주님이 가진 소가 겨우 열 마리인데. 정말 그렇게 먹는다면 벌써 우리 마을의 소란 소는 모조리 씨가 말랐을걸. 오가는 수레의 모습을 보아 고기를 많이 실어나르기는 하는 모양이다. 그리고 그 고기에 들어갈 민트도 무지 필요하겠지? 푸헤헤.

휘파람. 비명.

"뭐, 뭐야?"

내 휘파람은 갑자기 들려온 비명으로 멈춰지고 말았다. 뒤쪽에서 들려온 비명이다. 난 황급히 고개를 돌렸다. 사람들이 부리나케 달려오는 모습이 보였고, 그 뒤쪽으로 크게 상처입은 여자 하나가 남자들에게 부축되어 비틀거리며 달려오고 있었다. 여자를 부축하던 남자는 도저히 안 되겠다 싶자 여자를 업고 달리기 시작했고, 다른 세 남자들은 재빨리 뒤로 돌았다.

난 조심스럽게 다가가 보았다. 그런데 그 남자들 중 하나가 날 봤다.

"뭐야, 임마! 달아나!"

"뭔데 그래요?"

"노닥거릴 시간 없어, 어서 달아나! 그렇지, 병사들을 불러!"

그리고 그 남자는 다시 내게 등을 보였다. 순간, 난 사태를 짐작했고 이 남자들은 죽을 작정이라는 것을 깨달았다. 난 몸을 돌려 재빨리 옆에 보이는 가게로 달려갔다.

"제기랄! 이거 받아요!"

난 바로 옆에 있던 대장간에서 쇠스랑, 괭이 등을 꺼내어 집어 던졌다. 듣기 싫은 소리를 내며 농기구들이 튕겼다. 남자들은 싱긋 웃으며 그것을 집어들었다. 나는 우리 마을 사람들이 이럴 때 항상 외치는 말을 했다.

"남길 말은?"

내 말에 내가 오싹해졌다. 사실 나 이렇게 외쳐보는 건 처음이라고. 남자들은 마치 내가 대견하다는 듯이 빙긋 웃으며 말했다.

"이미 해뒀으니 상관없어! 아까 업혀간 여자가 내 아내야!"

"소피아에게. 약속 못 지켜 미안하다."

"잭에게. 계약대로 어머니를 부탁한다."

남자들은 각각 빠르게 말했다. 난 고개를 끄덕인 다음 뒤도 돌아보지 않고 달렸다.

몬스터가 쳐들어온 것이다. 어떤 놈일까. 이런, 까먹는다! 소피아에게, 약속을 못 지켜 미안함. 잭에게, 계약대로 어머니를 부탁함. 아마 그 남자와 잭은 서로 산 사람이 죽은 사람의 어머니를 맡기로 약속했나 보군. 난 갑자기 그들의 이름을 모른다는 것을 떠올렸다. 상관없지. 사태가 끝나면, 그리고 그때까지 내가 살아 있다면 그 이름을 싫도록 듣게 될 테니. 목놓아 그 이름을 부르는 가족들의 모습도 이젠 지겨워.

제기랄!

아무르타트, 모든 게 너 때문이야. 아무르타트, 모든 게 너 때문이야.

뭐? 아무르타트 때문에 강한 사람들만 남게 되지 않았냐고? 빌어먹을, 웃기지 마! 항상 뒈져버릴 준비가 되어 있어서 마지막에 웃을 수 있는 게, 그런 게 강한 거야? 그런 건 개나 줘버려!

"끄아악!"

등 뒤에서 들려오는 단말마에 나는 주저앉을 뻔했다. 오금이 저려서 달리지도 못할 지경이다. 하지만 안 돼. 달려야 산다. 난 거의 땅을 짚다시피 하면서 달려갔다. 그때였다.

"비켜, 후치!"

눈앞에 뭐가 보였다. 모르겠다. 눈물 때문인가? 뭐지, 저건?

"샌슨!"

난 옆으로 몸을 날렸다. 샌슨은 팔을 뒤로 당긴 채 달려오다가 그대로 스피어를 던졌다. 그 동작의 여운으로 휘청거리며 몇 발자국 더 뛰는 것이 잘 보였다. 창은 무서운 속도로 날아갔다.

소리. 뚫리는 소리. 살을 뚫는 스피어의 소리.

"끼르르르!"

괴상한 비명. 사람이 아니다. 난 앉은 채로 뒷걸음질치며 바라보았다. 거대한 덩치가 보였다. 그러나 곧 그것은 가려졌다. 샌슨이 그 몸에 뛰어들며 배에 롱소드를 박아넣은 것이다. 샌슨의 어깨 위로는 딱 벌어진 어깨와 희한한 투구, 그리고 높이 치켜든 엄청난 돌도끼가 보였다. 트롤이다. 트롤은 입가에 피를 흘리고 있었지만 들어올린 팔을 세차게 내려찍었다. 하지만 돌도끼로는 가슴에 달라붙은 샌슨을 어떻게 칠 도리가 없었고 트롤의 동작은 우스꽝스럽게 되어버렸다. 아마 그래서 저렇게 껴안듯이 달라붙은 모양이다. 샌슨은 그대로 밀고 나갔다.

"야아아아아아!"

샌슨은 롱소드를 트롤에 박아넣은 채 달렸다. 트롤은 돌도끼를 놓치고는 그대로 밀려갔다. 트롤을 검에 꿴 채 달려가는 샌슨은 정말 오거와 다름없었다. 약 20큐빗 정도 밀고 나가던 샌슨은 팔을 앞으로 쭈욱 뻗었다. 달려가던 가속도 때문에 트롤은 롱소드에서 빠지며 그대로 뒤로 나뒹굴었다. 샌슨은 트롤이 재생하지 못하도록 그 목을 몇 번이나 내리친 다음 재빨리 얼굴에 묻은 살점과 피를 닦아내며 나를 바라보았다.

"몇 놈이야?"

"나도 몰라!"

"그럼 재빨리 숨어!"

난 엉거주춤 일어나며 샌슨을 바라보았다. 샌슨은 이미 앞만 바라보고 있었다. 왜 혼자야? 부하들은 뭐하는 거야? 그때 일단의 사람들이 내 앞으로 우루루 몰려갔다. 내 생각을 꾸짖기라도 하듯이 나타난 병사들이었다. 여섯 명의 병사들은 일제히 샌슨의 주위에 섰다. 샌슨은 빠르게 말했다.

"트롤이다. 아직 한 놈만…… 제길! 더 있군."

저 앞쪽에서 다시 트롤들이 나타났다. 그들 중엔 돌도끼 이외에 다른 것을 들고 있는 놈도 있었다. 곡괭이, 삽, 쇠스랑. 저건 내가 그 남자들에게 던져주었던 것 아닌가? 빌어먹을! 난 눈을 거칠게 닦았다.

모두 아홉 마리의 트롤이 나타났다. 그들도 앞에 나타난 병사들을 보자 달려오던 걸음을 멈추고 죽 늘어섰다. 잠시 대치 상태가 되자 샌슨은 고민하는 듯했다. 난전으로 갈 것인가? 9 대 7. 숫자는 불리하지만 해볼 만은 하다. 하지만 그럴 필요는 없다.

"전원 후퇴!"

병사들은 뒤로 돌아서 뒤도 돌아보지 않고 달리기 시작했다.

이런 젠장! 나 역시 재빨리 일어나 달렸다. 샌슨의 생각은 알 수 있었다. 이길 수는 있다. 하지만 많이 다친다. 그렇지 않아도 병사들의 숫자가 항상 부족한 곳이 우리 마을인데, 죽어버린 인원은 다시 보충하기가 쉽지 않다. 성의 병사들과 합류할 때까지 놈들을 유인하며 달아난다.

트롤들은 당황했지만 눈앞에서 달아나는 인간들의 모습을 보자 본능에 따라 움직이기 시작했다.

"키르르르! 키악!"

난 그야말로 정신없이 달렸다. 뒤에서 따라오는 병사들의 발소리, 그리고 그 뒤로 들려오는 트롤들의 고함소리 때문에 미쳐버릴 것만 같았다. 가슴이 타오르며 손끝에 감각이 없어졌다. 땅을 밟는 건지도 잘 느껴지지 않았는데 신기하게도 다리가 뻐근해지는 느낌은 왔다.

"꺄악!"

난 뭣인가에 부딪혔고, 한참 나동그라졌다. 아니, 도대체 눈을 어디다 뒀기에 이런 상황에서 도망가지도 않고 있다가 나와 부딪히는 거야? 내가 아는 사람 중에 그만큼 멍청한 사람은 딱 한 명. 바로……

"제미니!"

제미니는 자기가 쓰러졌다는 것도 알아차리지 못하는 모양이다. 그녀는 파랗게 질린 채로 달려오는 트롤들만 바라보고 있었다. 딸꾹, 딸꾹. 뭐? 딸꾹질?

제미니는 딸꾹거리면서 망연히 앉아 있었다. 칵!

"일어나! 야이, 계집애야, 정신 차려!"

난 제미니를 강제로 일으켰다. 맙소사, 얘가 이렇게 무거웠나?

제미니는 온몸에 힘을 빼고 있었고, 축 늘어진 사람을 일으키는 것은 보통 일이 아니다. 난 하마터면 앞으로 고꾸라질 뻔했지만 간신히 제미니를 일으켰다. 그 순간 난 샌슨과 눈이 마주쳤다. 난 비장하게 말했다.

"제미니를 부탁해. 남길 말은, 넌 태어났을 때부터 지금까지 날 괴롭혀왔지만 그래도……."

딱! 아이고, 정수리야. 샌슨은 그대로 트롤에게 달려가며 외쳤다.

"쬐끄만 게 무슨 흉내를 내는 거야!"

딱! 딱! 딱! 딱! 딱! 딱!

이러다 나 죽겠네……. 여섯 명의 병사들이 차례로 정수리를 때리고 지나간 것이다. 병사들은 그대로 트롤에게 달려들었다. 달려들려면 그냥 달려들지 왜 머리는 찍는 거야?

두드려맞느라 내 팔에서 힘이 빠지자 제미니는 그대로 스르르 내려갔다. 난 당황해서 다시 제미니를 들어올렸다. 아니 이 계집애는 눈앞에서 칼싸움이 벌어졌는데 어떻게 이런 횡포를 부리는 거야? 이건 분명히 횡포다. 난 낑낑거리며 제미니를 들쳐업으려 했지만, 혼자서 축 늘어진 17살짜리 계집애를 들쳐업는 것은 쉬운 일이 아니라는 사실을 알게 되었을 뿐이다. 그때 누군가가 제미니를 들어올리더니 내 등을 더듬고 나서는 정확하게 업혀주었다.

"아, 감사합니…… 아!"

우습지도 않게 제미니를 들어올린 사람은 검은색 로브를 입고 온몸에 문신을 새긴 사람, 타이번이라는 그 마법사였다. 눈도 보이지 않으면서 어떻게 제미니를 들어올린 것일까? 아, 조금 전

내 등을 더듬었지. 타이번은 그 허연 눈을 굴리면서 빠르게 말했다.

"트롤이냐?"

"예! 다, 당신 마법사죠? 그럼 한방 날려버려요!"

"이 목소리를 알지. 눈 뜬 장님 청년이었지? 이봐, 후치. 뭐가 보여야 날리든가 말든가 하지."

"이, 이런 얼어죽을! 그럼 마법사가 무슨 소용이……."

"자네가 내 눈이 되어주게."

난 제미니를 떨어뜨리지 않으려고 다시 추슬러 올리면서 말했다.

"뭐라고요?"

"거리와 방향. 빨리."

이거 무슨 말도 안 되는 소리냐? 그런데 그때 비명소리가 들렸다.

"크윽!"

병사들 중에 하나가 다리에 쇠스랑을 맞아서 쓰러졌다. 양조장 4형제의 장남인 터너였다. 그를 찌른 트롤은 쇠스랑을 높이 들어올렸다. 그러자 그 옆에서 다른 트롤이 든 몽둥이에 롱소드를 맞대고 있던 샌슨이 그대로 롱소드를 미끄러뜨리며 쇠스랑을 들어올린 트롤을 어깨로 박아버렸다. 트롤의 동작이 흐트러진 사이에 쓰러진 터너는 다시 일어섰다. 그는 다시 롱소드를 고쳐쥐며 외쳤다.

"이 터너 님의 목숨 값으로 너희놈들 셋은 필요해!"

난 당황해서 어쩔 줄을 몰랐다. 그때 타이번이 말했다.

"방향은 잡았다. 고함소리가 엉망이군. 거리는?"

"삼, 삼십 큐빗 정도. 하지만 마구 뒤섞여서 싸우는데……."

"됐어!"

타이번은 정확하게 트롤과 병사들이 엉겨 싸우는 방향을 향해 팔을 들어올렸다. 순간 그의 팔에 있던 문신들이 일제히 빛을 뿜었다. 뭐야, 이건? 점차 문신들의 빛이 강해지더니 이윽고 목과 볼에 있던 문신들까지 빛을 내었다.

타이번은 빙긋 웃으며 말했다.

"스펠을 몸에 새겨서 몸을 마법서로 쓰는 수법이네. 자넨 진귀한 것을 구경하는 거야."

"예, 예?"

타이번은 대답하지 않고 대신 내가 알 수 없는 이상한 말을 중얼거렸다. 그런데 무슨 말인지 모르지만 진짜 빠르다. 저러다 혀 깨물지 않겠나? 갑자기 그는 앞으로 뻗고 있던 팔을 위로 쳐올리며 외쳤다.

"디텍트 메탈, 프로텍션 프롬 매직, 리버스 그래비티!"

"우아아아!"

"끼르르르?!"

난 놀라 엉덩방아를 찧었고 덕분에 제미니를 떨어뜨렸다. 병사들도 당황한 모습이니 직접 당한 트롤들은 얼마나 황당할까.

트롤들이 갑자기 위로 솟아오르고 있었다. 병사들은 전혀 떠오르지 않았다. 어떻게 보이지도 않으면서? 그런데 트롤들 중에 세 마리가 떠오르지 않았다.

그 트롤들은 당황한(아마 그랬을 것 같다, 난 트롤들의 표정을 정확히 말했다고 자신할 수 없다.) 표정으로 떠오른 자기 동료들을 바라보았다. 샌슨도 몹시 놀랐다는 표정이지만 그 표정을 그대로 유지하면서 남은 트롤 세 마리에게 달려들었다. 트롤들은 각자 손에 든 삽과 괭이로 샌슨을 막아내려 했지만 그건 무기도 아니고 엄청나게 느린 것이다. 샌슨의 롱소드가 절묘하게 삽을 튕겨내자 삽은 괭이를 방해하게 되었고 그 사이 샌슨은 괭이를 든 놈의 배를 베었다. 그리고 그때 정신을 차린 다른 병사들이 달려들었다. 위로는 계속 트롤들이 솟아오르고 있었고…… 쇠스랑을 든 트롤 하나는 동시에 네 개의 롱소드를 맞고 피를 뿜으며 쓰러졌다. 병사들은 악귀 같은 몰골로 쓰러진 트롤들을 계속 내리쳤다. 피와 살점이 마구 튀어올라 병사들의 얼굴에 묻어났다. 감정 문제는 아니리라. 재생을 하는 놈이니 숨이 끊어질 때까지 후려쳐야 된다.

그때 타이번이 팔을 들어올린 채 당황한 표정으로 말했다.

"어라? 실패인가? 왜 아직 싸우는 소리가 들리지?"

난 주저앉은 채 말했다.

"아, 저, 다 떠올랐는데, 세 마리가 떠오르지 않았는데요."

"세 마리가? 그놈들 뭘 들고 있는데?"

"예? 어, 괭이랑 쇠스랑, 삽을……."

그때 나도 깨달았다.

금속제 무기를 가진 것들은 떠오르지 않았다. 떠오른 것들은 트롤의 무기인 돌도끼를 들고 있던 놈들이다. 그러고 보니 병사들도 검과 갑옷을 장비하고 있으니 금속제 무기를 가진 셈이다. 타이번은 들고 있는 팔이 아닌 다른 손으로 자기 머리를 딱 쳤다.

"아차, 그걸 생각 못했군! 이런, 트롤이라면 돌도끼밖에 떠올리지 못한단 말이야. 어떻게 됐어? 세 마리는?"

"다, 다 쓰러졌어요."

"그럼 됐군. 병사들, 모두 물러나시오."

병사들이 질린 표정으로 뒷걸음질치자 타이번은 팔을 도로 내렸다. 그러자 까마득히 올라갔던 트롤들이 이제 정상적으로 떨어지기 시작했다. 나와 타이번이 잠시 말을 나누는 사이에 트롤들은 거의 보이지도 않을 만큼 솟아올라 있었고, 따라서 떨어지는데도 그 정도의 시간이 걸렸다.

"끼르르르! 끽, 끼긱!"

퍽! 퍼버벅, 퍽!

별로 묘사하고 싶지 않다. 난 당황한 와중에도 간신히 제미니의 눈을 가릴 수는 있었다. 그래서 내 눈은 못 가렸다. 멍청하긴! 눈을 감으면 되는데. 그 생각을 떠올린 건 트롤들의 분해된 몸들이 튕겨다니기를 이미 마친 후였다. 저래가지고선 재생의 권능도 소용없겠지. 타이번은 빙긋 웃었다.

"굉장한 소리가 나는군. 허. 보이지 않는다는 것도 좋을 때가 있지."

샌슨은 질린 표정으로 걸어와 인사했다. 타이번이 장님인 것을 보면서도 고지식하게 허리를 구부렸다. 목소리는 떨리고 있었다.

"새, 샌슨 퍼시발, 헬턴트 성의 겨, 경비 대장입니다. 마법사님께서는……?"

"타이번. 나그네. 이제 끝인가?"

"예, 예?"

"더 없냐고?"

"아!"

샌슨은 재빨리 고개를 돌려 말했다.

"침입한 트롤이 더 있는지 찾아봐! 식량 창고일 거야! 마을 창고로 달려가! 교외 농가들 점검하고! 그리고 해리, 터너를 돌봐 줘."

병사들은 뛰어갔고 해리는 다리에 상처를 입은 터너를 부축했다. 터너는 긴장이 풀렸는지 그제야 신음소리를 내었다. 타이번이 말했다.

"다친 병사가 있나? 이리 데려와 보게."

샌슨은 어리둥절한 표정이었지만 순순히 터너를 데려왔다. 타이번은 터너를 앉히게 한 다음 손으로 더듬었다. 재빠른 손놀림 끝에 터너의 다리 상처에 손이 멈췄다.

"여기군."

타이번은 그렇게 말했을 뿐이다. 그런데 잠시 후 타이번의 손에서 번쩍 빛이 나더니 터너의 상처에서 흐르는 피가 멈췄다. 그리고 피를 닦아낸 터너의 다리엔 아무런 상처도 없었다.

샌슨은 감탄 반 두려움 반, 어쨌든 희한한 표정으로 타이번을 바라보았다.

"아, 감사, 감사합니다. 타이번."

"됐어. 별거 아니니 잊어버려. 상처는 막았지만 며칠 동안 과격한 움직임은 삼가해."

"아, 예. 정말 이 고마움을……."

"이런! 고쳐줬으면 자네들도 어서 뛰어가! 뭐하는 거야? 트롤들이 시민들을 다 죽일 때까지 여기 있을 거야!"

"옙!"

당황한 샌슨은 그만 경례를 붙여버렸다. 병사들은 부리나케 흩어져갔다.

"자, 우리도 가볼까? 식량 창고로 안내하게."

타이번은 병사들을 따라갈 태세였다. 난 타이번을 붙잡았다.

"저, 타이번. 이 계집애가 이상해요."

"응?"

난 내가 떨어뜨린 그대로 주저앉아 아직까지 멍한 표정으로 딸꾹질만 하고 있는 제미니를 가리켰다. 하지만 곧 나는 타이번은 보이지 않는다는 것을 깨닫고 말로 설명해 주었다.

"조금 전에 트롤이 달려오는 걸 보더니 그만 멍청하게 주저앉아서 딸꾹질만 하는데요? 완전히 정신이 나가버린 것 같아요."

타이번은 피식 웃었다.

"잘 알고 있구만? 그래. 정신이 나간 거지."

"어떻게 하면 좋죠?"

타이번은 손을 내밀어 제미니의 얼굴을 더듬어 보았다. 그래도 제미니는 아무것도 못 느끼는지 멍청하게 앉아 있었고 난 걱정이 되어 견딜 수 없었다. 타이번은 말했다.

"애인이야?"

"쓸데없는 것 묻지 마시고, 어떻게 해주실 수 있어요?"

"자네가 애인이라면 간단한데."

"예?"

"기절한 아가씨를 깨우는 전통적인 방법이 있잖아?"

"……잠든 아가씨 아니에요?"

"기절이나 잠든 거나."

나로 하여금 '제미니에게 입을 맞춰야 하나, 타이번은 장님이긴 하지만 아무리 그래도…….' 등등의 굉장한 고민에 빠지게 만들어놓고는, 타이번은 히죽거리며 제미니의 눈앞에서 손가락을 몇 번 튕겼다. 제미니는 딸꾹질을 멈추더니 신음소리를 내었다.

"으음……. 으악! 트롤이다!"

내가 정말 이해할 수 없는 것은, 어떻게 제미니는 바로 앞에 있는 타이번을 절묘하게 피해 돌아와 그 뒤에 있는 내게 안겨들었나 하는 것이다.

식량 창고로 들이닥친 놈들은 얼마 되지 않았다. 트롤들은 주제에 양동 작전을 펼쳤던 것이다. 강한 놈들은 공격조로서 병사들을 끌어들이고 그 사이에 약한 몇 놈이 식량을 갈취하려 했던 것이었다. 하지만 타이번이 나서는 바람에 공격조는 몰살해 버렸고, 병사들은 식량 창고로 왔던 놈들을 간단히 쫓아낼 수 있었다.

사태가 진정되자, 늘 있던 순서대로 울음소리가 들렸다.

난 남자들이 부탁한 대로 유가족들에게 말을 전했다. 소피아라는 아가씨는 내 말을 들은 척도 하지 않고 펑펑 울고 있었지만 잭이라는 남자는 내 어깨를 툭 치며 말했다.

"고맙다. 제법이구나."

사망자는 그 세 남자와 업혀갔던 여자였다. 여자는 상처가 너무 커서 업혀가는 도중에 죽었던 모양이다. 어쨌든 그 여자는 미망인이 되어볼 기회는 없었고 두 사람은 하늘에서 다시 만났겠지. 하지만 그들의 아이들은 이제…….

씨팔!

병사들은 대로에 널브러져 있던 세 구의 시체를 정성껏 모았다. 트롤들은 남자들의 몸을 아예 박살내 놨던 것이다. 하지만 그 옆에도 역시 한 마리의 트롤이 쓰러져 있었다. 남자들의 반항은 철저했던 모양이고, 그 남자들이 시간을 끌어준 덕분에 병사들이 출동할 수 있었던 것이다.

병사들은 시체를 각자의 집으로 날라다주었고 트롤들의 시체를 정리했다. 난 살며시 그 자리를 빠져나와 샌슨과 함께 제미니에게 찾아갔다.

펍 '산트렐라의 노래'에서 타이번이 제미니를 데리고 기다리기로 했다. 샌슨과 내가 산트렐라의 노래에 들어가자마자 곧 심장이 써늘해지는 웃음소리가 들려왔다.

"이힛히히, 히힛!"

샌슨은 거의 롱소드를 뽑아들 뻔했고 난 조금 전 제미니의 상태와 똑같은 상태가 되었다. 제미니는 날 발견하고는 춤추듯이 손을 들어올리며 활짝 미소를 지어보였다. 뭐, 미소를 지어?

"어머, 후치? 어서 오…… 히히힛!"

난 휘청거리는 걸음걸이로 간신히 두 사람이 앉아 있는 테이블로 다가갔다. 내가 의자에 주저앉는 소리를 들었는지 타이번은 피식피식 웃으며 내게 고개를 돌리며 말했다.

"후치인가? 자네에게 이토록 매력적인 미소의 애인이 있다니. 행복하겠군."

"프흡! 마, 말도 안 되는!"

"파하하하!"

죽고 싶다는 말이 뭔지 실감나는 순간이었다. 조금 전의 사태 때문에 마음을 달래고자 주점에 와 있던 많은 사람들이 테이블을 쾅쾅 내리치면서 웃고 있었던 것이다. 특히 샌슨은 입을 크게 벌리고 아주 과격하게 웃었다. 그러자 제미니도 뭐가 좋은지 덩달아 웃었다.

"히이…… 이히힛!"

난 제미니를 노려보았다. 놀랍게도 그 뮤러카…… 어쩌고 하는 술병이 놓여 있었고 타이번의 앞에는 반쯤 채운 잔이, 그리고 제미니의 앞에는 완전히 비어버린 잔이 있었다.

"아니, 무슨 작정으로 술을 먹인 거예요! 타이번!"

"술은 만고의 영약일세. 근심, 걱정, 불안, 그 모든 것을 잊게 해주지. 보게. 이 매력적인 미소의 아가씨에게는 내 마법보다도 훨씬 효과가 좋잖은가?"

"취한 사람은 흔히 자기 입에서 옳은 말만 나온다고 생각하지요."

난 씨근거리며 손가락을 튕겼다.

"해너 아줌마! 주문 받아요!"

"뭐야, 임마?"

"나 말고 샌슨! 도대체 날 뭘로 생각하는 거예요? 너무 일찍 술맛을 알아버린 꼬마?"

해너 아주머니는 웃어버렸고 샌슨은 맥주를 주문했다. 그는 테이블에 앉으면서 타이번에게 말했다.

"도와주셔서 정말 감사합니다. 영주님께 보고드리겠습니다. 영주님께서는 틀림없이 마법사님께 크게 사례하실 겁니다."

"사례? 관둬. 캇셀프라임 먹이기도 바쁘고 군자금도 달랑거릴 텐데. 땅을 줄 건가? 허허허. 이 대륙에서 가장 싸구려인 이 땅을?"

타이번은 며칠 새 우리 영주님에 대해 꽤 알아버린 모양이다.

사실 우리 영주님은 정말 눈 뜨고 못 봐줄 정도로 가난하다. 원래 영주의 장원은 모조리 영주의 소유이며 마을 사람들은 그 땅의 소작인이었던 것은 다른 장원과 마찬가지이다. 하지만 우리 영주님은 몬스터들에 의해서 사망자가 생길 때마다 그 유가족들에게 토지를 줘서 호구지책을 마련하도록 했고, 유가족들은 이 마을에서 그 토지를 살 수 있는 유일한 사람, 즉 우리 영주님께도로 되팔고는 다시 그 소작인이 되었다.

난 때론 그냥 돈으로 주면 간단하지 않은가 생각해 본 적도 있지만, 칼의 말에 의하면 토지는 원래 영주의 소유라 마음대로 줘도 되지만 화폐는 국왕의 소유로 인정된 상태에서 유통된다고 한다. 화폐를 이루는 물질적인 쇠붙이는 모조리 국왕의 것이며 국민들은 화폐의 능력, 즉 가치 수단으로서의 능력만을 쓰는 것이다. 골치아픈 이야기지만 어쨌든 드래곤 로드의 시절 이후로 돈이란 원래 그런 것이라 하며, 따라서 고지식한 우리 영주님은 그 원칙을 지켜 돈을 주지 않는 대신 토지를 준 다음 그 땅을 되사는 것이다. 어쨌든 그런 식으로 자기 땅을 줬다 되샀다 하다보니 돈이 어디 남아나겠는가.

그래서 우리 마을의 주민들도 이젠 영주가 토지를 내리면 그 크기가 얼마든지 간에 무조건 1퍼셀(퍼셀은 셀의 100분의 1 단위이다)에 영주님께 되팔아버린다. 그러지 않았다면 우리 영주님은 오래전에 홀라당 망해 버렸을 것이다. 물론 영주님은 노발대발하시지만 우리들은 자기 땅을 자기가 받고 싶은 대로 받고 파는데 무슨 개짓는 소리를 하느냐는 식이다. 그래서 대륙에서 가장 싸구려 땅이라는 농담이 나오는 것이다.

샌슨은 얼굴을 붉히며 대답했다.

"말씀이 좀 과하시군요."

"틀린 거 있나? 여보게. 난 아무런 감정 없이 말한 거야. 자네 영주지 내 영주 아니잖아."

"저, 영주님의 고문으로 받아들이실지도 모르고 게다가……."
"관직? 필요 없어. 이 나이엔 아침 문안 드리기도 힘들어."
샌슨은 머리를 긁적였다.
"뭐, 어, 전 잘 모르겠습니다. 어쨌든 보고를 드릴 테고 영주님께서 정당하고도 마법사님께서도 흡족해하실 사례를 생각해 내시겠지요."
"자네가 보고를 하겠다면 말리진 않겠지만, 그 보고 끄트머리에다가 난 아무것도 바라는 게 없다고도 전해 주겠어?"
"아, 예."
"그럼 이제 내 차례군. 질문 몇 가지 하겠는데 괜찮겠나?"
"아, 얼마든지."
타이번은 술잔을 들어올려 한 모금 마시고는 말했다.
"이 마을 분위기는 영주부터 시작해서 성의 경비 대장, 그리고 눈뜬 장님 청년에 이르기까지 모조리 날 당황하게 한단 말이야. 퍽이나 재미있어."
"저, 무슨 말이신지?"
"자네들은 비극을 꽤 빨리 잊는구먼? 지금 이 펍의 분위기도 그렇고."
"익숙하니까요."
대단히 간단한 대답이었지만 그 간단한 샌슨의 대답에 들어 있는 무게는 엄청난 것이었다. 나는 부지불식간에 한숨을 쉬어버렸다.
우리는 많이 당하고, 빨리 잊는다. 그러지 않으면 미쳐버릴지도 모른다. 우리는 농담을 좋아한다. 우리는 쾌활하다. 하지만 별로 즐겁지는 않다.

"그런가. 흠. 이렇게 말하면 어떻게 생각할지 모르지만, 난 이 마을에 대단한 흥미를 느낀단 말이야. 이런 일이 자주 일어나는가?"

"자주 일어납니다."

이건 좀 웃기는, 샌슨다운 대답인데. 타이번은 1년에 몇 번, 혹은 한 달에 몇 번 하는 식의 대답을 기대했을 테니까. 타이번은 빙긋 웃고는 질문을 바꿨다.

"자넨 몇 번의 전투를 치렀지?"

"글쎄요…… 어디 보자. 찰스가 죽고 내가 경비 대장이 된 게 22번째 전투였고, 음. 한 서른 대여섯 번쯤 되는 모양이군요."

난 문득 타이번이 아주 이상한 표정을 짓고 있는 것을 보았다.

"35, 6회라고?"

샌슨은 머리를 벅벅 긁으며 허둥대며 말했다.

"어, 정확하게는 잘 모르겠습니다. 뭐, 검을 쥔 놈이 그런 것 신경쓰는 거 우습긴 하지만, 전투를 거치면 거칠수록 다음 번에 죽을 확률이 높아진다는, 그런 느낌이 들어서 세지를 않게 되더군요. 제 선임자 찰스는 100번을 채우고 영주님께 치하를 받고는 그 다음에 죽었어요. 그런 걸 보고 있자니……. 성의 사집관에게 물어보면 정확한 기록이 있을 겁니다. 오늘 전투 보고할 때 물어보면 알 수는 있지만, 저……."

"음. 이해하겠어. 바쁜 사람 붙잡아둬서 미안하군. 어서 가봐."

"예. 그런데 마법사님께서는 지금 어디에 머물고 계십니까?"

"난 칼의 집에 있어."

샌슨은 놀란 표정으로 말했다.

"예? 칼과 아는 분이셨습니까?"

"아니. 그 친구가 혼자 산다며 머물 데가 정해질 때까지 있어도 좋다고 하더군."

"아, 예. 그럼."

샌슨은 자리에서 일어서서 다시 보이지도 않는 타이번에게 고개를 꾸벅해 보이고는 밖으로 나갔다. 이제 내겐 또 다른 고민이 남았다.

제미니는 어느새 테이블 위에 팔을 모으고 그 위에 얼굴을 박고는 잠든 듯 누워 있었다. 어쨌든 제미니를 집에 데려다줘야겠는데, 과연 며칠 전에 술 마시고는 치도곤을 당한 제미니가 오늘 또 이렇게 발그레한 얼굴로 히죽거리며 들어가면 과연 그 엉덩짝이 무사할지 걱정이다.

밑도 끝도 없이 타이번이 불쑥 말했다.

"35, 6회란 말이지?"

"예?"

"아, 아냐. 미안하군. 후치. 장님의 버릇이야. 평소에 말할 때도 듣는 사람을 못 보니 혼잣말 같거든? 그래서 혼잣말을 아무 때나 하게 된다고."

"피곤한 버릇이겠군요. 속마음을 무심코 말해 버릴 수 있다는 뜻인가요?"

"뭐, 자네 정도의 나이에 이런 버릇이 있다면 모르지만 이 나이엔 속마음과 겉마음의 차이가 없어. 피곤할 일은 없지."

"겉마음? 재미있는 말이네요. 그건 그렇고 타이번 어르신. 당신 덕택에 제미니가 완전히 취해 버렸는데, 어떻게 해줄 수 없습니까?"

그때 제미니가 고개를 팍 들어올렸다.

"나 아아아안 취했어! 우히히키힛!"

우와, 정말 놀랐다. 망할 계집애! 사람 기절하는 줄 알았잖아? 당연히 내 입에선 험악한 말들이 마구잡이로 쏟아져 나왔고, 제미니는 콧방귀를 탕탕 뀌다가 시끄럽다는 듯이 귀를 막고는 테이블 위에 엎드려버렸다. 저걸 그냥! 아예 제미니 집에 뛰어가 장모님을 여기로 모셔와 버릴까? 으악! 내가 무슨 생각을? 타이번은 말했다.

"어떻게 해주다니?"

"당신 마법으로 술을 깨게 할 순 없어요?"

타이번은 히죽거리며 말했다.

"술을 깨게 한다라. 내가 아는 어느 마법사의 이야기가 생각나는군. 그 마법사는 술을 너무 좋아하다보니 도대체 마법 공부할 시간도, 정신 상태도 유지할 수 없었거든? 그래서 어느 날 작심하고 술을 딱 끊어버렸지. 그러고는 전심 전력으로 술 깨는 마법을 만들었어. 마법 이름도 근사하게 지었지. 큐어 드렁큰이라고. 이유가 뭔지 아나? 술을 마음껏 마시고는 그 큐어 드렁큰을 쓰고 마법 공부를 할 셈이었다고."

"똑똑하군요?"

"뭐? 똑똑해? 웃기는 소리. 그 큐어 드렁큰도 마법은 마법이란 말이야. 취한 상태에서는 캐스트할 수가 없어. 그래서 캐스트하려면 술이 깰 때까지 기다려야 하고. 그러니 무슨 소용이 있겠어?"

"에? 아이고 맙소사…… 그런 바보 같은!"

나는 낄낄 웃었다. 타이번도 미소를 지으며 자신의 기다란 백

발을 쓸어넘겼다.

"그래서 어떻게 됐어요? 그 마법사, 결국 공부를 못했어요?"

"아냐. 그 마법사는 자기 실수를 깨닫고는 자기 제자를 불러들여서 그 마법을 가르쳐줬어. 제자는 잘 익혀뒀지. 그리고 그 마법사는 마음놓고 술을 마시고는 제자에게 캐스트하게 했어. 어떻게 됐을 것 같아? 제자의 정신이 말똥말똥해진 거야. 처음부터 자기를 위해 만든 마법이라 캐스터 대상 마법이거든?"

"푸하하하!"

"그래서 화가 머리끝까지 나버린 마법사는 제자와 같이 며칠 밤을 새우며 연구에 들어갔지. 그 큐어 드렁큰을 오브젝트 용으로 바꾸기 위해서. 결론은 짐작하겠지?"

"어라, 어떻게 됐죠?"

"간단하지. 술주정뱅이 스승과 며칠 밤을 같이 지내고 나자 제자도 술주정뱅이가 된 거야."

"푸하하하, 으핫!"

5

마을 앞 들판에 도열한 병사들의 모습은 장관이었다.

이건 도대체 무슨 열병일까. 그저 창검을 가지런히 들고 줄을 맞춰 서 있을 뿐이지만 그 모습을 바라보는 것만으로도 가슴이 뛴다. 흥분해서, 말도 안 되는 소리라도 지르고 싶다. 저들의 긴장감이 우리까지 전염시키고, 전염된 긴장감들이 사람들 사이에서 더욱 증폭되어 공명을 일으키는 것일까?

부대들의 앞쪽에는 수도에서 온 기사들이 하프 플레이트를 입고 장검을 빗겨차고 말에 타고 있었다. 그들은 각자 깃발 달린 헬버드를 들고 있었으며 그 깃발로 각 부대의 표식을 삼고 있었다. 다섯 기사가 각자 하나씩의 부대를 담당했다.

첫 번째는 기사들과 함께 수도에서 온 중장 보병대로서 체인메일을 입고 롱소드와 타워 실드로 무장하고 있었다. 두 번째는 경장 보병대로서 원래 우리 성에 있던 경비대들이다. 그들은 각각 가죽 갑옷과 롱소드를 가지고 있었지만 이들의 무장은 자유로운 편이다. 원래 우리 성의 경비대들의 무장은 별로 통일되어 있지 않다. 세 번째는 창병대로서 가죽 옷을 입고 포차드를 들고 있다. 네 번째는 궁병대로서 가죽 옷과 쇼트 보로 무장하고 있다. 그리고 다섯 번째는 보급대와 의무진, 공병대 등 기타 보조 부대를 통괄한 지원대들이다.

그리고 그 부대들 옆으로 가장 중요한 부대가 있었다. 부대원은 단 한 명과 두 마리(?)였다. 할슈타일 공이라는 그 드래곤 라자와 드래곤 라자가 탄 하얀 말, 그리고 드래곤 캇셀프라임이 나머지 부대의 위용을 다 합친 것보다 더 장관인 모습으로 서 있었다.

나머지 부대들은 아무르타트보다는 회색 산맥에 득시글거리는 몬스터들에 대한 대비일 뿐이므로 구성이 저렇게 간단한 것이다. 아무르타트는 캇셀프라임이 상대하고, 아무르타트의 부하라고도 할 수 있는 몬스터들은—부하? 웃기는 표현이다. 그것들은 아무르타트에 잡아먹히는 먹이에 가깝지만, 아무르타트의 그 지독한 마성(魔性)의 공포 때문에 회색 산맥을 떠나지 못하며 회색 산맥에 접근하는 인간들을 공격한다—인간의 부대가 맡게 될 것이다. 물론 나는 작전 같은 거야 모르지만, 뭐 상식이 있다면 누구나 짐작할 수 있는 일 아니겠는가. 아무르타트와 캇셀프라임이 싸우게 될 때 나머지 저 빈약한 부대들이 어떤 도움을 줄 수 있을까.

그리고 그 부대들 앞에는 제9차 아무르타트 정벌군을 담당하게 될 작전 사령관 휴리첼 백작이 근사한 플레이트 메일을 입고 바딩까지 갖춘 말을 타고 서 있었으며, 그 옆으로 우리 영주님 헬턴트 공이 헬턴트 가의 문장이 든 하프 플레이트를 입고 전차를 타고 있었다. 전차라…… 아무리 봐도 건초 수레가 생각나는 모양이지만, 군데군데 보강을 하고 창도 몇 개 세워져 있다. 전차라고 불러주는 것은 그 위에 우리 영주님이 타고 있어서일 뿐, 다른 어디에 저 마차가 세워져 있으면 누구라도 조금 이상하게 생긴 건초 수레라고 말할 것이 뻔해.

제미니가 내 어깨를 잡아당겼다.

"찾았어! 저기 계셔!"

역시 제미니가 사람 찾는 데는 나보다 훨씬 낫다. 난 제미니가 가리키고 나서야 아버지를 알아보았다. 아버지는 창병대에 속해 있었다. 투구와 앞사람의 어깨 때문에 아버지의 표정을 볼 수 없었다.

어떤 표정을 짓고 계실까? 어젯밤, 아버지는 평안한 얼굴로 보통 때처럼 악담과 농담 사이의 말을 나와 나누셨다. 난 물려줄 재산이 있으면 공개하고 떠나라고 했고 아버지는 날 키운 값은 톡톡히 받고 가야 하지 않겠냐고 말씀하셨다.

"키워준 값? 나 돈 없어요. 내가 무슨 돈 있다고?"

"네가 어깨 위에 얹어둔 게 머리라면 물려줄 재산이 있을지 생각해 봐라."

"퍼셀 한 닢 없겠지요."

"알고 있으니 다행이군. 내가 만일 유산으로 줄 것을 가지고 있다면 네놈은 내가 죽으라고 빌지 않겠느냐? 그런 점에서 이 시점까지 우리의 돈독한 부자 관계를 유지시켜 주는 우리의 궁핍함에 고마워할 일이다."

"가난해서 너무너무 감사합니다."

그리고 오늘 아침에도, 아버지는 평온한 얼굴로 집을 나서셨다.

"잠시 다녀오겠다. 제미니 아버지께 나무 부탁해 뒀으니 좀 있다 찾아다놓거라."

난 냄비를 닦으면서 돌아보지도 않고 말했다.

"다녀오세요."

그리고 아버지는 가셨다. 우리 둘, 약속은 없었지만 이것은 아무런 위험도 없는 일, 잠시 마을에 친구라도 만나러 가시는 것 정도의 일인 것처럼 여기기로 했다. 내가 몸조심하라고 말씀드리면 아버지가 안전할까? 아버지께서 걱정하지 말라고 말씀하시면 내가 걱정하지 않을까?

그런데 난 집안 일을 팽개쳐둔 채 제미니에게 이끌려 정벌군의 출발 장면을 보러 와 있는 것이다.

주위에 많은 마을 사람들이 와서 구경하고 있긴 했지만, 난 정말 이곳에 오고 싶지 않았다. 난 환송이라는 것을 하고 싶지 않았다. 보낸다는 의미가 있는 어떤 짓도 하고 싶지 않았다.

"쳇, 빨리 출발하지 않고 뭐하는 거야? 아무르타트보다 일사병에 먼저 쓰러지겠군."

영주님의 연설을 들으며 난 그렇게 중얼거렸다. 제미니는 깔깔거렸다.

"일사병? 가을에?"

우리 영주님은 아무르타트가 무조건적으로 이유 붙일 필요 없이 나쁜 놈이며, 캇셀프라임을 보내주신 임금님은 무조건적으로 이유 붙일 필요 없이 찬양받아야 된다는 내용을 대단히 감동적으로 말하고 있었다. 다른 사람이 아니라 자신이 감동하고 있다는 말이다. 7차, 8차 정벌군에는 따라가지 못하고 9차에 이르러서야 겨우 정벌군에 참여하게 된 영주님은 분명히 흥분하고 있었다.

휴리첼 백작도 불쾌한 표정이었다. 그는 지루하다는 표정으로 하늘을 올려다보고 있었다. 간신히, 영주님은 눈물 반 고함 반으로 연설의 대미를 장식했고, 박수소리가 길게 이어졌으며, 이윽고 휴리첼 백작의 차례가 되었다. 휴리첼 백작은 고개를 조금 숙여보인 다음 말했다.

"제9차 아무르타트 정벌군 출발합니다."

그리고 그는 손을 들어올려 출발 신호를 했다. 기사들의 구령과 복창으로 제1부대부터 순서대로 출발했다. 마을 사람들은 휴리첼 백작에게 박수를 보낼 타이밍을 놓쳐 당황했지만 그 박수를 교묘하게 출발하는 병사들에게 돌렸다. 주민들의 박수를 받으며 병사들은 출발했다.

난 계속 아버지의 모습만 바라보려 했지만 주위의 사람들이 박수를 치고 팔을 들어올리고 했기 때문에 그것은 쉽지 않았다. 난 두리번거리다가 기어코 제미니가 뻗어올린 팔에 콧잔등을 맞고 말았다. 제미니는 그것도 모른 채 계속 환성을 지르며 팔을 휘둘렀다. 주위의 사람들이 모두 그랬다. 지금까지 정벌군들이 떠날 때 내가 보곤 했던 침울한 분위기, 슬프고 무거운 분위기와는 딴판이었다. 그것은 부대의 제일 마지막에 걷고 있는 저 거대한 존재, 아름다운 만큼 공포스럽고 거만한 만큼 위대한 캇셀프라임 때문일 테지.

"캇셀프라임 만세! 정벌군 만세! 그들에게 유피넬의 가호를!"

"아무르타트에게 저주를! 헬카네스의 이름으로 저주를!"

시민들은 평소의 언행과 전혀 상관없이 신에게 제멋대로 저주와 가호를 부탁하고 있었다. 내가 신이라도 별로 도와주고 싶은 마음이 안 들겠는데. 그런데 아버지는? 아버지는 어디 계시지? 난 부대가 움직이기 시작하자 아버지의 위치를 놓쳐버렸다.

"제미니, 제미니!"

난 반광란 상태인 제미니의 어깨를 붙잡아 아버지의 위치를 물어보았다. 제미니는 손가락을 들어 가리켰다. 그때 바로 제3부대가 내 앞으로 지나가기 시작했고 난 아버지를 볼 수 있었다.

부를 것인가? 하지만 뭣 때문에. 들리지도 않을 텐데.

"아버지! 돌아오셔야 돼요!"

나란 놈은 나도 못 말리겠다. 젠장. 아버지는 역시 아무것도 안 들리는 모양이다. 그저 무뚝뚝하게 걸어가고 계셨다. 난 그 모습을 가만히 바라보았다. 그때였다.

아버지는 고개를 돌리셨다. 그러더니 이런 소란스러운 군중들 틈에 끼인 나를 정확하게 바라보셨다. 난 놀랐지만, 내 얼굴이 희망과 기쁨으로 가득 차 있기를 애타게 바랐다. 아버지는 시익 웃고는 다시 고개를 돌려 앞만 바라보시면서 걸어가셨다.

그리고 난 아버지의 눈가에 반짝인 것이 뭔지에 대해 고민하기 시작했다. 이런 가을 날씨에 흘린 땀인가? 갑자기 하늘에서 비가 딱 한 방울만 내려서 아버지의 눈가에 떨어졌나?

부대가 간단하다 보니까 행렬은 빠르게 끝났다. 마을 사람들은 캇셀프라임의 거대한 몸이 지평선 아래로 사라질 때까지 박수를 보내고는 천천히 흩어졌다.

"후치? 가야지."

제미니는 마을 사람들과 함께 돌아가려다가 내가 우뚝 서 있는 것을 보고는 말했다. 방해를 받은 느낌인데. 다른 사람과는 상관없이, 아무르타트고 캇셀프라임이고 다 상관없는 상태에서 난 아버지와 나만의 긴 이별을 나누고 있었다. 그것을 방해받은 것 같았다. 하지만 그것은 말도 안 되는 소리니 제미니에게 화를 낼 수야 없지.

"그래. 가자고."

난 몸을 돌렸다. 제미니는 고개를 끄덕이며 몸을 돌리다가 낮게 말했다.

"어머, 칼이야."

난 제미니의 시선을 따라갔다. 들판 귀퉁이의 나무 아래에 칼과 타이번이 서 있었다. 그들은 부대가 사라진 방향을 바라보며 뭔가 이야기를 나누고 있었다. 난 그냥 이대로 돌아가 집에 틀어박혀 있었으면 싶었지만 제미니는 벌써 뽀르르 달려가고 있었다. 쳇. 투덜거리며 그 뒤를 따랐다.

"안녕하세요, 칼? 일전의 융숭한 대접에 정말 감사드립니다."

"천만에요, 스마인타그 양. 누옥에 왕림해 주셔서 무한한 영광으로 생각합니다."

아아…… 닭살, 닭살! 난 제미니와 칼이 인사를 나누는 모습을 보며 눈 뜨고 못 봐주겠다는 표정을 지었고, 칼의 옆에 있던 타이번은 눈을 감고 있지만 그래도 못 봐주겠다는 표정이었다.

"안녕하세요, 칼."

"오, 네드발 군. 이젠 내 실수를 용서해 주는 건가?"

"용서는 무슨. 소리쳐서 내가 미안해요. 구경 나왔어요?"

며칠간의 감정은 깨끗이 정리됐다. 칼은 말했다.

"사실은 타이번을 안내해 온 거라네. 난 별로 구경할 의향이 없었거든."

난 입술을 삐죽 내밀었다.

"타이번, 당신이 무슨 '구경'을 한다는 말이죠?"

타이번은 히죽 웃었다.

"나름대로 요령이 있지. 소리를 들으며 상상을 펼치는 것도 재미있어."

"재미?"

"응. 분위기가 꽤 좋더라구. 드래곤과 싸우러 가는 병사들 같진 않던데."

어째 타이번은 칼보다 훨씬 나이가 많으면서도(내 생각엔 두 배쯤 되는 것 같다. 칼은 마흔 살이 안 되었고 타이번은 일흔이 넘어 보이니까.) 칼보다 훨씬 편한 말투다. 두 사람이 나란히 있으니 확실히 비교되는데. 칼이 좀 괴상한 건가?

"당신 근사한 마법사잖아요? 휴리첼 백작이 도와달라는 말 하지 않던가요?"

"상식이 있군. 뭐, 거절했네."

"이유는?"

질문하는 내 얼굴 표정은 날카로웠다. 하지만 칼과 제미니만이 내 표정을 볼 수 있었을 뿐, 타이번은 평온하게 말했다.

"여러 가지 문제가 있어. 스승에게 덤비는 꼴이 되니까. 감정적으로 귀찮아."

"스승?"

"말했잖아. 마법은 원래 드래곤의 것, 따라서 드래곤에게 마법을 사용한다는 건 사조(師祖)에게 덤비는 꼴이지. 우스운 모양이 된다고."

"아니, 고작 그런 이유로……."

"자네가 고작이라고 해도 화는 내지 않겠어. 하지만 자네가 마법에 대해 좀 알거나 하다못해 기사도에 대해서라도 좀 안다면 대가리를 박살내 놨을 거야."

어조가 너무 평온해서 분노는 천천히 다가왔다. 나는 욱 하려 했지만 잠자코 참았다. 갈가리 부서지던 트롤의 기억은 아직도 생생하다. 타이번은 계속 귀찮다는 듯한 어투로 말했다.

“뭐, 그리고 이날 이때까지 마법을 익혀왔으면서 할 줄 아는 게 박살내고 뒤틀고 죽여버리는 거라는 거, 그것도 찝찝한 일이고. 나 자신이 보잘것없게 느껴지는 일이지. 자네가 이해할 간단한 이유를 말하라면, 죽기 싫으니까. 장님 마법사가 수백 년 동안 마법을 갈고 닦은 드래곤과 싸워주기를 바라면 그건 너무 가혹한 일이야.”

“당신은 장님이면서도 트롤들을 간단히 처리했잖아요?”

“야! 트롤이 마법 쓰는 놈이냐? 하하하. 캇셀프라임이 잘 상대할 거야. 휴리첼 백작도 그런 생각이니 날 끌어들이는 일에 열성적이지 않았고. 내가 보기엔 이건 제9차 아무르타트 정벌이 아니라 제1차 아무르타트-캇셀프라임 대결이야. 나 같은 인간 마법사가 끼어들 일이 아니야.”

“하긴 그렇겠군요. 다른 병사들은 어차피 구경꾼이고.”

그랬으면 좋겠다. 아니, 그래야 한다. 다른 병사들은 무조건 구경꾼이어야 한다. 난 우리 아버지께서 포차드를 곧게 세워들고 아무르타트에게 돌격이라도 하길 바라지는 않는다. 타이번은 웃으며 말했다.

“음. 그 대신 난 다른 일을 맡았지.”

“다른 일?”

“그리고 그 일에 대해 조수를 선별할 권리도 받았고.”

“잠깐, 잠깐. 다른 일이라니요?”

“아, 그렇지! 자네, 내 조수가 되지 않겠는가?”

이 정도면 복장이 뒤집어지지 않을 수 없다.

“빌어먹을! 그러니까 그게 무슨 일인데요오!”

“헬턴트 영지의 경비. 경비대가 다 떠나고 나면 항상 그게 문제라며? 특히 이런 가을철에는 몬스터들이 눈 뒤집고 몰려들잖아."

아, 그래. 며칠 전 나타난 트롤들도 겨울 식량을 준비하기 위해 식량 창고를 급습했다. 우리가 저희놈들을 위해 봄여름 뼈빠지게 농사를 짓는 줄 착각하는 놈들. 가을이 되면 마치 수금이라도 하겠다는 듯이 찾아오는 놈들. 제기랄, 게다가 경비대도 다 떠났으니 얼씨구 좋아라 달려들겠지. 물론 마을 사람들은 이 시기 동안 자경대를 조직하지만 난 징집 하한선에 걸린 나이라 자경대에 들어가지 못한다.

그런데 이 타이번이 마을 경비를 맡는다고? 그리고 날 조수로? 내 어조는 순식간에 사근사근해졌다.

"거, 괜찮게 들리네. 조수 봉급이 어떻게 돼요?"

"산트렐라의 노래에서 매일 술 한잔 사지. 어떤가?"

"술 말고 주머니에 넣어다닐 수 있는 것으로."

"이 친구는 아직 세상에 돈보다 더 좋은 게 있다는 걸 모르는군. 더더욱 자넬 조수로 채용해서 인생 공부 좀 가르쳐야겠군. 돈으로? 흠. 좋아."

황송스럽게도 타이번의 손끝에서 내게 날아온 것은 100셀짜리 금화였다!

"다, 당신 100셀짜리 말고는 가진 게 없어요?"

달려든 제미니에게 금화를 뺏기고는 내가 말했다.

"야이, 닭대가리야! 그건 준비금도 포함하는 거야! 적당히 무장을 챙겨. 뭐, 한 달 정도의 단기 고용으로는 보수가 비싸지만, 좋은가?"

"찬성! 두말 없기! 유피넬과 헬카네스의 이름으로!"

"좋군. 내 사무실은 산트렐라의 노래니까 아침마다 찾아오도록."

내게서 그 100셀짜리 금화를 빼앗아 침을 질질 흘리면서 구경하고 있다가 다시 내게 빼앗긴 제미니가 끼어들었다.

"저, 마법사님? 조수 하나 더 필요없으세요?"

"없어."

제미니는 울상이 되었다. 타이번은 짓궂은 표정으로 말했다.

"뭐가 걱정인가. 후치 돈이 아가씨 돈이고 아가씨 돈이 아가씨 돈 아냐? 자못 훌륭한 연인 관계에서 금전은 그렇게 취급되어야 해. 돈은 무조건 여자 것으로."

"타이번!"

나와 제미니가 동시에 악을 썼다.

제미니는 끝까지 날 따라왔다. 그 돈을 어떻게 쓰는지 구경이라도 해야겠다는 표정이다. 하지만 나로서도 이런 거금을 손에 쥐고 있자 앞이 캄캄했다. 평소에는 갖고 싶은 것, 하고 싶은 것이 많았는데 막상 돈이 들어오니 이걸 어떻게 해야 좋을지 모르겠는데.

"무장, 무장이라…… 그렇지, 칼이다!"

난 평소부터 근사한 칼 한 자루 가지고 싶었다. 내 나이에 그런 욕망이 없는 사내아이가 세상에 어디 있겠어? 그런데 정말 미치고 환장할 일은, 갑자기 칼은 어디서 구하는지 생각이 안나는 것이다.

"대장간으로 갈 거야?"

그랑엘베르여! 마침내 해내셨습니다! 당신이 돌보시던 순결한 소녀들 중 가장 대책이 없는 소녀가 정곡을 예리하게 찔러낸 것입니다! 하지만 내 생각은 달랐다.

"아니. 주점으로 갈 거야. 대장간에 주문하고 만들려면 시간이 너무 걸리고…… 주점에 가면 술값 대신 맡아둔 검이 있겠지. 바로 구할 수 있어."

난 펍 '산트렐라의 노래'의 해너 아주머니가 가지고 있는 근사한 바스타드 소드를 염두에 두고 있는 것이다. 해너 아주머니는 그 근사한 검을 천하에 몹쓸 물건쯤으로 취급하고 있지만, 아니 어떻게! 그렇게 몸살나게 멋있는 검을 대장간에 줘서 술잔으로 만들려는 생각을 한단 말이야! 다행히 샌슨의 아버지이자 대장간 주인인 조이스는 바스타드 소드에 사용된 강철로는 술잔을 못 만든다고 핀잔을 줬고, 그래서 해너 아주머니는 이런 아무짝에도 쓸모없는 검을 술값 대신 받다니 내가 돌았구나 어쩌고 하며 그걸 어디 처박아두었다. 꽤 오래전의 일이지만 나는 아직도 잘 기억한다.

그리고 그건 아무도 가져가지 않았을 테니 틀림없이 그대로 있을 것이다. 성의 경비 대원들은 모두 멋진 무기가 넘치니까(전사자들의 무기다.) 그걸 가져가진 않았을 테고, 그 외에 누가 그걸 가져갔겠는가?

"뭐야?"

해너 아주머니는 눈을 동그랗게 뜨고 말했다. 난 어깨를 으쓱거리며 말했다.

"내 말 못 알아들었어요? 대금을 치를 테니 그 검을 넘기라고요."

옆에선 제미니가 감탄한 눈길로 날 바라보고 있었다. 제미니는 자기 어머니를 무서워하기 때문에 비슷한 연배의 아주머니들 앞에서는 항상 주눅이 드는데, 내가 이렇게 당당하게 해너 아주머니와 거래를 하자 내가 무진장 존경스럽다는 표정으로 쳐다보는 것이다.

"그거 있기는 한데…… 네가 그걸 뭐에 쓰려고?"

"아주머니는 돈만 받으면 되잖아요. 그걸 어떻게 쓸 건지는 내 맘 아녜요?"

봐라, 제미니. 난 이 정도의 사나이다. 난 이렇게 당당 무쌍하고 차갑고 무서운 남자란 말이다. 네가 주제에 보는 눈은 있어 언감생심 나에게 마음을 품고 있는지 모르겠지만, 난 네가 오르기엔 너무 높은 나무란 말이다.

네, 후치. 제가 어리석었어요. 철없는 소녀가 눈앞에 있는 것이 땅에 내려온 태양인지 모르고 손을 대려 했으니 상처를 입는 것은 당연. 저의 마음 아프나 그것은 저의 어리석은 행동의 소치. 저를 용서해 주세요. 흑흑.

아니다. 가련한 소녀야. 너 같은 소녀들에게 난 항상 상처만 주는 운명이구나. 미안하다. 그러나 어쩌겠느냐. 내가 너무 멋있는 놈이기 때문이지.

"너 입을 헤벌리고 뭐하니?"

윽, 이런. 상상이 길었구나. 해너 아주머니는 근심스럽다는 표정으로 날 바라보고 있었다. 하지만 내 눈은 해너 아주머니의 가슴에 꼭 안겨 있는 바스타드 소드에 향해 있었다. 내가 손을 뻗자 해너 아주머니는 그 손을 찰싹 내리쳤다.

"아야!"

"욘석아! 원래 절대로 너 같은 개구쟁이에게 이런 걸 줘선 안 되지만, 이젠 너도 자기 몸을 지킬 생각은 해둬야 할 테고, 양초 만드는 걸로 먹고 살기 싫다면 이게 도움이 될지도 모르겠구나."

"팔 거예요, 말 거예요?"

"팔 생각은 없어. 가져가. 어차피 너 줄까도 생각해 봤지. 그런데 네가 직접 찾아와 달라는구나. 가져가렴."

그러면서 해너 아주머니는 그 바스타드 소드를 내 손에 턱 쥐어주었다. 난 놀란 눈으로 해너 아주머니를 바라보다가 곧 눈살을 찌푸렸다.

"무인은 자신의 무기에 정당한 대가를 치러야 하는 법, 따라서……."

딱! 아이고, 정수리야.

이것, 문제군. 바스타드 소드를 허리에 차려니, 내 혁대는 검을 차는 칼고리나 기타 등등이 없거니와 너무 빈약하다. 칼날이 빈번히 닿는 것일 뿐만 아니라 혹시 떨어지기라도 하면 끝장이기 때문에 칼집이 매달릴 혁대는 튼튼한 것을 써야 된다는 것쯤은 나도 안다. 할 수 없군. 난 그냥 왼손에 들고 다니기로 했다.

내 이런 사정을 잘 알면서도 제미니는 존경에 가까운 눈빛으로 날 바라보고 있었다. 난 그 시선을 의식하며 허리를 쫙 편 채 당당하게 걷고 있었다. 제미니는 함부로 내 곁에 다가오지도 못하고 약간 떨어져 걸으며 한숨을 쉬며 날 바라보았다.

"저, 저, 후치. 어디로 가는 거니?"

"날을 갈러."

"저, 저, 그럼 대장간에 가는 거야?"

"당연하지."

제미니는 내 짧고 냉랭한 화법에 주눅이 들었나 보다. 아이, 신나라. 난 턱을 치켜들고 제미니에게 눈길도 주지 않으며 걸어갔다.

턱을 너무 치켜들었나 보다. 콰당! 아이고, 빌어먹을! 전사가 가는 길에 똥을 갈겨둔 말이 도대체 어느 녀석이야! 내 이놈을 보기만 하면 단번에 그놈을…… 에, 에, 먼저 그놈 주인이 누군지 살펴보고 나서 그놈을…….

제미니는 배를 잡고 웃으며 날 부축해 주었다. 난 붉으락푸르락하면서도 그 손을 잡고 일어섰다. 그러고는 제미니가 방긋방긋 웃으며 들고 온 건초를 받아들고는 그걸로 바지를 닦았다. 이거 내가 검을 차게 된 역사적인 날에 왜 이 모양이지? 주위의 마을 사람들이 모두 껄껄거리며 웃었다. 제미니는 얼굴을 붉히며 말했다.

"웃지들 말아요! 뭐가 우스워요?"

제미니가 날 변호해 주는 것이 이렇게 고마울 줄이야! 에라, 결심했다. 제미니. 내가 희생하마. 널 데려갈 골빈 남자는 없을 테고, 내가 일찌감치 부인을 맞이해야 세상의 남자들이 안심할 테니, 너와의 결혼 생활에 대해 진지하게 고민해 보마. ……맙소사, 내가 미쳤나 봐.

대장장이인 조이스는 17세짜리 사내아이가 찾아와 험상궂고 냉엄한 표정으로 '검을 갈아주시오.' 라고 말하는 데에서 느낀 당혹감을 간단하게 표현했다.

"누구 심부름이야?"

"내 거예요!"

"……네가 쓸 거라면 이것보단 저게 어떠냐?"

난 샌슨의 막내동생이 들고 놀던 나무칼을 바라보았다가 길길이 날뛰는 대신 간단한 방법을 생각해 냈다. 조이스는 내가 건넨 100셀짜리 금화를 바라보더니 머리를 긁적였다.

"망할, 거스름돈 세려면 하루 종일 걸리겠네."

아니, 어떻게 이 양반은 그 고귀하신 100셀짜리 금화에 대한 감상을 이렇게밖에 표현하지 못하지? 난 더 이상 아무런 말도 하지 않고 옆의 나무통에 주저앉았다. 제미니는 불꽃이 튀고 소리가 요란하자 가까이 오지 못하고 내 등 뒤에 서서 구경했다.

조이스는 투덜거리며 날을 살펴보았다. 순간 조이스의 눈빛이 이채를 띠었다.

"이거, 환상적인 검이군."

나는 침을 꼴깍 삼켰다. 조이스는 날카로운 눈으로 검날을 바라보며 말했다.

"이게 검이면 새총은 공성 병기겠군."

제미니는 자지러질 듯이 웃으며 내 어깨를 내리쳤다. 난 울상 반, 분노 반으로 한심스러워하며 말했다.

"그렇게 엉망이에요?"

"농담이야."

"……."

그게 재미있냐? 조이스는 내게 눈을 찡긋했고 제미니는 더욱 깔깔거렸다.

"해너가 가지고 있던 그 검이군? 길이 잘 들어 있어. 이런 게 손대긴 더 귀찮아. 뻣뻣하거든. 그리고 간수도 제대로 안 하고 처박아 놓았던 모양이군. 검 제대로 오래 쓰려면 매일 손질해 줘야 된다."

그러곤 조이스는 두말 없이 망치를 가져와 내 검의 손잡이에 있던 대갈못을 뽑아내었다. 그러고는 검을 불구덩이에 집어넣었다. 으악! 그걸 그렇게 쑤셔박더니 조이스는 당장 다른 일감을 잡아 뚝딱거리며 만들기 시작했다. 어, 어, 저거 내 검 다 녹겠다! 난 조바심이 났지만 가만히 있었다. 내 대신 고함을 질러줄 사람이 있으니까. 제미니가 놀라서 말했다.

"저렇게 놔둬도 되는 거예요?"

제미니의 질문에 조이스는 고개를 끄덕였다. 한참 그렇게 낫 하나 만들면서 내 간장을 오그라붙게 만들던 조이스는 흘끗 화덕을 보더니 천천히 장갑을 끼고 집게로 내 바스타드 소드를 꺼냈다.

난 놀라서 그것을 쳐다보았다.

바스타드 소드는 백열(白熱)되어 있었다. 마치 검 모양의 불꽃 같았다. 어두컴컴한 대장간 안에서 빛의 검을 들고 있는 조이스가 마치 전설 속의 루트에리노 대왕처럼 보였다. 다른 대장장이들도 조이스와 그가 들고 있는 검을 바라보며 감탄했다. 조이스는 빙긋 웃으며 말했다.

"역시 괜찮군. 이렇게라도 하지 않으면 제대로 못 다루는 검이지."

이렇게 무슨 말인지 알아들을 수도 없는 말을 웅얼거리던 조이스는 그걸 모루 위에 올려놓고 두드리기 시작했다. 띵깡, 탱! 띵깡, 탱! 아니, 뭐야? 저건 처음부터 다시 만드는 꼴이잖아?

"너무 메져 있어. 표면도 시원찮고. 이도 좀 빠졌군."

적당히 두드려서 표면을 고르고 이가 빠진 부분을 뭉개던 조이스는 그걸 물통에 쑤셔박았다. 담금질? 그러나 조이스는 보통의 담금질 횟수보다 훨씬 적은 두 번으로 끝내었다. 그는 내게 말했다.

"이게 마지막이야. 더는 담금질할 필요가 없어."

"예…… 예?"

조이스는 숯돌을 꺼내어 검을 싸악싸악 갈면서 말했다.

"원래 완성된 검은 다시는 불에 처박아선 안 돼. 하지만 이건 너무 오래 간수도 되지 않은 채 굴러다니던 검이라서 숯돌로 가는 정도로는 원래의 칼날을 찾을 수가 없어. 그리고 검의 철도 너무 메져 있고. 이 철은 자이펀에서 나는 강철이다. 자이펀에선 담금질을 약간 모자라게 해서 검이 휘어지는 성질은 없어. 하지만 그 때문에 많이 휘두르면 철이 메져버리고 재수 없으면 휘어지는 대신 깨져버려. 뼈를 친다든가 상대의 갑옷을 많이 치면 그렇게 되지. 담금질을 잘해야 철이 질겨지는 거야."

싸악싸악 하는 숯돌 소리에 맞춰 조이스의 설명은 리듬감 있게 들렸다. 제미니는 뼈를 친다는 말에 놀라서 내 어깨를 꽉 잡았지만 난 그것보다 다른 데 더 관심이 있었다.

"그럼, 이걸 쓰던 사람은 꽤 오랫동안 썼단 말이군요?"

"응. 그러니 길이 잘 들어 있지. 손질도 잘했군."

금세 장난치듯이 뚝딱뚝딱 내 검을 손질한 조이스는 다시 손잡이를 끼워맞추고는 못으로 고정시켰다. 조이스는 그걸 검집에 탁 꽂아넣고는 내게 건넸다.

"뽑아봐."

난 침을 삼키며 손잡이를 쥐었다. 스르릉!

우하, 우하하. 아이고, 심장이야. 팔에 털이 쫙 곤두섰다. 조금 전까지만 해도 그냥 부드럽게 뽑히던 검이 조이스가 좀 손질을 하고 나자 가슴을 도려내는 소리를 내며 뽑혀나왔다. 제미니는 아예 내 어깨에 달싹 붙어서 눈만 어깨 너머로 내놓으며 쌕쌕거렸다. 그래서 내 목덜미를 간질이며 동시에 내 발검 동작을 방해했다.

내가 검을 다 뽑아들고 나자 조이스는 심드렁하게 말했다.

"혹시 전사들처럼 엄지손가락으로 칼날 만져볼 생각은 하지 마. 그건 지금 면도도 할 수 있을 정도니까."

윽, 놀라라. 그렇지 않아도 난 엄지손가락을 칼날로 가져가고 있었다. 난 머쓱해져서 검을 이리저리 돌려보았다. 서슬 퍼런 검광이 가슴을 서늘하게 만들었다. 반짝거리는 검신은 정말 내 얼굴이 비칠 정도였다. 조이스는 수건 하나와 숫돌을 내게 건넸다.

"네가 얼마나 할 수 있을진 모르겠다만, 뭐 누구나 검을 망쳐가며 배우는 거니까 상관없겠지. 매일 시간을 정해 놓고 칼을 갈아줘라. 그렇게 많이 갈아줄 필요는 없고 그저 한두 번 해주면 된다. 시간이 지나면 점점 많이 해줘야 되지만."

그러곤 조이스는 한숨을 푹푹 쉬면서 대장간 귀퉁이로 다가가더니 자신의 돈주머니를 찾아내서 한참을 끙끙거리며 계산하기 시작했다. 아마 100셀짜리 금화에 대한 거스름돈을 계산하는 모양이다. 잠시 후 다른 대장장이들도 합류했고, 웃통을 벗어던지고 근육투성이인 상체에 땀을 번질거리는 거한들이 끙끙거리며 동전을 고르는 모습은 제미니를 퍽 재미있게 만드는 모양이다.

"까르르르……."

하지만 난 그런 데 시선 줄 여유가 없었다. 난 내 모든 신경을 바스타드 소드에 집중시키고 있었다. 정말 멋있었다. 전투적 합목적성으로 제작된 기능적인 검신, 날렵하고 길고 매끈거린다. 그 둘레를 감싼 검날, 그 목적은 적의 육체에의 침범. 피를 부르듯이 앵앵거리는 검날은 내 혼을 쏙 빼놓았다. 그리고 가드와 그 아래의 손잡이. 오래된 가죽으로 칭칭 감긴 손잡이는 내 손에 찰싹 달라붙는 것 같았다. 이 가죽을 좀 바꿔줘야 될까? 아니, 아니다. 지금 뭐 하나라도 바꾸면 큰일날 것 같다.

난 그걸 검집에 도로 집어넣었다. 하지만 조금 전과 달리 무지무지한 예리함으로 적의 피를 부르는 물건이 왼손에 있다고 생각하자 손바닥이 근질거렸다. 난 어깨를 조금 움츠린 다음 팔짱을 탁 끼고 내가 지을 수 있는 최대의 근사한 표정으로 하늘을 올려다보았다.

유피넬, 보라! 오늘 또 하나의 검사가 탄생하여 그대 아래에서 헬카네스의 율법을 실천하려 한다. 내 손은 헬카네스의 율법을 실천하나 그 손은 내 정신의 노예. 따라서 나는 내 정신은 그대에게 바치겠다. 잘 봐둬! 나다. 잊지 말라, 유피넬! 으음…… 어쩐지 눈물이 흐를 것 같았다.

"후치, 숯돌이랑 수건 챙겨야지."

망할…… 망할, 망할, 망할 계집애! 이 순간에 그런 걸! 난 투덜거렸지만 그래도 그걸 챙겼다. 숯돌을 수건에 감싸서 그대로 주머니에 집어넣을 때 조이스가 한숨을 쉬며 다가왔다.

"아무래도 모자라는데. 너 갑옷은 혹시 필요 없냐?"

웃. 까먹을 뻔했던 것이다. 갑옷이라? 흠. 당연히 좋지. 내가 고개를 끄덕이자 조이스는 그럴 줄 알았다는 듯이 웃으며 대장간 한귀퉁이를 뒤적거렸다. 그러고는 가죽 갑옷 중에 내 체격에 맞을 것을 하나 고르더니 들고 왔다. 난 그 옆에 있는 체인 메일이 더 탐났지만 그건 무지무지 비싼데다가 차마 그런 걸 입고 마을을 돌아다닐 용기는 없었다.

"너 초장이지? 기름 다루는 법 아냐?"

"물론이죠!"

철로 된 갑옷은 습기가 가장 문제다. 하지만 철은 강인한 소재이다. 그에 비해 가죽 갑옷은 어지간히 무두질이 잘되어 있다고 해도 상하기 쉽다. 최소한 갑옷에 곰팡이가 핀다면 그것은 가죽 갑옷이지. 하지만 기름을 잘 먹여둔 가죽 갑옷은 꽤 오랫동안 부담 없이 쓸 수 있다. 그리고 기름 다루는 것이라면 내가 누구냐? 동물 기름이나 왁스로 초를 만들어내는 초장이 아니냐? 웬만한 칼은 미끄러져버릴 정도로 기름을 먹여줄 수 있지. 아예 빗방울에도 까딱없도록 초칠을 해버릴까?

가죽 갑옷은 셔츠처럼 그냥 뒤집어쓸 수 있을 정도로 유연하기 때문에 난 간단히 그것을 입었다. 목 아랫부분은 양쪽으로 갈라져 있었고 리벳이 달린 구멍이 양쪽에 있었다. 물론 끈 꿰는 곳이다. 난 조이스에게 끈을 건네받아 그것을 서툴게 꿰기 시작했다. 제미니가 킥킥거렸다.

"이리 줘봐. 그래서야 어디 풀기나 하겠니."

난 순순히 제미니에게 끈을 줬다. 제미니는 내 가슴에 달라붙더니 끈을 꿰기 시작했다.

"휘익! 휙휙!"

뭐야? 대장장이들이 우릴 보고 휘파람을 날리는 것이었다. 제미니는 볼이 발그레해졌다. 흠, 그러고 보니 나도 전설 속의 루트에리노 대왕처럼 보이겠군. 난 당당한 자세로 허리를 곧게 세우고 서 있었고 제미니는 그 가슴에 달라붙어 손을 꼼지락거리며 끈을 꿰고 있는 것이다. 아마 임금과 시녀쯤이겠지?

조이스가 미소를 지으며 말했다.

"이야기 속의 레이디와 기사 후보생 같군."

뭐, 뭐, 뭐라고!

어쨌든 난 롱 부츠도 장만했고 장갑도 샀다. 기분이 하늘을 날 것 같았고 그래서 난 무지 자상해지고 넉넉해져서 제미니에게 옷도 한 벌 선물해 버렸다. 아무래도 난 제정신이 아닌가 봐. 100셀이 순식간에 사라진 것이다. 어쨌든 제미니는 팔짝팔짝 뛰면서 좋아했고 그걸 보고 있자니 기분은 그렇게 나쁘지 않았다.

6

며칠이 지났다.

내 일과는 재미있게 바뀌었다. 아침에 일찍 일어나 식사를 하고 무장을 갖추고는 산트렐라의 노래로 달려간다. 타이번은 테이블에 앉아서 우유를 마시다가 내가 들어오면 인사를 보낸다. 정말 기가 막히다. 난 한번은 지나가던 꼬마에게 부탁해 그 애를 내 앞에 집어넣어 보았지만 타이번은 절대로 틀리지 않는다. 내 발소리를 정확하게 알아맞힌다.

그러곤 타이번을 데리고 성으로 간다. 성에 남아 있던 경비 대원들은 어젯밤의 보고를 하고 뭐 기타 등등 말을 나누지만 난 그것과는 상관없으므로 대부분 연병장에서 기다린다.

이때 난 검을 뽑아들고 몸을 비틀어보는 것이다. 그러면 어김없이 아침 훈련을 마치고 식사까지 끝낸 경비 대원들이 연병장 가장자리에 앉아 휴식을 취하다가 나를 바라보며 박수를 보내거나 조롱을 보내거나 한다. 때론 조언도 보낸다.

"손아귀에 힘을 빼! 제미니 손목을 잡았다고 생각하고!"

이게 조언이냐! 앙! 전도유망한 청년 하나 매장시킬 일 있냐!

때론 앞에서 시범을 보여주기도 한다. 기가 막히다! 세 번씩 몸을 돌리며 아홉 번을 치는 터너의 동작을 흉내내다가 난 몇 번이고 고꾸라졌다. 터너는 트롤과의 싸움 때 부상을 입었기에 정벌군에 출전하지 않았다. 타이번이 그걸 고쳐주긴 했지만 아직 원활하게 다리를 쓰지는 못하는 모양이다. 그럼에도 귀신 같은 동작으로 그런 묘기를 보여주는 것이다. 하지만 병사들은 히죽거렸다.

"터너 저 녀석, 다리 다치더니 영 무디군."

"임마! 너도 쇠스랑에 다리 찍혀봐!"

병사들은 그렇게 농담을 주고받으며 날 지도했다. 하지만 이건 너무 어렵다.

"욘석아, 집에 들어가거든 팔굽혀펴기를 하든지 장작 패기를 하든지 해서 팔힘 좀 길러라. 이 녀석, 매일 양초만 고다보니까 몸이 완전히 양초잖아?"

장작 패기라…… 그거야 별로 할 필요가 없다. 우리는 불을 쓸 일이 많아서 다른 집처럼 매일 장작을 쪼개지 않고 장작을 사서 쓴다. 그래서 나는 팔굽혀펴기를 하기 시작했다. 며칠 동안은 팔이 저려서 빵을 집어먹는 것도 고통스러웠다.

어쨌든 그렇게 성에서의 업무가 끝나면 타이번은 순찰을 나간다. 간혹 마을 주변에서 타이번은 나에게 지형을 자세히 물어보고는 고개를 끄덕이며 멈춘다.

"그렇다면 여기가 접근 루트로 적절하겠군."

몬스터들이 쳐들어오면 이곳이라는 뜻이다. 그러곤 날 시켜서 나무나 땅, 바위에 이상한 모양을 그리게 하고는 스펠을 캐스트한다. 그게 뭐냐고 물어볼 필요는 없었다. 내가 제대로 그렸는지 확인하기 위해 타이번은 항상 날 실험 대상으로 쓰니까. 그래서 난 보이지도 않는 거미줄에 걸려 허공에서 헤엄을 치기도 하고 눈앞이 캄캄해져서 아무것도 안 보이게 되어 콰당 쓰러지기도 하고 불꽃에 머리를 그슬리게 되기도 했다.

"타이번! 살려줘요!"

드래곤 다섯 마리가 날 앞에 두고 튀겨먹을지 삶아먹을지 날로 먹을지 의젓하게 의논하는 환상 속에서 내가 지른 고함소리다. 그건 정말 등골이 쭈뼛 서는 경험이었는데 타이번은 야속하게도 낄낄거리며 좋아했다. 칵! 저 장님을 그냥 절벽으로 인도해 버릴까?

한 번 그렇게 손을 봐둔 장소는 내가 꼭 기억해 두어야 했다. 그걸 지도로 작성해서 성의 경비병들에게 알려줘야 되기도 했거니와, 타이번은 매일 그 장소에 들러서 마법을 갱신해야 한다고 말했다. '자연력은 한곳에 비정상적으로 마력이 집중되는 것을 거부하기 때문.'이라는 귀신 씨나락 까먹는 소리를 하면서 말이다.

결국 그 마법의 부비 트랩은 뭔가를 낚아올리는 데 성공했다. 어느 날 아침, 우리는 부비 트랩을 설치한 장소로 다가가다가 그야말로 머리털이 곤두서는 비명소리를 들었다.

타이번과 내가 겁에 질려서 오거가 아닐까, 혹은 가고일일지도 몰라, 저 소리로 미루어보아 어쩌면 라미아일지도…… 등등의 의견을 교환하며 조심스럽게 다가가자 제미니가 죽어라고 도망다니는 꼴이 보였다. 그런데 그 계집애는 10큐빗 반경의 원을 그리면서 한 자리에서 뱅글뱅글 뛰고 있었다.

제미니는 구조되고 나자 배를 잡고 웃고 있는 우리 둘을 분해 죽겠다는 듯이 노려보았다. 난 이마를 짚으며 말했다.

"제미니, 도대체 이곳에는 왜 온 거야?"

"그냥 두 사람 뭐하는가 구경하려고……."

'호기심은 발견의 첩경이지만 몸을 망치는 첩경이기도 하다.'

는 괴상한 말을 씨부렁거린 타이번은 우리의 순찰 행렬에 제미니를 동반시켰다.

오후가 되면 우리는 산트렐라의 노래로 돌아온다. 타이번은 한 번도 똑같은 것을 반복하지 않을 정도로 많은 모험담으로 벌써 마을 꼬마들과 주당들의 인기인이 되어 있었다. 그래서 오후에는 꼬마들에 둘러싸여 있고 저녁에는 주당들에게 둘러싸여 있다. 난 조수 업무가 끝났으므로 오후에는 양초를 마을에 돌리는 등 평소의 일을 하거나 검술 연습을 하거나 한다. 말이 좋아 검술 연습씩이나 되지만 그건 우리 아버지의 창술 연습과 별로 다를 바 없다.

그날도 그렇게 순찰을 마치고 오후의 임무로 돌아가려던 참이다.

천둥소리? 설마. 난 겁에 질려서 그 고함소리가 들려온 쪽을 바라보았다. 마을 동편의 야산 쪽이었다. 순간 그 장소에 설치해 둔 마법이 기억났다. 근처를 지나가면 불꽃이 날아들게 되어 있는 곳이다. 타이번은 날카롭게 말했다.

"제미니는 여기 있나?"

"……예." 제미니의 화난 대답.

"그럼 제미니는 아니군. 드디어 뭐가 걸린 모양인데?"

"정말 귀신 같군요. 그쪽으로 들어올 거라는 걸 어떻게?"

"말했잖아. 나라면 들어올 위치라고 생각되는 곳에 설치했어. 자, 가보자. 제미니? 우리 둘이 먼저 가볼 테니까 성으로 가서 경비대를 파견시켜 줘. 우리들을 지원하도록 말이야. 하지만 저것이 양동 작전일지 모르니까 마을 자경대는 지원하지 말고 마을을 잘 지키게 하라고 말하도록."

"너무 길어요!"

"경비대는 야산으로 오고, 마을 자경대는 꼼짝말고 마을에 있으라고 전해."

"알았어요!"

곧 제미니는 치마가 뒤집어져라 달리기 시작했다. 나는 고함소리가 들려오는 쪽으로 달려가려 했지만 타이번이 날 말렸다.

"뭘 생각하는 거야? 장님 마법사와 애송이 전사가 전설이라도 만들어보겠다는 거야? 천천히 주의하면서 가자. 경비대들이 따라오도록."

"하지만 놈들이 마을에 들어오면……."

"그건 어려울걸?"

뭔 소린가 싶어 되물어보려는데 곧 저 멀리 야산 쪽에서 불꽃이 튀었다. 아니, 섬광이다. 어쨌든 눈알이 튀어나올 정도로 강력한 빛이 번쩍거렸다. 난 눈을 감았지만 타이번은 보이지 않으므로 느긋하게 말했다.

"뭔 놈들인지 모르지만 뒤로 돌아 줄행랑을 치고 싶을걸? 내 특기는 마법의 연결이야."

"그게 무슨…… 허억!"

맙소사! 하늘을 본 나는 말을 잇지 못했다. 구름이 야산 쪽으로 모여들고 있었다. 설마 벼락이 치지는 않겠지? 콰광! 흠. 벼락이 치는군.

"저긴 아마 쑥대밭이 될 거야. 웬만한 놈들이라면 기절해 버릴걸."

그런데 타이번도 이번엔 틀렸다. 거친 포효소리가 들려왔던 것이다.

"웬만한 놈들이 아니군. 빨리 가자, 후치!"

"옙! 이거 잡아요!"

난 바스타드를 내밀었고, 타이번이 그것을 쥐자마자 그대로 타이번을 인도하며 달려가기 시작했다. 달린다고 하기는 하지만 장님인 타이번이 얼마나 빨리 뛰겠는가. 우리는 구보 정도의 속도로 달려갔다.

마을을 벗어나자 포효소리는 더 가까워졌다. 그 동안 놈들도 달려오고 있었던 모양이다. 놈들은 아마 마을을 기습할 계획이었지만 타이번의 부비 트랩에 걸려 기습하는 데 실패하자 전속력으로 달려오고 있었고 난 멀리서 달려오는 그것들의 모습을 볼 수 있었다. 이런, 다리가 안 움직인다!

"종류가 뭐야?"

"황소 대가리에 몸은 사람 몸인데 7큐빗도 넘겠는데요."

"아이구 맙소사, 미노타우로스잖아? 몇이야?"

"열……둘! 열둘이요!"

"우라질! 이건 도대체 어떻게 생겨먹은 마을이야! 미노타우로스가 한 놈도 아니고 열둘이나 나타나다니!"

미노타우로스들은 우리들을 발견하자 거대한 배틀 액스를 들고 포효하면서 달려오고 있었다. 창피한 말이지만 그야말로 사타구니가 뜨뜻해질 것 같다. 땅이 울리는 소리가 여기까지 들렸다. 저 배틀 액스는 넓이가 내 가슴만 하고 길이도 거의 내 키만큼은 되겠다. 사람이 쓴다면 그레이트 액스겠지만 미노타우로스가 들고 있으니 배틀 액스다. 얼씨구? 저런 걸 한 손으로 휘두르고 달려오다니. 놈들은 타이번의 마법에 걸려 군데군데 상처를 입고 어떤 놈은 벼락에 맞았는지 검게 그슬려 있었다. 그런데도 줄기

차게 달려오고 있었다.

"거리와 방향!"

난 재빨리 타이번의 오른손을 잡아 방향을 가르쳐주었다.

"350큐빗, 아니, 330큐빗, 아니아니 300큐빗……."

제기랄! 달려오고 있으니 거리가 계속 바뀐다. 타이번은 씩씩거렸다.

"제기, 눈이 안 보이니 매직 미사일 같은 초급 주문도 못 쓰잖아."

타이번의 몸에 있는 문신들이 번쩍 빛을 내었다. 미노타우로스들은 놀랐지만 더욱 발광하며 달려오기 시작했다. 놈들도 아마 마법이 완성되기 전에 우릴 후려칠 모양이다. 정말 타이번을 내버려두고 뒤로 돌아 달려가고 싶은데. 보이지도 않는 타이번이 정말 부러웠다. 타이번은 스펠을 읊조리다가 두 팔을 앞으로 쫙 뻗었다.

"에라, 내 눈이 안 보이면 다른 눈으로 하지 뭐!"

그때였다. 정면에서 달려오고 있던 미노타우로스 한 마리가 도저히 시간 내에 달려오지 못할 것 같자 그 배틀 액스를 집어던졌다. 놀랍게도 그 묵직한 배틀 액스는 곧바로 타이번에게 날아왔다.

"죽어보자!"

나는 기합을 지르며 달려들었다. 그리고 바스타드 소드를 뽑으면서 칼집은 던져버리고 칼은 바로 아래로 내리쳤다. 쾅! 아이고, 내 손목! 간신히 배틀 액스의 궤도는 바꿔놓았다. 내가 생각해도 그건 정말 기적에 가깝다. 하지만 그런 속도로 날아오던 그 엄청난 것을 치고 나니까 팔이 통째로 떨어져나가는 느낌이 들었다. 타이번은 눈 한 번 꿈쩍하지 않고(뭐가 보이냐!) 캐스팅을 마쳤다.

"적을 분쇄해! 발러!"

뭐냐, 이건! 검은색으로 번쩍거리는 10큐빗짜리 덩치가 앞에 나타났다.

나는 주저앉아서 지독한 유황 냄새를 풍기는 검은빛 연기에 휩싸인 10큐빗의 인간형 괴물을 바라보았다. 머리엔 미노타우로스가 형님이라 불러야 할 정도로 장대한 1큐빗짜리 뿔이 나 있었다. 자세히 보니 그것은 놈이 쓰고 있는 투구의 뿔이었다. 온몸은 그야말로 칠흑의 갑옷이다. 너무나 검어서 윤곽도 제대로 보이지 않아 도대체 옷인지 살갗인지 구별이 되지 않았다. 발러라는 그놈은 왼손에 거대한 클레이모어를 들고 있고 오른손엔 거대한 스커지를 들고 있었다. 스커지는 아홉 마디의 캣오나인테일인데 곳곳에 날카로운 금속 스파이크가 달려 있다. 저걸 한 번 후려치면 가죽이 깨끗이 날아가겠는데.

그 발러라는 놈이 등을 돌리고 있어 천만 다행이라고 생각했던 찰나, 놈은 고개를 돌렸다. 맙소사! 얼굴이 없었다! 투구 아래에 보이는 것은 검은 칠흑뿐이다. 내가 간혹 악몽 속에서 보는 그 무한대의 칠흑이었다.

"적은?"

발러는 타이번에게 질문하는 듯했지만, 도대체 어디서 목소리가 나오는 것일까? 난 허공에서 들려오는 목소리에 질겁했다. 타이번은 악을 썼다.

"야이, 머저리야! 저 미노타우로스 아니면 뭐겠어?"

"형식은?"

"멸절!"

발러는 고개를 돌리더니 천천히 날아가기 시작…… 뭐? 날아? 놈은 날아가고 있었다. 등에서 갑자기 칠흑의 날개가 펼쳐지고 그대로 날아오른 것이다. 그 날개는 작게 잡아도 12큐빗. 그놈은 우아하게 약 4큐빗 정도 위로 날아올라 그대로 미노타우로스에게 돌진하기 시작했다. 쐐애액 하는 공기 가르는 소리.

"쿠우우웃!"

미노타우로스는 포효하면서 배틀 액스를 휘둘렀다. 하지만 발러는 가벼운 동작으로 땅에 내려앉자마자 스커지를 휘두르더니 미노타우로스의 배틀 액스를 쥔 팔을 잡아내었다. 그러고는 그대로 스커지를 당겼다.

크직! 콰지직!

미노타우로스의 팔은 깨끗이 절단되었다. 놈은 오른손의 스커지를 다시 휘두르면서 왼팔은 반대쪽으로 휘둘렀다. 왼손의 클레이모어는 단숨에 미노타우로스의 허리를 날려버렸고 오른손의 스커지는 또 다른 미노타우로스의 목에 감겼다. 발러는 스커지에 감긴 미노타우로스를 통째로 휘두르기 시작했다.

"쿠우엑!"

발러는 고함소리도 내지 않았다. 그저 묵묵히 스커지에 매달린 미노타우로스를 악동들이 개구리 휘두르듯이 휘둘렀고 곧 주위에 있는 미노타우로스들이 퍽퍽 튕겨나갔다. 발러는 그대로 걷기 시작했다. 오른손의 미노타우로스를 모닝스타처럼 휘둘러 미노타우로스를 쓰러뜨리고 발로 쓰러진 미노타우로스를 밟고 왼손의 클레이모어로 지팡이질을 하듯이 쿡쿡 찔렀다. 장관이라고 표현하기엔 너무나 무서운 광경이었다. 하지만 정말 시원스럽게 싸우는데?

"저게 뭐야……?"

내 목소리가 아니다. 어느 새 달려온 경비병들이 우리 뒤에까지 와 있었다. 경비병들은 하도 기괴한 장면을 보자 함부로 달려들진 않았다. 그래서 난 빠르게 설명했다.

"저 시커먼 놈은 타이번이 불러낸 놈이에요! 우리 편이죠!"

경비병들 중에 터너가 얼빠진 표정으로 말했다.

"그래? 우리 편이란 말이지? 정말 우리 편으로 삼고 싶진 않은 놈인데. 저건 발러잖아?"

"어? 터너, 저걸 알아요?"

경비병들도 터너를 바라보았다. 터너는 타이번을 보면서 말했다.

"마법사님. 제가 보기엔 발러인데요? 채찍만 봐도 알겠는데, 맞습니까?"

"맞아."

"그런데 어떻게 아비스의 발러가 우리를 돕고 있습니까?"

"내가 불러냈다고 후치가 그랬잖아?"

터너는 입을 쩍 벌렸다. 경비병들과 나는 궁금해 죽겠다는 표정을 지어보였지만 터너는 그런 우리들은 본체만체하고는 타이번에게만 말했다.

"아니, 저건 정령도 아니고 악마잖습니까?"

"허어? 제법이군. 엘프들의 정령 소환도 아는가."

"상식 수준으로…… 그런데 어떻게 저걸? 저건 소환하고 어쩌고 할 그런 게 아니잖습니까? 인간처럼 그냥 존재하는 것 아닙니까?"

"맞아. 잠깐 아비스의 미궁에서 내가 여기로 옮겨온 거야. 소환은 아니지. 공간 이동이야."

"그런데 옮겨왔다고 저놈이 왜 싸워주는 겁니까?"

"약속 때문이니까."

"무, 무슨 약속인데?"

"간단한 거야. 내가 원하는 놈을 박살낸다는 약속. 바꿔 말하면 난 놈에게 피를 제공하는 거지. 지금 신나게 미노타우로스들의 피를 받아내고 있을 텐데."

어느새 발러는 미노타우로스들을 깨끗이 물리쳤다. 달아나는 놈들도 있었지만 발러는 타이번의 말대로 끝까지 따라가 '멸절' 시켰다. 사람이라면 수십 명이 달려들어도 하나를 상대할까 말까 한 그 미노타우로스를 저렇게 간단하게 처리하는군.

마지막 미노타우로스가 처절한 비명(그 비명의 반은 피였다.)을 쏟아내자 발러는 그대로 돌아섰다. 마치 자기가 한 일에 아무런 관심이 없는 투였다. 발러는 후드득 날개를 펼치더니 이쪽으로 날아왔다. 하늘이 캄캄해지는 것 같은데.

병사들은 기겁해 소리를 지르면서 뒤로 물러나 롱소드를 뽑아 들었다. 나도 도망가고 싶었지만 도저히 다리가 움직이지 않았다. 발러는 타이번 앞에 내려서더니 병사들 쪽으로 고개를 돌렸다. 다시 허공에서 말소리가 들려왔다.

"저놈들도?"

그 의미를 알아들은 나는 파랗게 질려버렸지만 병사들은 고개를 갸웃했다. 타이번은 당황해서 말했다.

"뭐? 이놈아. 아냐!"

"그럼 돌려보내 다오."

"뭐야? 급한 일이라도?"

"내 미궁에 들어온 모험자들이 있다. 그놈들을 부수고 있었는데 네놈이 날 부른 것이다."

"그래? 흠…… 갑자기 텔레포트 워프 스펠이 생각나지 않는데."

갑자기 발러는 미노타우로스의 피로 젖어 있는 그 스커지를 위로 확 쳐들었다. 난 숨막히는 비명을 질렀다. 발러는 그대로 타이번을 내려칠 자세로 서 있었지만 보이지 않는 타이번은 계속 히죽거릴 뿐이었다.

발러는 팔을 들어올린 채 그렇게 서 있었고 병사들은 죽을 각오로 달려들 태세였다. 그러나 발러는 잠시 후 스커지를 다시 내렸다.

"생각해 내라."

"네 목소릴 듣자니 돌아가면 그 모험자들을 아주 가루로 만들어버릴 생각인가 보군?"

발러는 잠시 말없이 타이번을 내려다보더니 침울하게 말했다.

"잘 들어라, 타이번. 넌 옛날의 타이번이 아니다. 마법사가 눈이 보이지 않는다면 그것은 죽은 거나 다름없다. 어떻게 아직껏 살아남았는지 의아할 정도다."

발러의 말소리는 마치 형체를 지닌 것이 피부를 스치는 것처럼 나와 병사들을 아프게 만들었다. 하지만 타이번은 여상스럽게 대꾸했다.

"그래서?"

"내가 옛날의 너에게 약속했을 때는 어쩔 수 없어서였다. 피대 폭력. 그렇게 나쁜 계약도 아니었지. 하지만 지금의 넌 내 손가락 하나로도 간단히 죽일 수 있다."

"그런데?"

"날 돌려보내 다오. 내가 아직껏 너에게 약속을 지키고 있으니, 너도 날 명예롭게 대해 다오."

타이번은 싱글거리며 스펠을 외더니 팔을 휘저으며 말했다.

"꺼져, 재수없는 악마 녀석. 그 모험자들 지금쯤 도망갔겠지."

발러는 나타났을 때처럼 검은 연기에 휩싸여 사라졌다. 역시 지독한 유황 냄새가 풍겼다.

발러가 사라지고 나서야 우리들이 있는 들판에 정상적으로 태양이 내리쬐는 듯한 기분이 들었다. 발러가 있는 동안에는 해가 비치고 있어도 마치 한밤 같았다. 어쨌든 난 놈이 사라지고 나서야 안심하고 기절할 자세를 취했지만 타이번은 날 불렀다.

"가자, 조수. 미노타우로스들의 시체를 정리해야지. 그리고 놈들이 터뜨린 마법도 다시 걸어둬야 하고."

"타이번…… 나 지금 다리가 후들거려 움직이지도 못하겠어요."

"이런 불성실한 조수를 봤나. 확 갈아치워 버릴까?"

"뭐예요? 누구 때문에 당신이 살았는데!"

"응? 무슨 이야기야?"

"아까 당신이 캐스팅할 때 미노타우로스가 도끼를 던졌다고요! 그걸 내가 막아내지 않았으면 당신은 벌써 골로 갔어!"

타이번은 놀란 표정이 되었다. 그는 병사들에게 물었다.

"이봐, 이 근처에 정말 배틀 액스가 있나?"

"하나 있는데요."

터너는 그렇게 말하며 내가 튕겨낸 배틀 액스를 들어올렸다.

그의 표정이 당혹감으로 바뀌었다.

"굉장한 무겐데?"

타이번은 껄껄 웃으며 말했다.

"이거, 후치가 내 생명의 은인이군? 좋아! 원하는 걸 말해 봐. 그럼 들어주지."

"정말요?"

"하지만 황당한 소원을 말해 버릴지도 모르니까 천천히 생각해 봐. 우선 일을 하자고. 시체 더미에 모여드는 건 파리만이 아니지."

우리는 발러가 저질러둔 참극의 현장으로 다가가서 미노타우로스들의 시체를 모아 태워버리고 그 무기들을 수거해 왔다. 미노타우로스의 배틀 액스는 인간이 쓰기엔 너무 거대했다. 아마 몇 개는 전리품 삼아 놔둘 테고 나머지는 용광로에 집어넣어 재생하여 쓰겠지. 미노타우로스의 시체 더미는 엄청나서 불은 꽤 오랫동안 타올랐고, 마을 사람들 모두가 한 번씩 와서 구경한 다음에야 불길이 사그라들었다.

그리고 나는 동네 소녀들의 영웅이 된 자신을 발견했다.

도대체 말이 어떻게 전해졌는지 모르겠지만, 난 스펠을 외우느라 완전히 무방비 상태였던 타이번을 목숨을 걸고 지켜낸 전사가 되어버렸다. 뭐, 틀린 말은 아니다. 하지만 내가 죽었다 깨도 빗발처럼 날아드는 열 개의 배틀 액스를 쳐낼 수는 없는 것이 당연하지 않은가(내가 팔이 열 개냐?). 그런데도 사람들은 그 말을 믿었다.

제미니는 갑자기 비상 상태에 들어갔다. 소녀들이 시도때도 없이 내게 접근하자 제미니는 완전히 울상이 되어 날 졸졸 따라다녔다. 하지만 나에겐 주위의 소녀들에게 신경을 쓸 겨를이 없었다.

"뭐가 좋을까? 음, 마법 양초 제조기를 만들어달라고 할까?"

"후치…… 그것, 너무 조야하잖아?"

제미니의 말이 맞다. 어, 이거 정말 문제네. 타이번은 내게 소원을 말하라고 했는데 도대체 무슨 소원을 말하면 좋을까? 제미니가 의견을 제시했다.

"그냥 간단하게 돈을 달라고 하면 어때?"

"돈? 싫어. 폼이 안 나. 세상에 공주를 구출한 용사가 돈을 달라는 것 봤어?"

"그건 이야기잖아."

"그래도 싫어. 어디 보자. 내 검에 마법을 걸어달라고 할까?"

"그것도 옛날 이야기네. 마법검으로 뭐할 건데?"

"응? 그, 글쎄?"

그러고 보니 내가 마법검을 가졌다고 해서 그걸로 뭐 뚜렷하게 할 일이 있는 것은 아니다. 나야 헬턴트 영지의 초장이 후보고 아마 아버지의 자리를 이어받아 계속 영주님과 그 자손들에게 초나 상납하게 되겠지. 그리고 정말 재수가 없다면 제미니와 결혼하여 자식에게 초 만드는 거나 가르치겠지. 어쨌든 그 어느 부분에 마법검이 들어갈 곳은 없다.

"에이! 모르겠다. 힘이 세지게 해달라고 부탁하자!"

제미니는 황당한 표정으로 날 바라보았다. 난 어깨를 으쓱하며 말했다.

"힘이 세면 편하잖아. 무거운 것 드는 것에서부터 기름 부대 나를 때도 편하고, 뭐 절대로 나쁠 건 없잖아? 그렇지 않아도 팔굽혀펴기 하기 귀찮았는데."

"그래도…… 너무 동물적이야."

"그러냐? 그럼 어때. 넌 동물 아냐?"

"무슨 의미야!"

더 이상 생각해 내기 귀찮은 참에 정말 그럴듯한 생각을 떠올려서 기뻤다. 난 그 길로 제미니와 함께 산트렐라의 노래에 죽치고 있는 타이번을 찾아갔다. 타이번은 내 소원을 듣더니 먼저 한참 웃었다.

"이유가 뭔데?"

"짐 나를 때도 편하고, 일할 때도 편하고."

타이번은 내 이유를 듣더니 또 한참 웃었다. 뭐가 우스운 거야? 타이번은 눈물을 좍좍 흘리며 웃더니 나에게 자기 가방을 가져오게 했다. 타이번의 방에서 가방을 가져다주자 타이번은 직접 그걸 열고 뒤적거리기 시작했다. 타이번은 손끝의 감각으로 찾으면서도 꽤 수월하게 자기가 찾는 물건을 찾아내었다.

"그거 너 가져."

그렇게 말하며 테이블 위에 올린 물건은 희한하게 생긴 장갑이었다. 이게 뭐야? 무슨 약이라도 주는 줄 알았더니 웬 장갑이야? 그것은 검정색 가죽으로 만들어져 있는데 손등 윗부분과 손바닥 쪽으로는 작은 은빛 쇠고리들이 연결되어 표면을 빈틈없이 에워싸고 있었다. 쇠고리인 데다가 손등과 손바닥 이외의 부분은 자유로워서 기사들의 건틀릿처럼 손을 움직이는 데 불편할 것 같지는 않아 보였다. 주위 사람들이 호기심 가득한 눈으로 바라보고 있는 가운데 나는 그 장갑을 양손에 찼다.

별로 달라진 것은 없었다. 나는 손가락을 쥐었다 폈다 해보았지만 평소와 다른 이질감 이외엔 별로 느껴지는 것이 없었다. 난 타이번에게 물어보았다.

"이게 뭔데요? 별로 달라진 게 없는데?"

타이번은 키득거리더니 제미니에게 펍 한귀퉁이에 있는 장작을 가져오게 했다. 제미니가 하나 가져다주자 타이번은 그것을 내게 내밀었다.

"양쪽으로 당겨봐."

뭔 말이야? 꺾는 것도 아니고 당겨보라니. 난 얼떨떨한 가운데 그것을 받아들고 양쪽으로 당겼다. 장작은 두 개로 나눠졌다.

"히이익?"

해너 아주머니의 감탄사였다. 난 내가 한 일이 믿어지지 않아서 양손에 든 장작개비를 번갈아 쳐다보았다.

"뭐, 뭐, 뭐야, 이거?"

"흠, 이번엔 양손에 힘을 줘봐."

타이번은 그렇게 말했다. 난 얼떨결에 손에 힘을 주었다. 파직! 장작은 단숨에 갈라지며 이쑤시개처럼 되었다. 난 그 장작개비들을 쥐어짜버린 것이다.

"후에엑?"

이건 제미니의 감탄사다. 주위 사람들이 모두 어처구니없는 표정으로 나와 그 쪼개진 장작개비들을 바라보았다. 주당들 중에 하나가 당황한 표정으로 자기가 들고 있던 청동 술잔을 내밀었다.

"이봐, 후치. 이것 한번 양쪽으로 당겨봐."

"안 돼!"

해너 아주머니의 제지는 늦었다. 난 어느새 그 술잔을 깨끗이 반으로 나누어놓았다. 마치 무슨 사과 쪼개듯이 청동제 술잔을 쪼개버린 것이다. 그 모양을 보던 주당들은 모두 질겁한 표정이 되더니 술잔을 잡고 용을 쓰기 시작했다. 어림없지. 술잔이 무슨 천쪼가리도 아닌데 양쪽으로 갈라질 일은 절대로 없다. 집어던지거나 망치로 후려쳐 우그러뜨리는 거라면 몰라도 그걸 정확하게 반으로 쪼갠다는 것은 불가능하다구.

그런데 난 그렇게 한 것이다!

"뭐, 이런 괴물딱지 같은 장갑이……?"

"명심해. 그건 물리적인 힘만 좋아지게 만드는 거야. 건강이나 정력 같은 것과는 상관없는 거야. 그러니 아가씨들 기쁘게 해줄 일은 없지."

난 실망하는 표정을 지었고, 그래서 제미니에게 꼬집혀버렸다. 제미니는 타이번에게 악을 썼다.

"타이번!"

"알았어, 알았어. 어쨌든 후치 네가 말한 대로 짐 나르는 데는 썩 좋을 거야. 네 팔은 이제부터 살아 있는 곰에게서 심장을 뽑아낼 정도의 힘을 낼 테니, 잘해봐. 빵을 가루로 만들어버려 배를 곯게 되는 멍청한 짓은 하지 말고 먹을 땐 그거 벗어."

"아, 예…… 그런데 이거 꽤 귀한 것 아네요?"

"아무리 귀해도 내 목숨만큼 귀하진 않아. 부담 없이 가져버려."

"그럼 부담 없이 가져버릴 거예요? 돌려달라고 하기 없기? 유피넬과……."

"헬카네스의 이름으로. 됐지? 나 원 참. 소원을 들어준 일이 많지는 않지만 이런 단순 무식한 소원 들어주기는 또 처음이네."

"제가 해드릴게요!"

"맡겨줘!"

"내가 해줄까?"

"이리 줘! 그 정도쯤이야!"

난 마을 곳곳을 뛰어다니면서 내 무지막지한 힘으로 마을 사람들을 돕기 시작했다. 나뭇짐을 들어 날라다주는 일에서부터 공사장에서 기둥 세우는 일, 우물가에서 두레박 끌어올리는 일까지.

그런데 힘 조절이 잘 되지 않았다. 나뭇짐을 들어올리면 나뭇짐이 부스러져버렸고 기둥을 땅에 꽂으면 기둥머리가 보이지 않을 정도로 땅 속에 박아놓았다. 우물에서 두레박을 끌어올릴 때는 두레박이 튕겨지듯이 솟아올라 주위에 있던 사람들에게 물벼락을 끼얹었다.

"후치! 제발 부탁이니 그 장갑 좀 벗고 다닐 수 없겠냐?"

이건 너무 가혹한 부탁이다. 이런 기분 좋은 일을 그만두라니. 하지만 나는 우는 아기를 달래려고 하늘에 살짝 집어던졌다가 100큐빗 정도로 솟아오른 아기를 간신히 받아내고는 노랗게 질린 그 어머니에게 살해당할 뻔한 다음 그걸 벗을 수밖에 없었다.

"푸하하하!"

바로 그날 저녁 산트렐라의 노래에선 타이번이 껄껄 웃었다. 내가 풀죽은 얼굴로 그날 하루 동안 일어났던 일에 대한 상황 보고를 했던 것이다. 그 옆에 모여 있던 주당들도 배를 잡으며 웃었다.

"아이고, 아이고 나 죽겠다. 으헷, 으헤헤헤!"

타이번은 아예 데굴데굴 구르고 싶다는 표정이었다. 난 불퉁거리면서 말했다.

"이거 어떻게 힘 조절하는 방법은 없어요?"

"이 녀석아. 자기 힘을 다루는 방법은 자기가 터득해야지. 누구나 스스로 훈련하면서 힘을 얻게 되고, 바로 그 훈련 과정이 결과적으로 얻게 되는 힘에 대한 조절 장치가 되는 거야. 그런데 넌 아무런 훈련 없이 힘을 얻었으니 그 고생을 하는 수밖에."

흠. 상당히 옳은 말이군. 나는 고개를 끄덕였다.

"이해했어요. 하지만 좀 문제라고요. 이걸 조절하려면 계속 이 힘을 써야 되는데 힘을 쓸 때마다 사고가 일어난다고요."

"이 녀석아, 그거야 네가 돌대가리니까 사고가 일어날 일에만 손을 대니까 그렇지. 할 수 없군. 이 마을이 박살나면 안 되니까 내일부터 내가 좀 도와주마."

다음날, 나는 설레는 가슴을 안고 산트렐라의 노래에 찾아갔다.

타이번은 분명 도와준다고 했으니 아마 날 지도하겠다는 뜻일 것이다. 마법사의 제자라…… 어감이 참 좋군. 그는 장님인 데다가 마법사이긴 하지만 그 무시무시한 악마 발러를 자유자재로 다룰 정도이니 아마도 장님 검법의 달인일지도 모른다. 장님 검법이라는 게 정말 있는지는 모르겠지만 옛이야기에 보면 흔히 그렇잖아? 그래서 난 무장을 완전히 갖춘 채 산트렐라의 노래에 찾아갔다.

마을 대로를 걸어가는 동안 나를 보자마자 슬금슬금 달아나는 사람들을 보며 한숨을 쉬어야 했다. 쳇. 어쨌든 산트렐라의 노래에 들어가자 타이번은 항상 그랬듯이 우유 한잔을 마시고 있었다.

"타이번! 가죠!"

"알았다. 원 참, 오늘은 왜 이렇게 신난 거야?"

그리고 타이번과 나는 매일 그래왔듯이 먼저 성으로 갔다. 난 신난 표정이었지만 타이번은 하품을 하면서 느릿하게 걸었다. 성에 도착하자 항상 그렇듯이 경비병들은 아침 식사를 마치고 이를 쑤시면서 나오고 있었다. 타이번은 말했다.

"도와주기로 했었지? 터너. 이봐, 터너 있는가?"

터너가 달려왔다. 타이번은 발소리만 듣더니 터너가 말하기도 전에 말했다.

"부탁인데 연병장 좀 정리해 주겠나?"

"예? 무슨 일로……."

타이번은 터너에게 뭐라고 귓속말을 했고 터너는 놀란 표정을 지었다.

"예? 아니 말이 되는 소리를……."

"저 녀석 대가리로는 그렇게밖에 안 돼. 자네도 어제 저 녀석이 저지른 일에 대해서는 들어봤겠지?"

"원 참. 성격도 괴팍하시군요. 알겠습니다."

그리고 타이번은 그대로 팔짱을 낀 채 기다렸다. 난 멀뚱히 터너를 바라봤고 터너는 그런 나를 안쓰럽다는 듯이 바라보다가 말했다.

"할 수 없지. 이봐! 연병장에 있는 경비 대원, 전부 4열 횡대로 연병장 왼편에 모여 앉아."

"왜?"

"마법사님께서 끝내주는 거 구경시켜 주신댄다."

병사들은 기대 섞인 표정으로 물러나 정렬해 앉았다. 터너는 말했다.

"준비됐는데요."

"그래? 후치. 연병장 한가운데 가서 서도록."

난 영문을 몰랐지만 일단 시키는 대로 연병장 가운데 섰다. 와! 외로워라. 상당히 주위에 신경을 쓰게 만드는 위치였다. 타이번은 보이지도 않는 주제에 고개를 끄덕거리더니 두 손을 모으고 캐스팅에 들어갔다. 뭐하는 거지?

"우와! 저것 봐!"

병사들은 감탄한 표정이었다. 타이번이 스펠을 외자 곧 내 앞의 땅에서 뭔가가 땅을 빠르게 긁고 지나가는 것처럼 흙이 파바박 튀고 돌멩이가 날렸다. 난 놀라서 뒤로 몇 발자국 물러났다. 이윽고 땅에는 도형이 드러나기 시작했다. 그 도형은 거대한 원형이고 그 안에는 복잡한 도형이 그려졌다.

도형이 완성되자 곧 검은 연기가 뿜어져 나왔다. 그리고 유황 냄새가 났다. 응? 이건 발러를 불러낼 때의 그 냄새인데. 설마 또 발러를 불러내는 건가? 난 눈이 튀어나올 듯한 표정으로 그것을 바라보았다. 연기가 사라지자 그 안에는 뭔가가 서 있었다.

샌슨이다! 아, 아니, 오거다!

무지막지하게 벌어진 어깨, 잘 빠진 허리, 내 허리통만 한 허벅지. 정말 온몸에 '파괴'라고 써 붙인 것같이 생겼다. 장대한 체구는 작게 잡아도 6큐빗. 그런데 어깨 넓이는 거의 3큐빗은 되어보였다. 추악하게 생긴 머리통은 어마어마하게 컸지만 그 어깨 위에 있으니 작아 보였다. 손에는 칼인지 도끼인지 구별도 되지 않는 희한하게 생긴 검을 들고 있다. 코페시처럼 보이는데. 보통 검과 손잡이는 따로 만들지만 저 코페시는 검과 손잡이가 완전히 하나의 쇠붙이다. 날붙이라기보다는 그저 힘과 무게에 의한 파괴력을 살리는 무기. 정말 딱 어울리는 무기인걸?

난 참으로 짧은 순간에 이토록 많은 생각을 떠올렸다. 타이번은 터너에게 물었다.

“나온 거 같은데, 맞아?”

“마, 마, 맞는데요, 정말 저걸 불러낸 겁니까?”

“됐군. 후치? 잘해봐.”

뭐, 뭐, 뭐라고? 저게 무슨 말이냐? 오거에게 뭘 잘해보란 말이지?

“참, 한 가지 말 안 해 준 게 있는데 말이야, 그 장갑 OPG야.”

“OPG?”

“오거 파워 건틀릿.”

“히엑!”

맙소사! 왜 그 생각을 못했지? 칼에게 들은 이야기가 생각났다.

‘네드발 군. 몬스터와 인간은 자기 정체성 구현에서조차 차이가 나요. 인간, 자네를 볼까? 어느날 자네가 대로를 걷는데 자네와 똑같이 생겼고 똑같은 말투를 구사하는 남자가 걸어오는 모습을 봤다고 생각해 봐. 그러곤 자넬 보고는 놀라서 너 누구냐는 식으로 물어온다면, 기분이 어떨까? 미쳐버릴지도 몰라. 하지만 인간의 정신은 탄력적이기 때문에 놀람이 사라지면 먼저 이게 어떻게 해서 일어난 일인지 생각하게 될 거야. 자네에게 자네도 모르는 쌍둥이가 있었다거나 하는 식으로. 하지만 몬스터는 정신이 인간만큼 탄력적이지 못해요. 그래서 그렇게 자기 정체성을 위협당하면 상대를 맹목적으로 죽이려 들어. 그래서 몬스터의 능력을 가진 물건을 소유하는 것은 좋은 일이지만 동시에 위험한 일이야. ‘샐러맨더의 심장’을 가진 자는 레드 드래곤의 브레스 속에서도 안심이지만 샐러맨더를 만나면 위험하지. 그리고 ‘오거 파워 건틀릿'을 가진 자는 골렘과 힘을 겨룰 수도 있지만 오거를 만났다면 둘 중 하나가 죽을 때까지 싸워야 된다네.'

둘 중 하나가 죽을 때까지? 제기랄! 그 오거는 놀란 듯이 주위를 두리번거리다가 자기 바로 앞에 있는 나를 노려보았다. 순간 그놈의 관자놀이가 꿈틀거렸다.

"크르르르…… 그 건틀릿!"

돌려드릴게요, 미안해요, 난 이거 OPG인 줄 몰랐어요, 저 장님 마법사가 준 거예요, 저 마법사 좀 보세요, 얼굴에 심술이 덕지덕지 붙은 것처럼 생기지 않았나요? 그에 비해 볼 때 난 어때요, 이처럼 순진 무쌍한 얼굴을 보셨어요?

왜 말이 한마디도 입밖으로 나오지 않는 거지? 오거는 두말할 필요 없다는 듯이 코페시를 들어올리면서 고함을 질렀다.

"쿠와아악!"

"타이버어어언! 당신, 주우욱일 거야아아아!"

오거는 OPG를 가진 나에게 이유도 묻지 않고 코페시를 휘두르기 시작했다. 내가 사타구니를 적시지 않고 대신 바스타드를 뽑아낸 것은 내가 생각해도 참 대견한 일이다. 코페시는 지독하게 느린 검이었기에 난 간신히 그걸 볼 수도, 막아낼 수도 있었다. 쾅! 이게 칼 부딪히는 소리냐? 온몸의 관절이 부러져나가는 느낌이 든다.

타이번은 뭐가 좋은지 킥킥거리며 저택 안으로 들어가 버렸다. 그리고 놀랍게도 터너는 그저 한숨을 쉬며 앉아 있는 병사들에게 다가갔다.

"모두 가만히 구경만 해라. 그리고 옆으로 전달."

터너는 그렇게 말하며 가장 왼쪽의 병사에게 뭐라고 말했고 차례차례 전달되었다. 그러자 병사들은 놀란 표정이 되어서 한마디씩 하기 시작했다.

"원래 마법사란 괴팍한 거지만 아무리 그래도……."

"음. 죽으면 할 수 없고 살아나면 잘 가르친 셈이라는 거군?"

"후치가 죽을 정도면 나서라고?"

"음, 후치. 우리 편하도록 죽더라도 상처는 좀 입혀봐."

어처구니가 없어진 내 입에선 참으로 지독한 저주의 말이 쏟아져나왔다.

"당신들 모두 첫날밤에 불능에나 걸려버려어어어!"

병사들은 배를 잡고 웃기 시작했다. 이런 개 같은! 죽을 정도면 도와준다고? 그럼 지금이잖아?

오거는 내 몸을 가지고 몇 조각까지 낼 수 있는지 확인하겠다는 듯이 달려들었고 난 정신없이 팔을 휘둘러 그것을 막아내었다. 냉정한 관찰자가 본다면 상당히 멋진 장면이었겠지만 난 냉정한 관찰자가 아니라 직접 당하고 있는 당사자였다. 게다가 여전히 힘 조절은 되지 않아서 힘껏 오른쪽으로 팔을 휘두르면 내 몸 전체가 오른쪽으로 뱅글 돌아버릴 지경이었다. 내가 그렇게 괴상한 동작을 취했기에 오거의 코페시는 엉뚱한 곳을 가르거나 생각지도 못한 곳에서 내 바스타드에 막혀버렸다. 하지만 그 코페시를 막아낼 때의 느낌이란…… OPG가 아니었다면 내 팔은 예전에 부러져버렸겠지만 나와 오거의 현재 힘은 똑같다.

응? 그래. 힘은 똑같잖아?

"이 자식아! 너와 난 똑같은 힘이다! 그렇다면…… 죽어보자!"

"쿠앗!"

우하, 놀라라. 난 내가 저지른 일에 놀라서 몸이 굳어버렸다. 난 오거의 허리에 멋진 검흔을 선사했던 것이다. 피가 뿜어져 나오자 오거는 주춤거리며 물러났다. 내가 조금만 경험 있는 전사였다면 그 순간을 놓치지 않고 달려들었겠지만 난 얼이 빠진 채 그걸 보고만 있었다.

"후치, 이 자식아! 지금 달려들어야지!"

병사들의 고함소리에 난 정신이 번쩍 들었다. 하지만 오거는 이미 자세를 바로잡고는 코페시를 가슴 앞에 세워들고 날 겨냥하고 있었다. 아이고, 아까워라! 할 수 없이 나도 오거와 똑같이 바스타드를 앞에 세워들고 대치 상태에 들어갔다.

무지막지한 칼부림에 이어 싸움은 두 번째 단계로 접어들고 있었다. 나와 오거는 신중하게 발을 움직이며 둥글게 사이드 스텝을 밟으며 움직이기 시작했던 것이다. 물론 신중한 건 오거 쪽이었고 난 울상이 된 채로 그저 오거와 반대 방향으로 움직였을 뿐이다. 하지만 내 표정만 빼놓으면 여전히 멋진 장면이었던 모양이다. 병사들은 감탄했다.

"어쭈! 제법이다, 멋진 발놀림인데?"

"발을 땅에 더 바싹 붙인 채 미끄러지듯이 움직여라!"

분통이 터지지 않을 수 없다.

"말로만 그러지 말고 좀 도와줘어! 당신들 모두 살인 공범이야!"

"개가 짖나? 닭이 우나?"

"타이번 부탁이니까 우린 도와주지 못해. 네가 죽을 정도면 도와줄게."

"야야, 우리 후치가 만일 재수 없어서 죽으면 누가 제미니에게 그 사실을 알릴 것인지나 정할까? 제비뽑기 어때?"

"앗! 난 싫어. 난 제비뽑기에 약하다고!"

저게 도대체 사람의 정신을 가진 놈들이냐? 내 헬카네스에게 맹세코 오거에게 죽지 않는다면 저 병사들 가만두지 않겠다. 아니, 지금 그렇게 해버릴까?

"이봐요, 오거 씨. 저 병사들 먼저 손 좀 보고 당신과 싸우면 안 될까요?"

내 제안에 대한 대답은 하늘을 가를 듯이 내려쳐진 코페시였다. 이잇! 그건 준비하고 있었어! 난 팔을 휘두르면 내 몸이 통째로 돈다는 것을 이용하기로 결심하고 있었단 말이야. 그래서 난 아래에서부터 위로 올려치며 오거의 코페시를 튕겨내며 그대로 상체를 한 바퀴 더 돌려 다시 아래에서 위로 올려쳤다. 오거는 턱 바로 아래에 지나가는 내 바스타드에 질겁하며 물러났다. 검이 왜 짧아진 거야!

"우와! 멋지다, 후치!"

나는 헉헉거리며 물러났다. 사실 내가 해놓고도 의심스러운 동작이다. 내가 정말 그렇게 했나? 그 증거는 곧 나타났다. 허리가 부러질 듯이 아파온 것이다.

"우…… 이거 장난이 아니다."

허리가 아릿해지니까 정말 온몸이 움직이지 않는걸. 하지만 오거도 턱이 쪼개질 뻔하자 씩씩거리면서도 달려들지는 않았다. 코페시가 워낙 느려 일격에 날 맞추지 못하면 자신이 위험해진다는 것을 느낀 모양이다. 오거는 거리를 재기 시작했다. 앗! 안 돼! 저놈은 나보다 팔이 훨씬 길단 말이야! 적당한 거리를 주면 내가 더 불리하다. 그렇다면 내 거리로 맞추자!

"에에에랏!"

난 앞으로 달려들었다. 코페시보다 더 안쪽, 그러니까 오거의 팔거리 안에서라면 저놈은 날 어떻게 할 수 없다. 샌슨이 트롤을 상대할 때 그렇게 했지? 난 바스타드를 마구 휘저으며 돌격해 갔다.

하지만 놈은 나보다는 훨씬 능숙했다. 오우, 젠장! 다리가 날아온 것이다. 난 복부에 성의 기둥만한 다리를 맞고는 뒤로 구겨지듯이 날아갔다. 땅에 뒹굴던 내 눈에 하늘로 솟아오른 오거의 그림자가 역광 속에 시커멓게 떠올랐다. 그놈은 그대로 코페시를 내리칠 모양이다. 하지만.

"죽어보자!"

놈이 아무리 잘났다 해도 공중에선 몸을 못 움직인다. 난 허리를 튕기며 바스타드를 곧게 찔러올렸다.

"쿠우욱!"

코페시가 내 머리를 쪼개기 직전, 난 오거가 떨어져내리는 힘까지 이용하여 그놈의 복부를 관통시켜 버렸다. 오거는 입에서 피를 흘렸다. 해냈구나!

그러나 오거는 바스타드에 찔린 채 다시 코페시를 들었다. 아악! 내 검은 오거의 몸으로 봉쇄되어 있었다. 뭐하는 거야? 지금 도와줘야지! 엇, 시간이 없다! 오거는 괴성을 지르며 코페시를 내리쳤다.

"제미니이!"

안녕, 절친했다기보다는 웬수일 경우가 더 많았던 친구들이여. 안녕, 사랑했다기보다는 끔찍스러웠던 내 17년 인생이여. 안녕, 내 솥과 양초 냄비들아. 이젠 누가 너희들을 반짝반짝 빛날 때까지 닦아주지? 초장이는 초장이답게 살아야 했어. 마법사의 제자가 웬말이냐. 에, 내가 죽어본 사람으로서 죽음에 대해 설명하겠는데, 죽음이란…… 낄낄거리는 병사들의 웃음 속에 멍청한 얼굴을 하고 앉아 있는 것?

난 바스타드로 하늘을 찌른 모습 그대로 어리둥절한 표정으로 연병장에 앉아 있었다. 병사들은 이제 데굴데굴 구르기 시작했다. 터너가 헉헉거리며 말했다.

"헥, 우헥, 요 녀석아. 가짜다."

가짜란 진짜가 아니라는 뜻이고 진짜가 아니면 그건 가짜인데…….

"일루전!"

난 땅바닥에 털썩 드러눕고 말았다. 타이번, 타이번! 이 망할 늙은이가 날 속였구나! 아이고 억울해, 억울해 미치겠다. 병사들은 본격적으로 날 놀리기 시작했다.

"들었어? '제미니이!' 정말 멋지더군."

"맞아. 야야, 부럽다. 난 누구 이름 부르며 죽지? 어머니?"

"이봐, 후치. 그땐 그래선 안 되지. 나의 영혼의 열쇠를 가지신 고귀한 레이디 제미니여! 이렇게 말했어야지."

난 눈을 번뜩이며 일어났다. 병사들의 낄낄거림이 차츰 멎어갔다. 이윽고 병사들은 불안한 눈으로 날 바라보았다. "후치?"

난 내가 지을 수 있는 최대한의 공포스러운 표정을 지었다.

"당신들은 죽을 때 누구 이름 부를 거지?"

돌격 앞으로! 병사들은 연병장을 마구 질주하기 시작했고 난 험상궂은 표정으로 그 뒤를 쫓았다. 하지만 병사들은 일사불란하게 도망쳐 다니면서 날 놀려댔다.

“제미니! 네 나이트가 우리를 죽이려 들어. 도와줘!”

“우아아아! 그만두지 못해!”

왜 OPG는 다리 스피드는 올려주지 않는 거야! 그날 아침, 난 매일같이 달리기로 단련된 병사들을 쫓는 것이 예삿일이 아니라는 것을 깨닫게 되었다.

7

“앗! 레이디 제미니의 나이트 후치 경이다!”

“크아아앗!”

동네 꼬마들에게 달려들고 있는 내 꼴이 너무 한심하다. 입이 문제야. 어쩌자고 그때 그 이름을 불러버렸나. 아마 난 적어도 석 달은 레이디 제미니의 나이트가 될 것 같다.

서점에서 칼이 나오는 모습이 보였다. 그는 손을 들어올리며 말했다. “여, 후치 경!”

……어쩌면 평생일지도 모른다.

“칼! 그만 좀 해요!”

“글쎄. 생명의 위기에서 외친 자신의 진심을 부정하지는 말게나.”

“그때 난 돌았어요! 미쳤다고요! 아니, 나같이 머리가 나쁜 놈은 간혹 엉뚱한 말을 한다는 것도 잘 아시잖아요?”

꼭 이렇게 나 스스로를 비하해야 되나? 칼은 빙긋 웃으며 내 옆에 있던 타이번에게 말을 걸었다.

“안녕하세요, 타이번. 오늘도 그런 훈련입니까? 그럼 구경하고 싶군요?”

“좋을 대로. 우리 뒤의 이 굉장한 행렬이 보이지 않는가?”

사실 그렇다. 우리 뒤로는 일군의 동네 사람들이 모여 있었다.

가을걷이도 끝나자 마을 사람들은 별로 할 일이 없었고 내 훈련은 아주 멋진 구경거리가 되었다. 그래서 아침에 나와 타이번이 산트렐라의 노래를 출발하면 곧 '야! 레이디 제미니의 나이트 후치 경이다!' 라고 외치는 소리와 함께 마을 사람들이 한두 명씩 그 뒤에 따라붙는다. 아무리 그래도 피크닉 바구니까지 챙겨 들고 나오는 것은 또 뭐냐? 칼도 책을 구하러 왔다가 그 소문을 들었던 모양이다. 그는 기분 좋게 우리 일행에 합류했다. 그러자 곧 양조장 막내인 미티가 끼어들었다.

"이봐요, 칼? 어디 거시겠어요?"

"걸다니?"

"오늘은 후치가 누구 이름을 부르는지 말이에요. 내기예요. 현재 제미니가 압도적으로 높으니까 다른 이름을 선택하면 배당이 높을 텐데. 요즘 계집애들이 후치에게 알랑거리면서 자기 이름을 불러달라고 꼬리치는 것 아세요?"

칼은 어처구니없는 표정이 되었고 난 미티를 잡아먹을 듯이 노려보았다. 하지만 미티는 태연했다. 그 옆에 있던 다른 남자가 말했다.

"야, 미티. 그런데 오늘 후치가 확실히 죽는 것 맞아?"

"확실해요. 타이번은 오늘 키메라를 불러낸다고 했거든요."

미치고 환장하여 팔짝팔짝 뛰다가 심장 마비로 요절하시겠다. 타이번은 힘 조절을 가르쳐준답시고 매일같이 몬스터가 많이 보이는 우리 마을에서도 제대로 보기 힘든 괴물들의 일루전을 불러냈다. 일루전이니까 내가 죽을 일은 없지만 싸우는 동안은 정말 실감나게 덤빈다.

"좀 점잖게 코볼드 같은 거나 불러내면 안 돼요?"

“넌 OPG를 가졌잖아. 비슷하게 맞춰야지.”

“키메라가 나랑 비슷하기나 해요?”

“죽는 일은 없는데 뭐가 불만이야?”

“기분이 더럽단 말이에요!”

타이번은 히죽거릴 뿐이었다. 정말 죽는다는 느낌이 드는 순간의 기분은 더럽다. 가고일의 발톱에 맞아 나뒹굴다가 하늘을 덮으며 날아드는 가고일을 볼 때의 느낌이나, 퓨리아의 뱀꼬리에 칭칭 감겨서 내 갈비뼈가 으스러지는 소리를 들으며 내 얼굴을 스치는 퓨리아의 숨결을 느낄 때의 그 끔찍스럽고 역겨운 느낌은 말로 표현이 안 된다. 아, 여기서 내 변호도 좀 해야겠다. 난 결국 그 가고일의 머리를 뎅겅 잘라버렸고 퓨리아의 여자 상체……는 좀 보기가 낯뜨거워서 등 뒤의 날개를 뜯어버렸다. 일루전인데 뭐가 겁나냐? 상처도 다 환각이라서 실제로는 아무런 상처도 입지 않는데.

그런데 오늘 타이번은 키메라의 일루전을 불러낸다는 것이다. 맙소사. 그냥 죽여라. 품위 있게 죽게 해달란 말이야! 하지만 이런 내 기분과는 상관없이 마을 사람들은 단체로 소풍이나 가는 분위기를 보이고 있어 내 참담함은 그 정도가 더욱 심해졌다.

“너무 그렇게 기분 나빠하지 마. 너 이제 썩 잘하잖아.”

제미니가 날 다독거렸다. 하긴 이제 내 힘에 내가 휘말려 들어가는 일은 별로 없다. 난 어느 정도 원하는 대로 힘을 쓸 수 있게 된 것이다. 하지만 난 양초 만드는 초장이야! 훈련받은 전사가 아니라고. 아무리 OPG를 가지고 있다고 해도 키메라와 싸울 수는 없어.

“응? 무슨 소리지?”

타이번이 갑자기 이상한 말을 했다. 난 타이번을 보았다.

"급한 발소리, 병사인데. 무슨 일이지?"

과연 잠시 후 저 앞쪽에서 병사들이 달려오고 있는 모습이 보였다. 정말 귀 좋네? 병사들은 타이번을 보자 더욱 황급히 달려오며 외쳤다.

"타이번 님! 급합니다, 위급 환자예요!"

어라? 위급 환자라니?

"타이번, 업혀요!"

난 두말할 것 없이 타이번을 업어들었다. 타이번 정도의 몸무게는 전혀 무겁지 않았고 나는 달려가면서 외쳤다.

"성에 무슨 위급 환자예요?"

마을 사람들도 놀라서 화급히 달렸다. 병사들은 내 옆에서 등에 업혀 있는 타이번에게 말했다.

"오늘 아침 정벌군의 병사 하나가 도착했습니다. 그런데 부상이 심합니다! 하멜 집사께서는 어서 타이번 님을 모셔오라고……."

뭐라고? 정벌군이라니, 아무르타트 정벌군 말이야? 그리고 부상이라니, 그리고 병사 하나라니. 다른 사람들은, 지휘관들은 어떻게 되고 병사 한 명만이 왔다는 거야? 타이번은 내 등 뒤에서 음울하게 말했다.

"좋지 않은 예감이 드는군."

성에 도착하자 하멜 집사는 저택 현관에서 초조하게 우리들을 기다리고 있었다. 하멜 집사는 내 등에 업힌 타이번을 보자 곧 현관문을 열고 우리를 홀 안으로 맞아들였다. 그리고 다른 사람들은 들어오지 못하도록 했다.

"환자는 안정이 필요하오. 궁금하겠지만 참고 있으시오."

"잠깐! 집사 나으리! 한 명만이 돌아왔다니오! 그게 어찌된 일이오?"

"잠자코들 있으시오! 천천히 설명하겠소!"

"이봐요! 돌아온 건 누굽니까? 그건 말해 줘야죠?"

하멜은 묵묵히 고개를 흔들며 타이번만을 안으로 들여보내려 했다. 타이번을 업고 있는 나를 보자 하멜 집사는 마땅찮은 표정을 지었지만 현재 나는 타이번의 눈 역할 이외에 다리 역할도 하고 있었다. 그래서 하멜은 나도 들어가도록 했다. 그리고 하멜은 칼을 바라보았다.

"칼. 당신도 들어가십시오."

칼은 고개를 끄덕이며 들어갔다. 그렇게 우리 세 명이 들어가고 나자 하멜 집사는 문을 쾅 닫고는 밖의 주민들에게 말하기 시작했다. 하지만 우리 셋은 그것을 들을 겨를도 없이 병사들에게 2층으로 안내되었다.

난 긴장을 억누를 수 없었다. 혹시 아버지일까? 제발 아버지이기를! 부상을 입었다고는 했지만 아예 돌아오지 않는 것보다는 낫다. 그러나 2층 침실의 침대에 눕혀져 있는 것은 젊은 병사였다. 그것도 이름도 모르는, 수도에서 온 중장보병이었다.

그는 죽어가고 있는 사람처럼 보이지는 않았다. 죽어가는 사람이 어떠해야 되는지는 모르지만 그는 안색도 별로 이상하진 않았고 땀을 흘리거나 신음을 흘리지도 않았다. 그러나 그 옆에 있던 성의 하녀들이 시트를 들어올리자 곧 나의 입에서 신음이 흘러나왔다.

"왜 그래?"

타이번의 질문에도 난 대답을 하지 못했다. 병사는 창백하지만 그런 대로 안정된 표정이었다. 그러나 그 가슴에서 복부까지는 참혹한 상처가 나 있었다. 여러 개의 상처가 아니라 단 하나의 상처였는데 드러난 갈비뼈가 보일 정도였다. 타이번을 내려놓고 나는 현기증을 느꼈다.

칼이 타이번의 손을 잡고는 병사에게 데려갔고 난 어지러운 가운데도 그 옆에 다가갔다. 타이번은 손끝으로 상처를 더듬었다. 병사는 눈살을 찌푸렸지만 별로 통증을 호소하는 표정은 아니었다. 그는 오히려 타이번에게 말을 걸었다.

"당신이 집사님께서 말씀하시던 그 마법사입니까?"

"그래. 이거 어쩌다 이렇게 된 거야? 아니, 말할 새가 없군. 후치!"

"예, 예!"

"뜨거운 물쯤은 벌써 준비되어 있겠지?"

"옆에 있는데요."

나는 수건을 적셔 타이번에게 건네려다가 내가 직접 병사의 상처를 닦았다. 타이번은 그새 캐스팅에 들어갔다. 내가 며칠 함께 있으면서 느낀 건데, 타이번은 간단한 주문을 말할 때는 문신의 힘을 사용하지 않는다. 주문도 별로 외우지 않았던 것 같다. 하지만 거대한 주문, 그러니까 발러를 불러낼 때라든지 주문을 몇 개씩 연달아 말할 때는 그 문신에서 빛이 났다.

그런데 지금 타이번의 문신은 굉장한 빛을 내고 있었다. 하긴, 몸이 저 지경이니 주문도 엄청난 게 필요하겠는데. 그는 문신에서 빛을 내며 두 손을 그대로 병사의 상처 속으로 집어넣었지만 병사는 무표정하게 자신의 상처를 헤집는 타이번을 바라보고 있었다. 타이번은 보지 못했지만 나와 칼은 그 병사의 인내력에 졸도하고 싶었다.

"대단하군요. 휴리첼 백작의 부하다운데."

칼은 내장을 바로 맞추는데도 아무런 신음소리를 내지 않는 병사를 칭찬했다. 놀랍게도 병사는 쓴웃음을 지어보였다. 저게 인간인가? 끊어지고 갈기갈기 흩어진 내장들이 타이번의 손에 의해 제자리를 찾아가는 모습은 보고 있는 내가 다 질릴 정도였다. 나는 노랗게 된 얼굴로 물러났다. 타이번은 그 작업을 계속하면서 칼에게 말했다.

"동맥은 안 다쳤지만 근육이 문제로군. 칼, 적당히 준비 좀 해주겠나?"

칼은 고개를 끄덕였다가 곧 '알았습니다.'라고 대답한 다음 하녀들에게 실, 바늘과 함께 몇 가지 약초의 이름을 불러주며 그걸 빨리 가져오라고 명령했다. 칼은 내가 알기로 의학 서적도 꽤 읽는 편이지만 지금 불러주는 약초들은 나도 잘 아는 흔한 것이었다. 상처가 어마어마하긴 하지만 그만큼 단순하다보니까 약초도 단순해지는 모양인데.

하녀들이 황급히 사라지자 칼은 그릇을 꺼내어 끓는 물에 삶기 시작했다. 하녀들이 약초 무더기를 가져오자 칼은 그것을 빻으려다가 나에게 말했다.

"후치 경, 힘 좀 빌릴까? 저걸 가루로 만들어주게나. 손 좀 씻고."

난 손을 씻은 다음 두 손으로 그걸 문질러 가루로 만들어버렸다. 장갑에 약초 가루가 많이 묻었지만 어쨌든 가루를 만들자 칼은 그것들을 섞어서 통째로 물에 타버렸다. 처방마저 단순한 것인가? 칼은 타이번에게 말했다.

"준비됐습니다."

"좋아, 실과 바늘을 삶아."

칼은 벌써 실과 바늘을 끓는 물 속에 집어넣고 있었다. 타이번의 몸에서 번쩍이던 빛은 사라졌고 그는 상처 속에서 손을 끄집어냈다. 병사의 얼굴을 흘끗 보니 그는 자신의 상처를 어루만지는 타이번의 솜씨를 재미있다는 듯이 감상하고 있었다. 맙소사…… 타이번은 혀를 찼다.

"이상한 상처군. 어쨌든 난 눈이 안 보여서 안 돼. 칼?"

칼은 앞으로 나서더니 상처를 꿰매기 시작했다. 옆에서 보던 하녀들의 얼굴이 새파래졌지만 내 얼굴도 그에 못지않았을 것이다. 살을 뚫고 지나가는 바늘의 번쩍거리는 빛은 사람 졸도하게 만들 지경이었다. 하지만 칼은 묵묵하게 상처를 꿰매었고 병사는 자신의 살을 지나가는 바늘을 보며 마치 자기 옷을 만드는 재단사를 바라보는 것처럼 바라보았다. 칼은 병사를 보면서 말했다.

"정말 대단하시오."

"별말씀을."

칼이 바느질을 마치고 나자 타이번은 하녀들에게 붕대를 감으라고 지시하고는 뒤로 물러났다. 난 의자를 가져다가 그를 앉혔다.

"이상한 상처라고요?"

"저 병사는 벌써 죽었어야 정상이야. 상처 꼴을 보니 사나흘은 지난 것 같은데 아직까지 살아 있을 수가 없어. 인간의 잠재 능력에 감탄해야 하나?"

타이번은 이해가 되지 않는다는 듯이 머리를 가로저었다. 병사는 그 말을 들으며 히죽 웃었지만 칼이 조제한 약을 마시느라 대답하지는 않았다. 타이번은 내가 들고 있는 대야에 손을 씻으며 말했다.

"손을 봤으니 죽지야 않겠지만 내장은 꽤 상했어. 원상태까지는 못 돌아가. 제대로 못 먹어. 그리고 근육도. 다시 검을 잡을 수 있기를 바라는 건 어처구니없는 일이고……. 상처 때문에 보통 일을 하는 것도 어려워. 흔히 그렇듯이 상이용사 딱지를 단 걸인이 되는 거겠지."

그때 칼이 말했다.

"다행히 그렇지는 않을 겁니다. 타이번은 못 보셨지만 꽤 신분이 높은 분입니다. 문장이 든 반지를 하고 계시는군요."

병사는 고개를 가로저으며 뭐라고 말하려 했지만 타이번이 냉큼 말했다.

"그래? 귀족가의 골칫거리 환자가 되겠군."

병사는 씁쓸하게 웃었다. 타이번은 계속 앞뒤 없이 말했다.

"대충 짐작이 가는군."

나는 침을 삼켰다.

"저런 상처는 무기에 의해 나는 게 아냐. 아무르타트가 뭔가 전할 말이 있어서 저 병사 하나만을 반병신 만들어서 돌려보낸거야."

뎅그렁! 난 대야를 놓쳤다. 타이번은 보이지 않는 눈으로 날 올려다보았다.

"그럼…… 졌단 말이군요?"

"안타깝게도."

"다, 다른 병사들은? 저 병사 하나만이라니, 그럼 다른 병사는?"

타이번은 여전히 보이지도 않는 눈으로 올려다보다가 내뱉듯이 말했다.

"알 수 없다. 후치. 휴리첼 백작과 영주님은 어쩌면 안전할 거야. 저 병사를 보낸 것을 보니 아마 몸값 이야기가 나오지 않을까 싶은데. 아무르타트의 목적이 몸값이라면 병사들 모두를 포로로 잡아두었을 수도 있다. 포로가 많으면 더 많은 몸값을 받을 수도 있으니까."

"그, 그래요? 확실해요?"

그때 병사가 대답했다.

"그분의 짐작이 맞다."

어쩔 줄을 모르고 우왕좌왕하던 내 입에서 갑자기 폭언이 쏟아져나왔다.

"그 등신 같은 드래곤이!"

그 허옇기만 하고 민트나 처먹는 화이트 드래곤이 결국 아무르타트에게 진 것이구나. 병신 같은! 오만 방자하게 머리나 쳐들 줄 알았지, 할 줄 아는 것은 주는 밥을 받아먹는 일밖에 없는 드래곤이! 차라리 아무르타트는 자신이 직접 사냥한다. 하지만 그 놈은 인간이 가져다주는 밥을 먹는다. 난 아무르타트보다 그 화이트 드래곤 캇셀프라임에 더 화가 났다.

하멜 집사는 회의를 소집했다. 영주님이 안 계시므로 하멜 집사가 영주 대리였고, 영주 부재시 치안을 담당하기로 했던 타이번이 참석했다. 그리고 칼이 참석했다. 난 타이번에게 간곡히 부탁해서 그의 조수 자격으로 참석할 수 있었다. 그리고 경비 대장 샌슨이 없었으므로 대리로서 터너가 참석했고 기타 영주의 보좌관들과 마을 촌장과 마을 어른들이 몇 명 참석했다. 이건 제대로 된 회의라고 할 수도 없다는, 상당히 비참한 느낌이 들었다.

회의의 목적은 스로이 마이어핸드의 진술을 듣기 위한 것이었다. 그 부상당한 중장보병의 이름이 스로이 마이어핸드였는데 그는 상당히 몸이 불편했을 텐데도 의연하게 의자에 앉아 있었다. 아무리 자제력이 강해도 수술을 받은 지 한 시간 만에 회의에 참석하는 것은 믿을 수 없는 일이었다. 그는 모포를 두르는 것도 사양하고 조용히 앉아서 상황을 진술했다.

정벌군은 회색 산맥까지 별 이상 없이 진군할 수 있었다. 몇몇 몬스터들의 습격을 받긴 했지만 대단치 않았다. 마침내 회색 산맥의 가장 깊숙한 곳, 끝없는 계곡 입구에 진을 친 군대는 작전에 들어갔다. 앞선 정벌군들의 생존자의 이야기나 기타 정보를 종합해 볼 때 아무르타트의 레어는 골짜기 가장 깊은 곳에 위치하고 있을 것이다. 골짜기는 부대를 운용하기에 좋은 장소는 아니었고 어차피 부대가 별로 할 일은 없었지만 휴리첼 백작은 최대한 짜낼 수 있는 계략을 짜내기로 결심한 모양이다.

그는 캇셀프라임이 먼저 싸움을 걸면 군대는 계곡 양쪽과 그 뒤에서 지원한다는 식의 작전을 세웠다. 성의 경비병으로 구성된 경장보병들이 절벽 위 양쪽에서 궁병대를 엄호하고 수도에서 온 중장보병들은 창병대와 함께 계곡 아래에서 기다리다가 아무르타트를 공격하는 것이다. 물론 이 작전은 전적으로 캇셀프라임의 패배를 염두에 둔 작전이다. 즉, 캇셀프라임이 아무르타트와 싸워 이기면 그만이고 혹시 지더라도 아무르타트는 꽤 부상을 입을 테니 그때 놓치지 않고 양쪽에서 화살로 공격해서 아무르타트가 날아 도망가지 못하게 하고 중장보병대와 창병대가 공격한다는 것이다. 이 대목에서 타이번의 눈살이 찌푸려졌다.

"멍청한 계획이군……."

스로이는 얼굴을 찌푸렸지만 곧 표정을 풀었다. 타이번은 그 표정을 보지 않았지만 자기 말에 대한 설명을 했다.

"그렇지 않아도 약한 부대를 세 개로 나누다니. 차라리 한곳에 모여 있는 것만 못해. 그리고 그 계획은 전적으로 아무르타트가 계곡 아래로 내려온다는 것을 전제로 하잖아."

스로이는 놀란 표정을 지으며 계속 설명했다.

작전 개시일 아침, 캇셀프라임은 계곡에서 포효하며 아무르타트를 불러내었다. 병사들은 각자 계곡 위와 계곡 아래에서 숨을 죽인 채 그 모습을 보고 있었다. 그런데 캇셀프라임의 호출에 응한 것은 아무르타트가 아니었다. 계곡 위와 계곡 양쪽에서 트롤과 고블린의 군대가 나타난 것이다.

얼마 되지도 않는 부대를 세 개로 나누어놓았고, 게다가 빠르게 합류할 수도 없게 계곡 위아래로 나누어두었기 때문에 세 부대는 각자 고블린들과 싸워야 했다. 계곡 아래의 중장보병대와 창병대는 잘 싸웠다. 하지만 계곡 위의 경장보병대와 궁병대는 고블린들에게 밀렸다. 게다가 그들의 등 뒤는 절벽으로 막혀 있었다. 고블린들과 트롤은 치열하게 덤벼들었고, 갑옷이 부실한 경장보병은 자꾸 밀렸다. 특히 궁병들은 적과 아군이 마구 뒤섞여 싸우는 그런 식의 싸움에서는 아무런 힘을 발휘할 수 없었다. 결국 계곡 위의 부대는 고블린이 휘두르는 팔치온에 맞아 죽거나 계곡 아래로 떨어져 죽었다.

캇셀프라임 역시 그런 난전에서는 끼어들 수 없었다. 겨우 고블린들의 뒤쪽에다가 브레스를 뿜는 정도였지만 그 정도는 아무런 도움이 되지 않았다. 캇셀프라임은 포효하며 드래곤 피어를 사용해 보려 했지만 고블린과 트롤들은 아무르타트의 공포에 사로잡혀 있어서인지 캇셀프라임의 포효에는 전혀 반응하지 않았다.

결국 계곡 위의 부대가 거의 전멸하다시피 하며 간신히 계곡 아래로 도망친 다음에야 캇셀프라임은 계곡 위쪽으로 제대로 브레스를 날려 고블린과 트롤을 몰아내었다. 그 사이 중장보병대와 창병대는 계곡 아래쪽의 적 부대를 거의 몰살시켰다. 중장보병의 접근 공격력은 대단한 것이었고 창병은 그 긴 포차드로 무난하게 고블린과 싸울 수 있었다.

그런데 그때 검은 그림자가 계곡을 뒤덮었다. 블랙 드래곤 아무르타트가 나타난 것이다. 아무르타트는 그대로 내려오지도 않은 채 브레스를 뿜었다. 계곡에서 급히 날개를 펼 수 없었던 캇셀프라임은 일격에 커다란 상처를 입었다. 그리고 아무르타트는 그대로 캇셀프라임을 내려찍은 다음 그 목을 물어뜯으려 했다. 하지만 캇셀프라임도 반항하며 아무르타트의 다리를 물어뜯었다. 두 드래곤의 싸움에 절벽이 무너질 지경이었다. 날개가 절벽을 때릴 때마다, 그리고 드래곤이 엎치락뒤치락할 때마다 천둥소리가 났다. 돌이 튀고 나무가 뿌리째 나가떨어지고 바위가 굴렀다. 드래곤의 선혈이 비바람처럼 몰아쳤다. 아무르타트의 산성 브레스에 맞은 절벽이 지독한 연기를 뿜으며 녹아내리다가 그대로 캇셀프라임의 아이스 브레스에 맞아 얼어붙어버렸다. 순간적으로 끝없는 계곡에는 지옥이 펼쳐졌다.

그때 휴리첼 백작은 후퇴 명령을 내렸다. 병사들은 모두 제각기 흩어져서 달아났다. 계곡 근처는 숲 지형이라 흩어져서 달아나는 것이 훨씬 나았다. 스로이도 그때 그렇게 달아났다. 그런데 한참을 달아나던 그는 갑자기 등 뒤에서 날개치는 소리와 광풍이 몰아치는 것을 느꼈다. 겁에 질린 채 뒤로 도는 그 순간, 아무르타트의 발톱이 그를 후려쳤다.

일격에 배가 찢어졌다. 스로이는 비명도 지르지 못한 채 드러누워 죽음을 기다렸다. 그러나 그때 갑자기 고막을 찢는 공기의 흔들림이 들렸다. 스로이는 복부의 상처에도 불구하고 귀를 막을 수밖에 없었다. 그런데 잠시 후, 그 진동은 천천히 정렬되면서 알아들을 수 있는 말로 바뀌었다.

"인간, 너의 상처는 앞으로 일주일은 더 이상 진전되지 않는다."

스로이는 눈을 떠 위를 올려다보았다. 아무르타트는 캇셀프라임과의 싸움에서 입은 상처인지 곳곳에서 피를 흘리고 있었지만 드러누운 채 올려다보는 그 까마득한 높이는 스로이를 기절할 지경으로 만들었다. 그리고 드래곤이 뭔가 마법을 건 모양인지 그의 복부의 상처에서는 희미한 빛이 번쩍였다.

"일주일 동안은 피도 나지 않고 상처도 그대로일 것이다. 하지만 그 기간이 지나면 그 상처는 덧나기 시작하며 썩어들어갈 것이다."

스로이는 부들부들 떨면서 아무르타트를 올려다보았다. 아무르타트는 피곤하다는 듯이 어깨를 추슬러보인 다음 계속 말했다. 하지만 그 입은 꽉 다물린 그대로였다.

"그래야 네놈의 그 빈약한 다리로 최대한의 속력을 내겠지. 가서 전하라. 너희들의 지휘관과 그 멍청이 영주의 목숨을 되찾고 싶다면 10만 셀에 달하는 보석을 가져오도록. 빠를수록 좋을 것이다. 너희들이 늑장을 부리면, 그들은 새해를 맞이하지 못할 것이다."

아무르타트는 천천히 날개치기 시작했다. 흙바람이 마구 얼굴을 할퀴어 스로이는 얼굴을 가렸다. 아무르타트의 음성이 고막을 찢을 듯한 굉음으로 이어졌다.

"일주일이다. 네 다리가 네 목숨의 담보다. 가라!"

스로이는 한참 후에야 얼굴을 가린 손을 치웠다. 하늘 저 멀리 날아가는 아무르타트의 모습이 보였다. 그는 벌떡 일어나서 그대로 나흘 동안 밤낮없이 쉬지 않고 달려온 것이다.

"흠…… 그래서 그렇게 오래된 상처가 그대로였군. 자네가 이렇게 빨리 회의에 참석할 수 있었던 것도."

타이번은 고개를 끄덕였다. 스로이는 희미하게 웃었다.

"예. 끔찍스럽더군요. 찢어진 배에서 내장이 쏟아져나오지 않도록 붙잡은 채 달리는 것, 상당한 경험이었습니다. 피도 배어나오지 않고 아무런 통증도 없는, 마치 다른 사람의 상처 같은 느낌이 드는 상처가 더 무섭다는 것을 알게 되었지요."

회의중이던 사람들의 얼굴이 핼쑥해졌다. 난 도저히 더 참지 못하고 끼어들었다.

"저, 그럼 다른 병사들은 어떻게 되었는지……?"

스로이는 나를 보며 고개를 가로저었다.

"나도 들었다. 아버지가 참전하고 있었다며? 미안하지만 다른 병사들은 보지 못했다."

난 고개를 떨어뜨렸고 칼이 내 어깨를 두드렸다.

"괜찮아요. 네드발 군. 돌아가신 것을 봤다는 것도 아니잖아? 그리고 창병대는 마지막까지 별로 상처를 입지 않았다고 하셨잖아."

난 고개를 들며 밝게 말했다.

"그래요. 우리 아버지는 돌아오기로 약속했어요. 흠. 지금쯤 집에 숨어서 내가 돌아오면 놀라게 할 준비를 하고 있는지도 모르지요."

난 될 수 있는 대로 웃으며 말하려 했지만 주위의 사람들의 표정을 보자 내 얼굴이 엉망진창이었다는 것을 알게 되었다. 난 다시 고개를 떨어뜨렸다. 하멜 집사는 고개를 설레설레 흔들면서 말했다.

"아무래도 전하께 연락해야 되겠군요."

타이번은 입맛을 다시면서 말했다.

"그렇긴 한데…… 이 작전은 국왕 소관이었소?"

"그건 아닌데요. 전하께서는 지원을 해주셨을 뿐이고 작전 책임은 영주님께 있습니다. 영주님은 전권 위임의 형식으로 휴리첼 백작에게 작전 지휘권을 넘겨주셨고요."

"그럼 책임은 헬턴트 영지에 있군. 두 사람을 되찾아와야 할 책임도, 그 돈을 장만할 책임도. 왕은 자신이 지원한 화이트 드래곤이 죽었다는 것만으로도 몹시 화낼 텐데 몸값을 좀 주십사 할 수 있겠나?"

하멜 집사는 다시 고개를 쩔쩔 흔들었다.

"영주님의 재산을 다 처분한다 해도 10만 셀을 만들어낼 수 있을지…… 게다가 그 재산은 대개 영지라서 누구 하나 살 수도 없는 것인데…… 이웃 영주들도 아무도 사려 하지 않을 텐데……."

그때 스로이가 힘겹게 말했다.

"휴리첼 백작가에 연락하면 지원해 줄 겁니다. 그리고 이런 경우에 흔히 그렇듯이 전하께 요청하면 헬턴트 영지에 장기 무이자 대출을 해주시겠지요. 그리고 이 영지를 판다면 꼭 이웃 영주가 아니더라도 수도에서는 이런 장원을 구입할 만한 귀족이 있을 겁니다."

"알아봐야겠군요. 오늘이 며칠이지?"

터너가 말했다. "9월 25일입니다."

"새해를 맞이하지 못한다고 했습니다. 그럼 여섯 달 조금 더 남은 걸까요?"

하멜 집사의 질문에 타이번은 여전히 입맛이 쓰다는 표정을 지었다.

"글쎄, 우리나라에서야 루트에리노 대왕의 칙명으로 4월 2일부터 새로운 해가 시작되도록 되어 있지만, 드래곤이 우리나라의 관례대로 햇수를 셀지야 알 수 없지. 안전하게 하려면, 12월 말일까지라고 생각해 두는 것이 낫겠지."

"그, 그럼 석 달 정도……!"

하멜 집사는 절망적인 표정이 되었다. 전설적인 집사가 아닌 가난한 우리 영주님의 집사 하멜로서는 석 달만에 10만 셀을 만들어낸다는 것은 불가능에 가까운 일일 것이다. 제길!

회의는 그렇게 끝났다. 하멜 집사는 어떻게든 10만 셀을 만들어봄과 동시에 임금님께 보고를 하기로 했다. 마을 촌장님은 마을 사람들에게도 성금을 거두어보겠다고 해서 하멜 집사를 감동하게 했지만 그것은 어디까지나 그 성의에 감동했다는 뜻이다.

타이번은 놀랍게도 엄청난 보석 하나를 내놓았다. 5000셀은 될 거라는 말에 하멜 집사는 타이번의 발등에 키스라도 하겠다는 표정을 지었다. 타이번은 우리 마을과 이 일과 아무런 상관도 없으면서 치안도 담당하고 있는데다가 이런 거금까지 선뜻 내어놓는군. 회의가 끝나고 나는 타이번에게 그 사실을 물어보았다.

"타이번, 당신은 불행에 빠진 사람들을 돕기로 서원을 세웠어요?"

"뭐야? 그건 나이트의 맹세잖아?"

그때 칼이 끼어들었다.

"그리고 프리스트의 맹세이기도 하고요."

"그렇지. 어쨌든 마법사와는 상관없지."

"그런데 왜 이렇게 보기에 예쁜 짓만 하세요?"

타이번은 내 머리를 치려고 했지만 내가 설마 장님의 주먹에 맞겠는가.

"이놈 말버릇 정말 큰일이다. 야, 임마! 내가 그런 보석 가지고 있어봐야 뭐하겠어? 난 눈이 멀어서 제자 가르칠 일도 없으니 학원 세울 일도 없어. 어차피 그건 성격에도 맞지 않고. 그리고 폼나게 마법 연구를 하려고 해도 글을 읽을 수 있나, 글씨를 쓸 수 있나. 그러니 탑 세울 일도 없고 던전 팔 일도 없어. 그러니 술 마시고 잠자리 구할 돈만 있으면 돼. 나머지는 가지고 있다가 필요한 사람이 있을 때 주는 권리를 누릴 거야."

눈이 보였다면 다른 핑계거리를 찾았겠지.

칼은 존경스럽다는 표정을 지었지만 타이번은 보지 못했다. 그는 내 뒤통수를 더듬더니 내 머리를 자기 머리로 가깝게 끌고 왔다.

"곧 겨울이 된다. 네 아버지는 야생에서 사는 지혜가 있는 양반이시냐?"

"……있다면 좋겠지만."

"길 찾는 것은?"

"그건 다른 사람 정도는 돼요."

"그럼 조금 더 기다려보자구. 스로이는 목숨을 걸고 달려왔으니 다른 사람보다 훨씬 일찍 온 것이다. 다른 패잔병들도 서서히 도착할 것이다. 나랑 나가서 함정들을 치워버리자. 패잔병들이 거기 걸리면 곤란하니까."

"대로에는 설치하지 않았잖아요?"

"모른다. 지름길을 이용한답시고 산을 넘어올 수도 있다."

"알았어요."

"걱정하지 말라고 말한다면 웃기겠지, 후치?"

"걱정한다고 뭐가 바뀌는 건 아니겠지만…… 기분상 그렇지는 않아요."

"썩 마음에 드는 놈이로다."

타이번이 내 눈의 눈물을 보지 못해서 다행이다. 우리 아버지는 걸음이 느리니까, 아마 내 간장을 홀라당 태워먹은 후에야 어기적어기적 나타날 것이다. 틀림없다.

간장이 아니라 온몸이 타버려도 좋으니 돌아오기만 하세요. 그럼 내가 매일 아침 씻겨드리고 저녁에 잘 땐 노래 불러드리고 양초도 무조건 내가 다 골 테니 아버지는 침대에 드러누워 낮잠만 자도록 해드릴게요. 아버지. 안 돌아오시면 가만 두지 않겠어요! 아버지가 안 돌아오면 난 제미니에게 끌려가서 사랑받는 남편이 되려고 애쓰며 살아가야 된다고욧!

농담을 해봐도 기분은 전혀 나아지지 않았다.

내 우울한 기분과 더불어 부비 트랩을 해체하는 작업은 전반적으로 무거운 분위기였다. 하지만 타이번은 워낙 나이가 있다보니 주위의 분위기에 별로 휘둘리지는 않았다. 그리고 그런 노인 앞에서 17세짜리 소년이 어두운 분위기를 잡아봐야 얼마나 잡겠는가. 타이번은 분위기를 일부러 밝게 만들려는 헛수고도 하지 않았지만 나와 같이 어두워지지도 않았다. 그는 여상스럽게 행동했고, 나는 거기에 전염되었다. 그것은 나의 원래 성격이기도 했으니까.

하지만 가슴속 깊은 곳에 돌덩어리 하나가 데굴거리는 느낌은 정말 참기가 어려웠다. 그 돌덩이는 마치 눈덩이처럼 굴러다닐수록 커졌다. 이름은 '불안'. 빌어먹을 상상력 때문에 나는 계속 아무르타트에게 절반쯤 씹히고 있는 아버지라든지 아무르타트에 짓밟힌 아버지의 모습을 생생히 떠올리며 땀을 삘삘 흘린 채 서 있는 일이 잦았고 내 숨소리가 이상해지는 것을 느꼈는지 타이번은 나를 불러서 내 정신을 차리게 만들었다.

"후치!"

해가 지고 있었고, 들판은 온통 검붉은 색이었다.

"타이번, 나 술 한잔 사줘요."

"가자."

산트렐라의 노래에는 그렇지 않아도 많은 사람들이 몰려와서 스로이에 대한 이야기를 하고 있었다. 그들은 나와 타이번이 들어가자 곧 접근하려고 했다. 타이번은 별 대답 하지 않고 다른 사람들이 아는 사실만을 대답했다. 사실 그 회의에서 밝혀진 사실이 별로 있는가? 놀랍게도 몇몇 사람들은 타이번의 말을 듣자 휴리첼 백작의 작전은 엉터리였다고 말했다.

나는 맥주만 마셔대고 있었다. 해너 아주머니는 내게 별말하지 않고 술잔에 꼬박꼬박 술을 채워주었다. 그리고 나 역시 별말하지 않고 술만 퍼마시고 있었다. 기분이 괴상망측해졌다. 침침한 펍 안은 왠지 드래곤의 화덕(이런 게 있는지는 모르겠지만, 어감은 그럴듯했다.) 안에 들어와 있는 것 같았다. 나는 간신히 그게 원래는 마법사의 화덕이라는 말이었음을 떠올렸다. 하지만 나 좋을 대로지 뭐.

"천천히 맛을 보면서 마셔라. 목젖 껄떡거리는 소리에 지붕 내려앉겠다."

"참견하지 말라고 말한다면?"

"제대로 마셔보도록 널 개구리로 만들어 술잔 속에서 헤엄치게 만들 거야."

"거 괜찮네."

그때였다. 누군가가 문을 벌컥 열어젖히며 외쳤다.

"이봐요! 다른 병사들이 도착했답니다!"

그 순간 나는 의자를 박차고 테이블을 뛰어넘고는 창문으로 몸을 날려서 주점 밖으로 나와 세 바퀴 구르고 그대로 성으로 달려갔다. 아니, 달려가려고 했다.

"후치! 임마!"

이런, 바빠 죽겠는데! 아차, 부상자가 있다면 타이번이 필요하지. 나는 도로 창문 안으로 몸을 날렸다. 그리고 역시 세 바퀴를 구른 다음 민첩하게 일어서서 주위를 살폈다. 해너 아주머니가 얼빠진 표정으로 말했다.

"타이번 님은 문을 이용하셨는데?"

"음. 역시 괴팍한 노인이군."

나는 이렇게 말도 안 되는 소리를 한 다음 문 쪽으로 갔다. 타이번은 거기서 날 기다리고 있었고 나는 그대로 그를 들쳐업고 달리기 시작했다.

"야, 야! 똑바로 달리는 거 맞아?"

"소나무보다 곧게 달리고 있으니 걱정 말아요!"

물론 나는 정말 곧게 달리고 있었다. 하지만 타이번은 고함질렀다.

"야이, 주정뱅이 꼬마 녀석아! 좀 똑바로 달려!"

난 정말 곧게 달리고 있었으므로 억울하기 그지없는 말이다. 욕을 하려면 자꾸 구불텅거리는 길을 보고 욕을 하라고!

8

성문이 눈앞에 보이자 난 숨이 턱에 닿을 지경이었다. 술기운은 가슴에서부터 입천장을 쾅쾅 때리고 있었고 다리는 얼얼한 게 내 다리 같지 않았다. 취한 채 무감각하게 달려오느라 몰랐는데 나는 다리 곳곳에 상처를 입고 젖어 있기까지 했다. 이상하게 길이 자꾸 구불텅거려 나는 어쩔 수 없이 덤불숲이나 도랑에 들락날락해야 했던 것이다.

성문 앞에서는 경비병들이 횃불을 든 채 우리를 기다리고 있었다. 그들은 우리를 보자마자 성 안의 홀로 우리를 안내했고 이번엔 이상하게 성이 흔들거렸다. 지진인가?

어쨌든 간신히 홀로 들어가자 급히 만든 듯한 자리가 보였다. 깨끗한 홀 바닥에는 짚이 가득 널려 있었고 그 위에는 시트가 깔려 있었다. 그리고 그 위에는 곳곳에 부상을 입은 병사들 20여 명이 드러누워 있었다. 이들을 모두 수용하기 위해 홀에 급히 자리를 만든 모양이다. 각자 제멋대로의 상처로 끙끙거리고 있는 그 모습은 끔찍했다. 성의 하녀들이 총동원되어 그들을 돌보고 있었고 하멜 집사도 이리 뛰고 저리 뛰고 있었다. 칼도 부상병들을 돌보고 있다가 우리 모습을 보자 다가와서 말했다.

"타이번. 오셨습니까?"

"어떤가?"

"뭐, 걱정하시지는 않아도 됩니다. 이들은 그래도 여기까지 올 수 있을 정도의 상처니까요."

나는 두 사람의 말을 들은 체 만 체하고는 제일 끝으로 달려가서 부상병들의 얼굴을 하나씩 확인하기 시작했다. 하지만 아무리 돌아봐도 우리 아버지는 없었다. 내가 거의 반대쪽 끝에 왔을 때, 웬 거대한 덩치 하나가 자리에 웅크리고 앉아 있는 것을 보았다.

"샌슨!"

샌슨은 무릎에 파묻고 있던 머리를 들어올렸다. 그는 내 얼굴을 보더니 빙긋 웃었다. 그러다가 그는 내 복장을 보고는 고개를 갸웃했다.

"뭐야, 후치? 그 갑옷이랑 바스타드 소드는 어떻게 된 거야? 얼씨구, 장갑도 멋진 걸 꼈네? 성의 복장은 아닌데. 어떻게 된 거지?"

나는 말도 나오지 않았는데 샌슨은 팔자좋은 소리를 하고 있다.

"우리 아버지, 혹시 우리 아버지 어떻게 됐는지 알아?"

"미안하구나. 난 너희 아버지와 다른 부대여서. 그러니까 우리는 끝없는 계곡에서 절벽 위에 있었고, 에, 그러니까 휴리첼 백작님의 작전에 따라서……."

"그 멍청 무쌍한 작전은 잘 알아! 먼저 온 사람이 다 말해 줬어."

"그래? 그럼 나와 너희 아버지는 떨어져 있었다는 것도 알겠구나."

"그래서? 못 봤어?"

"응. 미안."

"……미안해. 고함 질러서. 샌슨은 괜찮아?"

"난 괜찮아. 여기까지 오느라 지쳤을 뿐이야. 그런데 넌 요즘 취해 있는 경우를 자주 보는구나. 아이고 술 냄새. 부탁 하나 하겠는데 나도 너 마시던 술 좀 가져다주겠니?"

나는 허허 웃어버렸다. 지금 마을까지 도로 내려갔다 오라고? 나는 자리에서 일어나 바쁘게 움직이는 하녀들에게 주방의 위치를 물어본 다음 간신히 주방을 찾았다. 정신을 차리기 위해 냉수 한 모금 마시고는 식탁 위에 있던 술병을 찾았다. 주방에는 아무도 없어서 간단한 일이었다. 나는 그걸 들고 돌아왔다.

홀 안에서는 여전히 많은 사람들이 왔다갔다 하면서 정신없는 분위기였다. 하지만 샌슨은 아까 그대로 무릎에 얼굴을 파묻고 앉아 있었다.

"샌슨? 여기, 술."

샌슨은 고개를 들더니 고맙다는 듯이 웃으며 술병을 통째로 입으로 가져갔다. 정신을 차리고 보니 샌슨은 조금씩 떨고 있었다. 술병이 몇 번이나 이빨과 부딪히는 소리가 들렸다. 샌슨은 많이 마시지도 못하고 술병을 도로 내려놓았다.

"목마르던 참인데 이제 좀 살 것 같구나."

"샌슨. 확실히 아무 데도 안 다친거 맞아?"

"……마음을 다쳤다. 너무 끔찍했어. 해리도, 자렌도 모두 죽었어. 내가 살았다는 것이 믿기지가 않는구나."

나는 입을 다물었다. 샌슨은 공허한 웃음을 지었다.

"뭐, 항상 마음의 준비가 되어 있던 일이지만…… 아무르타트의 브레스에 맞아 녹아내리는 동료들의 모습이 아직까지 눈에 선한데."

"샌슨."

샌슨은 그저 혼잣말하듯이 계속 말했다.

"귀환길은 너무 고통스러웠다. 부상으로 죽어가던 동료들의 신음소리에 미치는 줄 알았어. 치료는커녕 굶어죽을 것 같았다. 그리고 부상당한 인간들은 몬스터들의 좋은 목표였지. 계속되는 공격은 악몽 같았다. ……몇 명은 내 손으로 죽였어."

나는 취한 기분에도 몸에 소름이 돋는 것을 느꼈다.

"도저히 어떻게 해볼 수가 없었고…… 나머지 사람들도 살려면 그들을 버려야 했어. 하지만 그대로 내버려두면 어차피 고통스럽게 죽어가거나 우리를 따라오던 몬스터들에게 죽임을 당할 테니까. 그들도 납득했지. 고통은 없었을 거라고 믿어. 하지만 내 손으로 동료들의 목을 치게 될 줄은 몰랐지."

"샌슨……."

"모르겠다. 그렇게 살아왔어야 했는지. 잘못한 것은 없는 것 같다. 하지만 마음이 너무 아파."

샌슨은 다시 술병을 들이켰다. 술의 반은 입 밖으로 흘러내렸다. 잠시 후 그는 다시 입을 열었다.

"영주님도 구출하지 못했어. 영주님의 경비대로서 면목이 없구나. 나 살자고 이렇게 성까지 달아나버리다니."

"그건 걱정 마. 영주님은 안전해."

샌슨은 눈이 동그래져서 나를 바라보았다.

"아무르타트가 몸값을 받겠다고 했어. 그러니까 영주님은 안전할 거라고."

"그러냐? 어떻게 그걸……."

"샌슨 앞에 온 사람이 있다고 했잖아. 그 사람이 다 말해 줬어."

샌슨의 얼굴에서 비로소 수심 한 자락이 걷혔다.

"그거 다행이구나! 그런데…… 그 몸값은 엄청나겠지?"

"짐작해 보겠어? 10만 셀."

샌슨의 머리로는 그 금액이 도대체 실감이 나지 않을 것이다. 사실 내 머리로도 그 정도의 금액은 어림짐작도 안 된다. 그는 입을 쩍 벌리더니 한숨을 쉬었다. "맙소사."

피곤한 밤이다. 술 마시고 마을에서 성까지 뛰었더니 몸이 물에 젖은 솜같이 무겁다. 난 홀의 한쪽 구석의 벽에 기대어 앉았다.

주위를 살펴보니 모두 환자, 또는 환자를 돌보는 사람이다. 하지만 난 환자도 아니고 환자를 돌보는 사람도 아니다. 난 칼처럼 많은 책을 읽어 약학에 능숙한 사람도 아니고, 타이번처럼 엄청난 마력을 가지고 치료에 나서는 것은 아예 나와 거리가 먼 이야기다. 또한 하멜 집사처럼 모르는 것이 없어서 어느 분야에서든 최고는 아니지만 도움은 줄 수 있는 수완 좋은 사람도 아니다.

난, 아버지를 잃고, 어두운 성 안의, 홀 구석에 앉아, 외로움에 치를 떠는, 술취한 17세 소년이다.

난 두 다리를 끌어모으고 팔로 껴안은 다음 무릎 위에 얼굴을 묻었다.

씩…… 쌕…….

호흡소리, 내 호흡소리. 난 살아 있어. 아버지는 죽었어.

아니야! 빌어먹을, 누구냐! 우리 아버지가 죽었다고 말한 게 누구냐고!

둔탁한 맥박소리. 난 살아 있군, 그리고…….

칼의 말을 떠올리자. 맥박이라. 그러니까, 칼이 말하길, 사람의 고막에는 핏줄이 없다고 한다. 사람의 고막에 핏줄이 지난다면 사람은 심장 박동 소리에 귀머거리가 될 것이다. 그래서 핏줄이 없다. 놀랍지 않은가?

아버지…….

아버지는 무슨 꽃을 좋아하셨더라? 재수 좋다면 어쩌면 아버지의 무덤은 만들 수 있을지도 모르지. 그때 난 무슨 꽃을 가져갈까?

집어치워! 제기랄, 집어치우라고! 뭐하는 거야? 확실해? 아버지가 죽은 게 확실하냐고! 확실해진다면, 그땐 상관없어. 미친 놈처럼 하늘을 보고 짖어대든지 땅을 뒹굴며 낑낑거리든지, 어쨌든 무슨 개새끼 흉내를 내어도 좋아. 하지만! 아직 확실하지 않잖아!

말소리. 사람의 말소리가 다가온다.

"저건 뭐야? 뭐가 저러고 있어?"

"후치야. 마법사를 업고 와서 지쳤나 봐."

"아니, 아무리 지쳤대도 그렇지. 눈앞에 이렇게 다친 사람이 많은데 저렇게 처박혀 있어? 철이 없군."

"내버려 둬. 걔 아버지도 정벌군에 참전했어."

"응?"

"괴로울 거야. 이미 패했다는 것은 아는데, 아버지가 아직 돌아오지 않았거든. 아무리 덩치가 커도 겨우 17살이야."

"쳇."

말소리. 사람의 말소리가 멀어진다. 무슨 말들을 했더라? 필요없어. 소용없어. 내가 듣고 싶은 말은 하나뿐이야. 그 외에는 아무 말도 필요없어. 그렇다면, 내가 말을 할까?

강물은 낮은 곳으로, 새는 높은 곳으로.
남자는 밭을 갈고, 여자는 길쌈을 하지.
전사는 앞을 보고, 마법사는 위를 보지.
태어난 이상, 우린 매일 죽어가고 있다.

내 흥얼거림에 맞춰, 나는 잠이 들었다.

"아버지!" 쾅!

잘 기억은 안 나는데, 목격자의 말에 의하면 난 자다가 갑자기 일어나서 미친 듯이 달려가다가 벽에 머리를 박고 졸도했다고 한다. 아침에 보니 확실히 홀 한쪽 벽에 자국이 남아 있었다. 물론 내 머리에도 자국이 남아 있었고.

"예? 확실한 거죠?"

그토록 노력했던 힘 조절도 까먹고 나는 펄쩍 뛰다가 천장에 머리를 박고 말았다. 아이고 머리야. 어제 부딪힌 데 또 부딪히니까 정말 아프네. 내게 이야기를 해주던 병사는 놀란 눈으로 날 바라봤고 칼은 당황한 듯이 웃었다.

병사는 천천히 이야기해 주었다.

"그래. 네드발 씨는 영주님과 휴리첼 백작과 함께 고블린의 부대에 잡혀갔어. 난 죽은 척하고 있어서 잡혀가지 않았지. 그때 고블린 한 놈이 확인 사살하러 내게 오기에 죽을 힘을 다해 그놈을 베고 달아났지."

난 너무 기뻐서 머리가 아픈 것도 잊어먹을 지경이 되었다. 나는 그 병사에게 손 대는 일마다 횡재하라는 둥, 절세미인 마누라를 얻으라는 둥, 자손이 번창하여 8대가 번영하라는 둥 온갖 축복을 다 해주었다. 병사는 히죽거리다가 내게 물었다.

"야, 그런데 넌 어떻게 그렇게 뛰냐?"

"당신도 웬수 같은 여자에게 아양떨지 않고 살 수 있게 되면 그렇게 돼요!"

아무도 알아듣지 못할 말을 한 다음 난 너무 기뻐서 그대로 괴성을 지르며 홀을 빠져나왔다.

샌슨이 도착한 바로 그 다음날 도착한 패잔병들 중에서 그 소식을 듣게 된 것이다. 이렇게 기쁠 데가! 아버지는 역시 요령이 있으시다. 나는 팔짝팔짝 뛰고 공중제비를 넘고 데굴데굴 구르고, 어쨌든 지나가는 사람마다 저놈은 백 퍼센트 순종 미친 놈이라는 판정을 하게 만들었다.

내가 연병장 가운데 드러누워 하늘을 보며 웃고 있을 때 샌슨이 다가왔다. 샌슨은 먼지와 흙, 피로 엉망이 되어버린 갑옷 대신 말끔한 옷을 입고 있었다. 나는 샌슨에게 말하려 했지만 샌슨이 먼저 웃으며 말했다.

"나도 들었다. 오면서 보니까 네가 하도 발광을 하기에 지나가던 사람에게 물었어. 잘됐구나, 후치."

"응! 역시 우리 아버지는 도대체 할 줄 아는 게 없으니 죽을 줄도 모르지!"

"……그거 칭찬이냐?"

"그런데 어디 가는 길이지? 좀 쉬지 않고. 게다가 완전 정복 차림이네?"

"전사 통지를 해야지. 내 임무니까."

난 순간 즐거워했다는 것이 너무 미안했다. 전사자들의 집안은 잠시 후 울음바다가 되어 있을 테지. 너무 당황스러워서 어쩔 줄을 몰라하는 날 보며 샌슨은 빙긋 웃으며 말했다.

"뭐, 그렇게 미안해할 건 없어. 네가 기뻐하는 것은 전사자들의 가족들이 슬퍼하는 것만큼 당연한 일이니까."

"그래도…… 너무 내 생각만 한 거 같네."

"하긴 그렇게까지 좋아하는 것은 좀 보기 그렇겠지? 미안하다면 들어가서 타이번이나 좀 도와라. 넌 그분의 조수라며?"

"응."

타이번은 홀 안에서 병사들을 돌보고 있었지만 칼의 말마따나 여기까지 왔다는 것은 죽을 정도는 아니라는 말이었다. 대개 부상은 작았고 그것보다는 탈진한 상태였다. 여기까지 몬스터의 공격을 피해 도망치느라 지독하게 지쳐 있는 것이다.

타이번은 이미 몇몇 위급 환자들을 처리하고는 주로 의자에 앉아서 하녀들에게 지시를 내렸다. 그리고 나는 타이번의 지시에 따라 가벼운 부상병들을 자택으로 옮겨주는 일을 맡게 되었다.

샌슨은 마을로 가는 길에서 나와 만나게 되었고 그는 내 힘에 놀란 표정을 지었다. 나는 부상병들로 가득 찬 수레를 가뿐하게 끌면서 샌슨을 따라잡았던 것이다.

"우와! OPG라고? 정말 엄청난데?"

"그래봐야 샌슨 정도지 뭐. 오거의 힘이니까."

"뭐야! 요 녀석, 입은 그대로군."

수레에 탄 부상병들도 집으로 돌아가게 되자 모두 기쁜 표정이었다. 마을로 들어와서 한 명 한 명을 집 앞에 내려놓을 때마다 그들을 반기며 눈물을 터뜨리는 가족을 보니까 나도 눈물이 흐를 것 같았다.

내가 끄는 수레는 기쁨을 담고 있었다. 마을 사람들은 내 수레를 보자 수레에 탄 사람들에게 환성을 보냈다. 여! 살아왔군. 걱정해 주신 덕분에. 크레이, 돌아왔군요! 오, 다이앤! 난 키스하는 연인들을 바라보며 히죽 웃을 수 있어 좋았다. 정말 신나는 작업이었다.

하지만 간혹 샌슨이 전사자들의 집에 멈춰 서 전사 통지를 할 때는 정말 보고 싶지 않았다. 남자들은 굳어버린 얼굴로 샌슨에게 고맙다고 말하며 악수했지만 여자들은 샌슨을 붙잡고 통곡했으며 그럴 때마다 샌슨은 꼼짝도 하지 않고 하늘만 쳐다보았다. 그의 눈에서도 눈물이 흐르고 있었고 나나 수레에 탄 병사들의 얼굴에도 눈물이 흘러내렸다.

"아, 괜찮아!"

"타라니까 그러네!"

마을 끝까지 돌면서 부상병들을 다 내려주고 나서 나는 샌슨에게 수레를 타라고 강요했다. 샌슨은 거절했지만 어차피 성까지 끌고 갈 수레에 한 명쯤 태운다고 큰일나는 거 아니니까 타라는 내 강요에 못이겨 히죽 웃으며 수레에 탔다.

"자! 달립니다!"

"우앗!"

난 수레가 뒤집어져라 달리기 시작했다. 샌슨의 고함소리가 들렸다.

"수, 수레 부서지겠다! 임마, 나 여기서 죽고 싶진 않아!"

"그렇지? 너무 느려서 지루해 죽고 싶지? 어디!"

"그아아아아!"

난 샌슨을 좀 즐겁게 해주고 싶었다. 하지만 샌슨은 어지간히 무서웠나 보다. 성에 도착하자마자 그대로 수레에서 굴러 떨어지듯이 내려서는 뒤도 돌아보지 않고 달아났으니까. 난 그 뒷모습을 보면서 배를 잡고 웃었다.

한참 웃고 난 나는 수레를 세워두고 다시 홀 안으로 들어갔다. 더 나를 부상병이 있는지 알아보기 위해서였다. 그런데 홀 안에 앉아 있던 타이번의 모습이 보이지 않았다. 칼도 없었다. 나는 영문을 몰라 하멜 집사에게 다가갔다.

"저, 집사님? 타이번은 어디 갔지요?"

"음, 후치 왔구나? 잘됐다. 따라오렴."

"예?"

"널 기다리던 참이다. 어서 와."

부상병들을 실어나르고 온 나를 불러들인 하멜 집사는 놀랍게도 1층 끄트머리에 있는 영주 집무실로 날 데려갔다. 난생 처음 와보는 곳이다. 통로의 오른쪽에는 벽에 걸린 창검이 햇빛을 받아 번쩍거렸고 왼쪽으로 빛이 안 닿는 곳에는 영주님의 조상님으로 짐작되는 초상화가 걸려 있었다. 아마 햇빛이 닿으면 초상화가 변색된다거나 하는 이유가 있겠지…… 따위의 생각을 하며 나는 걸어갔다.

거대한 나무 문짝을 익숙하게 연 하멜 집사는 안으로 들어갔고 나도 쭈뼛거리며 그 뒤를 따랐다.

나는 실내를 둘러보았고 곧 한숨을 쉬었다. 휑뎅그렁했다. 사방은 그저 밋밋한 석벽이었고 가구라곤 책상과 테이블, 의자 몇 개와 책장이 다였다. 벽난로 위에 걸려 있는 검과 방패가 유일한 장식물처럼 보였다. 우리 영주님이 가난한 것은 잘 알고 있었지만 도대체 이게 영주님의 집무실인가?

거대한 창문 옆으로 놓인 테이블에는 타이번과 샌슨, 그리고 칼이 기다리고 있었다. 나는 무슨 일인지 몰라서 그냥 서 있었지만 칼이 곧 나를 불러 앉혔다.

"네드발 군. 이리와 앉게나. 집사님?"

하멜 집사도 자리에 앉았다. 테이블 주위를 둘러싼 다섯 명 중에서 나와 샌슨은 영문을 몰라 주눅이 들어 있는 상태였고 하멜 집사는 근심이 가득한 얼굴이었다. 타이번과 칼은 별 표정이 없었다.

하멜 집사가 입을 열었다.

"그럼 영주 대리로서 말하겠습니다만……, 칼 도련님? 정말 대리를 맡지 않으시겠습니까?"

샌슨은 기절초풍할 듯한 표정을 지었고 나는 고개를 끄덕였다.

칼이 무슨 배짱으로 영주의 숲 속에서 그렇게 여유작작하게 살았겠는가. 그가 칼 헬턴트. 바로 헬턴트 영주의 동생이니까 그렇지. 이건 마을 사람들 중 몇 명과 나만 아는 사실이다.

칼은 고개를 가로저었다.

"전 그럴 자격 없습니다. 형님을 도와드리지도 못했고 그저 숲 속에서 게으름 부리며 살아왔을 뿐. 그리고 몇 번이나 말씀드렸지만 형이 사라진 지금 형의 자리를 노리고 달려든다는 식은 싫습니다."

하멜 집사는 안타깝다는 표정을 지었지만 더 이상 강요하지는 않았다. 샌슨은 어처구니없는 표정으로 칼을 바라보다가 황급히 눈길을 거두었다. 하멜 집사는 말했다.

"그럼, 경비 대장 샌슨 퍼시발."

"옙!"

"현재 헬턴트 영지의 상황과 제9차 아무르타트 정벌군의 패배에 대한 보고를 하고, 국왕 전하께 도움을 요청해야 하므로 누군가 수도 바이서스 임펠로 가야 한다. 이해하겠지?"

"예!"

"칼 헬턴트 도련님께서 수도로 가실 것이다. 여기에 대한 호위가 필요한데, 알겠지만 지금 성의 병사들은 태반이 부상당해 있고, 가을이 깊어지는 것과 경비대 병력이 약해졌다는 것을 볼 때 몬스터들의 극심한 공격이 예상되므로 호위 병력을 많이 차출할 수 없다. 그래서 칼 도련님은 단신으로 가시겠다고 말씀하셨지만, 그건 말도 안 된다. 이 계절에 혼자 수도까지 여행하신다니. 그래서 너와 또 한 사람이 도련님을 수행해야겠다."

또 한 사람이라. 이 자리에 있을 필요가 전혀 없는 사람이 하나 있는데…….

"후치 네드발 군."

"알겠어요."

내 대답에 하멜 집사는 당황했지만 곧 고개를 끄덕였다. 나는 말했다.

"나는 정규군이 아니니까 병력 차출은 아니고, 어차피 내 나이로는 자경대에도 못 들어가니까 쓸 만하겠지요. 뭐 좋지요. 그리고 제 아버지 일도 걸려 있어요. 아마 사실을 알게 되면 내가 먼저 졸랐을 거예요. 집사님."

하멜 집사는 쓰게 웃었다.

"넌 건방진 편이지만 그만큼 믿을 수 있을 것 같다."

난 타이번을 흘긋 바라보았다. 그가 같이 간다면 무서울 게 없겠는데. 타이번은 내 마음을 꿰뚫어보았다는 듯이 말했다.

"웬만하면 나도 따라가고 싶은데 말이야. 아무래도 이곳이 염려스러워. 후치? 조심하고 또 조심해. 너야 지금까지 가고일과도 싸워봤고 오거와도 싸워봤지만 그건 전부 환상이었으니까 현실과는 전혀 다른 거야. 그걸 까먹으면 죽는다. 알겠지?"

"알았어요."

"제미니는 걱정 말아라. 내가 다른 놈에게 눈길 보내지 않도록……."

"그만!"

칼은 빙긋이 웃으며 말했다.

"두 사람, 특별히 준비할 것 있나? 없는가? 그럼 빨리 출발하도록 하지요. 각자 준비하고 내일 새벽에 내 집으로 와요. 난 내 정체를 알리고 싶지는 않은데, 도와줄 수 있겠지?"

샌슨은 뭔 소린지도 모르면서 황급히 고개를 끄덕였다. 칼은 말했다.

"수도에서 전하를 알현한다든가 자금을 마련해 본다든가 하는 일은 내가 다 맡게 될 거야. 두 사람은 서로 토의해서 여행 준비를 맡아주면 좋겠군. 세 사람이 빠르게 수도까지 갈 수 있는 방법을 연구해 주게나, 퍼시발 군. 마을 사람들이 안심하도록 수도로 간다는 소문을 내는 것은 좋지만 내 이름은 말하지 말아주게."

"예! 염려 마십시오!"

하멜 집사는 몸을 일으키더니 책상으로 다가와 열쇠로 서랍을 열고는 상자 하나와 돈주머니를 가지고 왔다. 그는 돈주머니를 샌슨에게 주며 준비물을 구입하라고 말했다. 그리고 그 상자는 칼에게 내밀었다.

"도장과 임명장입니다. 그리고 기타 헬턴트 영지의 소유 증서와 임산물, 농작물 등의 수취권 증서도 있습니다. 헬턴트 영지의 전권 대리인이 되시는 겁니다."

"알겠습니다."

샌슨은 자리에서 벌떡 일어섰다. 그는 내가 앉아 있자 날 일으키며 말했다.

"그럼, 저희들은 이만 물러가서 준비를 갖추겠습니다. 저, 저."

"그냥 지금까지처럼 칼이라고 부르게."

"예, 칼. 말을 타실 순 있으시겠지요?"

칼은 웃으며 고개를 끄덕였다. 하지만 내 얼굴은 편치 못했다. 말이라고? 나는 타이번에게 황급히 고개를 돌렸다.

"잠깐! 타이번, 당신은 마법사잖아요? 우리를 수도까지 휙 날려줄 수 없어요? 그래, 공간 이동. 전에 발러를 불러냈을 때 텔레포…… 어쩌고 했잖아요?"

타이번은 웃으며 말했다.

"요 녀석아! 네가 발러냐?"

"예?"

"설명하긴 어려운데, 난 장님이라서 정확하게 워프시킬 수가 없어. 하지만 발러는 악마 중에서도 대단한 악마이기 때문에 내가 근사치 좌표밖에 설정하지 못한다 해도 나와 협력하에 올 수 있어. 사실 난 통로를 설정하고 문을 여는 것은 발러지. 그것은 발러가 가지는 게이트 능력과도 상관이 있고…….”

“더 말해도 못 알아들어요. 그만하세요.”

그때 샌슨은 내가 뭐라고 더 말할 틈도 없이 날 끌고 집무실 바깥으로 나왔다. 남은 세 사람은 뭔가 대단한 토론을 나누고 있겠지만 그건 나로선 알 수 없다. 샌슨은 다급하게 나에게 물었다.

“야, 야. 후치. 넌 별로 놀라지 않던데, 칼이 도대체 누구야?”

“칼이 칼이지. 누구긴 누구겠어?”

“그러지 말고 후치야, 좀 말해 줘.”

“아까 말했잖아? ‘형이 사라진 지금…….’ 모르겠어?”

샌슨은 놀란 표정으로 말했다.

“그럼 영주님 동생이야?”

“정확하게는 이복동생. 그래서 나이 차가 많이 나는 거지.”

“아아!”

칼은 우리 영주님의 이복동생이다. 그의 어머니는 성의 하녀였고, 그래서 칼은 일찌감치 자신의 배경에 관심을 버렸다. 그는 어렸을 때 마을을 떠나 꽤 떠돌다가 장성하여 돌아왔다. 자상한 우리 영주님은 그를 친동생처럼 맞이하려 했지만 칼은 사양하고 대신 숲 속에서 조용히 살게 해달라고 부탁한 것이다. 그래서 모든 사람들의 궁금증 속에 칼은 그렇게 신비하게 살아왔던 것이다. 내 이야기를 들으며 샌슨은 고개를 끄덕였다.

“그런데 이번엔 내 차례인데. 말을 타고 갈 거야?”

“당연하지. 그럼 그 먼 길을 걸어가려고? 갔다오면 대여섯 달은 지나겠다.”

“그러면 안 되지만 그래도 안 된단 말이야.”

“무슨 말이야?”

"나 말 탈 줄 몰라."

샌슨은 벙긋 웃었다.

"괜찮아. 처음부터 잘 타는 사람 있냐? 천천히 익숙해질 거야."

"흠……."

"조언 하나 할게. 말은 자기 주인을 알아보게 만드는 게 중요해."

내 눈에서 빛이 번뜩였지만 샌슨은 보지 못했다.

마구간의 말지기 오넬은 내가 수도까지 말을 타고 달려가야 된다는 사실을 듣자 크게 놀라는 표정을 지었다. 이 양반아, 내가 더 놀랄 지경이야. 그는 머리를 휘두르더니 마구간 안으로 우리를 데리고 들어갔다.

샌슨은 자신의 말을 가지고 있어 문제가 되지 않았다. 나와 칼이 탈 말을 준비해야 되는데, 말지기 오넬은 훈련이 끝나고 아직 배정이 되지 않은 말이 몇 마리 있다고 하면서 나에게 보여주었다. 보여준다고 해서 내가 고를 줄 아나?

난 말지기 오넬에게 말했다.

"이봐요. 내가 당신에게 순수 파라핀 양초하고 혼합 양초를 보여주고 골라보라면 어떻게 하겠어요?"

오넬은 껄껄 웃더니 내 체격을 살펴보고는 직접 한 마리를 골라왔다. 밤색으로 잘 생긴 놈이었다. 샌슨이 타는 어마어마한 크기의 대형마 '슈팅스타'에 비해 볼 땐 작아 보였지만 난 저런 끔찍스럽게 큰 말은 싫은걸. 난 말을 가만히 노려보았고 그놈도 날 가만히 노려보았다.

말의 눈은 이상하다. 눈꺼풀이 동그란 그 모습은 뭐에 겁을 먹은 것 같기도 하면서 동시에 심술궂고 사나워 보이기도 한다. 난 이번엔 약간 고개를 돌리고 팔짱을 낀 채 째려보았다. 말은 투레질을 했다. 푸르릉.

샌슨은 껄껄 웃으며 말했다.

"후치. 넌 오늘 저놈과 어울려라. 준비는 내가 할게."

나는 고개를 끄덕였고 샌슨은 자신의 말을 몰아 그대로 가버렸다.

오넬은 싱긋 웃더니 안장과 마구 등속을 가져와 내 앞에 놓았다. 난 그것을 멀거니 바라보았고 오넬은 시범을 보였다. 재갈 물리고, 정수리끈 당기고, 턱끈 매는 방법, 제킨 얹고 안장 올리는 법, 뱃대끈 매고 가슴끈 묶는 법으로 별로 어려울 것은 없어 보였다. 오넬은 천천히 동작을 보여준 다음 다시 다 풀어 내려놓더니 내게 직접 해보라고 했다.

좋아. 해보지.

나는 재갈을 들고 말의 입에 넣으려 했다. 그런데 이게 웬일이야? 오넬이 할 때는 순순히 입을 열던 말이 내가 다가가자 머리를 흔들며 물러난 것이다. 난 의심스러운 눈으로 오넬을 바라보았지만 오넬은 그저 미소지을 뿐이었다.

난 손가락을 꺾었다. 주인을 알아보게 해야 한다고 했지?

"좋아, 어쨌든 난 널 좀 타야겠다. 네가 반항이 적으면 적을수록 우리 관계가 유쾌할 것이다. 알았냐?"

오넬은 내 근사한 모습에 배를 잡고 웃었다. 난 콧방귀를 뀐 다음, 말의 목을 휘어감았다.

"으랏차!"

난 말의 목을 겨드랑이에 단단히 낀 채 다른 손으로 강제로 재갈을 물려넣었고 오넬은 기절할 듯한 표정을 지었다. 말도 반항하려 했지만 내가 끼고 있는 장갑이 뭐냐? OPG 아니냐? 나는 계속해서 재갈을 쑤셔넣어 적당한 위치에 오게 한 다음 재갈 끈을 묶었다.

그리고 나는 물러나서 안장을 들어올려 보였다.

"자, 이젠 이거다. 또 반항하면 무릎을 꿇려놓고 맨다. 알겠지?"

말은 내 말을 들은 척도 하지 않고 달아나 버렸다. 어이구, 돌겠네.

한참을 씨름한 끝에, 말은 나를 좀 알아모시는 듯했다. 물론 그렇게 될 때까지의 고초는 말도 못한다. 난 말의 뒷다리에 여러 번 걷어차였고, 말도 나에게 여러 번 걷어차였다. 오넬은 머리를 내두르며 말했다.

"저렇게 어울리는 말과 기수는 처음 보겠군."

어쨌든 놈은 이제 순순히 내가 매는 대로 가만히 서 있었다. 재갈을 물리고 머리끈을 정리하고 턱끈을 맨다. 제킨을 얹은 다음 안장을 올린다. 그리고 뱃대끈과 가슴끈을 적당히 조인다. 이 적당히라는 부분이 어려웠는데, 난 어느 정도로 조이면 되느냐는 질문에 무조건 적당히 조이라고 대답하는 오넬을 이해할 수 없었다. 하지만 생각해 보니 누가 나에게 양초를 골 때의 불 세기를 물어오면, 나 역시 적당히 하라고밖에 대답 못하겠다.

"이제 타면 돼요?"

마구 얹는 법 배우다가 벌써 오후가 되었다. 하지만 내일 아침 출발이니 시간이 없다. 오넬은 내게 안장에 올라앉는 법을 지도했다. 놈은 이제 상당히 순해져서 오르는 법을 배우는 것은 간단했다.

오넬은 재갈에 기다란 밧줄을 매더니 나에게 달려보라고 했다.

"아니, 밧줄을 매어놓고 어떻게 달리라는 겁니까?"

"둥글게 달려."

나와 말은 오넬을 중심으로 둥글게 걷기 시작했다. 이래서야 나는 말을 조종하는 것이 아니라 그저 타고 있는 셈이다. 내가 그렇게 말하자 오넬은 고개를 끄덕였다.

"그래. 먼저 안 떨어지는 법부터 배워."

그리고 갑자기 오넬은 무슨 지시어를 내렸다. 무슨 말인지 모르지만 갑자기 말은 좀 빠르게 걷기 시작했고 당장 흔들림이 좀 심해졌다. 나는 더럭 겁이 나서 고삐를 놔버리고 말의 목을 껴안았다. 오넬은 혀를 찼다.

"다리에 힘을 주고, 상체는 가볍게 흔들리도록 내버려둬."

다리에 힘을 줘? 상체는 흔들리도록 내버려두라고? 난 허리 위로는 축 늘어뜨리고 발은 등자를 꽉꽉 밟기 시작했다. 한결 편해졌지만 내 허수아비 같은 몰골은 오넬을 퍽 우습게 만든 모양이다. 어쨌든 나는 두어 번 떨어진 다음에 간신히 요령을 터득했다. 다리 아래의 충격이 허리에서는 사라져야 된다. 등자를 밟고 있는 발과 무릎의 움직임이 중요하다. 리듬을 타듯이, 부드럽게.

그러자 오넬은 고삐 쓰는 법을 가르치기 시작했다. 단순했다. 가고 싶은 방향으로 고삐를 살짝 당기며 다리로 살짝 신호를 주면 된다. 그리고 멈추고 싶으면 체중을 뒤로 실으며 고삐를 위로 당기고, 달리고 싶으면 체중을 앞으로 실으며 등자로 배를 차고.

오넬은 속성으로 가르치기로 결심했는지 내가 한 시간쯤 그렇게 달리고 나자 곧 쉴 틈도 안 주고 밧줄을 풀고 그냥 달리게 만들었다. 밧줄이 풀리자 이놈은 심술이 되살아났는지(하긴 내가 그 위에 있으니 난 완전히 말 마음대로다.), 마구 반항하기 시작했다. 난 놈의 반항이 헛수고라는 것을 알리기 위해 놈의 배를 힘껏 걷어찼다.

아이고! 갑자기 말이 미친 듯이 질주하기 시작한 것이다. 그렇지, 걷어차는 것은 출발이다! 멈추는 건 뭐더라? 난 어떻게 했는지도 모르는 채 말을 멈추게 하는 데 성공했지만, 말이 갑자기 멈추자 내 몸은 그대로 앞으로 훽 날았다. "으악!"

오후 늦게 내가 어쩌고 있나 구경하러 온 샌슨은 고개를 갸우뚱거렸다.

"말하고 싸웠냐?"

난 고개를 끄덕였고 샌슨은 더 놀란 표정이 되었다. 오넬은 내가 타던 말을 보여주었다. 말은 온몸에 거품 같은 땀을 내뿜으며 씩씩거리고 있었다. 샌슨은 입을 딱 벌렸다.

"저놈 이름을 제미니로 짓겠어요."

말과 나는 서로 증오스러운 눈빛으로 쏘아보았고, 오넬과 샌슨은 서로 어깨를 두드리며 웃었다.

9

하루 일을 마치고 집 앞 의자에 앉아 쉬던 마을 어른들의 눈이 휘둥그레졌다. 동네 꼬마들은 괴성을 지르며 달려왔고 소녀와 처녀들은 손을 모아쥐곤 놀란 눈으로 우리를 바라보았다.

나는 아직도 몸이 결려서 말에 타고 있어도 온몸이 아팠다. 하긴 그 사정은 말도 마찬가지일 것이다. 샌슨과 나는 말을 몰아 마을 대로로 내려왔던 것이다.

"우와! 레이디 제미니의 나이트 후치 경께서 말을 탔네?"

난 환호하는 마을 사람들에게 서글픈 미소를 지어주었다. 온몸이 뻣뻣해서 팔도 못 들어주겠다. 그때 마을 광장에서 머리에 꽃을 꽂은 채 꼬마들과 어울려 깡총깡총 뛰면서 놀고 있는 제미니가 보였다. 정말 못 말리겠다. 제미니는 뭐가 이렇게 소란스러운가 싶어 둘러보다가 나와 눈이 마주쳤다.

"와아!"

마을 사람들은 모두 환성을 질렀다. 아마 옛날 이야기에서처럼 내가 제미니를 안아올린 다음 그대로 그녀를 안장에 앉히고 석양을 향해 달려갈 것이라고 생각하는 모양이지만, 나는 전혀 그럴 생각 없다. 그러고 싶어도 못한다. 몸이 아파 죽겠는데!

제미니는 놀란 눈으로 날 바라보다가 곧 나에게 걸어왔다. 나와 제미니 사이에 있던 마을 사람들이 양쪽으로 쫙 갈라졌다. 얼씨구, 정말 행동 통일이 잘되는 사람들이다. 제미니는 주춤거리며 다가오더니 말의 뺨을 쓰다듬었다.

"예쁘네……. 이름이 뭐야?"

"제미니."

제미니(사람이다.)는 얼굴이 발그레해졌고 마을사람들은 킥킥거렸다. 내가 무슨 생각으로 그 이름을 지었는지도 모르고! 제미니는 발그레한 얼굴을 어떻게 할지 몰라 두리번거리다가 자기 머리를 만졌다. 그러고는 자기 머리에 꽃이 꽂혀 있다는 것을 발견했다. 어이구, 철부지.

제미니는 그 꽃을 뽑더니 말의 귀에 꽂아주었다. 놀랍게도 제미니(말이다.)는 얌전히 꽂아주는 대로 있었다! 뭐 이런 녀석이 다 있냐? 그때 난 무서운 사실 한 가지를 발견했다. 여자란 원할 때 얼마든지 변신할 수 있다는 사실이다. 조금 전까지 마을 꼬마들과 깡충거리며 뛰어놀던 제미니가 무슨 성녀나 된 것처럼 가냘프면서도 우아한 목소리로 말했던 것이다.

"내 이름을 가진 말아. 이 꽃을 너에게 주니 주인을 잘 모셔다오."

목소리는 떨리고 있었지만 그래도 끝까지 똑똑하게 말했다. 그러곤 제미니는 뒤로 돌아서 달려가 버렸다. 마을사람들은 다시 환호성을 올렸고 난 혼절하고만 싶었다.

난 그 즉시 산트렐라의 노래로 체포되어 갈 뻔했다. 샌슨이 아니었다면 난 그날 밤이 새도록 술에 절어버렸을 것이다. 샌슨은 준비할 게 많다면서 우리에게 몰려드는 마을 사람들을 점잖게 물리쳤다.

샌슨은 잡화점에 들렀고 아까 사두었던 물건을 달라고 했다. 말에 다는 가방과 밧줄, 램프, 그릇 몇 벌, 부싯돌과 발화 장치, 바느질 도구, 칼과 쇠꼬챙이와 삼발이 등 요리에 쓰이는 도구 몇 개, 주전자, 물통 커다란 것 세 개…… 끝도 없다. 어쨌든 그 거창한 짐을 내 말과 샌슨의 말, 그리고 같이 데려온 칼의 말에 나누어 메우고 샌슨은 자기 집으로 갔다.

대장간의 조이스는 별말도 없이 램프와 냄비, 칼붙이와 손도끼 등을 내주었고 고약과 약초도 내주었다. 그리고 샌슨의 어머니는 건포와 베이컨, 밀가루, 옥수수가루, 소금, 후추…… 내가 또 왜 이러지? 어쨌든 그런 것들을 내주었다. 우리는 그것을 차례로 나누어 실었다.

샌슨의 어머니는 저녁을 먹고 자고 가는 게 어떻겠느냐고 말했지만 나는 사양했다. 집안도 정리해 두어야 되고 문도 못질하고 할 일이 많은 것이다. 무엇보다도 오늘은 우리 집에서 푹 자고 싶다. 그래서 난 제미니를 몰아 우리 집으로 향했다.

며칠 성에서 살다시피 하다가 오래간만에 가는 집이니까 아마 냉랭하고 황량할 것이다. 어차피 오늘만 자고 내일 아침 다시 출발이니 치우기도 귀찮다. 그냥 저녁이나 대충 챙겨먹고 자야지. 그런데 우리 집에 가까이 다가가자 나는 놀라고 말았다.

우리 집에 불이 켜져 있는 것이다.

아버지일까? 아냐. 아버지는 아무르타트에게 포로로 잡혀 있다. 나는 말을 근처 나무에 묶어두고는 검을 뽑아들고 우리 집으로 다가갔다. 혹시 아버지가 탈출하셨나? 믿을 순 없지만 만일 그랬다면 아버지는 그래도 병사니까 먼저 성으로 왔을 텐데. 도둑? 에이, 설마. 우리 집에는 뭐 훔쳐갈 것도 없거니와 사실 우리 마을에는 도둑 같은 것이 없다. 도둑이라도 우리 마을처럼 살벌한 곳에서는 영업을 못할 것이다.

그렇다면 근처를 지나가던 떠돌이가 빈집인 줄 알고 들어왔나? 그럴 수는 있겠다. 우리 집은 외진 곳이고 내가 며칠을 비워두었으니까 빈집 냄새가 날 것이다.

'넌 죽었다. 어디 두고 보자.'

난 살금살금 집 쪽으로 다가갔다. 그리고 문가로 다가섰다. 문을 박차고 들어갈 준비를 하는데 느닷없이 문이 벌컥 열렸다.

"으어! 엇? 제미니? 푸아!"

아이고, 내 신세야! 제미니는 문을 열고는 물을 끼얹었던 것이다. 그 멍청한 계집애는 컴컴한 바깥에 서 있는 나를 못 보고 그대로 들고 있던 냄비를 비운 다음에야 날 알아보았다.

"악! 후치? 거기서 뭐해!"

"그건 내가 해야 어울릴 말이야."

"그럼 해."

"악! 제미니? 여기서 뭐하는 거야!"

어째 바보가 된 것 같다. 제미니는 까르르 웃더니 곧 집안에 걸려 있던 수건을 찾아와 내게 내밀었다. 나는 낑낑거리며 가죽 갑옷을 벗고는 먼저 몸을 닦고 나서 갑옷을 닦기 시작했다. 아이고, 내 갑옷! 그런데 저 계집애는 남의 집에서 뭐하는 거야?

"너 여기서 뭐하는 거야?"

"식사 준비. 내일 수도로 간다며? 그래서 뭐 맛있는 거나 만들어주고 싶어서."

"……날 잘 씻겼으니 이제 잘게 썰면 되냐?"

"어머, 후치는. 가서 몸이나 제대로 씻고 와!"

난 투덜거리면서 일어났다.

"고맙긴 하네."

"나 아니면 누가 챙겨주겠니?"

난 빙긋 웃으며 밖으로 나왔다. 하지만 물벼락을 맞고 그대로 옷을 벗은 다음 밖으로 나오니 몸이 와들거렸다. 허엇! 시원하네. 난 짐짓 팔을 휘두른 다음 물통으로 가서 몸을 씻었다. 우에취! 음, 춥군.

나는 대충 씻은 다음 숲 속에 매어둔 또 하나의 제미니를 끌고 돌아왔다. 어라, 우리 집에는 말을 매어둘 만한 장소가 없는걸? 나는 잠시 고민하다가 일단 말의 등에서 짐을 내린 다음 긴 밧줄을 가져와 말의 고삐에 묶고는 놈을 작업장에 넣었다. 밧줄이 기니까 배가 고프면 나와서 풀을 뜯고, 목 마르면 물 마실 수 있겠지.

난 밖에 묶여 있는 제미니가 부럽다는 생각이 들었지만, 그래도 예의를 아는지라 참 잘 먹었다고 말해 주었다. 내가 마을을 떠날 때 환송식을 해주는 사람이 있다는 것도 나쁜 일은 아니지. 비록 그 사람의 요리 솜씨가 좀 고약하다 할지라도 그 성의만으로도 충분히 감사하지 않은가.

제미니는 내게 물을 떠오게 하고는 달그락거리면서 설거지까지 했다. 음, 괘씸하도록 예뻐 보이네. 난 뱃속에 신경을 덜 쓰기 위해 숫돌을 꺼내서 검을 갈기 시작했다. 대장장이 조이스가 워낙 잘 갈아둔 것이라 별로 신경써서 갈 필요는 없었다. 그저 매일매일 이렇게 해줘야 녹이 슬지 않고 날의 수명이 길어지기 때문에 하는 것이다.

그때 제미니는 생각났다는 듯이 손뼉을 쳤다.

"아? 후치 계속 그 칼 들고 다니면 귀찮겠지?"

"응? 뭐, 어쩔 수 없지."

"그래도 여행다니면서 그렇게 할 순 없잖아. 어디 보자. 가죽끈이나 혁대 안 쓰는 것 있니?"

난 고개를 갸웃거리다가 작업장에 있던 가죽끈을 하나 가져다주었다. 그러자 제미니는 바느질 도구를 꺼내더니 내 칼집에 묶을 가죽끈을 만들기 시작했다.

몸살나겠군. 정말 예쁘네.

촛불 빛 아래에서 내가 사용할 소드 벨트를 정성껏 만들고 있는 저 애가 정말 제미니 맞나? 제미니는 바느질에만 정신을 파느라 얼굴의 근육이 모두 이완되어 그윽하고 편안해 보이는 얼굴이다. 나는 자신도 모르게 아무 말이나 꺼내고 말았다.

"내 운명도…… 참 괴상하구나. 여름만 해도 내가 설마 수도에 갈 거라고는 생각하지 않았는데. 가을이 되니까……."

제미니는 바느질하면서 내 말에 대답했다.

"가을이 되니까?"

"그렇구나. 가을이 되면서 캇셀프라임이 나타나고, 마법사의 조수가 되고, 아버지는 아무르타트의 포로가 되어버리고, 난 수도로 달려가게 되는군. 모든 가을은 마력을 지녔다고 하지만……."

"무슨 말이야? 가을이 마력을 지녔다니."

"가을은 그래. 봄여름 동안 지상의 것들은 자신의 생명력으로 불타오르지. 하지만 가을의 손길이 닿는 순간, 그 생명력들은 스러지기 시작하고 이윽고 겨울. 그건 죽음이야. 그래서 가을은 신비로워. 죽음 직전의 생명들. 다가오는 죽음. 그리고 바로 이 시기에 생명력이 사그라들고 죽음이 찾아오기 직전, 모든 신비로운 일들이 일어날 수도 있는 짧은 시기가 있으니 그게 가을 어느 중간쯤에 있는 마력의 시간이야."

"아여의 이아(마력의 시간)?"

제미니는 이빨로 실을 끊느라 발음이 이상했다. 그냥 실을 끊고 나서 말하면 될 걸 저렇게 말하니 정말 귀엽군. 난 빙긋 웃으며 칼이 좋아하는 마력의 시간에 대한 이야기를 해주었다.

"마력의 시간이라는 것은 모든 장소에 각각 다르게 일어나. 분명 가을 어느 시기인 것은 확실해. 그런데 우연히 그 마력의 시간에 접어든 장소에 사람이 들어가면 그에게는 온갖 희귀한 일이 일어나지. 그 짧은 가을 동안, 낙엽이 대지를 덮기 시작하고 마침내 첫눈이 오게 될 때까지, 그 사람은 평생에 기억될 단 한 번의 가을을 가지게 되지. 때론 모를 수도 있어. 그저 그 가을에 일어났던 일만 기억하다가 몇 년 후에나, 혹은 늙어버렸을 때 겨우 알아차리게 되지. 하지만 자신이 마력의 시간에 들어갔다는 것을 알게 된 사람은 낙엽이 대지를 덮을 때부터 첫눈이 오기까지 놀라운 일을 이룩할 수 있지."

"어머나……."

"루트에리노 대왕께서 영광의 7주 전쟁을 시작한 것도 낙엽이 흩날리기 시작한 때였지. 그리고 그분께서 드래곤 로드를 물리칠 때의 이야기는 알겠지? 장대한 싸움 끝에 드래곤 로드는 마침내 쓰러졌어. 그때 하늘에서 흰 눈이 날리기 시작했지. 루트에리노 대왕은 끝내 검을 들지 못하고, 드래곤 로드는 달아났지. 그 이후로 다시는 루트에리노 대왕은 검을 들지 못했어."

"그럼, 바로 그때가……?"

"루트에리노 대왕의 마법의 가을이었지. 다가온 겨울 직전, 생애 최대의 일을 이룩하셨지만 그건 끝내 미완성이야."

칼은 왜 이 이야기를 좋아할까. 아마 이 미완성의 끝 때문이 아닐까 한다. 난 이런 이야기 좋아하지 않아. 단순하고 완성된 결말을 좋아한다. 하지만 제미니는 꽤 취향에 맞는 이야기인가 보다. 제미니는 볼을 감싸면서 공상에 잠기는 표정을 지었다. 그러다가 문득 제미니는 정신이 든 듯이 말했다.

"다 됐어. 걸쳐봐."

난 제미니가 만들어준 소드 벨트를 보았다. 허리에 차는 정교한 것은 만들 수 없어서 그것은 그저 칼집에 연결하여 어깨에 메도록 되어 있었다. 내가 바스타드를 어깨에 메자 제미니는 안쓰러운 듯이 말했다.

"허리에 차면 좋을 텐데……."

"아냐, 두 손도 자유롭고 걸을 때도 편하네, 뭐."

그것을 걸고 바스타드를 뽑으니 간신히 뽑혔다. 뭐, 롱소드도 아니고 칼 길이가 2큐빗은 되는 바스타드니까. 난 잠시 고민하다가 왼손을 뒤로 돌려 검집을 아래로 당기며 뽑아보았다. 잘 빠져나왔다. 방패가 없어서 다행이군. 난 제미니에게 부담 없이 뽑아 보일 수 있다는 것을 보여주며 말했다.

"짠! 괜찮지? 내 팔에 딱 맞네. 고마워."

제미니는 배시시 웃었다. 난 바스타드를 다시 꽂아넣고는 말했다.

"늦었으니 이만 돌아가야지. 가자. 내가 데려다줄게."

제미니는 침대 한켠에 치워둔 숄로 어깨를 감쌌다. 난 램프 하나를 챙겨들고 나왔다.

"말 태워줄까?"

제미니가 제미니에 탄다. 흠, 재미있군. 제미니는 조금 겁먹은 표정이었지만 찬성했다.

난 말을 데려와서 세우고는 제미니를 흘긋 바라보았다. 제미니는 난처한 표정이었다. 나도 그랬지. 난 제미니의 허리를 붙잡아 위로 들어올려 태웠다. 평소에도 간단히 이렇게 할 수 있지만 지금은 정말 가볍군. 제미니가 옆으로 앉은 자세가 되자 나는 제미니에게 램프를 들려주고 고삐를 붙잡은 채 말을 끌고 가기 시작했다.

가을밤은 바람소리 속에서 희한하게 사각거리는 소리들이 이채롭다. 겨울이라면 이파리들이 떨어져나갈 듯이 앵앵거릴 것이다. 하지만 가을밤엔 그렇지 않다. 귀뚜라미들의 울음소리를 들으며 우리는 숲 속을 걸어갔다. 말 위에 탄 제미니가 높이 들고 있는 램프의 불빛은 희뿌옇게 우리들만을 비추고 있었다. 주위의 숲은 그 빛을 그대로 빨아들이는 듯했다.

하지만 쾌활하다. 이젠 내일이면 떠나는군. 뭐, 곧 돌아올 예정이지만, 잠시라도 떠난다고 생각하니 주위의 모습들이 더욱 새롭게 다가왔다. 난 한 손은 바지에 꽂고 다른 손으로 고삐를 쥔 채 휘파람을 불면서 걸어갔다. 말은 유순했다. 이놈은 제미니와 자기 이름이 같다는 것을 알고 있나? 왜 이렇게 얌전하지? 말 위의 제미니는 말의 갈기를 쓰다듬어 보기도 하고 내 휘파람에 맞추어 노래를 부르기도 했다. 간혹 손에 든 램프를 다른 손으로 가렸다가 그 그림자에 자기가 놀라서 다시 손을 치우기도 했다. 그때마다 제미니는 숨막힌 소리를 내었고 나는 낄낄거렸다.

조이스는 견습 기사와 레이디라고 했던가? 지금 장면은 확실히 그렇게 보이겠다. 별로 할말은 없어.

어라? 이상하다. 길이 짧아졌나? 벌써 저 앞쪽에 제미니의 집이 보인 것이다. 난 머리를 긁적이며 말을 세우고는 뒤로 돌아 팔을 내밀었다. 제미니는 아무런 생각 없이 자연스럽게 몸을 던졌다. 공중에서 제미니의 허리를 붙잡는 순간, 난 어떤 계획을 떠올렸다.

난 제미니를 붙잡은 채 내려놓지 않고 말했다.

"참, 제미니?"

"응?"

"내가 조언 하나 할까?"

"뭔데?"

"달아날 수 없는 상황에 빠지지 않도록 조심해."

제미니는 무슨 말인지 몰랐겠지만 난 내 계획을 진행시켰다. 제미니는 내가 들고 있으니 어디로 달아날까. 제미니의 눈망울이 커졌다…….

……잠시 후 나는 제미니를 내려놓고는 그녀가 떨어뜨린 램프를 붙잡아 들어올리면서 벼락같이 말에 올라타고는 달려갔다. 제미니는 그제야 고함을 질렀다.

"야아! 이이! 후치, 나쁜 놈아아아! 으아앙!"

왜 달아날 수 없는 상황에 빠지냐고, 그래. 그건 그렇고 나도 참 큰 일이다. 아무래도 제미니가 예뻐 보이는 걸로 봐서 평생 제미니의 나이트로 남게 될 가능성이 크군. 그게 내 서글픈 운명인가 봐.

다음날, 해가 뜨기도 전 희뿌연 여명 속에서 나는 우리 집 문에 못질을 했다.

뭔가 굉장한 일을 하고 있다는 느낌이 들었지만 다시 생각해 보니 문에 못질하는 일일 뿐이다. 하지만 그게 내가 태어나 17년 동안 살던 집이라는 점이 문제다.

우리 국왕님께는 개망나니 같은 형이 하나 있다고 한다. 원래는 그 형님이 국왕이 되어야 하지만 워낙 성격이 엉망이고 행실이 개판이라 귀족원에서 그분의 목을 치고 그 동생을 태자로 앉혔다. 그런데 난 이 폐태자의 이야기 중에서 지금 내 상황에 썩 어울리는 이야기 하나를 떠올렸다. 그 폐태자가 어느 날 자기 방에 못질을 해버렸다. 궁내부원들이 보고 놀라서 이유를 묻자 이렇게 말했다.

"내 미래가 밖에 있으니 밖으로 가겠다. 그러나 내 소중한 과거는 여기에 있으니 죽기 전에는 돌아오겠다. 과거 없이는 미래도 없으니, 그때까지는 이 방은 불침이다."

그러고는 궁궐 밖으로 뛰쳐나갔고 그날로 귀족원에 의해 폐위되었다.

역시, 어떠한 방랑자에게도 돌아올 곳은 있는 법이다. 뛰쳐나온 집이라든지, 고향이라든지, 설령 고아라 해도 그의 소중한 기억이 있는 장소는 있을 것이다. 그곳을 평생 그리워하며, 그 그리움으로 방랑을 계속할 힘을 얻는다. 거꾸로 말하자면, 자신의 과거를 못질하는 것은 험난한 미래에 몸을 던지는 것이다.

아아! 난 너무 말을 잘해. 이상스레 흥분되는 마음에 손가락을 두 번이나 찧었다.

나는 손가락을 절절 흔들면서 작업장도 폐쇄하고는 말에 마구를 걸치고는 칼의 집으로 향했다. 아침 안개가 가득 피어 있었지만 그렇다고 길을 잃을 일은 없다.

칼은 나와 똑같은 작업을 하고 있었다. 그는 그 자리에 멈춰서서 나를 바라보며 빙긋 웃었다.

"오, 일찍 오시는군, 네드발 군."

난 싱긋 웃고는 그에게서 망치와 못을 받아들고는 한 방에 하나씩 꽂아넣었다. 칼은 머리를 흔들면서 미소를 지었다.

"자네, 그 힘에 꽤 익숙해졌군 그래. 자연스러운데?"

"매일 그런 망측스러운 훈련을 했으니까요. 그런데 등에 그건?"

칼의 등엔 롱 보가 걸려 있었다. 칼은 어깨를 으쓱하면서 말했다.

"여행은 여행이니, 무장을 해야 하지 않겠나. 활은 좀 쓸 줄 알거든."

"그런데 샌슨은 아직 오지 않았어요?"

그때 급한 말발굽 소리가 들리면서 샌슨의 모습이 안개 사이로 나타났다. 그는 황급히 두 마리의 말을 세우고는 뛰어내렸다.

"허엇, 헉. 죄송합니다! 많이 기다렸습니까?"

"아냐, 아냐. 지금 막 나온 길이야."

난 샌슨의 얼굴을 보았고 곧 폭소를 터뜨릴 뻔했다. 샌슨의 눈은 빨갛게 되어 있었다. 아마 틀림없이 오늘 아침 집을 나오면서 통곡을 했던 모양이다. 아니, 아니지. 흠. 설마 그 샌슨의 아버지 조이스가 그런 꼴을 보일 리는 없고……. 오오라!

난 샌슨에게 다가갔다. 샌슨은 내가 갑자기 음흉한 미소를 지으며 다가가자 경계의 표정을 지었다. 나는 느닷없이 샌슨의 가슴에 코를 박았고 샌슨은 기겁하며 물러났다.

"아…… 향기로워라."

샌슨은 내가 던진 미끼뿐만이 아니라 아예 바늘까지 꼴까닥 삼켰다.

"으헥! 설마, 후치, 어떻게, 그 냄새가 나?"

"역시! 푸헤헤헤헤!"

샌슨은 보나 마나 여기로 오는 도중에 그 처녀를 몰래 만났을 것이다. 그러고는 끌어안고 대성통곡을 했겠지. 나는 남녀의 목소리를 흉내내어 말했다.

"오자마자 다시 떠나시다니요!"

"미안하오. 하지만 난 군인이라…… 흑흑, 사실 나도 가기 싫소! 우아아앙!"

"아아, 야속한 운명이어라! 우리, 사랑으로 이 형벌을 이겨내요!"

샌슨의 얼굴은 붉으락푸르락해졌고 난 싱긋 웃으며 말에 올랐다. 칼도 자신의 말이 어느 것인지 물어보고는 짐을 얹고 익숙한 동작으로 말을 탔다. 잘 타네. 부럽다.

샌슨만이 축 쳐져서 우울한 표정이었다. 칼은 샌슨이 하도 처량맞아 보이자 위로하고 싶은 기분이 든 모양이다.

"퍼시발 군. 걱정 말아요. 이건 아무르타트와 싸우러 가는 그런 일은 아니지 않나. 그리고 자네가 이 일을 훌륭히 수행해 낸다면 그건 영주님께 대한 커다란 충성이라네."

"무, 물론입니다! 그럼, 제가 선도하겠습니다."

"길은 아나?"

"어젯밤 늦도록 지리서를 읽어두었습니다. 모든 여정과 날짜 소모, 그에 따른 필요한 보급지와 속도도 다 계산했습니다."

"그럼 퍼시발 군만 믿고 따라가지."

샌슨은 경례까지 붙이고는 우리 앞에서 걷기 시작했다. 안개가 심한 데다 어차피 숲이라 달릴 수는 없다. 그래서 우리는 마을 바깥까지 나오는 동안 천천히 걸어갔다.

마을 바깥으로 나오자 비로소 샌슨은 속도를 올리기 시작했다. 트롯 정도의 속도로 우리는 수도를 향한 첫걸음을 시작했다. 그리고 바로 그때 해가 떠오르며 우리의 앞길을 황금빛으로 바꿔놓았다. 대단히 기분 좋은 출발이었다. 안개는 순식간에 사라져버렸고, 우리는 단숨에 캔터 정도로 속도를 높였다. 난 어제의 고통이 되살아나 허리가 아파왔지만 샌슨과 칼은 여유 있게 달려가고 있었으므로 나 혼자 뒤처질 수는 없었다.

눈에 와 부딪히는 햇살, 눈꺼풀에 부딪히는 바람. 뜨겁고 차갑군.

세 마리의 말은 태양을 향해 달려가기 시작했다.

제2부

주전자와 머리의 비교

……그러나 전사들의 자부심과 흡사한 자존심은 몬스터들에게도 있다. 흔히들 몬스터에 대해 떠올릴 수 있는 선입관이라고 하면 교활하고 파렴치하고 약삭빠르며 자부심이라고는 추호도 갖지 못했다는 인상일 것이다. 이것은 마치 자부심이란 인간의 전유물인 것처럼 생각하는 상황을 야기할 수 있다. 그러나 인간이 아니라는 점에서는 드워프나 엘프도 몬스터와 마찬가지이다. 그렇다면 저 드워프의 강인하며 끝없는 당당함과 엘프의 조용하지만 절대적인 자존심은 어떻게 설명될 것인가. 따라서 자아(自我)를 인식할 줄 아는 존재에게 자부심이란 당연히 발생할 수 있는 관념이다. 흔히 인간들이 교활하다고밖에 여기지 않는 고블린에게도 자존심은 있고 수치를 느낄 줄도 안다는 여러 가지 증거가 있다. ……그러나 아쉽게도 우리는 때로 몬스터에게도 있는 자존심을 가지지 못한 인간들의 모습을 보기도 한다.

「품위 있고 고상한 겐턴 시장 말레스 추발렉의 도움으로 출간된, 믿을 수 있는 바이서스의 시민으로서 겐턴 사집관으로 봉사한 현명한 돌로메네 압실링거가 바이서스의 국민들에게 고하는 신비롭고도 가치 있는 이야기」 돌로메네 지음, 770년. 제2권 334쪽.

I

"우와! 덥다! 무슨 가을밤 날씨가 이래?"

"돈다, 돌아! 정말 김 난다!"

이 말에는 어폐가 있다. 날씨는 분명 가을밤이고, 우리가 위치한 곳은 회색 산맥 끄트머리의 휴다인 고개였다. 휴다인 고개는 우리 고향인 헬턴트 영지가 있는 웨스트 그레이드에서 바이서스의 중심부 미드 그레이드 지역으로 넘어갈 때 사용되는 몇 개의 관문 중에 하나로, 회색 산맥의 끄트머리라고 하지만 그래도 무시못할 정도의 고지대이기 때문에 절대로 덥다고 말할 장소는 아니다.

하지만 우리는 정수리에서 김이 오를 정도였다.

샌슨과 나는 며칠 동안 잠을 제대로 못 자서 짜증을 부리고 있는 것이었다. 칼은 좀 황당하다는 표정으로 우리 둘을 바라보고 있었다. 그리고 우리 둘을 황당하게 보고 있는 것은 칼만이 아니었다.

오크들은 모두 자신의 글레이브를 꼬나든 채 우리를 노려보고 있었다. 이놈들은 도대체 포기라는 것을 모르나? 샌슨은 짜증을 부리다 못해 이젠 나에게 화를 내기 시작했다.

"아, 그러기에 남김없이 죽이자고 했잖아!"

"누가 저렇게 질길 줄 알았어!"

며칠 전 밤. 노숙을 하던 우리는 느닷없이 들려온 비명소리에 달려갔다가 오크들의 잔치를 방해하게 되었다. 오크들은 아마도 상인으로 짐작되는 여행자 하나를 살해해 놓고는 그의 물건들을 꺼내보며 왁자하게 떠들고 있었다.

그 광경을 본 순간 샌슨의 눈에서는 불똥이 튀었다. 그는 날래게 롱소드를 뽑아들며 그대로 오크 하나의 머리를 날려버렸다. 다른 오크들은 반항하려 했지만 칼이 롱 보로 지원해 주고 키가 월등히 큰 샌슨이 난리를 피우자 놈들은 압도적으로 불리해졌다. 그러자 오크들은 가장 만만해 보이는 내 쪽으로 달려왔다. 난 실제의 몬스터와 싸우는 것은 처음이라 당황했지만 꾹 참고 바스타드를 붙잡았다.

“에라, 죽어보자! 일자무식!”

나의 화려한 일자무식! 음, 일자무식은 언젠가 오거의 일루전과 싸울 때 써먹었던 기술로 무식한 힘으로 아래에서 위로 올려쳐 그대로 몸이 한 바퀴 더 돌아 다시 올려치게 되는 기술이다. 너무 강하게 올려쳐 허리가 아파온다는 게 단점이지만, OPG가 내는 괴력에 의해 대단히 빠른 속도로 두 번 올려치게 된다. 내 취향에 딱 맞는 기술이지만 샌슨은 죽기에 딱 알맞은 기술이라고 말한다.

실제의 오크들은 일루전처럼 멍청하진 않았지만 그래도 가장 앞에 오던 놈은 옆으로 피하다가 귀를 잘렸다. 오크는 펄쩍 뛰었다.

“취이이익!”

그런데 하필이면 잘린 귓조각이 내 입에 들어와 버렸다.

난 왁왁거리며 게워내느라 귀를 움켜쥐고 달아나는 오크를 놓쳐버렸다. 샌슨은 달아나는 놈들을 끝까지 추적하려 했지만 난 속도 메슥거리고 졸리기도 하는 참이라 상인의 신원이나 알아보고 매장이나 해주자고 말했다. 샌슨은 마땅찮은 표정이었지만 칼도 내 의견에 찬성했으므로 우리는 상인의 신원을 조사해 봤지만, 별 소득은 없었다. 그래서 우리는 그의 시체에 돌무더기를 쌓아 간단히 매장하고는 잠을 설친 채 출발했다.

그런데 그날부터 오크들이 복수를 하겠다면서 이렇게 우리를 추적하고 있는 것이다. 오크들의 복수심이 대단하다는 말은 들었지만 정말 이 정도일 줄은 몰랐는걸. 이번엔 아예 달아나지도 못하게 완전 포위 진형으로 나섰다. 그래서 우리는 절벽을 등진 채 이렇게 몰려 있는 것이다. 뒤로는 켜켜이 쌓여 있는 기암절벽이 까마득하게 솟아 있었고 앞쪽으로는 넓은 구릉 지대, 곳곳에 자작나무들이 서 있는 숲이다. 그리고 그 자작나무 사이사이로 보이는 오크의 모습. 모닥불 때문에 놈들은 달려들진 못했지만 우리도 며칠 밤을 시달리다보니까 눈에 핏발이 설 지경이다.

"야! 너희들 우리 말 할 줄 알지?"

난 화가 나서 놈들에게 말을 걸었다. 오크들 중 월등히 거대한 글레이브를 든 놈이 앞으로 나섰다. 덩치도 다른 오크의 몇 배는 되겠다. 놈은 불기운이 마땅찮다는 듯이 눈을 껌뻑거리면서 말했다.

"취익! 유언이라도 남길 텐가? 인간들은 간혹 그러더군. 취익!"

"유언 같은 소리 하네. 임마! 어떻게 하면 포기할 거야, 응?"

"취이익! 포기란 없다! 너희들의 심장이 멈출 때까지, 우리는 계속한다!"

"정말 귀여워 미치겠네. 아예 애교를 부리는구나."

오크는 내 말에 의아한 표정(?)을 지었다.

"……그건 무슨, 취익! 말인가?"

"인간 어린애가 너희들같이 군단 말이다! 투정을 부리고 떼를 쓰지."

오크는 도대체 무슨 말인지 이해하지 못하겠다는 표정이었다. 난 진지하게 말하기 시작했다.

"이봐, 잘 들어봐. 인간은 나이를 먹지?"

"무슨 말을 하는가? 취익! 그건 어느 생물이나, 취익, 마찬가지다!"

좋아, 넘어온다, 넘어온다.

"맞아맞아. 그런데 말이야, 인간은 나이를 먹으면……."

난 어느새 그놈 얼굴까지 바싹 다가가면서 점점 목소리를 낮췄다. 오크는 긴장한 표정이었다. 나는 정답게 웃으며 설명했다.

"점점 교활해지거든!"

나는 날쌔게 그놈을 겨드랑이에 끼며 목에 바스타드를 가져다 대었다. 오크는 반항하려 했지만 난 팔에 더욱 힘을 줬다. 오크는 숨막히는 소리를 질렀다.

"자! 더 이상 다가오면 이 녀석을 죽이겠다!"

난 득의만만한 표정으로 칼과 샌슨을 바라보았다. 나 어때? 그런데 두 사람의 표정이 매우 이상했다. 두 사람은 세상에 다시없는 희귀한 것을 본다는 듯이 나를 바라보았던 것이다.

오크들도 마찬가지였다. 그중 하나가 말했다.

"취익, 그래서?"

"다, 다가오면 죽인다니까!"

"다가가고, 죽이고, 취익, 그래서?"

"죽으면 안 되잖아?"

"도대체 무슨, 취이이익! 말을 하는 건가, 취익! 죽으면 안 된다니! 취치치익! 죽인다고 했잖아?"

"어, 어, 그렇긴 한데 말이야."

그때 샌슨이 머리를 절레절레 흔들면서 말했다.

"후치, 안됐지만 오크는 인질 같은 것은 취급하지 않아."

"그, 그게 무슨…… 아니, 그럼 복수는 왜 하겠다는 거야? 동료의 목숨이 소중하지 않다면 복수 같은 거……."

"오크는 인질이 될 정도로 멍청한 놈을 동료로 여기지 않아. 그리고 복수를 하겠다는 것은 동료의 복수가 아니라 그 상인의 물건을 훔치지 못하게 한 것에 대한 복수일걸. 자기 일을 방해했다는 거지."

나는 입을 딱 벌렸다.

"이런 밥맛없는 놈들!"

난 하도 화가 나서 겨드랑이에 낀 놈의 모가지를 잡아 뱅뱅 돌렸다가 오크 무리로 집어던져 버렸다. 오크들은 내 힘에 크게 놀라는 듯했으나, 그보다 먼저 자기 무리로 날아온 이방인(?)을 처리했다. 오크들의 글레이브가 일제히 휘둘러졌고 내 겨드랑이에 끼였던 놈은 비명 지를 사이도 없이 고깃덩이가 되어버렸다. 난 그 광경을 보면서 다시 구토증을 느꼈다.

"우욱…… 해도 너무한다."

"저놈들은 원래 그래. 수놈들은 언제 죽을지 모르는 게 오크야."

"암놈은?"

그 와중에도 호기심을 느끼는 것을 보면 난 인간이다. 칼이 설명했다.

"오크들은 암놈은 절대 건드리지 않아요. 그리고 인간들도 암놈은 건드려선 안 된다네. 어차피 암놈들은 동굴에 틀어박혀 있으니 구경도 못하지만, 만일 누군가 암놈을 건드린다면 그가 제아무리 루트에리노 대왕만큼의 영웅이라도 죽었다고 봐야 돼."

"허, 그래요?"

오크들은 작업을 끝내고 이제 글레이브를 우리에게 돌렸다. 이런, 쓸데없는 말을 나누다가 위험해질 뻔했군. 어쨌든 저놈들이 하는 짓을 보니 도저히 용서고 자비고 생각해 줄 기분이 들지 않는다.

"임마들아! 내가 누군 줄 알아? 난 초장이다. 네놈들 기름으로 초를 만들어주겠어!"

나의 다분히 직업 정신이 넘치는 경고에 샌슨은 헛웃음을 지었다. 그런데 오크들의 반응이 이상했다.

"취익! 너, 초장이라고?"

"그렇다. 대륙의 어디에서도 오크 기름으로 초를 만들었다는 이야기는 들어본 적 없지만, 내가 처음으로 만들어보겠어! 거기에 내 이름을 붙이지. 네드발식 오크 양초!"

오크들은 갑자기 서로 구시렁거렸다. 그러더니 그중 한 놈이 다시 말했다.

"그럼, 취익, 저놈은 생포다."

"뭐……야?"

이게 무슨 아닌 밤중에 홍두깨 같은 소리냐? 나는 어처구니가 없어 샌슨을 바라보았고 샌슨도 당황한 표정이었다. 그때 칼이 끼어들었다.

"여보게들…… 오크들이 어떻게 저런 무기를 쓰고 갑옷을 입고 한다고 생각하나? 인간의 기술자들을 잡아서 부리기 때문이야. 그래서 저놈들은 기술자를 좋아해."

"예?"

"오크들은 머리가 나빠 배우지는 못해. 그래서 기술자를 잡아서 대신 일을 시키는 거야. 대장장이를 특히 좋아하고 자네 같은 초장이도 좋아하지. 촛불을 좋아하는 것은 아니지만 잡아온 기술자들이 오크의 동굴 속에서 일하려면 초가 필요하니까."

샌슨은 어이없다는 표정을 짓더니 말했다.

"이봐, 난 대장장이 아들로 대장간 일이 특긴데. 어쩔 거야?"

오크들은 당황했다. 그놈들은 다시 구시렁거리더니 말했다.

"취익! 그 뒤의 늙은 인간! 너는? 취익! 우릴 잘 아는 것 같은데, 취익취익! 너도 지식이 많은가?"

"나? 난 독서가고 작가 취향도 있지만 자네들에게는 일단 약사라고 해두세나."

오크들은 완전히 당황했다.

"그, 그럼, 취이이익! 취익! 모두 생포다!"

샌슨은 껄껄 웃었다.

"그렇게 해주면 고맙지. 죽을 걱정 안하고 싸우겠네?"

그리고 나도 싸늘하게 말했다.

"우린 좀 다른 의견이 있지. 우린 너희들 중 몇 놈만 생포할 거야. 네놈들 동굴에 갇혀 있는 사람은 구해야겠어."

내 말을 듣자 샌슨의 눈에서 불꽃이 튀겼다.

"그렇군! 이놈들, 가만두지 않겠다!"

샌슨은 말을 마칠 새도 없이 달려들었다. 당황한 오크들이 글레이브를 내밀었지만 오크는 팔길이가 짧은지라 인간만큼의 글레이브는 쓰지 못했다. 하지만 그게 너무 낮다는 것이 문제다. 샌슨은 자신의 허벅지를 베어들어오는 글레이브를 황급히 튕겨내었다. 난 그 모습을 보고는 주위를 둘러보았다.

"에에에라!"

오크들의 눈이 튀어나올 지경이 되었다. 난 크기가 거의 오크만한 바위를 집어든 것이다. 나는 그것을 머리 높이까지 들어올린 다음 말했다.

"공기놀이 할래?"

"저, 저거 초장이 아니다! 취이익! 인간 아니다!"

난 사정없이 그걸 집어던졌다. 쾅쾅쾅! 오크들이 저렇게 날쌘가! 멧토끼 같군. 그러나 그중 재수 없는 놈이 하나 있어 바위 앞에 쓰러져버렸다. 난 좀 끔찍스러워서 눈을 질끈 감았지만 순간 뒤통수가 선뜻해서 할 수 없이 눈을 뜨고 그 광경을 똑똑히 봤다.

"음, 잔인하군. 누구야, 이런 일을 한 놈이."

오크들은 발악을 하며 달려들었다. 샌슨은 상대가 너무 낮게 베어들어오자 화를 내면서 상체를 앞으로 길게 숙여 풀 스윙으로 롱소드를 휘둘렀다. 확실히 샌슨의 상체와 팔길이에 롱소드의 길이가 더해지자 오크들의 글레이브보다 더 길었다. 그리고 그때 내가 달려들었다.

"일자무식! 옆으로!"

이번엔 일자무식을 옆으로 바꿔봤다. 옆으로 돌려보니까 간단하게 세 번을 돌았고 허리는 별로 아프지 않았지만 현기증이 나는 부작용이 있었다. 그리고 오크들은 그 퍼런 얼굴이 더 퍼렇게 바뀌는 재미있는 모습을 보여줬다. 놀랍게도 난 세 번이나 돌면서 하나도 맞추지 못했으며, 대신 옆에 있던 나무 몇 그루가 잘려버렸다. 난 샌슨의 비난 섞인 눈초리를 무시한 다음 잘려나간 나무들을 집어던지기 시작했다.

"이걸 노린 거야!"

"적당히 해라…… 후치. 아무리 오크라도 그건 안 믿어주겠다."

어쨌든 나의 OPG와 샌슨의 검술을 놓고 볼 때 우리는 오크들이 생포 운운할 정도의 대상은 아니었다. 오크들은 질린 표정으로 달아나려 했지만 그건 절대로 안 된다. 난 달려들어 한 놈의 덜미를 잡아올렸다. 놈은 악을 쓰면서 내 얼굴을 치려 했지만 복부에 한 방 먹여주니 입가로 기분 나쁜 침을 흘리면서 기절해 버렸다.

오크들은 다 달아났고 우리는 밧줄을 꺼내어 생포한 오크를 묶었다. 샌슨은 말했다.

"저, 칼. 이놈들이 인간을 납치한다면, 아무래도 그 동굴을 수색하여 그들을 구출하는 것이 좋다고 생각됩니다만……."

"나도 찬성일세. 먼저 시간이 충분한지 자네가 확신시켜 준다면."

흠, 그러고 보니 벌써 10월이 되었군. 우리가 출발할 때는 9월 말이었는데.

"시간은 충분합니다. 수도까지는 이제 17일 거리니까 돌아오는데 25일 정도 잡으면 왕복 42일입니다. 물론 며칠 차이는 나겠지만 대략 한 달 보름 정도 남습니다."

칼은 눈살을 찌푸렸다.

"그것 참…… 전하를 알현하고 휴리첼 백작가에도 들러보려면 시간이 좀 그렇군. 한 달 보름이라."

샌슨과 나로서는 그저 만나보고 이야기를 나누는 데 한 달 보름이 왜 부족한지 이해가 가지 않았지만 우리는 수도의 사정이나 왕실 예법은 모르므로 잠자코 있었다. 칼은 얼굴을 펴며 말했다.

"깨우게. 내가 심문하지. 시간이 부족해지면 밤에도 달려야지."

칼은 자상한 표정이었고 샌슨도 기쁜 듯한 미소를 지었다. 나는 씩 웃으며 그놈의 볼을 찰싹찰싹 때렸다. 그놈은 곧 눈을 뜨고는 자기 상황을 살펴본 다음 공포에 질렸다.

칼은 그놈의 얼굴을 똑바로 들여다보면서 말했다.

"아까 들었겠지만 난 너희들에 대해 조금 알아. 넌 이대로 돌아가면 족장에게 맞아죽겠지? 족장이 너의 머리를 잘라내어 가지고 놀다가 싫증나면 집어던져 버릴 거야."

오크는 그걸 당연하다고 생각해서인지 별로 충격받지는 않았고 대신 샌슨과 내가 충격을 받아 얼굴이 노래졌다. 칼은 계속 말했다.

"네 동굴의 위치를 말해 주지 않으면 널 족장에게 데려갈 거야."

샌슨과 난 서로 얼굴을 마주보았다. 그게 말이 되냐? 우리는 칼이 농담하는 줄 알았다.

"취익! 저쪽 봉우리 정상에서 아래로 300큐빗쯤, 취익! 덩굴로 가려진 바위틈, 취익! 양쪽의 쓰러진 나무 두 개가 표시다. 취이익! 수효는 모두 150쯤 된다!"

"그런가? 고마워."

칼은 밧줄을 풀어주었고 그놈은 곧 줄행랑을 쳤다. 칼은 우리들의 얼굴을 보더니 어깨를 으쓱했다.

"제군들. 저놈들이 왜 인간 기술자를 납치하겠나."

"그, 그래도 너무 심하군요."

샌슨은 볼을 실룩거리며 황당해하고 있었고 나는 낄낄거렸다. 칼은 턱을 쓸면서 눈살을 찌푸렸다.

"그런데 150마리라면 너무 많은데……. 도대체 그렇게 많은 놈들이 무얼 먹고 사는지 궁금하군. 휴다인 고개의 산적질이 그렇게 수입이 좋은가? 음. 샌슨. 근처에 요새나 큰 마을이 있는가?"

샌슨은 두툼한 지리서를 꺼내더니 횃불 가까이 가져와 위치를 짚어보았다.

"에, 좀 멀리 떨어진 곳에 포트 이룬다가 있습니다. 꽤 먼데요. 나흘 거리는 되겠습니다. 그 외에는 작은 영지들이 몇 개 있을 뿐입니다. 아마 그 작은 마을들을 노략질하며 살아가는 모양이지요."

"하긴 요새나 대도시가 가까이 있으면 저렇게까지 대규모 집단을 이루긴 어렵겠지."

칼이 씁쓸한 표정을 짓는 것을 시작으로 우리들은 고민에 빠졌다.

샌슨이 보여준 지리서에 나타난 포트 이룬다는 우리들이 가려는 동쪽 방향과는 거의 직각으로 꺾어진 남쪽에 위치하고 있는 요새로, 그 남쪽의 자이펀과의 국경을 지키는 국경 수비대 요새였다. 거기로 가면 시간을 많이 낭비하게 되는 것뿐만 아니라 국경 요새에서 오크 정벌을 위해 군사를 파견해 줄 것 같지도 않다. 우리가 뭐 대단한 신분도 아니고 국경 수비대를 출동시켜 주십사 하는 것은 좀 무리가 있을 것 같은데.

나는 입이 찢어져라 하품을 한 다음 의견을 내놓았다.

"저, 어, 으하아암. 쩝쩝. 그놈들은 낮에는 잘 거 아니에요?"

"그렇겠지."

"그럼 낮에 동굴 안으로 살짝 들어가 사람들만 재빨리 찾아서 나온다면?"

"너무 위험해. 말도 안 돼요. 네드발 군. 어두운 동굴 속에서 150마리나 되는 오크들을 피해 사람만 찾아 나온다니. 그리고 놈들도 아마 보초병을 세울 텐데."

그때 숲 속에서 낭랑한 목소리가 들려왔다.

"그건 확실히 어리석은 계획이군요."

"어엇?"

샌슨과 난 당황해서 무기를 들어올렸다. 목소리는 인간, 그리고 여자의 목소리였지만 여자 목소리를 내는 몬스터도 얼마든지 있다. 어쨌든 한밤중이니 무조건 조심하는 것이 좋겠지. 샌슨이 고함을 질렀다.

"사람이라면 앞으로 나오시오!"

숲 속의 목소리가 대답했다.

"사람이라면 다른 사람의 말을 거절할 수도 있을 텐데요?"

샌슨은 입을 딱 벌리더니 당황한 눈으로 날 돌아보았다. 윽, 그게 무슨 상관이야! 난 샌슨에게 으르렁거리는 표정을 지어주고는 숲 속을 향해 고함을 질렀다.

"나오지 않으면 넌 변비 걸린 고블린, 무좀 걸린 오크, 치질 걸린 놀이다!"

역시 난 통쾌한 남자다. 샌슨도 나처럼 통쾌한 놈은 처음 보겠다는 듯이 바라보고 있는 것만 봐도 알 수 있지. 숲 속의 목소리는 잠시 후 말했다.

"……불쾌한 추측을 타파하기 위해서라도 나가야겠군요."

이윽고 불빛 속으로 나타난 것은 키가 훤칠하고 귀가 큰 여자였다. 귀가 얼마나 큰지 꼭 엘프 같다. 나는 고개를 갸웃거리며 샌슨에게 낮은 목소리로 말했다.

"야, 저 여자 꼭 엘프처럼 귀가 크네?"

샌슨은 날 이상하게 바라보더니 그 여자에게 말했다.

"숲의 종족이시군요?"

……엘프였군.

엘프는 샌슨만큼은 아니지만 거의 칼만큼은 훤칠한 키였다. 저렇게 새까만 머릿결은 처음 보는군. 그 새까만 머리카락은 뒤로 묶여 있었다. 그리고 백색의 얼굴 가운데 눈도 새까맣다. 옷은 하얀 블라우스에 고동색의 가죽 재킷을 걸치고 있는데 앞쪽을 잠그지 않고 그냥 풀어놓아서 하얀 블라우스라는 것을 알 수 있었다. 같은 색의 가죽 바지를 입고 있었는데 왼쪽 허리에는 가느다란 에스터크를 차고 있었고 그 아래 왼쪽 허벅지에는 망고슈를 묶어놓았다. 같은 쪽에 칼을 두 개 차고 있어? 오른쪽에는…… 오른쪽 엉덩이 쪽에는 화살통을 차고 있었다. 그러고 보니 등에 멘 배낭에는 컴포짓 보가 꽂혀 있었다.

난생 처음 보는 엘프였다. 나는 그 용모를 조심스럽게 살펴보았다. 엘프에 대한 옛이야기처럼 확실히 미인이었다. 하지만 내 취향대로라면 키가 좀더 작았으면 좋겠어. 이 엘프 아가씨는 키도 훤칠하고 다리도 길어서 나무로 치자면 삼나무 같은 느낌이 든다. 난 좀더 소박한 전나무가 좋다. 키도 좀더 작고, 어깨도 좀더 좁고, 목도 저렇게나 길 필요는 없…… 으윽. 제미니의 모습을 그리고 있군. 망할.

내가 제멋대로의 생각을 하고 있는 것을 아는지 모르는지 엘프 아가씨는 고개를 살짝 숙이며 말했다.

"이루릴 세레니얼입니다. 오크들의 소리가 들려 와봤습니다."

"샌슨 퍼시발입니다. 반갑습니다."

칼은 그저 고개를 끄덕이며 '칼입니다.' 라고 말했고 난 딴 생각을 하느라 당황해서 내 소개를 했다. 엘프 이루릴은 소개받을 때마다 살짝살짝 고개를 끄덕였다. 소개가 끝나자 이루릴은 말했다.

"인간 여러분은 여행자이십니까?"

칼이 말했다.

"글쎄요. 세레니얼 양께서 인간의 일을 잘 이해하시는지 모르겠습니다만, 저희들은 수도로 전하를 알현하러 가는 길입니다. 저희 고장에서 일어난 일을 보고드리기 위해서지요."

"그러신가요."

"세레니얼 양도 여행자이십니까?"

"이루릴이라고 부르세요. 여행자입니다."

그때 샌슨이 당황해서 말했다.

"아, 저, 일단 앉으시지요. 야, 후치. 주전자에 물 얹어라."

흠, 좋지. 어차피 잠도 달아났으니 차라도 마시지. 이루릴은 감사의 말을 한 다음 앉았다. 흠, 엘프란 좀 뻔뻔스러운 데가 있나 보군. 컵을 꺼내면서 내가 말했다.

"이봐요, 아까부터 우릴 보고 있었어요?"

"그렇습니다."

"좀 도와주지 그랬어요? 그럼 차 대접하는 기분도 썩 좋을 텐데."

"누굴 도우란 말씀이지요?"

응? 난 갑자기 말문이 막혔다. 이루릴은 엘프고 인간이 아니다. 그런데 인간을 도와야 할 특별한 이유는 없지. 내가 한 말은 자기 중심적인 말이었고 이루릴은 그것을 지적했나 보다. 하지만 이왕 시작한 것 끝까지 뻗대보기로 했다.

"비슷한 사람이요!"

"비슷한…… 네드발 씨는 놀과 오크가 싸운다면 누굴 도울 건가요?"

어랏, 대답을 잘못하면 큰코 다칠 것 같은 기분이 드는데? 둘 다 안 돕는다고 말하면 이루릴은 나도 마찬가지라고 말할 것이 뻔하다. 난 칼이나 샌슨이 좀 도와줄까 해서 두 사람을 돌아봤지만 칼은 흥미롭다는 듯이 바라보고 있을 뿐 도와주려는 기색은 없었고 샌슨은 이루릴의 얼굴만 보고 있었다. 칵! 저 총각이 왜 저래? 고향의 그 아가씨와 질질 짜면서 헤어진 지 며칠이나 됐다고!

난 주전자에 찻잎을 넣고는 컵을 헹구면서 말했다.

"그러니까…… 아이고! 나도 모르겠어요. 에, 나에겐 하나의 선이 있어요. 그 선 안쪽이면 친구고 그 선 바깥이면 타인이지요. 그리고 후치라고 불러요."

"그 선은 뭔가요? 후치."

"나를 생각할 줄 아는 마음이 있느냐 없느냐 하는 것. 오크나

놀은 둘 다 날 생각하지 않는 놈들이니까 둘 다 돕지 않겠어요."

이루릴은 곰곰이 생각에 잠기는 표정이었다.

"그럼, 난 당신들을 생각하지 않았으니 당신의 타인인가요?"

"현재로선 그래요. 친구가 될 수도 있었지만, 당신이 돕지 않았으니까."

나는 컵을 내밀었다. 컵을 받아드는 이루릴의 손가락은 가느다랗다. 난 칼에게도 컵을 줬고 샌슨은 어깨를 친 다음에야 컵을 줄 수 있었다. 샌슨은 컵을 받아들더니 다시 이루릴을 멍청하게 바라보았다. 아무래도 이 총각 큰일 내겠군.

이루릴은 컵을 두 손으로 감싸며 그 온기를 느끼는 듯했다. 그녀는 두 손으로 컵을 감싼 채 거기에 입술을 가져가면서 말했다.

"그럼 후치는 나에게 이 차를 줬으니, 그것은 당신이 날 생각하는 것이겠죠. 그럼 난 당신을 친구로 여겨야 되나요?"

허억! 너무 어렵다.

"세레니얼 씨가 나와 같은 선을 가지고 있다면, 그럴 수도 있겠지요."

"이루릴이라 부르세요. 그럼 당신은 날 타인이라 여기면서도 나에게 친구가 되기 위해 손을 내미는가 보군요."

"어, 그게 살아가는 방법 아닙니까?"

"그럼 당신이 놀이나 오크에게 손을 내밀면 그들 중 하나와 친구가 될 수도 있을 텐데요."

"어, 어, 그건, 내가 손을 내민다고 그놈들이 날 친구로 받아주겠어요?"

"당신이 나에게 차를 건넨다고 내가 당신을 친구로 받아들일까요?"

"……모르겠어요."

이거 내가 해놓고도 도대체 무슨 말을 했는지 모르겠다. 난 내 기억 저장고에다가 엘프는 무지 황당하며 사람을 어리둥절하게 만드는 종족이라고 써둔 다음 차를 마셨다. 뱃속이 뜨뜻해지니까 곧 졸음이 온다.

이루릴의 칠흑 같은 머릿결 사이로 떠오른 하얀 얼굴은, 어두운 밤의 배경 속에서 상당히 이질적이었다. 그 얼굴은 하얗고 투명해서 초점을 맞춰 바라보기 어려웠다. 칼이 그제야 입을 열었다.

"어떻게 생각할진 모르겠지만, 듣고 있자니 퍽 인상적이었소."

아무래도 칼은 나와 이루릴이 인간과 엘프로서 이야기를 나눈 것으로 보고 두 종족 사이의 대화를 관찰했나 보다. 퍽도 재미있으셨겠어. 이루릴은 나지막하게 말했다.

"인간은 이해하기 어렵군요."

"유피넬과 헬카네스 양자를 다 따를 수 있는 몇 안 되는 종족 중에 하나니까요."

이루릴은 고개를 들어 밤하늘을 보았다.

"전…… 인간에 익숙하지 못해요. 지난 120년간 인간을 봐왔지만 아직 모르겠어요. 그래서 아마 제 지위가 올라가지 않나 보지요."

으아, 120살! 엘프야 나이를 천천히 먹는다고 들었다. 그렇지만 내가 120년을 살았다면 슬라임도 이해했겠다. '그대 꿈틀거리는 슬라임이여, 너의 매혹적인 꿈틀거림은…….' 이상한가? 어쨌든 그렇게 오래 살았다면서 왜 사람을 이해 못해. 난 차를 후루룩 마셔버리고 모포를 챙겼다.

"으아함. 어린이는 일찍 자고 일찍 일어나야 돼. 샌슨, 졸려?"

"아, 아니. 난 괜찮다."

그렇게 대답할 줄 알았다고. 나는 칼을 쳐다보았고 칼도 고개를 끄덕였다.

"그럼 먼저 잘 테니 교대할 때 되면 깨워주…… 아함."

나는 모포 속으로 기어들어가 버렸고 칼은 이루릴이라는 그 엘프 아가씨와 계속 뭔가를 이야기하고 있었다. 그리고 그 옆에는 샌슨이 눈을 초롱초롱 빛내면서 이루릴의 입만 보고 있었다. 정말 우리 마을 망신은 혼자 다 시키는군! 칼이 말했다.

"나로서도 엘프를 이해한다는 것에는 자신 없습니다."

"그러신가요."

칼의 그 다음 말은 듣지 못했다. 난 잠이 들어버렸다.

2

아무래도 날이 밝은 것 같다. 눈썹에 부딪히는 햇살이 강렬하다.

"으음?"

난 모포를 걷고 일어섰다. 샌슨과 칼 모두가 모포 속에 들어가 잠들어 있었다. 어떻게 된 거야? 왜 아무도 불침번을 서지 않고 다 잠들어 있는 거지? 그런데 사그라드는 모닥불 가에는 이루릴이 보였다. 이루릴은 가느다랗게 연기를 피워올리는 모닥불을 바라보며 말했다.

"일어났나요?"

이루릴은 내 얼굴을 바라보지도 않은 채 말했다. 난 당황해서 말했다.

"어, 당신이 불침번을 서준 거예요, 이루릴?"

"예."

"아니, 왜?"

"여러분들은 며칠 밤을 오크들에게 시달렸다고 하더군요."

"어…… 고마워요."

"이제 난 당신의 친구인가요, 후치?"

난 무슨 말인가 싶어 머리를 긁다가 어제의 대화를 떠올렸다. 웃음이 나오는데? 나는 피식 웃으며 모닥불 가로 다가갔다. 이루릴의 앉은 키는 나보다 별로 크지 않았다. 다리가 꽤나 긴 모양이지.

"예. 당신은 내 친구예요."

"그럼 날 위해 행동할 수 있나요?"

어랏? 흠, 좋겠지. 난 주먹을 손바닥에 딱 부딪쳐 보이며 말했다.

"물론이죠. 당신이 날 생각한다면 나에게 말도 안 되는 일을 시킬 리는 없고, 내가 꼭 해줘야 되는 일일 테니까 반드시 해줄게요. 원래 친구가 그런 거잖아요?"

조금 교활한 말인가? 이루릴은 날 빤히 바라보더니 말했다.

"그럼 가서 세수하세요."

"……예."

난 우리가 야영하던 절벽 아래쪽에 있는 작은 계곡으로 내려가 세수했다. 꽤 고지대라 나무들은 적었고 고원의 평야 사이로 좁게 대지에 금이 가듯 뻗어 있는 얕은 물줄기라 계곡이라 하기에는 좀 그렇지만. 가을도 꽤 깊어 시냇물은 뼈가 시리도록 차가웠다. 야영지로 돌아오니 차례차례로 칼과 샌슨도 일어났다. 칼과 샌슨이 일어나는 것을 보자 이루릴은 자리에서 일어나 옆에 두었던 배낭을 다시 둘러메었다.

샌슨이 당황해서 말했다.

"아니, 가시게요?"

"예."

"아니, 벌써…… 아침 식사라도 하시고 가시지 않고…… 그리고 목적지가 어딘지 모르지만 동행이라도 하면 좋을 텐데……."

샌슨은 허둥지둥 일어나며 말했다. 이루릴은 별 감정 없는 무

표정한 그 얼굴로 샌슨을 바라보았다.

"동행이요? 글쎄요. 전 말이 없습니다."

"아, 그럼 같이 타면 되지요!"

이루릴은 샌슨을 물끄러미 바라보았고 샌슨은 자기 말에 혼절하는 표정이었다. 난 고개를 돌리며 킬킬거렸다.

"그렇게까지 여러분을 곤란스럽게 하고 싶지는 않군요."

샌슨은 말을 실수하는 바람에 더 이상 아무 말도 못하게 되었다. 이루릴은 나와 칼에게 번갈아 고개를 조금씩 끄덕여 주고는 말했다.

"그럼, 귓가에 햇살을 받으며 석양까지 행복한 여행을."

이루릴의 고풍스런 인사말에 대답할 수 있는 것은 칼뿐이었다.

"웃으며 떠나갔던 것처럼 미소를 띠고 돌아와 마침내 평안하기를."

이루릴은 그대로 뒤로 돌아섰다.

그녀는 거기서 나무에 매어둔 우리들의 말들을 한 번씩 쓰다듬어 주었다. 말들은 유순한 태도로 가만히 서 있었다. 이루릴은 그러고는 길이 아닌 나무숲으로 사라졌다. 덤불과 풀이 바스락거리는 소리가 들리더니 곧 이루릴의 검은 머리카락은 사라졌다. 잠시 후, 멀리 보이는 구릉 앞에 이루릴의 모습이 보이더니 이루릴은 그 구릉을 넘어가 보이지 않게 되었다.

"왜 길로 다니지 않는 거지?"

이루릴의 모습이 사라지고 내가 한 말이다. 칼이 대답했다.

"길은 인간의 것이야. 엘프는 길을 만들지 않아."

"길을 안 만든다고요?"

칼은 빙긋 웃으며 말했다.

"이런 옛이야기가 있지. 엘프가 숲을 걸으면 그는 나무가 된다. 인간이 숲을 걸으면 오솔길이 생긴다. 엘프가 별을 바라보면 그는 별빛이 된다. 인간이 별을 바라보면 별자리가 만들어진다. 엘프의 변화를 잘 나타내는 말이지."

"변화?"

"엘프는 닮아버려, 엘프 가까이 있는 것을. 인간을 닮아버려, 인간 가까이 있는 것은."

목적어와 주어가 아주 희한하게 배치되는 문장이군. 흠. 나는 오래간만에 푹 자서(불침번 교대 때 깨는 것은 정말 고역스러웠다.) 활기찬 기분을 느끼며 말했다.

"그럼 엘프와 인간이 만나면?"

"그 어느 때보다 엘프는 심하게 인간화되지. 그러니 퍼시발 군. 자네의 말은 꽤 실례되는 말이었다네."

샌슨은 얼굴이 벌겋게 되어 말했다.

"모, 몰랐어요. 거, 어, 후치와 내가 같이 타면 되는데……."

밀가루를 반죽한 다음 팬케이크를 굽기 시작했다. 점심 식사 때에도 먹을 수 있도록 밀가루를 가득 반죽했다. 여기에 우유나 계란을 좀 집어넣으면 훨씬 맛이 부드러울 텐데. 뭐, 야외니까 호강은 바라지 말자.

칼은 소식(小食)을 하지만 나는 지칠 때까지 먹는 타입이고 샌슨은 먹어도 먹어도 지치지 않는 타입이다. 내가 굽고 있는 동안에도 샌슨은 날름날름 잘도 주워먹었다.

"나 먹을 건 남겨둬어!"

"멍청아. 왜 다 굽고 먹겠다는 생각을 하는 거야?"

흠. 그렇군. 난 한 손으론 팬케이크를 뒤집으며 다른 손으론 열심히 주워먹기 시작했다. 하지만 그 방법은 곧 문제가 있다는 것이 발견되었다. 아무리 구워도 점심 식사 때 먹을 것이 만들어지지 않는 것이다. 샌슨과 나는 의아해했고 칼은 우리를 그윽한 눈길로 쳐다보며 미소지었다.

샌슨은 아까 실수한 것을 아직도 아쉬워했다.

"후치와 내가 함께 탄다고 말했어야 했는데……."

"됐어요, 응? 지나간 일을 후회하면 무슨 소용이야."

난 밀가루를 더 반죽하면서 물어보았다.

"자, 어쩌지요? 그 오크들."

"위치까지 알면서 모르는 척 지나치자니 양심이 찔리는데."

"방법이 있어요? 아, 손 치워! 이건 점심 때 먹을 거야!"

샌슨은 기어코 한 장 더 입으로 가져가서 기쁜 표정이었지만 칼은 괴로운 표정을 지으며 말했다.

"방법은 없구만. 우리에겐 임무도 있으니 우리 목숨을 함부로 굴리는 건 용납이 안 되고. 할 수 없지. 수도에 도착했을 때 누구 힘 있는 사람에게 보고하도록 하지."

"그럼 그 사람들은……."

"괴롭겠지만. 오크들은 기술자들을 함부로 괴롭히지는 않을 거야. 기술자들은 여행을 많이 다니지는 않을 테니 오크들로서도 그런 사람들을 구하기는 어렵거든. 어떻게 조금 더 견뎌보라고 할 수밖에. 퍼시발 군."

"읍, 읍, 쩝쩝, 예!"

"지리서에 위치와 그들이 말한 표시를 잘 기입해 둬요. 수도에서 보고할 때 도움이 되도록."

"예!"

아침 식사를 마치고 우리는 다시 출발했다. 오래간만에 푹 자서 아주 개운했다. 하지만 푹 잔 데다가 팬케이크를 두 번이나 굽다보니 시간이 많이 늦었다. 내가 샌슨 때문에 늦었다고 투덜거리자 샌슨은 오후쯤이면 휴다인 고개를 넘을 수 있을 것이며 저녁에는 마을에 들러서 쉴 수 있을 테니 걱정 말라고 말했다. 그러고는 또 구시렁거렸다.

"후치와 내가 함께 탄다고 말했어야 했는데……."

"그만해!"

우리는 지난밤 수목 한계선 근처에 있었던 모양이다. 저지대로 내려오면서 점차 울창한 숲이 나타났다. 산 속의 길이지만 그래도 중부 대로의 연장선상이기 때문에 길은 고르고 넓었다. 말을 달리게 하기에도 적당했지만 그래도 경사가 있으니까 우리는 말이 지치지 않도록 가볍게 달려갔다. 며칠 말을 타다보니 나도 말에 꽤 익숙해졌어.

한 시간쯤 달렸을까. 점점 급박한 계곡이 나타날 듯한 높이에 이르렀다.

쿠쿠쿠쿠쿠릉!

난 이상한 소리에 샌슨을 바라보았다. 샌슨은 말했다.

"휴다인 강이야. 계곡의 급류라서 소리가 꽤 크지? 우리는 그걸 건널 거야."

"급류? 말을 타고 급류를 건너야 되는 것은 아니겠지?"

"무슨 소리야. 다리가 있어."

"잠깐! 내가 맞추지. 휴다인 고개에 휴다인 강이니 다리 이름은 휴다인 다리겠지?"

"틀렸다. 12인의 다리인데?"

"뭐? 12인? 그게 무슨 뜻이야?"

"몰라. 지리서에는 그렇게 적혀 있는데."

칼이 약간 멍한 얼굴로 말했다.

"그러고보니 옛날에 떠돌다가 그 비슷한 이름을 들어본 기억이 있는데. 휴다인 계곡에 아주 이상한 다리가 있다는 이야기였어."

"무슨 다리인데요?"

"모르겠어. 그 땐 내 다리로 걸어다녔기 때문에 이렇게 높은 곳까진 잘 오지 않았거든. 한참 돌아 가더라도 평지로, 안전한 곳으로 다녔지. 12인의 다리라. 왜 그런 이름일까."

우리는 어리둥절해져서 그 12인의 다리를 향해 달려가기 시작했다. 다가갈수록 급류의 물소리가 거대해졌다. 보통 목소리로는 옆 사람과 말을 나누기 조금 힘들 정도였다.

잠시 후 길 양편에 늘어서 시야를 가리던 나무들이 일순간에 사라졌다. 저 멀리 앞편에는 거대한 절벽이 보였다. 우리는 절벽보다는 그 앞에 서 있는 것들을 보고 놀랐다.

히잇?

우리들은 당황하여 말을 멈춰세웠다. 샌슨은 손을 허리로 가져갔고 난 어깨로 가져갔다. 눈앞에는 오크 아홉, 드워프 하나와 엘프 하나가 서 있었다.

어떻게 오크가 낮에 돌아다니지? 어쨌든 지금 오크들은 드워프를 노려보고 있었고 드워프는 거대한 배틀 액스를 얼굴 앞에 세워들고 그 날을 만지작거리며 오크를 노려보고 있었다. 미노타우로스가 쓰던 배틀 액스가 떠오르는데. 그 거대한 길이에는 도저히 미치지 못하지만 도끼날의 크기는 거의 맞먹겠다.

하지만 그렇게 커다란 도끼를 쓴다 해도 혼자서 아홉이나 되는 적들에게 맞서 주눅들지 않고 있다니 저 드워프 정말 대단하군. 게다가 이 오크들은 우리가 지금까지 싸우던 놈들보다 훨씬 크고 사나워 보였다. 오크들은 드워프의 도발에 노한 표정으로 쏘아보고 있었으며 한 명의 엘프는 그중 누구에게도 시선을 보내지 않고 그들 모두에게서 떨어져 하늘을 바라보고 있었다. 그리고 그 엘프는 우리가 아는 사람이었다.

"이루릴?"

물소리 때문에 말발굽 소리를 듣지 못하던 그 무리는 우리가 거의 다가가서야 겨우 우리를 알아보았다. 나와 샌슨은 당장 말에서 뛰어내렸다. 샌슨은 이루릴에게 말했다.

"괜찮으십니까?"

이루릴은 계곡의 바람에 흩날리는 그 검은 머릿결을 가다듬으며 말했다.

"헤어지자마자 만나는군요."

"걱정 마십시오. 제가 지켜드리겠습니다."

"예?"

이루릴은 고개를 갸웃거렸다. 샌슨은 당황했다. 그리고 나는 그제야 이 상황이 좀 이상하다는 것을 느꼈다.

숫자가 압도적으로 많은데도 오크들은 전혀 덤벼들지 않고 있었다. 그리고 드워프도 전혀 겁먹은 태세가 아닌 당당한 자세로 오크들을 쏘아보고 있었다. 마치 드워프 한 명이 무서워 오크들이 덤비지 못하는 것처럼 보일 지경이었다. 이루릴은 나를 보더니 말했다.

"후치? 당신은 누굴 돕겠어요?"

허어…… 이거 어려운 문제군.

"일단은 찾아봐야겠군요. 도움이 필요한 게 누군지."

그때 드워프는 배틀 액스를 내리며 말했다.

"됐군. 세 명이면 열네 명이군."

그러자 오크들의 표정이 이상해졌다. 오크 중 하나가 외쳤다.

"취이익! 그럼 누가 빠지는가?"

드워프는 이죽거리면서 탁한 목소리로 말했다.

"내가 너희들 중 둘을 죽이면 어떨까?"

"취이익! 너와 저 엘프를 죽여놓지!"

그때 이루릴이 나섰다.

"아무도 약속을 어기면 안 됩니다."

그러자 오크와 드워프 모두 못마땅한 표정으로 이루릴을 바라보았다. 나와 샌슨은 어쩔 줄 모르고 당황했다. 분명히 싸우고 있던 것은 아니다. 그런데 무슨 말을 하고 있는 것인지 모르겠는걸. 칼은 침착하게 질문했다.

"세레니얼 양. 상황을 좀 설명해 주시겠습니까."

"여기, 초행이신가요?"

"그렇습니다만."

"여기 12인의 다리에서는 어떠한 종족도 싸울 수 없답니다."

"싸울 수 없다고요?"

샌슨의 눈이 휘둥그레졌다. 이루릴은 고개를 끄덕이며 말했다.

"그것이 이 다리를 만든 이의 소원. 그는 그래서 열두 명이 아니면 다리가 움직이지 못하도록 만들었어요."

"예?"

이루릴은 손가락을 들어 계곡을 가리켰다. 우리는 깜짝 놀랐다.

두 절벽 사이의 거리는 약 60큐빗. 그런데 그 중간의 허공에 작은 배가 떠 있었다. 아니, 배라고 할 것까진 없고 넓적한 사각형 뗏목처럼 생긴 것으로 그 주위로 울타리처럼 난간이 쳐 있는 단순한 구조였다. 놀라운 것은 그것이 아무런 밧줄이나 기타 장치 없이 그저 허공에 떠 있는 것이었다. 샌슨과 난 절벽 쪽으로 달려가 보았지만 눈에 보이지 않는 무슨 장치가 있는 것도 아니었다. 분명 공중에 떠 있었다. 그런데 그 뗏목 바닥에는 동그란 원과 복잡한 도형들이 보였다. 저것은 마법원…… 마법이구나!

이루릴의 설명은 계속되었다.

"어떤 종족이라도 열두 명이 구성되어야 다리를 건널 수 있지요. 날아서 건널 수 있는 자가 아니라면 누구라도 그 규칙에 따라야 합니다. 여기선 서로 싸울 수 없어요."

칼은 고개를 갸웃거리며 말했다.

"허어…… 같은 종족 열두 명은 안 됩니까?"

"그건 상관없어요. 그래서 인간 상인들이나 오크들은 흔히 열두 명으로 짝을 짓더군요. 하지만 다른 종족은 열두 명이나 되는 많은 수가 함께 다니는 일이 드물지요. 그래서 여기서 어떤 종족이든 기다린 다음, 이곳에서만은 싸우지 않으며 함께 건너게 되는 겁니다."

우와. 절대로 싸우지 않는다고? 흠. 대단한 곳이군. 칼은 고개를 끄덕이며 말했다.

"그거…… 뜻은 좋은데 좀 불편하군요. 열두 명이 안 되면 절대로 건널 수 없을 테니 말입니다."

"예. 하지만 이곳은 워낙 왕래가 잦은 곳이라 잠시만 기다리면 열두 명을 채우는 것은 간단한 일입니다. 저도 그래서 여러분과 다시 만나게 된 것이고요."

아하, 문제가 뭔지 알았다.

지금 오크와 드워프, 엘프까지 모두 열한 명이다. 그래서 그들은 이곳을 건너기 위해 서로 으르렁거리면서도 싸우지 않고 한 명이 더 나타나기를 기다린 모양이다. 그런데 우리는 세 명이다. 따라서 두 명은 남아서 다시 열 명이 더 오기를 기다려야 한다는 것이 문제의 골자로군.

그 동안에도 드워프는 계속 으르렁거리며 상대편의 오크와 험담을 주고받고 있었다.

"더러운 놈들! 이곳이 12인의 다리라는 것을 고마워해라! 다른 장소라면 너희들은 예전에 죽었어!"

"취이이이익! 크앗! 이 지저분한 수염의 꼬마가 어디서!"

흠, 오크와 드워프가 서로 키를 가지고 뭐라 할 수는 없을 것 같은데. 하지만 저 오크들은 오크가 맞나 싶을 정도로 크니 드워프를 가리켜 꼬마라고 할 수도 있겠다. 한편 드워프는 눈앞에 오크들을 두고도 공격하지 못하니까 거의 돌아버릴 지경인 모양이다. 입에 거품을 물지 않은 것이 신기하다.

"그런데 저놈들은 어떻게 낮에 돌아다니는 거지?"

내 혼잣말을 들었는지 이루릴이 말했다.

"저들은 우르크라고 하지요."

"우르크?"

"오크의 일종으로 알고 있습니다. 부족의 이름이랄지…… 체구가 꽤 크지요? 저들도 다른 오크처럼 햇빛을 싫어하지만 그래도 견딜 수는 있어요. 그래서 이런 이상한 일이 발생했지요. 낮에는 보통 오크들이 돌아다니지 않기 때문에 별 문제 없이 건널 수 있답니다. 그런데 하필 우르크가 나타난 데다가 드워프까지 나타났군요."

칼은 고개를 끄덕이더니 우르크에게서 충분한 거리를 둔 곳까지 걸어간 다음 주저하면서 말했다.

"저, 여러분. 우리들이 뒤에 왔으니 우리들 중 두 명이 기다리겠습니다. 그러면 되지 않겠습니까?"

하지만 드워프는 전혀 칼의 말을 듣는 기색이 아니었다. 그가 하도 거칠게 배틀 액스를 휘둘러서 칼은 잠시 물러나야 되었다.

"무슨 소리! 이놈들! 너희들 중 두 놈이 빠져! 그놈들은 살 수 있다. 내가 이 다리를 건너고 나면 어떻게 될지 나도 몰라!"

드워프의 말에 다시 나는 문제를 깨달았다.

다리를 건너고 나서 종족비가 어떻게 되느냐. 이루릴은 분명 여기서는 아무도 싸우지 않는다고 말했다. 하지만 목적을 달성하고 나면 과연 끝까지 약속이 지켜질까? 그래서 저 드워프는 종족 비율을 맞추려는 속셈인 모양이다. 우르크들 중 두 마리가 빠지면 인간 셋, 엘프, 드워프 하나씩으로 다섯이다. 그리고 우르크는 일곱. 싸움이 나도 해볼 만하다. 하지만 우리들 중 한 명이 같이 건너고 두 명이 빠지면 숫자는 3 대 9로 압도적으로 위험하다. 나는 나도 모르게 드워프와 엘프, 인간이 한 팀이 될 거라고 생각했지만 그 생각이 그렇게 틀릴 것 같지는 않다.

샌슨도 나와 같은 생각을 떠올린 모양이다. 그는 눈살을 찌푸리며 칼을 잡아당겼다. 그는 칼에게 귓속말을 했지만 바로 옆에 있는 나에겐 들릴 정도였다.

"다리를 건너고 나면 어떻게 될지 모릅니다. 우리 셋은 함께 건너야 됩니다."

"그러나…… 여기선 아무도 싸워선 안 된다며?"

"오크들은 믿을 수 없습니다."

칼은 미간을 찌푸렸다. 그때 이루릴이 말했다.

"보세요, 드워프 씨. 당신은 이분들이 타고 있는 말을 생각하지 않는군요?"

응? 말도 포함되나? 음. 그렇군. 당연하다. 어떤 종족이든이라고 했으니. 그렇다면 인원은 모두 열일곱인가? 드워프는 신나게 외쳤다.

"그렇다면 너희들 다섯이 빠질 수 있군! 어느 놈이 빠질 거야?"

"취이익! 헛소리! 인간, 너희들이 뒤에 오지 않았나! 취익! 그 냄새 나는 말을 데리고 여기서 기다려! 아니지. 말 한 마리는 내어줘야겠어!"

얼씨구. 전부 제멋대로 이야기하는군. 이루릴은 말했다.

"절대로 이곳에선 싸울 수 없어요. 그러면 아무도 이 다리를 이용할 수 없어요. 약속은 지켜져야 해요. 먼저 그것이 보장되고 나서 누가 남을지 결정되어야 해요."

백번 옳으신 말이다. 하지만 저 옳은 말도 흥분한 드워프와 우르크에게는 통하지 않는 모양이다.

골치 아픈데. 우리들 중 누구 하나를 내어주면 그는 위험하다. 계곡 건너편에서 마음이 바뀐 우르크들에게 공격당할 수 있다. 그렇다고 우리 여섯(말도 포함)이 다 건너야겠다고 주장하자니 뒤에 나타난 주제에 너무 뻔뻔한 것 같다.

드워프는 마구 흥분해서 너희들 중 다섯은 깨끗이 잘라버리고 나머지를 묶은 채 다리를 건너겠다는 식으로 배짱 대단하게 퍼붓고 있었고 우르크 또한 취익거리면서 우리에게 말을 한 마리 내놓으라고 강요하고 있었다. 우르크들의 속셈은 뻔한 것 같다. 말 한 마리는 문제가 아니니 계곡만 건너고 나면 드워프와 엘프 두 명은 간단히 처리할 수 있다는 뜻인가 보다.

그렇게 퍼부어대면서도 선불리 싸움을 시작하지는 못했다. 싸움이 시작되면 어느 종족들이 이기더라도 계곡은 건너지 못하게 되니까. 어느 종족 하나만으로는 열둘을 맞출 수 없기 때문에 여기에 모인 다섯 종족(말까지 포함하면) 중 최소 두 종족은 모두 필요하다. 흠…… 이 다리를 만든 사람은 바로 이런 상황을 생각했나 보군? 난 그 상황에서도 호기심을 충족시키기로 했다.

"이런 골치아픈 다리를 만든 게 누구지요?"

이루릴은 날 바라보더니 말했다.

"이상하군요. 인간 마법사의 일을 엘프에게 묻다니."

"우리가 인간들 중에서 가장 무식한 세 명이라고 생각하세요. 누구지요?"

이루릴은 빙긋 웃었다. 그러고 보니 이루릴이 웃는 것은 처음 보는군.

"타이번 하이시커라는 인간 마법사입니다."

순간 우리 세 명의 표정은 대단히 이상해져 버렸다. 칼은 내게 물었다.

"이봐, 네드발 군. 타이번 성이 어떻게 되지?"

"어? 칼도 몰라요? 나도 모르는데?"

샌슨도 당황한 표정으로 눈을 껌뻑거렸지만 잠시 후 그의 눈은 다시 이루릴에게 고정되고 있었다. 좀 그만 해라, 그만 해! 정강이를 걷어차줄까 보다. 이루릴은 그 눈길을 아는지 모르는지 나에게 물어보았다.

"그분을 아나요?"

"우리가 아는 분 중에 타이번이라는 사람이 있긴 있어요. 그런데 성을 모르는데……."

이루릴은 고개를 갸웃했다.

"인간들의 수명이 그렇게 길다고 듣진 않았는데, 그분이 이 다리를 만드신 건 200년 전입니다만."

200년? 이런, 아니군. 칼도 고개를 가로저었다.

"아, 그러면 다른 사람인가 봅니다."

"그런가요."

난 헛기침을 하며 아직도 욕설을 퍼붓고 있는 우르크와 드워프를 바라보았다. 나는 칼에게 말했다.

"저 드워프 말대로 하면 어때요? 우르크들을 공격한 다음 네 마리만 포로로 잡아서 다리를 건너는 거."

이루릴의 눈길에 수심이 피어올랐다. 난 멋쩍어졌고 칼도 고개를 가로저었다.

"글쎄……, 이곳에서나마 싸움이 일어나지 않도록 저런 다리를 만드신 분의 뜻을 거스르는 것 아닌가? 그리고 싸움이 난다면 누가 다쳐도 다칠 텐데."

"그렇다면 저놈들 중 다섯이 빠지라고 권해 볼 수밖에. 저놈들 아홉과 함께 건너는 건 싫은데요."

이루릴은 고개를 가로저었다.

"약속을 믿고 지키면 간단한 일을……."

이런, 누가 그걸 모르나. 난 이루릴에게 말했다.

"오크 놈들이 그 약속을 지켜줄지가 문젠데요, 이루릴?"

"왜 그들이 지키지 않을 거라고 생각하지요, 후치?"

"오크니까."

"그런가요. 오크들은 인간이나 드워프, 엘프니까 믿을 수 없다고 말할지도 모르지요."

난 눈을 커다랗게 떴다. 그런가? 난 칼을 바라보았고 칼은 고개를 끄덕였다.

"맞는 말이군요. 서로를 믿어야 되는군요. 그것이 이 다리의 건설 목적인가 봅니다. 하지만 여기 이 장소에서나마 서로를 믿기엔 다른 장소에서의 반목이 너무 크군요. 타이번 하이시커는 너무 큰 희망을 가지고 있었군요."

그때였다.

내 눈에 우르크들 중 한 놈이 갑자기 앞장서서 드워프와 욕지거리를 나누던 우르크를 붙잡아들이는 것이 보였다. 그놈들은 서로 수군거리면서 우리를 가리켰다. 아니, 우리 말을 가리킨 것인가?

순간 나는 머리가 쭈뼛 서는 것이 느껴졌다.

우리 세 명과 이루릴, 그리고 저 드워프가 다 죽어도 우리들의 말만 있으면 우르크 아홉 마리는 우리 말과 함께 다리를 건널 수 있는 것이다. 멍청하긴! 그 작전은 성공할 수 없어. 우리 숫자가 훨씬 적으니 우르크들이 이긴다고 볼 수도 있겠지만 그렇게 되려면 우르크는 하나도 죽지 않아야 한다. 하지만 저놈들이 생각 외로 무모할 수도 있다.

난 재빨리 머리를 굴렸다. 함부로 덤비지 못하게 해야 된다. 나는 허리를 굽혀 돌멩이를 하나 주워들고는 우르크들이 잘 볼 수 있도록 앞으로 내밀었고 그러자 우르크들은 의아해하며 날 바라보았다.

"이봐. 혹시 우릴 다 죽이고 우리 말을 빼앗으면 열둘이 된다고 생각하나 본데 그렇게는 안 될걸."

난 싱긋 웃으며 그 돌을 엄지와 검지로 부스러뜨렸다. 돌은 간단하게 가루가 되어 터져나갔고 우르크들은 퍼렇게 질리면서 뒤로 물러섰다. 그리고 그놈들 중 하나가 외쳤다.

"취익! 저, 저거 그 초장이다! 괴물 초장이다! 취이이익!"

어라, 내가 이 근처 오크들 사이에 꽤 유명해졌나 보군? 그런데 우르크들이 일제히 무기를 앞으로 내미는 것이었다. 욕설을 뱉어내고 있던 드워프도 우르크들의 글레이브에 당황하며 뒤로 물러났다. 그 글레이브는 다른 오크들의 글레이브보다 훨씬 커서 거의 인간의 글레이브와 맞먹었다. 삽시간에 우르크들과 인간—엘프—드워프—말 연합군(?)의 대치 상태가 벌어졌다.

"어? 야! 뭐하려는 거야?"

난 놀라서 외쳤다. 그러자 우르크들 중 하나가 웃으며 말했다.

"이거 잘 됐군. 취이익! 계곡을 건널 필요가 없어졌어! 취익, 너희들이 이미 계곡을, 취익, 건넜을 거라고 생각했는데. 취익취익!"

섬뜩한 기분이 들었다.

"우리를 쫓고 있었던 거야?"

"우리는 우르크! 투사 우르크다! 취익! 너희들의 말살을 의뢰받았지! 취익! 그 허약한 오크들이 대단히 겁먹은 투로 말하기에, 취익! 설마 이런 꼬마와 노인이 섞인, 취익, 무리라고는 생각하지 못했다."

사태를 눈치챈 샌슨의 입가에서 이빨이 번뜩였다.

우리를 쫓던 오크들이 이 우르크들에게 의뢰를 했나 보다. 그래서 놈들은 우리를 쫓기 위해 이 계곡을 건너려 했고. 하지만 우리는 오늘 아침 늦게 출발해서 오히려 뒤처진 것이다. 샌슨은 나직하게 말했다.

"좋게 될 것 같지는 않군."

3

드워프는 우리 옆으로 다가와서 중얼거렸다.

"말을 듣자니 대충 짐작은 가는군. 오크들에게 쫓기고 있군?"

"예. 죄송합니다. 우리들의 일이니까 당신은 물러나세요."

칼이 롱 보를 뽑아들며 말했다. 드워프는 고개를 가로저었다.

"아니, 천만에. 이제야 싸울 수 있게 됐는데?"

난 이 배짱 풍부한 드워프를 내려다보면서 미소를 지었다. 상대는 그냥 오크도 아닌 우르크인 데다가 저쪽은 아홉이고 우리는 다섯인데도 이 드워프는 전혀 겁먹은 태도가 아니다. 잠깐, 다섯인가? 나는 이루릴을 바라보았다. 그리고 그때 이루릴도 나를 바라보았다.

"후치."

"예?"

"아침에 우린 친구가 되었지요?"

난 미소를 지었다. 이루릴은 내 미소의 의미를 모르겠다는 듯이 고개를 갸우뚱거리더니 허리 양쪽의 에스터크와 망고슈를 뽑아들었다. 나는 말했다.

"이봐요. 쫓기는 건 우리니까 당신은 나서지 않아도 돼요."

"당신은 날 위해 행동하겠다고 했지요?"

"그래서 세수했잖아요."

"나도 당신을 돕겠어요. 그러는 것 맞나요?"

인간이라면 그렇겠지. 엘프는 어쩌는 줄 모르겠지만. 난 엘프는 정말 피곤하다고 다시 기억해 두면서 앞으로 나섰다. 우르크들은 주춤하면서 글레이브를 꼬나들었다. 저건 좀 섬뜩한데. 저 놈들은 햇빛도 견딘다고 하던데 덩치도 예사롭지 않았다. 키는 나보다 조금 작을 정도였고 어깨는 나보다 더 넓었다. 어떻게 한다?

"하아아앗!"

이런! 답도 없는! 샌슨이 돌격한 것이다. 아홉이나 되는 우르크들에게 정면으로 달려들어 어쩌겠다고! 그런데 그것은 정면이 아니었다. 가장 오른쪽 놈을 노리고 달렸다. 그렇다면? 나는 죽어보자는 심정으로 왼쪽으로 달렸다. 우르크들은 재빨리 양쪽으로 모여섰다. 그리고 그때 칼이 롱 보를 튕기기 시작했다.

나는 바스타드를 아래로 내린 채 달려들었다. 자연 상체는 완전히 비어버렸다. 머리로 날아드는 글레이브. 자식아! 내가 제일 좋아하는 거야, 넌 속았어!

"일자무식!"

우르크의 글레이브는 튕겨나가 버렸고 그 반작용으로 우르크는 두 팔을 들어올린 채 가슴을 완전히 노출시키게 되었다. 그리고 다시 한 바퀴 돌아 올라가는 나의 바스타드. 엉?

우르크는 뒤로 뛰며 공간을 비워버렸다. 이놈 봐라? 그제야 난 일자무식이 제자리에서 돌게 되므로 발생하는 약점을 알아차렸다. 이번엔 내가 팔을 들어올린 채 가슴을 비운 것이다. 그리고 그 옆에 있던 우르크의 글레이브가 날아들었다. 으악! 죽는다!

"거꾸로!"

난 팔과 허리의 반동을 무시하며 위로 올린 바스타드를 아래로 쳐내렸다. 허리가 부러지는 줄 알았지만 간신히 글레이브는 땅으로 튕겼다. 놈은 그 충격으로 허리를 앞으로 숙이게 되었다. 그리고 한 바퀴 돌아 위에서 다시 내려쳐지는 바스타드에 그놈의 투구가 쪼개졌다. 하지만 내 허리도 쪼개지는 기분이다. 눈앞에서 뭔가 아물거리면서 별들이 깜빡거렸다.

"우와, 이거, 심한데?"

난 일단 뒤로 물러섰다. 하지만 또 다른 놈의 글레이브가 숨쉴 사이없이 날아들었다. 이 자식이 정말 날 죽일 셈인가? 하긴 난 이미 한 놈을 죽였지. 난 생각해 낼 수 있는 가장 간단한 방법을 취했다.

"으랏차!"

난 오른발을 살짝 들며 바스타드의 끝을 빙빙 돌리면서 찔렀다. 기술 이름이 당장 떠올랐다. 난 역시 순발력이 넘친단 말이야.

"기름 젓기!"

양초 골 때 기름 젓는 것처럼 앞으로 빙빙 돌리며 찌른 것이다. 글레이브는 튕겨나갔고 빙빙 돌던 바스타드의 끝이 뭔가에 닿은 느낌이 들자 오른발을 강하게 밟으며 그대로 찔렀다. 뿌드득! 일자무식 때와는 달리 우르크의 몸을 파고드는 느낌이 그대로 칼자루를 통해 손끝에 느껴졌다. 소름이 돋았다.

"윽, 제기랄. 마구 젓기!"

난 팔로 거대한 8자를 그리면서 뒤로 걷기 시작했다. 워낙 빠르게 돌리니까 그것도 훌륭한 방어가 되었다. 우르크들은 함부로 다가서지 못했고 난 간신히 한숨 돌릴 정도의 거리까지 물러났다. 하지만 팔을 돌리는 것을 멈추자마자 다시 글레이브가 다가왔다. 이걸 그냥! 응?

그 글레이브는 힘없이 땅에 떨어졌고 글레이브를 들고 있던 우르크의 등에는 화살이 꽂혀 있었다. 칼이 화살을 날린 것이다. 그리고 그때 내 허리 옆으로 뭔가 작은 것이 지나갔다.

"멋진 기술인데? 푸하하하!"

그 드워프였다. 배틀 액스를 어깨에 걸친 채 몸을 크게 숙이며 달려가고 있었다. 그렇지 않아도 작은데 저러니 정말 작군. 우르크 두 마리가 동시에 글레이브를 찔렀다. 그러나 그 드워프는 어깨에 멘 배틀 액스를 믿어지지 않을 만큼 빠른 속도로 크게 휘둘러 두 개의 글레이브를 동시에 쳐버렸다. 놀랍게도 두 개의 글레이브가 모두 부러져버렸다. 그때 뭔가가 그 드워프의 등에 뛰어올랐다.

"뭐야!"

이루릴이었다. 이루릴은 그 드워프 바로 뒤로 달려가다가 드워프가 글레이브를 튕긴 순간 드워프의 등을 밟으며 앞으로 도약했다. 그리고 무방비 상태의 우르크들을 양쪽의 검으로 동시에 찔렀다. 우와, 대단한 합동 작전이군. 하지만 합동 작전의 의사가 있었던 것은 이루릴뿐인가 보다.

"어딜 밟아!"

이루릴은 들은 척도 하지 않고 바로 옆에 있던 우르크에게 달려들었다. 우르크는 거친 동작으로 글레이브를 찔러들어 왔지만 이루릴은 살짝 몸을 돌리며 오른발을 뒤로 당겼다. 그리고 오른손의 에스터크로 글레이브를 쳐내리고 그대로 빙글 몸을 돌렸다. 마치 춤추듯이 우아한 동작으로 이루릴과 그 우르크가 서로 등을 맞대었다고 느낀 순간, 그놈은 숨막히는 비명을 질렀다.

"취이엑!"

이루릴은 자신의 오른쪽 겨드랑이 사이로 왼손의 망고슈를 찔러넣어 등 뒤의 우르크를 찌른 것이다. 그리고 몸을 다시 반대쪽으로 돌려 망고슈를 뽑으며 왼쪽 어깨로 우르크의 등을 쳤다. 그러자 우르크는 앞으로 풀썩 쓰러졌다.

보자, 내가 둘, 칼이 하나, 그리고 이루릴이 셋, 그러면 셋이 남아 있어야 되는데, 그놈들은 어디로 갔지? 어느새 샌슨은 그 세 놈의 우르크를 쓰러뜨려 놓고는 롱소드를 닦고 있었다. 드워프는 주위를 둘러보더니 투덜거렸다.

"뭐야? 자네들 괴물인가? 나는 한 놈도 못 잡았군."

이루릴은 별 표정 없이 수건을 꺼내어 검을 닦았다. 언젠가 발러가 그랬던 것처럼 자신이 한 일에 아무런 감동이 없는 동작이었다. 싸움…… 흥분되는 것 아닌가? 그런데 마치 매일 하는 식사나 세수라도 마친 것처럼 별 감동이 없어 보이는걸. 흐음. 어쩌면 대단히 많은 전투 경험을 쌓았을지도 모르지. 하긴 나이가 120살이라니 1년에 한 번씩만 싸워도 100번은 넘게 싸웠겠다. 그에 비해 나는 나무에 기댄 채로 허리의 통증을 참고 있느라 별로 볼품이 없었다.

하지만 어떠냐? 난 우연히 OPG를 가지게 된 초장이일 뿐이야.

샌슨은 참 보기 불쌍하다는 표정으로 허리를 주무르는 날 바라보고 있었다.

"녀석아. 넌 다른 사람은 도저히 못하는 이상한 동작도 할 수 있지만 고통도 안 느끼는 것은 아니야. 힘이 아무리 강해도 기본기를 써야지."

"아, 내가 언제 검 쓰는 거 배웠어?"

"검 쓰는 건 주먹 쓰는 것과 별로 다를 것도 없어. 네가 검이라는 것을 너무 의식하고 그 날을 맞춰야 된다거나 그 끝을 찔러야 된다고 생각하니까 이상한 동작을 만드는 거야. 네가 주먹 쓸 때 두 번이나 돌면서 주먹을 쓰냐? 주먹을 빙빙 돌리다가 치냐?"

"어, 그런가?"

"어떤 병기든 병기는 모두 팔의 연장선이야. 그러니 검술 기술과 비슷한 것이 창술에서도 보이고 그러는 거지. 상식적으로 싸워라."

나는 샌슨의 말에 풀이 죽었다. 내가 그렇게 상식이 없단 말이지? 하지만 그때 이루릴이 마지막으로 보여준 기술이 떠올랐다.

"어, 하지만 이루릴은 겨드랑이 사이로 뒤를 찌르던데. 주먹을 겨드랑이 사이로 찌르는 사람은 없잖아?"

"그거야 검 쓰는 기본은 익힌 다음 검 자체를 익히는 사람의 이야기지. 그렇게 되면 두 번씩 끊어 치는 것이나 너처럼 회전치기를 하거나 하는 거지."

흠. 그렇단 말이지? 어쨌든 허리는 이제 좀 괜찮은 것 같군. 나는 슬며시 나무에서 등을 떼며 일어났다. 이루릴 쪽을 바라보니 이루릴은 배낭을 뒤적거리고 있었고 그 드워프는 연신 투덜거리고 있었다.

"이게 뭐람! 꼴이 우습군! 내가 제일 열심히 싸우려고 해놓고선 한 놈도 못 잡았어."

칼은 미소를 지으며 그 드워프에게 다가갔다.

"경황중이라 인사도 못 드렸군요. 저는 칼이라고 합니다."

"엑셀핸드 아인델프."

"아, 아인델프 씨. 도움에 감사드립니다."

"돕기는 뭘 도와! 한 놈도 못 잡았는데."

칼은 난처한 미소를 지었고 그를 구원하기 위해 우리들이 웃으며 다가가 각자 소개를 했다. 그런데 그때까지 배낭을 뒤적거리던 이루릴은 여전히 우리는 본체만체하고 뭔가를 꺼내어 걸어갔다. 엑셀핸드는 버럭 화를 내었다.

"이봐! 드워프와는 상종도 안할 텐가!"

이루릴은 고개를 들어 엑셀핸드를 바라보았다.

"예?"

"왜 이름을 밝히고 인사를 건네지 않는 거야?"

"제 이름은 그분들이 아니까 말씀드릴 거라고 생각했는데……."

엑셀핸드의 눈꼬리가 올라갔다.

"왜 직접 하지는 않고? 말도 하기 싫단 말인가!"

"좀 바빠서요. 전 이루릴 세레니얼입니다."

그러고는 이루릴은 빙글 돌아서 쓰러진 우르크에게 다가갔다. 엑셀핸드는 노기를 띠고 이루릴에게 걸어갔고 우리들도 무슨 일인가 싶어 그녀에게 다가가 보았다. 이루릴은 작은 약병 같은 것을 우르크의 입에 가져가서 먹였고 그러자 우르크는 긴 한숨을 토했다. 그놈은 이루릴에게 등을 찔린 놈이었는데, 이루릴은 등의 상처에도 약을 흘렸다. 놀랍게도 등의 상처가 사라지고 있었다.

엑셀핸드는 놀라서 말했다.

"뭐, 뭐야? 왜 살려내는 거야!"

"계곡을 건너지 않을 건가요?"

엑셀핸드는 입을 쩍 벌렸다. 그렇군. 12인의 다리니까 네 명이 더 있어야 건널 수 있다. 그러면 이루릴은 네 명을 치료하여 같이 건널 생각인가? 의외로 냉철하네. 이루릴은 내게 말했다.

"이들의 무기를 절벽 아래로 던져주세요. 샌슨은 절 도와주시고."

나는 글레이브를 모아 절벽 아래로 던졌다. 돌아와보니 이루릴은 다섯 마리의 우르크를 치료해 놓았다. 어? 왜 다섯이지? 우르크들은 비무장인 데다가 바로 앞에서 샌슨이 롱소드를 뽑아들고 있었고 그 옆에선 엑셀핸드가 '난 한 놈도 못 잡았단 말이야. 지금이라도 해볼까?' 등의 말을 하고 있자 질려 있는 상태였다.

이루릴은 말했다.

"당신들과 저 인간들 사이의 일은 모르겠어요. 내가 원하는 것은 계곡을 건너는 일. 지금 당신들을 치료했으니 건널 수 있지만 당신들이 거절하면 그건 어렵겠지요."

꽤 정중하게 말하네? 거의 우리에게 말하던 것처럼. 그거 나쁠 것은 없지만 조금 전 그렇게 냉혹하고 차분하게 공격해 놓고 여전히 차분하게 저렇게 말하고 있는 것을 보니 확실히 인간과는 다르다는 느낌이 온다. 감정이 없나? 아니면 우리와는 다르게 표현하나?

"그래서 제의합니다. 인원을 맞추도록 도와주세요. 그럼 당신들에게 남은 동료들을 치료할 약을 주겠습니다."

우르크들은 눈을 크게 떴다.

"취이익! 저, 정말인가?"

"그렇습니다."

"취익취익, 거, 건너가면 죽일 것 아닌가? 취치익!"

이루릴은 별 표정 변화도 없이 말했다.

"당신들은 어떻게든 내 말을 따르는 것이 이익일 텐데요. 인원을 맞추는 것을 도와주지 않겠다면 당신들은 필요 없으니 저 드워프분께 신병을 넘기겠어요. 하지만 같이 건너주면 남은 동료들을 치료할 약도 주겠다는 거예요. 차분히 생각해 보면 어떻게 해야 할지 알 수 있을 텐데요."

저렇게 말하면 차분히 생각하고 자시고 할 것도 없겠다.

"취익! 그런데 건너고 나면 우리는 어떻게 돌아와? 취익! 돌아오지 못하면 약은 소용이 없다!"

"당신들 다섯을 치료했잖아요. 하나는 남아요. 남은 분에게 약을 드리고 건너지요. 그러면 남은 우르크가 다친 동료들을 치료할 수 있겠지요."

우와……, 졌다! 정말 머리가 잘 도는군. 엑셀핸드는 처음부터 입을 쩍 벌린 채 놀라고 있었다. 우르크들도 숫자를 세어보더니 고개를 끄덕였다.

"그렇군. 취익! 좋아. 할 수 없군. 취이이이익!"

이루릴도 고개를 끄덕였다. 그리고 그녀는 우르크에게 말했다.

"이제 우린 친구인가요?"

읔! 쓰러질 뻔했다. 나만이 저 말의 깊은 뜻을 조금 알지만 다른 사람들이나 드워프, 우르크들은 완전히 놀란 표정이었다. 우르크는 하도 기가 막혀 말이 안 나온다는 표정으로 이루릴을 바라보다가 거칠게 외쳤다.

"취치익! 천만에! 취익취익! 지금은 힘이 없어 말을 듣지만, 취익! 이 앙갚음은 반드시 할 것이다!"

이루릴은 고개를 갸웃하더니 나를 바라보았다. 제발……, 그런 눈으로 날 보지 마.

"당신과는 다르군요. 후치."

"……그러네요."

오크 네 마리와 우리 일행, 그리고 이루릴과 엑셀핸드는 절벽 가장자리로 다가갔다. 이루릴은 열두 명이 나란히 서게 되자 나직이 말했다.

"약속대로 여기 열두 명이 모였습니다. 계곡을 건너도록 해주세요."

나와 샌슨은 좀더 앞에서 구경하려다가 떨어질 뻔했다. 이루릴의 말이 끝나자마자 공중에 떠 있던 그 뗏목이 우리 쪽으로 천천히 움직이기 시작한 것이다. 잠시 후, 그 뗏목은 우리들이 서 있는 절벽에 조용히 닿았고 나는 겁먹은 눈으로 그것을 바라보았다.

엑셀핸드가 먼저 아무렇지도 않다는 듯이 올라탔다. 뗏목은 꼼짝도 하지 않았다. 그리고 칼이 올라탔고 나는 조심스럽게 한 발만 먼저 디딘 다음 천천히 다른 발을 얹었다. 이거 이대로 떨어지는 거 아닐까? 하지만 그 뗏목은 흔들림 하나 없이 공중에 떠 있었다. 나는 될 수 있는 대로 아래를 보지 않기 위해 하늘을 노려보았다. 샌슨도 좀 겁먹은 표정으로 우리 말들을 끌고 올라탔다. 말들은 조금씩 반항하며 멈칫거렸지만 샌슨이 살살 달래서 간신히 다 태웠다.

이루릴은 네 마리의 우르크까지 다 오르고 나자 남아 있는 하나의 우르크에게 약병을 건네었다.

"까다로울 것은 없고, 적당히 먹이면 돼요. 상처가 심하면 상처에도 발라야 하지만 상처가 가장 심한 분들은 제가 다 치료했으니 그냥 먹이기만 하면 돼요."

우르크는 별 대답도 하지 않고 약병을 낚아채 들고는 쓰러진 우르크에게 달려갔다. 이루릴은 그 뒷모습을 잠시 바라보더니 뗏목 위에 올라탔다.

이루릴이 오름으로서 열둘이 차자마자 뗏목은 천천히 움직이기 시작했다. 나는 섬찍지근해서 난간을 꽉 잡으며 하늘을 계속 노려보았다. 그리고 말들도 뗏목이 움직이자 크게 흥분하기 시작했다.

"이히힝! 힝힝힝! 푸르르르!"

샌슨은 말을 달랬지만 쉽지 않았다.

"어, 워이! 야, 지금은 좀 가만히 있어! 워워!"

말들이 발을 구르는데도 뗏목은 전혀 흔들림이 없었다. 하지만 보고 있는 다른 탑승자들로서는 섬뜩하기 그지없었다. 꼭 뒤집힐 것 같은 느낌이 들었다. 그때 이루릴이 말들에게 다가갔다.

이루릴은 뺨을 가운데 말의 얼굴에 대고 양손을 각자 다른 말의 뺨에 가져다대었다. 한꺼번에 세 마리의 말을 포옹하는 꼴이었다. 그리고 그녀는 낮은 목소리로 말했다.

"진정해요. 진정해. 아무것도 아니잖아요."

놀랍게도 말들은 진정하기 시작했다. 칼은 감탄한 표정으로 그 광경을 바라보았고 샌슨은 좀 도가 지나친 흠모의 눈빛을 보내기 시작했다. 나도 꽤 놀랐지만, 오금이 저려서 뭐라고 칭찬해 줄 기분도 안 난다. 그 광경을 보다가 그만 아래의 광경을 봐버린 것이다.

우와, 살 떨리네!

까마득한 절벽. 그 절벽들 사이로 급류의 거친 흐름을 바로 위에서 보고 있자니 눈이 빙빙 돌았다. 물결은 휘말려 들어오고 뿌리쳐 솟아오르고 다시 사정없이 떨어지며 절벽을 할퀴었다. 나는 질린 표정으로 시선을 들어올려 이리저리 쳐다보았다. 그때 나는 이루릴을 보았다.

이루릴의 검은 머릿결이 살짝 흩날렸다. 바람? 이루릴은 바람을 뺨으로 느껴보듯 눈을 감고 있었다.

바람이 분다.

쏴아아아…….

양쪽 절벽의 숲에서 낙엽이 흩날려 오르기 시작했다.

붉은 단풍잎, 노랗게 물든 은행잎도 날아올랐다. 마치 무엇에 놀란 새들이 일제히 날아오르듯 낙엽들이 솟아올랐다. 그리고 낙엽들은 계곡 사이로 부는 바람을 타고 비스듬히 떨어지며 춤을 추었다. 사방으로 눈에 보이는 모든 곳에 낙엽이 휘날렸다.

우리들은 낙엽의 비 속을 날아가고 있었다.

떠가고, 날고, 돌고, 떨어지지만, 떨어지는 것을 두려워하지 않는다. 바람과 더불어 춤을 출 수 있는데 떨어지는 것이 무슨 상관이랴. 나에겐 낙엽의 웃음소리가 들리는 듯했다. 사라라라라. 사라라라라.

이윽고 공중에 마지막 한 잎이 길게 휘날렸다. 아직 떨어지지 않은 것은 저것뿐이다. 조금 전이 낙엽의 군무라면 저것은 독무. 그 낙엽은 작았지만 선명한 붉은색으로 푸른 하늘 아래에서 춤추고 있었다. 떠가고, 날고, 돌고, 떨어지지만, 떨어지는 것을 두려워하지 않는다.

"안 내릴 거야?"

샌슨이 내 어깨를 툭 쳐서 나는 간신히 뗏목에서 내렸다. 이런, 또 노래를 만들고 있었군. 조금 전의 공포는 온데간데없이 사라지고 한 번 더 타고 싶은 마음이 굴뚝 같다.

샌슨을 도와 말들을 모두 내렸다. 건너편에서는 약을 마신 우르크들이 일어나서는 우리를 험상궂게 노려보았다. 욕설이라도 한바탕 하려는 줄 알았는데 의외로 조용하군. 아, 여기 인질이 될 우르크 넷이 있기 때문인가? 그렇다면 저놈들은 다른 오크들과 또 다른 차이점이 있군. 동료를 생각할 줄 아는 모양인데.

우리와 함께 절벽을 건넌 우르크들은 뗏목에서 내리자마자 우리와 좀 떨어지기 시작했다. 이루릴은 그 모습을 가만히 보고 있었고 엑셀핸드는 배틀 액스를 다시 얼굴 앞에 들어올려 그 날을 만지작거리기 시작했다. 비무장이고, 우리 요구를 들어준 우르크들을 과연 공격할 것인가? 가만히 관찰해 봄직도 하지만 이루릴이 먼저 말했다.

"당신들은 여기서 기다리다가 다른 여행자들이 나타나면 동료와 합류하세요. 그러려면 절대 약속을 지켜 싸우지 않아야 되겠지요?"

"상관 마! 엘프! 취이이칫!"

이놈들이 다시 합류하려면 어렵겠군. 이 12인의 다리는 그 취지는 썩 좋지만 역시 불편한 다리로군. 그 불편함 때문에라도 이 종족끼리 싸우지 말라는 뜻인가 보다. 그때 난 재미있는 생각을 떠올렸다.

"이봐? 저기 동료들과 합류해야지? 그리고 우리들도 너희들을 뒤통수에 남겨두고 떠나고 싶진 않아."

우르크들은 불안한 눈으로 날 쳐다보았다. 난 빙긋 웃으며 말했다.

"다시 건너가도록 해줄까?"

"어, 어떻게 말인가? 취익!"

난 대답 없이 절벽 반대쪽에 고함을 질렀다.

"이봐! 정신 똑똑히 차리고 잘 받아봐!"

우르크들은 내 말이 무슨 말인지 못 알아듣고는 의아한 표정이었다. 난 그대로 바로 옆에 있는 우르크를 잡아 들어올렸다. 내 머리 위로 들어올려진 그 우르크는 비명을 질렀다.

"뭐, 뭣, 취치익! 뭐하는 거냐!"

"걱정 마. 제일 처음이 어려워. 거기 그쪽! 정신 단단히 차려! 물러나면 안 돼!"

그리고 난 우르크를 집어던졌다. 물론 그대로 떨어져도 상관없다는 식으로 마음먹은 것은 아니다. 난 신중히 겨냥해서 그 우르크들이 정확히 받을 수 있게 살짝 던졌다. 60큐빗 거리고 다리 쪽을 앞으로 해서 될 수 있는 대로 수평에 가깝게 던졌기 때문에 혹시 받아내지 못하더라도 목이 부러지지는 않을 것이다.

난 살짝 던졌지만 우르크의 몸이 그렇게 작은 것은 아니다. 날아가는 우르크는 괴성을 지르며 허우적거리다가 내가 의도한 대로 정확히 다섯 마리의 우르크에게 나가떨어졌고 그대로 여섯 마리는 데굴데굴 굴러갔다. 혹시 다치지 않았나 살펴봤지만 아무도 다치진 않았다.

난 빙긋 웃으며 남아 있는 세 마리의 우르크를 바라보았다. 그 놈들은 퍼렇게 질려 주춤거리고 있었다. 좀 안심시켜야겠군.

"이봐. 조금 전에 봤잖아? 처음이 어려울 뿐이야. 갈수록 받아내는 인원이 많아서 안전해진다고."

그러자 우르크들은 서로 나중에 던져지겠다고 난리를 치기 시작했다.

어쨌든 마지막 한 놈까지 절벽 너머로 던져주었다. 마지막 놈은 불안을 상당히 털어내어 거의 즐기면서 날아가는 것 같았다. 그놈은 똑똑히 볼 수 있도록 머리부터 던져달라고 말하기까지 했지만 그건 아무래도 위험해서 역시 다리를 앞으로 해서 던졌다. 그래야 못 받아내더라도 엉덩이가 좀 까지고 말 테니까.

다 던져주는 동안 내 주위의 일행들도 모두 긴장 속에 그 광경을 즐겼다. 어어어……, 됐어! 어어어……, 좋았어! 뭐 이런 식이다. 이루릴도 두 손을 모아쥐고 그 광경을 바라보다가 안전하게 넘어가면 한숨을 쉬고는 했다. 우르크들도 날려가고 받아내고 하는 동안 대단히 흥분해 버려서 꽤 소란스러워졌다. 그놈들은 이제 웃기까지 하면서 좋아했다. 그놈들 우두머리로 보이는 놈(제일 마지막에 던져질 수 있었던 놈이라서 그렇게 판단했다)이 절벽 가장자리로 다가오더니 말했다.

"뭐, 고맙다고 말은 해두겠다! 취익!"

"도움이 됐다니 나도 기쁘군."

"너 같은 괴물은 더 이상 쫓지 않겠다! 취익! 우린 투사 우르크! 적에게 더 이상 자비를, 취익! 구하게 되기를 바라지는 않는다!"

"그래? 그럼 나도 고맙지. 그런데 오크들의 의뢰는?"

"그깟 허약한 놈들, 취익! 의뢰라니, 부탁이지! 취익! 거절해버리면 돼!"

난 어깨를 으쓱거렸다. 사람들 사이라면 저것은 몹시 불쾌한 말이겠지만 오크들끼리야 어떻게 생각할지 알 수가 있나. 난 손을 저어주고 몸을 돌렸다.

이루릴은 내게 말했다.

"당신은 이 12인의 다리의 의미를 무시해 버리는군요. 난 저들이 또 다른 종족과 협력을 해야 이 다리를 도로 건너갈 수 있게 되기를 바랐습니다. 그러면 저들은 협력과 화해의 의미를 배웠겠지요. 우리는 싸움 후에야 건널 수 있었지만, 저들이라도 그것을 배운다면 좋을 거라고 생각했어요."

"그런가요?"

이루릴은 비난하는 기색은 아니었다. 그냥 단조롭게 말했을 뿐이다.

"하지만 당신은 12인의 다리의 취지는 가장 적절하게 이행한 것 같군요. 방금 싸웠던 우르크들로부터 고맙다는 말을 들어냈으니, 이 다리의 건설자라도 다리가 소용없어졌다고 화를 내지는 않았을 겁니다."

"그럼 다행이죠."

"당신은 이제 저 우르크들의 친구인 것 같군요."

이 엘프 아가씨 좀 끈덕진 데가 있군. 내가 모든 종족과 친구가 되길 바라는 사람으로 보이나 본데, 난 그런 거 모른다. 난 헬턴트 영지의 초장이 후보이자 레이디 제미니의 나이트 네드발……, 맙소사! 드디어 내가 나 스스로 이걸 인정해 버리는구나! 난 이제 끝장이야! 엑셀핸드는 몹시 아쉽다는 표정으로 내게 다가왔다.

"이봐, 한 번쯤은 실수할 수도 있지 않았나?"

난 빙긋 웃으며 고개를 끄덕였다.

"그렇죠. 네 번 모두 실수해서 안전하게 넘겨주었죠."

"푸하하하! 덕택에 오늘은 정말 보기 드문 걸 보게 되었네. 고맙군. 자네들의 여정에 카리스 누멘의 가호가 있기를 바라네."

카리스 누멘……. 난 간신히 칼에게서 드워프들이 섬기는 이 신의 이름을 들었던 것을 기억해 내었다. 그런데 이때 뭐라고 대답해야 하나? 난 칼을 흘끔 바라봤고 역시 칼이 적절하게 대답했다.

"그 모루와 망치의 불꽃의 정수가 그대에게."

엑셀핸드는 놀랐다는 표정으로 칼을 바라보다가 껄껄 웃으며 자기 짐을 들어올렸다. 거창한 배낭을 메고 그 배틀 액스의 도끼날에는 가죽으로 된 커버를 씌우고 나서 허리띠에 꽂았다. 꽤 거추장스러울 것 같은데 태연한 모습이다. 그리고 이루릴은 우리 일행을 빤히 바라보고 있었다. 이제 작별 인사를 할 차례인가? 그런데 난 그때 샌슨이 '난 지금 엄청난 용기를 짜내고 있다!'는 식의 표정을 짓고 있는 것을 알게 되었다.

샌슨은 주저하면서도 당당하게 말했다(어떻게 저렇게 할 수 있는지 모르겠다. 불가사의하군).

"이루릴 양의 여정은 어떻게 되십니까?"

"어떤 필요라도?"

윽. 괴상한 답변이군. 내 여정을 당신이 알아야 할 필요가 있느냐는 질문인 것 같은데, 그 뜻을 보자면 불쾌할 것도 같지만 이루릴은 그저 궁금하다는 듯이 물어왔다.

"동행할 수 있을까요?"

"아침에도 말씀드렸다시피……, 말이 없군요."

샌슨은 기다렸다는 듯이 대답했다.

"저와 말이 함께 후치에 타면 됩니다!"

난 얼빠진 표정으로 샌슨을 바라보았다. 뭐라고? 나에게 어쩌겠다고? 칼도 당황한 표정으로 샌슨을 바라보았고 엑셀핸드는 벌써 배를 잡고 웃기 시작했다. 샌슨은 잠시 어리둥절해하다가 얼굴을 확 붉히면서 말을 바꿨다.

"아, 아니 저와 후치가 함께 말에 타면……."

"푸하하하!"

난 데굴데굴 굴렀다. 이루릴은 고개를 가로저었다.

"아뇨. 여러분의 목적은 여러분들의 국왕님께 있지요. 급하실 텐데요. 전 그렇게 급하지 않아요. 폐를 끼치고 싶진 않습니다."

불쌍한 샌슨은 이번에도 말을 실수했고, 그래서 이루릴이 칼에게 인사를 건넨 다음 숲 속으로 조용히 사라질 때까지 아무 말도 못한 채 얼굴이 벌게져서 멍청하게 서 있었다. 난 어느새 엑셀핸드와 서로 어깨를 두드리면서 웃고 있었다. 엑셀핸드는 숨이 넘어갈 듯이 말했다.

"뭐, 뭐 말과 함께 너에게 타겠다고…… 우헷헤헤헷!"

"마, 말을 태우고 다, 달려야 되나? 으하하하핫!"

엑셀핸드는 우리와 헤어지고 나서도 계속 몇 발자국 걸어가다가 웃고, 몇 발자국 걸어가다가 웃고 했다. 어쨌든 우린 말을 타고 있는지라 먼저 달려오게 되었고, 우리 등 뒤로는 엑셀핸드의 통쾌한 웃음소리가 이따금씩 들려왔다. 그때마다 샌슨은 죽고 싶다는 표정을 지었다.

난 칼에게 말을 걸었다. 샌슨은 도저히 내 말을 받아줄 상태가 아니었다.

"칼! 12인의 다리에 대해 어떻게 생각해요?"

"좋은 취지라고 생각하지만 불편을 통해서 화해를 이끌어낸다는 것은 별로 마음에 들지 않는군."

"친해지기 어려운 종족들에게는 어쩔 수 없는 상황이라도 줘야 되는 것 아닐까요? 그 정도의 능력이 있는 사람이라면 그냥 보통 다리도 놓을 수 있었을 거예요. 하지만 일부러 저런 다리를 놨다는 것은……."

"맞네. 네드발 군. 서로 협력하지 않으면 건널 수 없는 길. 좋은 의미지. 저 다리에서는 협력이라는 것이 하나의 수단으로 변질되는군. 진정한 협력은 이유 없이 발현되어야 된다고 보는데."

난 칼의 말을 세 번쯤 다시 생각해 보고 나서야 이해했다.

"그건 너무 낭만적인데요."

"그런가?"

4

우리 뒤편의 서녘 하늘이 붉게 물들기 시작했고 우리 앞쪽의 땅은 검푸르게 밤의 영역으로 들어서고 있었다. 멀리서 도시의 불빛이 하나 둘 켜지는 때, 우리는 휴다인 고개를 넘어 평야 지대를 달려가고 있었다. 차가운 저녁 공기 속에 앞에서 반짝이는 불빛은 자연 말을 다그치게 만들고 있었다.

이윽고 도시가 나타났다. 우리들의 고향인 헬턴트 영지보다는 훨씬 큰 도시로 도시를 둘러싸고 돌아가는 거대한 강이 특색이었다. 휴다인 강이 크게 휘어지는 부분이다. 강 주위로는 들판이 펼쳐져 있고 저녁이 되어 돌아가는 소와 목동들의 모습이 보였다. 샌슨은 이 도시 이름이 레너스 시라고 말해 줬다. 미드 그레이드 가장 서쪽의 도시로 휴다인 고개의 관문 도시로서 발전한 도시라고 한다.

황혼의 붉은 기운도 완전히 사라진 검은 하늘 아래에서 우리는 레너스 시에 들어섰다.

휴다인 강을 넘어 레너스로 들어가게 되는 다리를 건너자 도시의 불빛은 더욱 따스하게 우리를 맞이하는 것 같았다. 도시 중앙의 길을 따라가던 우리는 곧 펍과 여관이 밀집한 거리로 접어들었다. 관문 도시라서 그런지 여관이 꽤 많았다.

나는 주위를 휙 둘러보며 말했다.

"선택의 기준은?"

"보통은 물어보는 것이 좋지."

나는 고개를 끄덕이고는 곧 옆을 지나가는 중년 남자를 불렀다.

"실례합니다! 말씀 좀 묻겠습니다. 우리는 여행자인데, 이 도시가 자랑할 만한 여관이 있다면 좀 알려주시겠습니까?"

중년 남자는 손을 들어 간판 하나를 가리켰다. 12인의 여관.

"저기에 들러보면 대륙 어디에 가서도 이 도시에 대한 좋은 추억을 이야기해 줄 수 있을 게다."

"아, 고맙습니다."

난 고개를 꾸벅 하고는 칼에게 말했다.

"12인의 여관? 혹시 열두 명이 아니면 손님으로 받지 않겠다는 곳 아닐까요?"

"설마. 아마 12인의 다리에서 따온 이름일 테지."

우리는 그 여관으로 향했다. 대로에서 조금 들어간 위치에 있는 여관으로 꽤 넓은 뒷마당이 살짝 보였다. 전면은 나무판이 대어져 있고 아기자기한 창들이 뚫려 있는 4층짜리 건물이었다.

우리는 말에서 내려 여관 입구로 걸어 들어갔다.

콰당!

뭐야? 놀란 나는 조금 뒤로 물러났다. 잠시 후 넓은 여관 정문에서 웬 체구 좋은 남자 하나가 후다닥 달려 내려왔다. 그런데 곧 여관에서 물통이 하나 날아와 그 남자의 뒤통수를 맞추었다. 퍽! 남자는 앞으로 고꾸라져 정문 앞에 있는 계단을 데굴데굴 굴러내렸다. 상당한 솜씬데? 이윽고 앙칼진 고함소리가 들렸다.

"죽었으면 그대로 누워 있고 살았어도 누워 있어! 죽여줄 테니!"

그러나 그 남자는 그 정도로 어수룩하지는 않았는지 냅다 일어나 달아났다. 우리는 당황하여 서로의 얼굴을 바라보았다. 샌슨이 먼저 입을 열었다.

"잘못 고른 것 같은데요?"

칼도 좀 심각한 표정으로 고개를 끄덕였다. 그런데 곧 정문에서 또 다른 물통을 손에 든 여자 하나가 나타났다. 그 여자는 물통을 휘두르며 계단을 달려내려오다 자칫 샌슨과 부딪힐 뻔했다. 샌슨은 놀라서 물러났고 그 여자는 샌슨을 흘끔 보더니 곧 우리들을 둘러보았다. 나와 나이가 비슷할 것처럼 보이는 금발머리 아가씨였다.

"식사와 침대가 필요해요?"

"다른 것도 제공할 수 있습니까?"

내 대답에 그 여자는 물통을 들어올려 보이더니 말했다.

"이걸로 한 대 먹여줄 수는 있지. 그런데 조금 전 누가 뛰쳐나오는 것 못 봤니? 아니, 관둬. 벌써 멀리 달아났겠지. 말 셋과 사람 셋이에요? 들어와요. 말은 여기 세워둬요. 휴! 임마, 튀어나와! 말들을 데리고 가 마구간에 묶어! 말 중에 편자를 갈거나 할 놈은 있어요? 없는 모양이군. 걸음걸이가 다 괜찮은데. 휴! 이 자식아, 빨리 튀어나오지 않으면 네녀석 머리를 다 밀어버릴 테야! 들어오지 않고 뭐하는 거예요! 붉은 카펫이라도 앞에 깔아 드려야 들어올 거예요? 휴! 이 자식, 동작이 그래서 뭐에 써먹겠어! 어서 말들을 데리고 가! 말은 휴를, 사람은 날 따라와요."

말도 다 뺏겼으니 이젠 꼼짝없이 들어가야 되나? 샌슨과 나는 그 여자의 말을 듣다가 숨이 차서 헉헉거리며 그 뒤를 따라갔다. 칼도 좀 어이없다는 표정으로 웃으며 따라왔다. 그 여자는 안의 홀로 들어서더니 당장 우리에게 질문했다.

"술, 식사, 목욕, 침대, 화장실?"

이건 정말 수수께끼로군. 나는 간신히 다섯 가지 중에 어느 것이 제일 급하냐고 묻고 있다는 것을 알아차렸다. 그래서 난 대답했다.

"앞의 두 개."

우리는 그 여자의 안내로 식당에 들어섰다. 식당 안은 어두워 잘 알아보지 못했지만 어둠에 눈이 익고 나자 꽤 넓은 곳이라는 것을 알 수 있었다. 천장에는 램프가 매달려 있었고 램프 불빛 아래에서는 무관심한 시선들이 한 번씩 우리를 스쳐 지나가고는 다시 자신의 일로 돌아갔다.

꽤 시끄러웠다. 우리는 그 여자에게 떠밀리듯이 한 테이블에 앉았고 그 여자는 곧 다른 사람 몇 명에게 고함을 지르고는 사라졌다. 잠시 후 그 여자는 거대한 맥주잔을 들고 다시 나타났다. 부글부글 끓고 있는 흑맥주였는데 맥주 거품이 램프 불빛 아래 주황색으로 반짝였다. 그 여자는 집어던지는 것이 아닌가 싶게 맥주잔을 탁탁 내려놓았는데 놀랍게도 한방울도 튀지 않았다.

"뭘 드시겠어요? 당신들이 생각해 낼 수 있는 것은 다 나오니까 설명 안 해도 되겠지요?"

샌슨은 쭈뼛거리며 말했다.

"닭요리 됩니까?"

"뭐든 된다고 했잖아요? 닭 하나, 그리고?"

"돼지고기 파이와 시드 케이크."

칼의 주문이었다. 샌슨도 그때쯤에야 용기를 내어 더 주문하기 시작했다.

"어, 나도 돼지고기 파이, 그리고 미트볼, 팬케이크 추가. 그런데 다 기억해요?"

"저 꼬마가 말해야 '다' 기억할 거예요. 꼬마는 주문이 뭐니?"

나이도 비슷한 거 같은데 꼬마, 꼬마 그러니까 기분이 별로 좋지 않군. 뭐든 다 된다고 했지? 난 입술을 조금 삐죽거린 다음 말했다.

"드래곤 파이."

그녀의 눈꼬리가 당장 올라갔다. 난 싱긋 웃으며 계속 말했다.

"그리고 가고일 날개찜, 난 날개를 특히 좋아해요. 오크 등심 구이와 스터지 수프. 후식으로는 워터 엘리멘탈 주스와 블랙 푸딩. 푸딩 먹어본 지 오래 됐어."

그녀는 이를 악물면서 말했다.

"이봐, 꼬마야. 조금 전 그 사내가 왜 그렇게 달아난 줄 알아?"

"왜 달아났죠?"

"내 젖이 먹고 싶다고 그랬거든."

샌슨은 얼굴을 확 붉히며 고개를 돌렸고 칼은 고개를 숙였다. 하지만 나는 매우 선량해 보이는 눈으로 그 아가씨를 바라보며 물었다.

"그거 나와요?"

"죽을래!"

그 아가씨는 탁자를 쾅 내리쳤고 그러자 주위의 손님들이 우리 쪽을 돌아봤다. 꽤 키가 작은 손님 하나가 중얼거리는 소리가 들려왔다.

"헤, 유스네는 5분도 못 참는군. 또 싸움인가?"

난 그 남자를 쳐다보았다. 키가 어찌나 작은지 샌슨의 여덟 살짜리 막내동생처럼 보일 지경이었다. 그런데 얼굴은 꽤 나이들어 보였다. 호오……, 하플링인가? 난 다시 고개를 돌려 씩씩거리고 있는 여자를 바라보았다.

"당신 이름이 유스네인가요?"

"그래, 꼬마야! 그리고 여기선 유스네를 화나게 한 사람은 13번째 사람이 되지!"

"13번째 사람?"

"이 여관은 12인의 여관이야. 13번째는 필요없지! 엉덩이를 걷어차여 쫓겨나게 된다고!"

"당신 같은 꼬마가 주인이었나?"

유스네의 볼이 실룩거렸다. 이 아가씨와 오래 사귄 것은 아니지만 저 표정은 아무래도 폭발하기 직전의 상황인 것 같은데. 그녀의 손에는 술잔을 받쳐들고 온 소반이 있었다. 그리고 유스네는 그 소반을 확 들어올렸다.

휙!

하품 나오겠군. 우르크의 글레이브도 그것보단 빨랐어. 난 내 머리로 날아오는 소반을 받아내며 살짝 당겼다. 당연히 유스네는 소반을 내게 빼앗겼고 놀란 눈으로 날 바라보았다. 그리고 식당 안에 있던 다른 사람들도 대화를 멈추고는 우리를 바라보았다. 덕분에 꽤 조용해졌다.

난 그 나무 소반을 손가락 위에서 빙빙 돌리며 말했다.

"이봐. 유스네. 나는 행인에게 추천할 만한 여관을 물었거든? 이렇게 불친절한 여관이 추천된 데는 이유가 있을 텐데 그 이유가 뭘까?"

칼은 빙긋 웃으며 의자 등에 몸을 기대고 흑맥주를 마시기 시작했다. 그리고 샌슨은 배고파 죽겠다는 표정으로 날 바라봤다.

"욘석아! 네가 빨리 주문을 해야 나도 배를 채울 거 아냐?"

"아, 글쎄 주문을 했더니 이 아가씨가 이걸로 날 치려고 하네?"

"말이 되는 주문을 해야지!"

그때 무기(?)를 빼앗기고 당황하고 있던 유스네가 말했다.

"이 자식! 모험가냐? 재주가 있어서 내게 무례하게 군단 말이지?"

"무례를 따지자면 그쪽이 먼저였던 것 같아."

유스네는 내 말을 들은 척도 하지 않고 몸을 돌리며 외쳤다.

"오빠!"

아이고, 가지가지 하네. 차라리 아빠를 부르지. 내 예상대로라면 4큐빗짜리 근육덩어리가 나타나 험상궂은 얼굴을 내게 내밀 것 같다.

예상은 반만 정확했다.

부엌 쪽에서 정말로 4큐빗짜리 근육덩어리가 나타났다. 샌슨과 좋은 상대를 이루는군. 하지만 얼굴이 무성한 수염으로 가려 있어 험상궂은지 어떤지는 알 수 없었다. 대단한 털보였다. 그 남자가 걸어오니 그렇지 않아도 낮은 천장이 더 작아보였다. 천장에 걸린 램프가 아슬아슬하게 그 남자의 머리에 닿지 않을 정도였다. 그 남자는 앞치마에 손을 닦으며 말했다.

"왜 불렀어?"

어라? 목소리는 꽤 젊네? 수염 때문에 나이 들어 보였지만 별로 나이가 많지는 않은가 보다. 겨우 샌슨 정도? 하긴 이 아가씨의 오빠라니 그렇게 나이가 많지 않을 수도 있겠다.

유스네는 아주 당당한 표정으로 나에게 말했다.

"우리 오빠 앞에서 다시 주문해 봐."

못할 것도 없지. 난 팔짱을 끼고는 그 남자의 얼굴을 보며 말했다.

"드래곤 파이, 가고일 날개찜, 오크 등심구이, 스터지 수프. 후식으로는 워터 엘리멘탈 주스와 블랙 푸딩."

자, 이제 뭐가 날아올까? 처음에는 물통이 날아다녔고 조금 전에는 소반이 날아왔으니 다음 것이 몹시 기대된다. 그런데 나는 그 남자의 눈이 웃고 있다는 것을 알아차렸다.

"죄송합니다만 재료가 다 떨어졌군요. 다른 것은 안 될까요?"

오…… 이건 품위 있는 대답이로군. 나 스스로 내 농담을 수습할 기회를 주겠다는 것인데? 품위에는 품위로 답해야겠지.

"그렇다면 돼지고기 파이 3인분과 닭요리, 시드 케이크에 미트볼과 팬케이크. 맥주를 마시고 있을 테니 천천히 준비해도 상관없어요."

"알겠습니다."

그 남자는 그대로 몸을 돌렸다. 덕분에 꽤 꼴이 우스워져버린 유스네는 놀라서 자기 오빠를 따라갔다.

"오빠! 저런 헛소리나 지껄이는 꼬마를……."

"네가 고함 지르는 것 다 들었어. 꼬마라니. 너랑 비슷해 보이는데."

"무, 무슨!"

유스네와 그 오빠는 계속 뭐라고 중얼거리며 그대로 부엌으로 사라졌다. 난 피식 웃으며 의자 등에 몸을 기대었다. 별 웃기는 오누이 다 보겠네. 아니, 오빠는 괜찮은데 그 동생이 참 웃기는군.

"이 여관이 뭐가 장점이라 추천된 걸까요?"

칼은 빙긋 웃었다.

"난 이유를 알 것 같아."

"그래요? 이유가 뭔데요?"

"자네 앞의 잔을 들어보게."

난 고개를 갸웃했다가 그 커다란 잔을 들어올려 입가로 가져왔다. 한 모금, 어라? 두 모금, 엥? 세 모금. 에라, 꿀꺽꿀꺽꿀꺽.

"카! 우와, 아하하하하, 아우!"

배가 고파서 대단히 슬픈 표정을 짓고 있던 샌슨은 내 발작하는 모습을 보더니 역시 그 흑맥주를 마셔보았다. 샌슨의 눈이 휘둥그레졌다.

"오, 이거 정말 좋은데!"

샌슨과 나는 단숨에 그 커다란 2파인트짜리 술잔을 비웠다. 술에 대해선 잘 모르는 내가 봐도 정말 훌륭한 맛인걸. 난 샌슨의 의향을 물어보고는 부엌 쪽을 향해 고함을 질렀다.

"이봐! 유스네, 여기 두 잔 더 갖다줘!"

부엌에서 나타난 유스네는 돌진하는 멧돼지처럼 달려왔다. 대단한 기세야.

"어디다 대고 반말이야!"

"용맹 무쌍한 레이디 유스네. 이 멋진 흑맥주 두 잔만 더 부탁해요."

물론 내 말은 칭찬이 아니며 유스네는 눈썹을 몹시 곤두세웠다.

"어쭈, 농담을 걸어?"

슬슬 신경질이 나는군. 도대체 이 아가씨는 뭐가 불만이라 이렇게 목을 곤두세운 뱀처럼 구는 거지? 왜 이리 쉭쉭거려? 식당의 다른 손님들은 2차전을 기대하겠다는 듯이 우리를 바라보았다.

"이봐. 유스네. 뭐 하나 물어보겠는데, 성심성의껏 대답해 줘. 최근 애인한테 걷어차였어?"

식당에서 웃음소리가 폭발처럼 터져나왔다. 유스네는 내 멱살을 쥐어올렸다. 맙소사……. 나는 어이가 없어서 아무런 말도 못하고 유스네를 바라보았다. 우리 마을에선 완전히 내놓은 계집애, 그러니까 제미니라도 이렇게 거친 행동은 하지 않는다. 예절이 빵점이군.

난 잠시 후에야 목에서 걸린 목소리로 말할 수 있었다.

"이거 놓지 않으면 너 몹시 후회한다."

"후회하게 해봐!"

어렵지 않지. 난 유스네의 허리를 붙잡아 위로 훽 들어올렸다. 제미니와 많이 연습한데다가 OPG가 있으니 거의 맥주잔만큼의 무게도 느껴지지 않는다. 나는 아기 다루듯이 유스네를 살짝 던졌다가 받아내었다(천장에 부딪히지 않게 하려니 힘들었다). 식당 안의 사람들이 탄성을 질렀다.

"엄마야!"

유스네는 물에 빠진 사람처럼 허우적거리며 내게 안겨들었다.

"내가 네 엄마냐? 좀 놓은 다음 내 말을 들어봐."

유스네는 당장 떨어졌지만 그 허리는 여전히 내게 잡힌 채 공중에 떠 있었다. 유스네의 발이 내 가슴을 몇 번 찼지만 나야 말의 뒷다리에 채여도 까딱없는걸. 나는 무시하면서 유스네에게 경고했다.

"얌전히 굴겠다면 나도 얌전히 내려줄게. 하지만 그렇지 않겠다면 난 좀 거칠게 내려놓겠어. 믿을지 안 믿을지 모르지만 난 오크를 60큐빗 정도 던져버린 경험도 있거든."

"거, 거짓말!"

난 샌슨에게 고개를 돌렸고 샌슨은 말해 주었다.

"아가씨. 그 말은 사실이야. 저 녀석은 오늘 낮 12인의 다리에서 오크 네 마리가 숫자가 모자라서 못 건너가는 것을 보고는 모두 집어던져서 휴다인 계곡을 건너게 해줬거든. 하지만 후치, 이제 좀 내려놔라. 그게 무슨 짓이냐."

난 순순히 유스네를 내려주었다. 유스네는 앙칼진 눈빛으로 날 바라봤지만 내 힘을 알고서는 함부로 덤비진 않았다. 난 샌슨과 나의 빈 잔을 건네주며 말했다.

"얌전히 가서 맥주를 가져온다면 나도 감사히 여기며 얌전히 마시겠어. 그런 정도로 화해하지. 어때?"

유스네는 그 잔을 받아들고는 냉큼 달려가 버렸다. 난 한숨을 쉬고는 자리에 앉았다.

"원, 참 성격 거친 계집애네. 멱살을 잡다니."

"흠, 나도 좀 놀랐다. 온갖 손님이 득실거리는 여관에서 일하다보니 그렇게 된 거 아닐까?"

"아니, 원래 성격일 거야."

그때 옆자리에 있던 그 하플링이 말을 걸어왔다.

"여보시오. 아까 그 말 사실이오? 그러니까 오크를 집어던져서 휴다인 계곡을 건너게 해주었다는 말."

"예. 사실이에요. 그 오크들 덕분에 우리가 숫자를 맞춰서 다리를 건널 수 있었거든요. 그리고 도로 돌려보내 주었지요."

그 하플링은 눈을 반짝이며 말했다.

"이야! 그거 정말 믿기 어려운데? 거인이 아니라면 휴다인 계곡을 넘어갈 정도로 던져버릴 수는 없을 텐데. 아, 내 이름은 듀칸 버터핑거요."

"난 후치 네드발입니다. 버터핑거요? 독특한 성이네요. 버터를 만드는 집안이세요?"

"성은 아니고 내 별명이지요."

"그러세요?"

그때 유스네가 돌아왔다. 그 커다란 맥주잔을 여전히 탕탕 내려놓았는데 내 얼굴 쪽은 쳐다보지도 않았다.

"고마워."

유스네는 내 얼굴을 쏘아보고는 그대로 뒤로 돌아 가버렸다. 참 성격 고약한 계집애네.

"이 집 맥주 맛은 모르지만 서비스는 정말 엉망이군. 저런 계집애를 데리고 어떻게 장사를 하는 거지?"

듀칸이라는 그 하플링이 껄껄거리며 끼어들었다.

"유스네는 사실 착한 애지요. 겉모습관 달라요. 자기를 다 큰 처녀라고 생각하는 여자가 처음 보는 남자에 의해 그렇게 던져지면 기분이 좋을 리가 있겠어요?"

"저 계집애가 먼저 내 성격을 건드린 거예요."

듀칸은 껄껄거리며 다시 몸을 돌려 식사를 계속했다. 난 이번에는 느긋한 마음으로 흑맥주를 즐기기로 했다. 내 주량이 대단한 것도 아니고 유스네를 또 부르기도 싫었기 때문이다. 하지만 샌슨은 가차없이 그 2파인트 잔을 또 비워냈다. 확실히 오거다.

샌슨이 나에게 고개를 돌렸다. 난 지체하지 않고 말했다.

"난 절대로 저 계집애 부르지 않을 테니 샌슨이 주문해."

흑맥주 맛뿐만 아니라 식사도 정말 맛있었다. 우리는(우리에서 칼은 제외된다.) 걸신들린 듯이 요리를 먹어치웠고 듀칸이라는 그 하플링은 우리 핏줄에 혹시 드워프의 혈통이 흐르지 않는지 의심하기 시작했다.

식사 후 우리는 방으로 안내되었다.

침대 네 개짜리 커다란 방이었는데 우리 일행은 세 명이라 침대 하나가 남았다. 그래서 샌슨과 나는 그 침대 위에 배낭을 던져놓고는 배낭에게 푹 쉬라고 말해 준 다음 홀로 내려왔다. 그 멋진 흑맥주 맛이 아직 기억에 남았던 것이다. 칼은 그냥 방에 누워 있겠다고 말해서 우리 둘만 내려왔다.

홀은 넓고 식당처럼 낮은 천장을 지니고 있었다. 이 건물의 1층 전체가 낮다보니 당연한 일이었다. 목조 건물로 다층 건물을 만들 때는 성에서처럼 높게 만들 수 없다. 기둥 부러지니까. 어쨌든 낮은 천장이 답답하지는 않았다. 오히려 밝은 색의 벽도제에 어울려 아늑하게 느껴졌다.

샌슨과 나는 좀 늦게 내려온지라 벽난로 가의 상석에는 앉을 수 없었다. 하지만 별로 춥지 않았으므로 상관없다. 우리는 창가 자리를 차지하고는 흑맥주를 즐기기 시작했다. 사람들은 두런두런 이야기를 나누고 있었고 조용한 노랫소리도 들려왔다. 나는 주위를 둘러보았다.

듀칸이라는 하플링과 또 하나의 하플링 이외에는 전부 인간이었다. 나는 하플링에 집중했다. 우리 마을은 아무르타트가 설치는 앞마당 같은 곳이라 하플링들이 안심하고 살 곳이 못 된다. 인간이 아니면 어떻게 그런 마을에 살아갈까. 그래서 나는 하플링을 보지 못했다.

"야, 투기장에서 오늘 그거 봤어? 제길. 난 녀석이 조금 더 버틸 줄 알았단 말이야."

"넌 도대체 그런 황당한 베팅을 하는 이유가 뭐야? 아무도 그런 녀석에겐 걸지 않아."

"그러니까 이겼을 땐 배당이 높잖아?"

무슨 이야기일까? 그런데 저것도 재주라면 재주다. 나는 감탄했다.

듀칸이 앉아 있는 테이블은 인간용이라 그에게는 높았고 그래서 듀칸은 어디서 물통을 가져와 의자 위에 엎어놓고 그 위에 앉아 있다. 그러면서 테이블 위로 발을 올린 채 저렇게 균형을 잡고 자기 머리통만 한 맥주잔을 기울이고 있는 것이다. 맥주잔을 기울이다가 그대로 뒤로 쓰러질 것 같아서 보고 있는 내가 다 조마조마했다.

유스네는 홀 한귀퉁이의 테이블에서 양초를 세워두고는 주판을 튕기며 뭔가를 적고 있었다. 장부 정리인가? 유스네는 내 눈길을 알아차렸는지 고개를 들었다가 발끈해서 다시 고개를 숙였다. 거 참, 별 상관은 없는 애지만 이런 관계는 기분 나쁘군. 그러다가 유스네는 다른 사람의 주문을 듣고는 맥주잔을 받아들고 식당으로 달려가 버렸다.

"이 맥주맛 때문에 떠나기가 정말 싫어지는데."

샌슨의 말이었다. 난 빙긋 웃으며 대답했다.

"내일 하루 푹 쉴 수 없어?"

"안 돼. 여정을 지켜야지. 우린 한가로운 여행자가 아니잖아."

"음. 고향에선 우릴 기다리겠지. 이 일이 모두 잘 끝나면 나 다시 한번 대륙을 돌아보고 싶어졌어."

"여행의 맛을 느끼는가 보구나."

"응. 이렇게 떠나오지 않았다면 나는 12인의 다리라는 멋진 것이 있다는 것도 몰랐을 거야. 그런 것 말고도 내가 모르는 굉장한 것들이 많겠지? 지금까지는 그런 것을 못 느꼈는데 갑자기 내가 모르는 많은 것들이 있을 거라고 생각하니까 그런 것들을 못 본다는 것이 너무 안타까운데."

"모든 것을 다 해보기엔 우리 수명이 짧아. 내 생각엔 자신이 할 수 없는 일에 대해 안타까워할 필요는 없어. 자신이 겪는 일을 최대로 즐기면 돼."

"감사합니다! 맞아. 내가 겪는 일만 즐기지. 샌슨과 말이 나에게 탄다든가……."

"그만!"

"도대체 어떻게 아침과 점심에 걸쳐 두 번이나 실수했지?"

"몰라! 젠장, 내가 왜 그랬지? 한 번만 더 이루릴을 만나면 난 돌아버릴 거야. 뭐, 이제 다시 만날 수는 없겠지만."

"섣부른 판단이야."

"응?"

"홀 입구를 봐. 놀라운데. 아무런 약속도 없이 하루에 세 번을 만나는 사람에게라면……, 뭐라더라?"

샌슨은 급히 허리를 틀다가 허리를 삐끗하고는 고통스러운 신음을 흘렸다. 홀 안의 다른 손님들도 홀의 입구를 바라보고 있었다. 거기에는 이루릴이 서 있었다.

이루릴의 검은 머릿결이 램프의 불빛을 반사하여 검붉은 폭포수가 되어 어깨에 내려앉고 있었다. 이루릴은 주위를 살짝 둘러보다가 우리 쪽을 쳐다보았다. 이루릴의 눈이 조금 커졌다.

이루릴은 우리 쪽으로 걸어왔다. 그녀는 배낭을 테이블 옆에 내려놓고 앉으면서 말했다.

"놀랍군요. 아무런 약속도 없이 하루에 세 번을 만나는 사람에게라면 목숨을 맡겨야 된다고 했는데."

맞다! 그런 말이었다. 약속이 없어도 그렇게 만나지는 사람이라면 대륙 양끝에 갈라놓더라도 만날 수 있으므로 절대로 원수로 삼아서는 안 된다. 그러므로 만일 원수가 된다면 어차피 도망칠 수 없으므로 목숨을 맡겨두어야 되는 셈이고, 친구라면 어떤 상황에서도 나타나 도와줄 것이므로 역시 목숨을 맡겨두어도 상관없는 셈이다.

이루릴은 나처럼 그 말을 떠올린 것이다. 나는 웃으며 물어보았다.

"누구 말이었죠?"

"후치는 항상 내게 인간의 말을 묻는군요. 루트에리노 대왕이 중부 대로를 지나면서 대마법사 핸드레이크를 세 번 만났을 때 한 말이죠."

"우리도 중부 대로에서 세 번 만난 셈이군요. 거참. 그런데 말도 없으신데 어떻게 이렇게 빨리 왔지요?"

"말은 인간의 길을 달리고 저는 숲을 달렸으니까요."

흠, 지하에서 드워프와 경주하지 말고 숲 속에서 엘프와 경주하지 말라고 했던가? 그렇지만 진짜 빠르네? 샌슨은 꽤 조심하면서 말했다.

"저, 반갑습니다. 이루릴. 이 여관에 묵으실 건가요?"

"예. 간판이 마음에 들더군요. 낮에 여러분과 겪었던 일이 생각나서 들어와 보았는데 뜻밖에도 여러분을 뵙게 되는군요."

그때 유스네가 쪼뺏거리며 다가왔다.

"저, 아가씨는 이분들과 동행이신가요?"

"아니, 그냥 아는 분이에요. 저도 여기에 묵을 생각입니다. 방 준비될까요?"

"물론이죠. 지금 올라가시겠어요?"

"아뇨. 이분들과 좀 이야기를 나누고 올라가겠어요. 맥주나 좀 가져다주겠어요?"

유스네는 알았다고 고개를 꾸벅이고는 물러갔다. 그녀는 이채롭다는 듯이 나를 바라봤는데, 마치 네가 뭐하는 녀석이길래 그렇게 힘이 센데다가 엘프까지 아느냐는 듯한 눈빛이었다. 그러고 보니 다른 손님들도 느닷없이 나타난 검은 머리의 미인 엘프가 우리를 아는 척하니까 꽤 흥미롭다는 듯이 우리를 바라보았다.

나는 그 눈길을 충분히 즐기며 이루릴에게 말했다.

"당신은 어디까지 가는데요? 아, 이유가 있어서는 아니고 그냥 호기심에서 묻는 겁니다."

"델하파의 항구로 갑니다."

거기가 어디지? 난 샌슨을 돌아보았고 샌슨은 기억을 더듬다가 말했다.

"아! 그럼 수도를 지나치시겠군요?"

"인간들의 수도를 지나치겠지요."

"아, 예. 그럼 이게 세 번째 부탁인데, 동행하시지 않으시겠습니까?"

자! 이제 세 번째다. 이루릴은 또 말이 없다고 말할 텐데 과연 샌슨은 이번엔 뭐라고 대답할까? 그런데 실망스럽게도 이루릴은 말이 없다는 식으로 말하지는 않았다.

"저 오늘 오후 동안 숲 속을 걸으면서 그 생각을 많이 했어요. 여러분께는 뭔가 많은 것들을 배울 수 있었을 것 같아요. 그래서 동행하는 것도 좋았을 거라고 후회했어요."

이루릴은 갑자기 흠칫하더니 얼떨떨한 얼굴로 말했다.

"제가 후회라고 했나요?"

"그런데요?"

"후회…… 벌써 많은 것을 배우는군요. 과거는 절대로 바꿀 수 없는 것인데. 손댈 수 없는 것에 대한 갈망을 배웠어요. 마치 인간처럼 말했군요."

난 이해가 안 되어서 잠자코 있었다. 이루릴의 말은 계속 이어졌다.

"두 번이나 거절했는데도 다시 제의해 주신다니 정말 고마워요. 샌슨. 여러분과 수도까지 동행하겠습니다. 말을 한 마리 구하도록 해야겠군요."

샌슨의 얼굴 표정은…… 말도 하기 싫다. 바람둥이! 고향에 돌아가기만 해봐라. 내 입은 진실을 단속하는 데 있어서는 대단히 취약하단 말이야!

이루릴은 맥주 한 잔을 마시고는 2층으로 올라갔다. 샌슨은 좋아서 어쩔 줄을 모르다가 내 얼굴을 보고는 헛기침을 하며 자제했다. 난 보기에 불쾌할 듯한 표정을 지으려 애쓰면서 샌슨에게 말했다.

"반한 거야, 아니면 반한 것처럼 구는 거야?"

"무슨 소리야?"

"오, 제3의 가능성. 반한 것도 아니고 반한 것처럼 구는 것도 아닌데 내 눈에만 반한 것처럼 보인다는 말이지? 거 참 괴상하군."

"후, 후치! 쓸데없는 소리 하지 마! 다 마셨으면 일어나자. 일찍 쉬고 내일도 일찍 나서야지. 식료품도 좀 사고 램프 기름에…… 뭐, 보급품이 많잖아. 내일 오전은 바쁘겠어."

"괜찮아. 그건 나와 칼이 다 할게. 샌슨은 우리들 중 말에 대해 제일 잘 아니까 이루릴이 말 고르는 것이나 도와주지."

"그럴까? 네가 다 할래?"

샌슨은 좋아하다가 내 얼굴을 보고는 나의 유도 심문에 넘어갔다는 것을 알아차렸다. 헤, 제미니라도 이런 유도 심문에는 안 넘어가겠다. 정말 힘뿐만 아니라 머리도 오거야.

2층에 올라와 우리 방에 돌아오니 칼은 침대 위에 앉아서 뭔가를 읽고 있다. 오래간만에 침대도, 촛불도 있으니 책 읽기에는 딱 좋겠지만 보나마나 따분한 학술 서적이겠지. 칼은 그런 책만 본다. 여행중인데 소설이나 읽는 게 어울리지 않나?

"무슨 책이에요?"

칼은 책을 덮으며 말했다.

"마법사의 열전 같은 거야. 제목은 너무 기니까 생략하고……, 12인의 다리를 만들었다는 타이번 하이시커에 대해 알아보려고 했는데 이름이 안 나오는군. 하긴 이 책은 인명록 같은 것은 아니지만 그 정도의 일을 했다면 꽤 유명한 마법사라고 생각했는데."

"그래요? 참, 이루릴을 만났어요."

칼은 놀란 눈이 되었다.

"이 여관에 들렀어?"

"예."

"놀랍군. 아무 약속 없이 하루에 세 번 만나는 사람에겐 목숨도 맡긴다고 했는데."

"루트에리노 대왕. 맞지요? 이루릴도 그렇게 말했어요. 그리고 샌슨이 장장 세 번에 걸친 치열한 부탁 끝에 동행 허가도 받아내었지요."

"동행하겠다던가, 퍼시발 군?"

칼은 샌슨에게 물었고 샌슨은 고개를 끄덕였다. 칼은 허허 웃었다.

"나쁘지는 않겠지만, 그래도 동행이라면……. 아니, 관두지. 우리 여행의 관리자는 퍼시발 군이니까 퍼시발 군이 정한 대로 따르지."

칼이 별 이의 없이 동의하자 샌슨도 환한 표정이 되었다.

그러고 나서 샌슨과 나는 오래간만에 침대에서 누워 뒹구는 기쁨을 만끽했다. 배개를 집어던지고 시트를 뒤집어쓴 채 펄쩍펄쩍 뛰었다. 칼의 점잖은 제지가 아니었다면 아마 우리는 밤새도록 그렇게 했을지도 모르겠다.

5

다음날 아침, 나는 대야를 앞에 두고 세수를 하며 눈물을 흘릴 뻔했다.

"대야가 이렇게나 소중한 것인지는 몰랐어!"

게다가 세면실에는 비누까지 있었다. 난 말로만 듣던 이 진귀한 물건을 쓰느라 퍽 고생해야 했다. 도대체 손에 쥘 수가 없는 물건이었다. 샌슨은 그런 내 모습을 보며 피식거렸지만 초조한 기색이었다. 그는 아침 식사를 하러 가는 도중에도 계속 정신없이 주위를 둘러보았다.

우리는 퍽 일찍 일어났기 때문에 식당에는 아무도 없었다. 유스네는 우리가 들어왔는데도 일부러 못 본 척하며 다른 테이블을 닦고 있었다.

"야, 유스네! 그렇게 둔감하니 남자에게 걷어차였지?"

"아침부터 저게!"

유스네는 발칵 화를 내었다. 나는 유들유들한 표정으로 말했다.

"주문이나 받아. 빵하고 수프면 어떤 종류라도 상관없어."

칼과 샌슨도 각자 주문했다. 샌슨은 초조하게 식당 입구를 바라보고 있었고 칼은 짐짓 그런 샌슨을 못 본 체하며 주위를 둘러보다가 다른 테이블 위에 넓은 종이가 있는 것을 발견하고는 그것을 주워 읽기 시작했다.

"그게 뭐예요?"

"잡지라네. 네드발 군."

"잡지?"

"이건 주간 잡지로군. 매주 이 도시에서 일어난 일을 적은 종이야. 마을 사람들에게 소식을 전하는 거지."

"영주님 포고문 같은 거예요?"

"아냐. 이건 시민이 발행하는 거야. 누구네 집의 암소가 실종되었다든지 돌아오는 화요일이 누구 생일이라든지. 아니면 남쪽 자이펀과의 전쟁 소식이라든지. 이거 재미있군. '자이펀이 왜 해군력이 강한가…….' 라는 사설인데?"

"헤에……. 그건 나도 대답하겠네. 사막이 많으니까 바다로 진출할 수밖에 없잖아요?"

내 대답에 칼은 크게 만족한 표정을 지었다.

"훌륭하네, 네드발 군. 어쨌든 여행자들에게 그런 소식을 받아서 잡지에 싣는 거라네. 그리고는 이 종이를 팔아서 돈을 받는 거지."

"허! 그걸 돈을 주고 사본다고요? 헤, 그냥 누구에게 물어보면 되는 거 아니에요?"

"아니, 그렇게 비싸진 않아. 그리고 이 도시는 우리들의 고향보다는 훨씬 크니까 모든 소문이 다 퍼지기는 어려워요. 어디 보자. 여기 이 광고를 보게. 네드발 군. 헤이즐 언덕의 그랑엘베르 신전 소식이군. 그랑엘베르 신전에서 동절기 교리 연구가 있으니 관심 있는 시민들은 겨울 동안 수습 신관이 되어 그랑엘베르 탐구에 동참해 보라는군. 가을걷이도 끝나고 이제 신전에서도 농사일이 없으니까 교리 연구에 들어가겠지?"

"어, 그거야 그냥 알릴…… 수가 없나?"

"이 도시는 꽤 크다네. 그러니까 이렇게 알리고 싶은 소식이 있는 사람은 잡지사에 돈을 주고 그 소식을 실어달라고 하는 거야. 그리고 여긴 영지가 아니라 도시니까 시청 같은 곳에서 시민들에게 알릴 일이 있다면 역시 이런 잡지사에 돈을 주고 싣기도 하고……. 그래서 잡지 값은 그렇게 비싸지 않아요."

"아니, 아무리 그래도 종이 값은 엄청 비싸잖아요?"

"글쎄. 아마 잡지사에서는 신전과 계약하고는 신전에서 제공하는 종이를 공급받겠지. 대신 신전에서는 싼 값에 잡지에 이런 소식을 싣든가 하겠지."

칼은 싱긋 웃었고 나는 고개를 내저었다.

"정말 끔찍스럽네. 이런 여행이라도 나오지 않았다면 잡지라는 것이 있다는 거 죽을 때까지 몰랐겠는데요?"

옆에서 테이블을 닦던 유스네는 내 말을 듣고는 코웃음을 쳤다. 흥. 그래, 나 무식하다. 너도 헬턴트 영지 같은 곳에서 살아봐, 어떻게 되는가. 칼은 말했다.

"여행은 항상 새 지식의 습득이라는 유쾌한 선물을 준다네."

"흠. 아! 우리도 그럼 잡지사에 소식을 팔아먹어요."

"응?"

"'제9차 아무르타트 정벌군 패배하다.' 어때요?"

"좋은 생각이네만, 먼저 국왕께 알리고 생각해 보세. 순서라는 게 있거든. 왕의 드래곤이 패배했다는 이야기는 먼저 국왕께 보고해야 하지 않겠는가?"

그때 다른 목소리가 들렸다.

"왕의 드래곤이 패했다고요?"

이야기에 빠져 있느라 우리는 이루릴이 다가와 있다는 것도 못 알아차렸다. 이루릴은 우리들의 테이블에 앉으며 다시 물어왔다.

"왕의 드래곤이라면, 누가 누구와 싸우다가 패했다는 거지요?"

누구? 흠. 어느 것이냐고 묻지 않고 누구냐고 물으니 조금 이상하네. 칼은 대답했다.

"좋은 아침이외다. 세레니얼 양. 우리 이야기를 들으셨다면 아시겠지만, 먼저 전하께 보고해야 되는데요."

"그분은 저의 국왕이 아니에요."

이루릴은 담담하게 칼의 실수를 지적했다. 칼은 미안한 듯이 웃으며 말했다.

"미안해요. 세레니얼 양. 캇셀프라임이 아무르타트에게 패했습니다."

"캇셀프라임이라면 할슈타일 가의 화이트 드래곤 말인가요?"

"어, 잘 아시는군요?"

이루릴은 근심스런 표정을 지었다.

"아무르타트면…… 석양의 감시자, 헬카네스의 검은 창인 그 블랙 드래곤의 이름이군요. 그가 깨어났나요?"

어, 어? 무슨 말이야, 깨어나다니. 언제는 잠들어 있었나? 그러나 칼은 담담하게 대답했다.

"예. 약 50년 전에 깨어났습니다."

"그런가요."

윽. 관념을 뒤엎는군. 이 엘프 아가씨는 50년 동안이나 그 소식을 몰랐단 말인가? 나는 그것을 물어보려고 했지만 그때 유스네가 우리 식사를 가져왔다. 유스네는 이루릴이 우리와 합석한 것을 보더니 말했다.

"당신은 뭘 드시겠어요?"

"빵과 우유."

유스네는 당장 가져왔다. 주문이 간단하다보니 퍽 빠르군. 난 엘프들에게 식사하는 동안 말을 걸어도 되는 건지 몰라서 잠자코 있었고 샌슨은 이루릴이 먹는 모습을 감탄한 듯이 바라보았다. 참 별 게 다 구경거리다. 아무리 그래도 다른 사람(?) 먹는 걸 저렇게 뚫어져라 쳐다보다니. 난 테이블 아래로 샌슨의 다리를 차서 주의를 주었다. 샌슨은 당황하여 다시 자신의 식사를 했지만 어느새 스푼을 든 채 멀거니 이루릴을 바라보았다. 스푼에서 수프가 떨어져 테이블을 적시는데도 모르고 있었다. 아이고! 못 봐주겠다! 이루릴도 샌슨의 그런 모습을 보더니 놀라서 말했다.

"샌슨 씨. 수프가 떨어지는데요?"

"예? 아, 예. 죄송합니다!"

뭐가 죄송하다는 거야……, 정말 미치겠네. 이루릴도 의아해서 샌슨을 바라보았고 샌슨은 수프 접시에 얼굴을 가져다 박듯이 하고는 허겁지겁 먹기 시작했다.

유스네의 오빠인 그 털북숭이는 요리 솜씨가 정말 좋았다. 난 수프 접시를 핥지 않기 위해 무진장 애를 써야 했다. 유스네가 날 노려보고 있지만 않았다면 그렇게 했을지도 모르겠다. 조용히 식사가 끝나자 유스네는 후식을 물어왔고 전부 주스를 부탁했지만 칼만은 커피라는 것을 주문했다. 커피가 뭐지? 잠시 후 유스네는 김이 펄펄 나는 시커먼 것을 가져왔다. 찻잔에 담아온 것으로 보아 차 비슷한 것 같은데.

칼은 기쁜 듯이 커피를 마셨다.

"허, 오래간만이군."

저게 뭘까? 맛있나? 나는 주스를 홀라당 마셔버리고는 유스네에게 커피 한 잔 더 가져오라고 말했다. 유스네는 가소롭다는 듯이 날 바라보더니 곧 커피를 가져와 지나치게 정중한 동작으로 내 앞에 내려놨다. 난 그것을 한 모금 마셔보았다. 옆에서 보고 있던 샌슨이 궁금한 듯이 물어왔다.

"야, 후치. 그거 맛있냐?"

내가 대답하지 않자 샌슨은 더 궁금하다는 표정을 지었다. 나는 아주 불길한 추리를 하느라 대답할 수 없었던 것이다. 잠시 후 나는 처절한 눈빛으로 유스네를 바라보았다.

"우…… 유스네! 네, 네가 날 독살하려고?!"

일대 소동 끝에 나는 칼의 설명으로 그게 약을 탄 것이 아니라 원래 그런 맛이라는 것을 알게 되었다. 유스네의 눈빛은 더욱 차가워졌고 샌슨은 숨이 넘어갈 듯이 웃어대었다. 망신이다, 망신. 하지만 도대체 이걸 무슨 정신으로 마시는 거야?

어쨌든 식사를 마치고 우리는 밖으로 나왔다. 샌슨과 이루릴은 말을 사러 가게 되었고 칼과 나는 시장을 보러 나섰다. 그러자 이루릴은 모두 함께 다니는 것이 좋지 않겠느냐고 말했다. 자신도 살 물건들이 있으니 같이 시장을 돌아다녀 보자고 했다. 나는 유스네에게 부탁해 손수레를 얻었다. 유스네는 내가 손수레를 부숴먹을 거라는 듯이 툴툴거리면서 내주었다.

"시장 볼 거야?"

"응."

유스네의 표정이 더 안 좋아졌다. 그녀는 억지로 화를 참는 표정이 되더니 말했다.

"쳇. 하필 내가 시장 보러 나갈 때로군. 따라와."

"어, 그래? 다행이네. 그런데 너 혼자 시장 보려고? 이 큰 여관에서 사용할 거라면 부피가 클 텐데?"

"흥! 촌뜨기. 주문만 하면 돼! 그럼 배달해 주는 거야."

"어? 그래?"

유스네가 인도해 주어서 시장을 찾는 것은 간단했다. 유스네는 시장에 도착하자마자 우리와 헤어졌다.

밀가루, 건육, 베이컨, 오늘 저녁에 만들어 먹을 야채들 조금, 소금과 기타 등등. 물건값은 대단히 저렴했다. 우리 마을에서라면 상상할 수도 없이 싼 가격이다. 특히 종이 가격은 상상할 수 없을 정도였다. 나는 칼을 졸라서 종이를 가득 샀다. 종이는 뭣에라도 쓸모가 있겠지. 최소한 뭘 적어둘 수 있는 거니까. 나는 내친 김에 펜과 잉크도 사서 짐수레에 담으며 기쁜 표정으로 물어보았다.

"왜 이렇게 싼 거죠?"

칼은 웃으며 말했다.

"우리 마을이 너무 비싼 거라네. 상인들이 잘 들락거리지 않으니까. 하지만 이곳 레너스 시는 휴다인 강의 수로도 있고, 또 중부 대로의 관문이니까 물건들은 많지. 그러니 쌀 수밖에."

"우리도 아무르타트만 없어지면 중부 대로의 관문 도시예요. 그러면 우리 마을도 물건이 많아지고 가격도 싸지겠지요."

칼은 조용히 미소를 지을 뿐이다. 그때 이루릴이 말했다.

"후치. 당신은 보다 즐겁고 풍족해지기 위해 아무르타트가 없어지길 바라는 건가요?"

"보다 덜 비참하기 위해 아무르타트가 없어지길 바라는 거예요."

이루릴은 내 말을 이해하지 못하겠다는 표정을 지었다. 하지만 나는 즐거운 쇼핑에서 아무르타트의 이름이 거론되는 것을 원하지 않는다. 지금 우리 아버지는 어떻게 지내고 계실까. 아마 고블린들의 동굴에 갇혀서 입에도 댈 수 없을 것 같은 음식들을 먹고 계시겠지. 빌어먹을. 그런데 나는 여기서 대단히 싼 물건들 사이에서 즐거워하고 있다. 아버지, 아버지의 자식은 왜 이 모양이지요?

생각이 거기까지 진행되었을 때였다.

"크아아악!"

비명소리. 여기가 헬턴트 영지인가? 시장의 분위기는 돌변했다. 사람들은 마구 뛰고 있었는데 방향성이 없었다. 이곳에서 저곳으로, 저곳에서 이곳으로. 하지만 샌슨은 날카롭게 비명의 진원지를 파악했다.

"저기다. 그런데 무슨 일이지?"

"가보세나."

칼이 앞장섰다. 그 동안에도 계속 비명소리와 뭔가 부서지는 소리가 들려왔다. 그리고 우리가 달려가는 방향에서 사람들이 마구 달려오고 있었다. 사람들의 얼굴은 공포에 질려 있었다. 뭘까? 이윽고 그 사람들의 등 뒤에서 달려오는 것이 보였다. 젠장, 어디선가 한 번 겪었던 일이로군.

트롤 세 마리가 달려오고 있었다.

"뭐야? 트롤이잖아? 어떻게 도시 한가운데에서?"

샌슨은 당황하며 롱소드를 뽑아들었다. 사람들은 정신없이 달아나고 있었다. 그런데 내 앞쪽에서 웬 건장한 사나이가 앞의 할머니를 밀쳐버리는 장면이 보였다. 그 할머니는 땅으로 구르더니 일어나지 못했다. 발목을 다쳤는지 비척거리며 일어나려고 애쓰고 있었지만 공포와 고통으로 도저히 일어나지 못했다.

"어떻게 저럴 수가!"

아니다, 이건 아니다! 우리 마을에서라면 저 정도의 사나이라면 죽어서라도 버텼을 것이다. 실제로 얼마 전에 우리 마을에서도 그렇게 하는 것을 내 눈으로 보았다. 내 몸은 내 생각보다 빨랐다.

난 그 사나이의 앞을 가로막았다. 그 사나이는 거친 동작으로 그대로 날 밀고 지나가려 했지만 나는 그 사나이를 붙잡으며 말했다.

"이봐요! 저 할머니를 일으켜 세워요!"

"이 새끼가! 이게 돌았나? 너 저 할마씨 손자야?"

"아니, 그렇진 않아요. 하지만 이럴 수는 없어요!"

그 사나이는 두말하지 않고 주먹을 날려왔다. 이게! 난 그 사나이의 팔목을 붙잡았다. 힘껏 내지른 팔이 갑자기 막히자 그 사나이는 어깨가 부러지는 느낌을 받은 모양이다. 자지러지는 비명을 지르며 무릎을 꿇었다.

그자를 적당히 처리해 주고 싶었지만 달려오는 트롤이 더 급했다. 난 그 사나이를 집어던져 버리고는 할머니에게 달려갔다.

"사, 살려줘!"

그 할머니는 울면서 외치고 있었고 트롤들은 거칠게 달려오고 있었다. 트롤이 내려치는 돌도끼가 보였다. 할머니의 머리가 쪼개지기 직전, 난 급한 나머지 할머니의 다리를 잡아당겼다. 간신히 할머니를 구할 수 있었다. 나는 할머니를 뒤로 돌렸다.

"달아나실 수 있겠어요?"

그 할머니는 절뚝거리며 달아났다. 그리고 나는 길을 막아선 채 바스타드를 뽑아들었다. 제기, 잘 봐둬! 헬턴트 영지의 사나이라면 이렇게 한다고! 내 목숨 하나가 얼마의 시간으로 바뀌질 수 있을까. 빌어먹을, 그런데 누구에게 남길 말을 전하지?

"야, 이 자식들아. 날 죽이는 데 얼마 걸릴 것 같냐?"

OPG가 있으니 조금은 버티겠지. 그 동안 저 할머니가 어디까지 달아나려나.

하지만 나에게는 응원군이 있다. 또 다른 헬턴트 토종 사나이 샌슨이 달려와 내 옆에 섰다. 샌슨은 별말도 하지 않고 롱소드를 휘두르기 시작했고 돌도끼를 든 트롤의 팔이 삽시간에 뼈를 드러내는 커다란 상처를 입었다. 샌슨은 낮게 외쳤다.

"내 목숨은 한 개! 그래서 비싸지! 유니크하거든?"

좋아, 저거다! 빌어먹을 정도로 짜릿하군.

"에라, 나는 끝까지 일자무식!"

내가 제일 잘하는 건 그것뿐이야! 트롤은 엉겁결에 돌도끼를 내려치다가 내 바스타드에 두 번이나 맞고 팔이 뎅겅 잘려나갔다.

"키륵!"

그놈은 황급히 뒤로 물러섰다. 그러나 샌슨이 상대하고 있던 놈 말고도 한 놈이 더 있다. 그놈은 내 옆구리에서 짓쳐들어오고 있었다. 그때 날카로운 빛이 나와 그 트롤 사이를 지나쳤다.

이루릴이었다. 이루릴의 망고슈가 아주 희한하게 움직이는 것이 보였다. 이루릴은 내려떨어지는 트롤의 팔에 마치 사과 깎듯이 비스듬히 망고슈를 들이대었다. 그러자 별 힘도 들이지 않고 트롤의 팔 근육은 육포 떠내듯이 들어올려졌다. 도대체 얼마나 침착할 수 있으면 저런 기술을 쓸 수 있을까?

"키르르르! 키륵키륵!"

그놈은 허둥지둥 뒤로 물러섰다. 상처가 빠르게 아물고 있었다. 제길, 트롤이지. 난 이루릴에게 일단 그놈을 맡기고 내 앞의 팔이 날아간 놈을 상대했다. 그놈의 팔은 아직 재생이 되고 있지 않았다. 하지만 돌도끼를 들지 않은 반대편 팔이 날아왔다.

"우우욱!"

배에 한 방 맞았다. 내 몸은 부웅 떠올라 뒤로 나뒹굴었다. 죽지 않은 것은 OPG 덕분이겠지. 타이번, 고마워요. 그대로 기절하고 싶었지만 그것은 죽음이다. 나는 구르다가 그대로 일어섰다.

날 바라보며 놀라고 있는 사람들이 보였다. 나는 고함을 질렀다.

"좀 도와줘요!"

하지만 그 사람들은 내 목소리가 신호가 된 듯이 다시 몸을 돌려 달아나거나 옆의 건물로 들어가며 문을 닫아버렸다. 이건 말도 안 돼! 쾅쾅거리며 문 닫는 소리가 너무 크게 들렸다.

"네드발 군!"

칼의 목소리에 난 정신을 차렸다. 그 트롤이 나에게 달려들고 있었다. 그놈은 어느새 재생된 팔로 날 껴안듯이 후려치려고 했다.

"죽어보자!"

난 한 손으로 바스타드의 검신을 받치고 다른 손으로 칼자루를 쥔 채 땅을 짚으며 앞으로 데굴 굴러버렸다. 트롤의 팔은 허공을 쳤고 난 트롤의 다리 옆을 굴렀다. 그러고는 일어설 사이도 없이 그대로 뒤를 보지도 않고 팔을 뒤로 돌려쳤다. 뭔가 닿았다.

"키르륵!"

놈의 허벅지를 벤 모양이다. 나는 다시 앞으로 구른 다음 일어섰다. 트롤은 다리를 절뚝거리며 역시 뒤로 돌아나와 마주섰다. 재생될 틈은 주지 않는다!

"일자무식, 옆으로!"

나는 바스타드를 수평으로 든 채 허리를 빙글 돌렸다. 하지만 이번엔 한 바퀴 돌고 나서 무릎을 꿇어버렸다. 두 번째는 아주 낮게 베었으며 허리를 뒤로 젖히며 피하던 트롤은 다리를 맞았다. 못 움직이겠지. 지체없이 세 번째 돌 때 무릎과 허리를 폈다. 다리 관절이 부러지는 느낌이 들었지만 나는 앞으로 뛰어오르며 세 번째 회전을 성공시켰다.

트롤의 목이 뎅겅 날아갔다. 그리고 나는 목이 없는 트롤의 몸에 그대로 부딪혀버렸다. 트롤은 쓰러졌고 내 입엔 트롤의 피가 가득 들어왔다. 우웩! 현기증이 난다. 게다가 아무래도 발목이 어떻게 된 것 같은데. 나는 발목의 고통을 참으며 그대로 트롤의 시체 위를 굴러 일어섰다. 주위를 둘러보았다.

샌슨은 트롤의 정면에 서서 그 오거 같은 힘으로 상대의 몸에 계속 상처를 만들어내고 있었다. 웬만한 인간이라면 단번에 죽을 상처였다. 하지만 트롤은 돌도끼를 휘둘러 샌슨을 물러나게 하면서 계속 상처를 재생시키고 있었다. 한편 이루릴은 가벼운 몸놀림으로 계속 트롤의 등 뒤쪽이나 옆에 서 있었으며 절대로 정면에 서지 않았다. 트롤은 옆으로 공격해야 되었고, 그럴 때마다 이루릴은 그 팔에 비스듬히 망고슈를 들이대거나 비어버린 허리나 등에 에스터크를 꽂아넣었다. 하지만 샌슨의 롱소드에 의한 상처도 재생해 버리는 트롤에게 에스터크의 상처는 너무 작았다.

누굴 도와야 되나? 나는 그런 생각을 하며 무의식중에 몸을 일으켰다. 발목에서 엄청난 고통이 느껴져 자칫 쓰러질 뻔했다.

"우음……."

시장 보러 온 길이라 롱 보를 가지고 오지 않아서 뒤에 있던 칼이 허둥지둥 나를 부축했다. 난 칼의 어깨를 붙잡고 분한 눈으로 주위를 둘러보았다. 이 커다란 도시. 우리 마을과는 비교도 되지 않는 커다란 건물과 넓은 길. 그러나 아무도 보이지 않았다. 한 명도 보이지 않는다.

그러나 눈을 들자 2층이나 3층에서 우리를 내려다보는 얼굴들이 보였다. 그러고 보니 창문마다 우리를 내려다보고 있었다.

욕지기가 올랐다.

"으아아아아아!"

난 칼을 뿌리치며 앞으로 뛰었다. 내 앞에는 이루릴을 쫓느라 등을 보인 트롤이 있었다. 다리가 휘청거리자 나는 더 생각할 것 없이 한쪽 다리로 뛰어올랐다. 난 바스타드를 거꾸로 쥐고 그대로 그놈의 등에 바스타드를 꽂아넣으며 매달렸다.

"키르르켁!"

"아아아아아!"

나는 있는 힘껏 바스타드를 밑으로 당겼다. 뭔가 계속 걸리는 느낌이 들다가 일순 바스타드를 쥔 손에 아무런 느낌도 없어지며 바스타드는 자유롭게 빠져나왔다. 놈의 허리 옆으로 빠져나온 것이다. 그놈은 그대로 앞으로 쓰러졌다. 나는 쓰러진 그놈의 등에 올라탄 채 바스타드를 내리찍기 시작했다.

"으아! 으아! 으아아아!"

몇 번을 내리찍었는지도 모르겠다. 그놈의 등과 목은 완전히 너덜너덜해졌고 내 몸엔 그놈의 피가 가득 튀었다. 나는 마지막으로 그놈의 머리를 잡았다. 머리카락이 없었지만 내 손가락은 그놈의 머리를 뚫고 들어갔다. 나는 그놈의 허리가 부러져라 상체를 끌어올린 다음 목 앞에 바스타드를 대고는 그놈의 머리를 밑으로 밀어버렸다. 목이 간단히 잘렸다. 나는 그 목을 팽개쳤다.

이루릴은 날 보고 있지 않았다. 침착한 그녀. 그녀는 벌써 샌슨을 돕고 있었다. 이루릴은 등 뒤에서 놈의 무릎 뒤를 찔렀고 트롤은 무릎을 꿇었다. 그리고 샌슨이 그놈의 머리를 쪼개버렸다.

주위는 살점과 핏물로 가득했다. 샌슨이나 이루릴은 그런 대로 깨끗한 상태였지만 내 가죽 갑옷은 완전히 피에 젖어 있었고 얼굴과 손도 피범벅이었다. 나는 그렇게 트롤의 몸 위에 올라타 앉아 있었다.

샌슨이 다가와서 손을 내밀었다. 나는 그 손을 잡고 몸을 일으켰다. 다리가 휘청거려 다시 쓰러지려 했으나 샌슨이 재빨리 내 겨드랑이를 안아올렸다.

"다리 다쳤니?"

"접질렸어. 괜찮을 거야."

"다행이구나. 아무도 안 다쳤어."

"그런데 이 빌어먹을 도시에는 경비대도 없나?"

"출동이 좀 늦는구나."

나는 망연히 주위를 둘러보았다. 주위의 건물들의 문이 하나씩 열렸다. 그리고 사람들이 하나둘씩 나왔다. 나온단 말이지? 하! 도와주시려고? 그 사람들은 인상을 찌푸리며 흐르는 핏물이 자기 집 쪽으로 흐르지 못하도록 발로 비벼버렸다. 건물 벽과 문에 튄 피와 살점을 기분 나빠하며 닦아내는 모습도 보였다.

"샌슨. 빨리 돌아가자."

"돌아가자고?"

"여기 더 있다간 살인날 것 같아."

샌슨은 묵묵히 고개를 끄덕였다. 나는 샌슨의 부축을 받아 앞으로 걷기 시작했다. 칼이 짐수레를 끌고 왔으며 이루릴은 내 옆에서 걸으며 손수건으로 내 얼굴의 피를 닦아내었다.

"괜찮아요. 이루릴. 어차피 그래가지고 닦이지도 않을 텐데."

"눈은 보여야 걷지 않겠어요? 자……, 이제 얼굴은 대충 닦았어요."

"고마워요. 꼭 손수건 하나 사줄게요."

이루릴은 대답없이 빙긋 웃었다. 여관까지 빌어먹을 정도로 머네. 거기까지 이렇게 절뚝거리며 가야 된다니 앞이 노랗다. 다리가 불편하다는 것은 예삿일이 아니군. 다리 하나가 말썽이라도 이렇게 불편한데 앞이 안 보이는 타이번은 얼마나 불편할까. 타이번. 당신이 있었다면 깨끗하고 간단하게 트롤들을 처리했겠지요. 이런 역한 광경을 보지 않았어도 됐고 말이야.

"네드발 씨?"

누구야? 이런 황당한 호칭으로 나를 부르는 사람이? 난 피에 젖어 얼굴에 달라붙은 머리카락을 떼어내며 앞을 보았다. 아는 사람이군.

"야, 용맹 무쌍한 레이디!"

유스네는 시장 한모퉁이에서 질린 표정으로 날 보고 있었다. 나는 그녀가 뭐라고 할지 짐작이 가서 먼저 말했다.

"여관에 피 묻히진 않을게. 혹시 묻으면 내가 다 닦지."

"아, 아냐, 후치. 저, 응…… 그러니까,"

무슨 말인지 도저히 알지 못할 말을 하더니 유스네는 달려가 버렸다. 쳇, 그런데 이 모양으로 어떻게 피를 묻히지 않고 여관에 들어가지? 난 뒤를 잠깐 돌아보았고 대로에 남아 있는 내 발자국을 보았다. 아주 멋진 붉은색 발자국으로 능숙한 레인저가 아니라도 날 쫓는 것은 간단할 것처럼 보인다.

점점이 이어진 발자국.

내 발자국, 그렇군. 내 발자국이군.

어지럽다.

여관에 무슨 정신으로 도착했는지 모르겠다. 어쨌든 도착하니 유스네의 오빠인 그 털북숭이가 여관 현관으로 나오고 있었다. 그는 내 몰골을 보더니 눈이 휘둥그레졌다.

"유스네 말대로군요, 손님. 잠깐……."

"어?"

그 털북숭이는 그대로 날 번쩍 들어올렸다. 뭐야?

"어어! 약간 접질린 거예요! 이거 부끄럽게 왜 이래요?"

그 털북숭이는 그대로 나를 안아올린 채 계단을 달려 올라갔고 칼과 샌슨, 이루릴도 그 뒤를 따랐다. 그는 여관 안으로 들어오더니 식당 옆에 있는 어느 방으로 날 데려갔다. 아무래도 이 사나이의 방인 것 같다.

그는 날 테이블에 앉히더니 내 다리를 살폈다. 그는 내 다리를 주무르며 말했다.

"아프지 않습니까?"

"내, 내 표정 보면 모르겠어요?"

"붓고 있군요. 뼈가 부러진 것은 아닌 것 같은데……. 아마 다리 뼈에 금이 간 것 같군요."

그러자 이루릴이 밖으로 나갔다. 잠시 후 이루릴은 뭔가를 들고 왔다. 저건 본 적이 있는 건데? 아, 우르크에게 줬던 그 약병과 같은 것이군.

"마셔요. 후치."

"다리가 부러진 데도 들어요?"

"칼에 찔린 상처도 낫는 것을 봤을 텐데요?"

나는 고개를 끄덕이고는 그 약병을 받아 마셨다. 털보는 놀란 눈으로 나와 이루릴을 번갈아 보았다. 잠시 후, 다리의 통증이 싹 가셨다. 나는 유쾌하게 테이블 아래로 내려설 수 있었다.

"이런, 테이블이 엉망이 됐군요."

"그거야 닦으면 되니 상관 마세요. 그런데 다리는 괜찮습니까?"

"끄떡 없어요. 그런데 좀 씻어야겠군요. 여관을 엉망으로 만들겠어요."

"유스네가 목욕물을 준비하고 있습니다. 따라오세요."

허. 먼저 달려오더니 그 준비를 한 건가? 제법이네. 고맙네. 기특하네. 갸륵하네.

잠시 후, 나는 깨끗이 씻고 옷도 갈아입고는 말쑥하게 홀에 앉아 있었다. 다른 사람들도 모두 모여 있었고 우리는 맥주 한 잔씩을 마시고 있었다. 그리고 그 털보도 우리 테이블에 함께 앉아 있었다. 그 털보의 이름은 쉐린이라고 했다. 나는 그 사나이가 여관 주인이라는 말을 듣고 놀랐다.

털보 쉐린은 고개를 끄덕이며 말했다.

"원래 아버지가 주인이셨습니다. 작년에 지병으로 돌아가시고는 제가 이 여관을 경영하게 되었습니다. 어머니께서는 시내 다른 곳의 집에서 살고 계십니다. 장사에는 관심이 없으시거든요. 전 아버지가 계실 때도 요리사였고 장부 정리나 출납은 유스네가 정리하니까 그대로 요리사 일을 하고 있지요."

"유스네는 당찬가 보네요."

그때 칼이 의문을 제시했다.

"그런데 어떻게 도시 한가운데서 트롤들이 갑자기 나타난 걸까요?"

쉐린은 곰곰이 생각하는 투였다.

"직접 보지 않아서 모르겠지만, 아마 투기장에서 달아난 놈들인 것 같습니다. 여관의 하인들을 보내 알아보게 했습니다."

"투기장이요?"

"예. 이 도시에는 투기장이 있습니다. 거기에 트롤도 몇 마리 있다고 들었는데 그놈들이 달아난 모양입니다."

투기장이 뭐냐? 어제 듀칸 버터핑거라는 그 하플링이 그 비슷한 이야기를 하는 것을 듣긴 들었는데. 난 얼떨떨한 표정으로 샌슨을 바라보았지만 샌슨도 모른다는 표정이었다. 그래서 나는 쉐린에게 물어보았다.

"투기장이 뭔데요?"

"말 그대로 싸우는 곳입니다. 전사들과 전사들, 혹은 전사들과 몬스터가 싸울 수도 있습니다."

"왜요?"

쉐린은 당황한 표정으로 날 보더니 말했다.

"구경거리죠. 도박도 하고요. 승패에 돈을 걸고 도박을 하는 겁니다."

"예에?"

우리들은 당황해 버렸다. 구경거리라니. 내가 우리 고향에서 타이번이 불러낸 일루전과 싸울 때처럼? 하지만 그것은 일루전이니까 일종의 연극 같은 것이었다. 하지만 아까 트롤은 실제였는데?

"실제의 몬스터와 싸우는 건가요? 그럼 죽을 수도 있는데?"

"그렇습니다. 죽기도 하지요."

샌슨은 어처구니없다는 표정으로 말했다.

"아니, 그런 미친 짓을 하는 사람도 있어요? 누가 거기서 싸우는데요?"

"직업 검투사도 있고……. 보통은 돈이 궁한 사람들이죠. 배당이 낮은 전사가 이기면 막대한 돈을 받을 수도 있거든요."

"그러니까 뭐냐, 목숨을 걸고 돈을 번다?"

"그런 셈이죠."

칼이 의아한 표정으로 끼어들었다.

"그런 사람이 많습니까? 많으니까 투기장 영업이 되겠지만, 내 생각에는 그렇게 목숨을 내던질 정도로 돈이 궁한 사람은 없을 것 같은데요. 그리고 직업 검투사라 해도 웬만한 검사라면 자기 실력이 아무리 좋아도 승패는 그것만으로 결정되는 것이 아니라는 것쯤은 알 텐데."

샌슨이 감탄한 표정을 지었다. 칼은 마치 노련한 전사처럼 이야기했다.

쉐린의 얼굴에 불쾌한 표정이 지나쳤다. 수염에 가려 잘 보이지 않긴 했지만 그 눈은 분명 분노하고 있는 표정이었다. 쉐린은 괴로운 목소리로 말했다.

“여러분은 고리 대금이라는 말을 들어보셨습니까?”

고리 대금? 그거 비싼 이자로 돈을 빌려주는 거 아니야? 그런데 그게 갑자기 왜 나오는 거지? 그런데 칼이 갑자기 눈살을 찌푸리더니 말했다.

“설마……, 그 투기장 주인이 빚 대신 거기서 싸우게 만드는 겁니까?”

“정확하시군요.”

“아니, 시청에선 그런 걸 가만 둡니까?”

“그 사람은 대단히 힘이 세지요. 시청 직원들은 모조리 매수했고 사실 시장도 내키면 갈아치울 수 있습니다. 쉬쉬하지만 다들 잘 알고 있습니다. 그리고 우리 시의 경비대는 거의 그 사람의 사병이나 다름 없습니다. 그리고 본인이 가진 사병도 대단하지요.”

“맙소사.”

어처구니가 없어지는데.

대충 감은 잡힌다. 그러니까 급하게 돈이 필요한 사람에게 돈을 빌려준다. 그리고 엄청난 이자로 꼼짝을 못하게 하고선 투기장에서 싸우도록 하는 것이다. 이겨도 돈을 줄 필요는 없겠지. 빌린 돈을 갚는 셈이니까. 그리고 지면 그만이다. 도박을 이용해 돈을 벌 테니까. 이성적으로는 대충 알아먹겠지만, 가슴으로는 도저히 그런 일이 가능한지 모르겠다. 빌린 돈 대신 목숨을 내놓고 싸우라고 말할 수 있는 그 투기장 주인의 머릿속은 어떻게 생겨먹었을까.

그때 문 밖에서 소란스러운 소리가 들리더니 곧 저벅거리며 복도를 걷는 소리가 들렸다. 샌슨은 고개를 갸웃거렸다.

"무슨 소리지?"

쉐린은 당황한 얼굴이 되었는데, 아마 무슨 소리인지 짐작하는 모양이다. 이윽고 완전 무장을 갖춰입은 여덟 명의 전사들이 홀 안으로 들어섰다. 모두 체인 메일을 입고 핼버드를 들고 있었다. 대단한 무장이네? 그리고 그 뒤에선 유스네가 달려와 그들을 막아섰다.

"이봐요! 손님들이 있는데 뭐하는 짓들이에요?"

하지만 그 병사들은 들은 척도 하지 않았다. 도시의 경비대인가? 하지만 쉐린은 말했다.

"조금 전에 말씀드린 사람의 사병입니다."

에엑? 사병들이 저렇게 무장을 잘 갖춰입었어? 우리 영주님의 경비대 대장인 샌슨은 어처구니없는 표정으로 자신의 가죽 갑옷을 내려다보았다. 그들은 주위를 둘러보더니 우리 쪽으로 걸어왔다.

"쉐린, 이 사람들인가?"

쉐린은 찌푸린 얼굴로 고개를 끄덕였다. 그러자 병사는 말했다.

"좋아. 우리는 실리키안 남작의 병사다. 당신들이 트롤들을 죽였지?"

실리키안 남작? 그 사람이 귀족이었나? 샌슨은 고개를 끄덕였다.

"그런데?"

"트롤 한 마리당 200셀이니 모두 600셀이다. 보상금을 지불하도록."

나는 뭔가 잘못 들은 것 아닌가 하는 생각을 하지는 않았다. 왜냐하면 잠깐 동안 샌슨도 말도 못한 채 병사를 올려다보았고 칼과 이루릴도 마찬가지였기 때문이다. 샌슨은 고개를 갸우뚱거리며 말했다.

"잠깐, 우리가 내놓으라고?"

"그럼 누가 내놓는단 말인가?"

"우리가 트롤들을 죽여준 데 대해 고맙다고 상금을 주는 것이 아니라 우리가 그 보상금을 내라고?"

"이 자식, 이거 돈 녀석 아니야?"

병사는 어처구니없다는 표정으로 내려보더니 당장 샌슨의 정강이를 걷어찼다. 샌슨은 헛바람을 삼키더니 곧 눈에서 불똥을 튀기며 일어섰다. 그리고 나도 동시에 일어섰다.

"너 지금 뭐한 거냐?"

"이것 좀 보게?"

"이것? 난 헬턴트 자작의 부하로 헬턴트 본성의 경비대 대장 샌슨 퍼시발이다. 너 지금 나에게 뭐한 거냐?"

병사들은 샌슨의 당당한 말투에 노골적인 비웃음을 띠었다.

"자작이 뭐 어쨌다는 거야? 어디서 굴러먹던 촌놈이 위 아래도 모르고 덤비네?"

"깡촌에서 방금 기어올라온 놈들은 정말 문제야. 도대체가 막혀서 뭘 모른단 말이야. 보면 정말 불쌍한 정도라고."

"어느 산골에서 산적 두목 비슷한 귀족 모시고 있던 모양이군……. 퉤!"

이걸 가리켜 어이가 없다고 말하는가 보다. 하도 기가 막혀서 웃음이 나올 지경이다. 샌슨도 너무 어처구니가 없으니 화도 못

내고 있었다. 그때 그 병사가 다시 샌슨의 정강이를 걷어찼다. 완전히 자기 부하 다루듯이 하네. 샌슨은 신음소리를 내며 허리를 숙였고 그 병사는 핼버드의 창끝으로 샌슨을 찍으려 했다.

그 시도는 성공하지 못했다. 왜냐하면 내가 그 핼버드를 잡았으니까. 그 병사의 표정이 험상궂어졌다.

"이 꼬마는 또 뭐야?"

그는 핼버드를 당기려 했다. 나는 그것을 한 손으로 쥐고 있었지만 그는 양손으로도 빼앗지 못했다. 나는 핼버드를 비틀며 당겼고 그는 핼버드를 놓쳤다. 그의 얼굴이 변하기도 전에 나는 그것을 두 손에 쥐었다.

"이건 얼마야?"

"뭐, 뭐야?"

난 그 창대를 부러뜨렸다. 병사들의 얼굴에 놀란 표정이 떠올랐다. 나는 반으로 부러진 창대를 다시 모아쥐고는 그것을 부러뜨려 네 조각으로 만들었다. 난 그 조각난 창대를 그 병사에게 던져주면서 말했다.

"너희는 얼마야?"

병사들의 질린 표정에서 드디어 공포가 떠올랐다. 나는 매몰차게 말했다.

"너희를 죽이고 나면 얼마를 내놓아야 되지?"

핼버드를 뺏긴 병사는 뒤로 물러섰고 나머지 병사들은 일제히 핼버드를 앞으로 내밀었다. 나는 화가 머리끝까지 올라서 바스타드를 뽑아들려고 어깨로 손을 가져갔지만 씻고 갈아입느라 바스타드는 가지고 있지 않았다.

샌슨은 롱소드를 뽑으려들다가 참았다.

"밖으로 나가자."

샌슨은 쉐린의 입장을 생각한 모양이다. 병사들은 주춤거리며 뒤로 물러났다. 그들도 핼버드 같은 무기로 실내에서 싸우는 것은 불리하다고 생각했던 모양이다. 그들은 몇 발자국 물러나더니 곧 밖으로 달려나갔다. 샌슨은 씩씩거리며 곧 그 뒤를 따라 걸으려 했다. 칼이 불렀다.

"여보게, 퍼시발 군. 어쩔 생각인가?"

"우리 영주님이 모욕당했습니다. 그것도 고작 남작의 부하에게. 아니, 남작이라는 것도 믿어지지 않는군. 쉐린? 그 실리키안인가 하는 사람, 정말로 남작입니까?"

"귀족의 부하가 저 모양이겠습니까?"

"생각대로군. 자칭 남작이란 말이지? 어디 두고 보자."

"그래도 저 많은 인원과 싸울 생각입니까?"

"죽는 것은 언제 어디서나 가능하지만 원하는 장소와 시간을 선택하기는 어렵지요. 따라서 내가 선택할 수 있다면 죽는 것은 상관없습니다."

샌슨은 앞뒤가 맞는 듯하면서도 뭔가 이상한 말을 해버리고는 그대로 걸어나갔고 난 부리나케 2층으로 올라갔다. 갑옷은 입을 시간이 없어 바스타드만 들고 아래로 내려왔다. 여관 밖에서는 이미 샌슨과 그 가짜 남작의 부하 여덟 명이 대치하고 있었다.

6

샌슨은 롱소드를 뽑지 않은 채 말했다.

"너희들은 나의 주인을 모멸했으니 내가 결투로 상대해 주겠다. 한 놈이 덤빌 거냐, 모두 덤빌 거냐?"

병사들은 서로 쳐다보았다. 아무래도 이 많은 인원이 한 사람에게 덤빈다는 것은 그들로서도 자존심이 상하는 모양이다. 그들 중 아까 내게 핼버드를 빼앗겼던 자가 다른 병사의 핼버드를 받아들고는 앞으로 나섰다. 그자가 우두머리인 모양이다. 그놈은 계단 위에 서 있는 날 힐끗 보더니 말했다.

"야, 너도 싸울 거야?"

"내가 왜? 아, 너와 함께 싸워달라는 거야?"

그놈은 콧방귀를 뀌더니 그대로 검도 뽑지 않은 샌슨에게 핼버드를 휘둘렀다. 하지만 샌슨은 상대의 발을 보고는 상대가 팔을 움직이기도 전에 벌써 움직임을 간파했다. 그는 뒤로 슬쩍 물러나더니 뒤로 뺀 발로 그대로 땅을 차며 균형을 잃은 그 병사에게 다가갔다. 그의 주먹이 뻗었다. 쾅!

"아이고!"

얼굴을 정통으로 맞은 그놈은 눈앞이 어지럽다는 시늉을 하며 물러났다. 샌슨은 혀를 찼다.

"눈을 감아? 이거 완전히 기본도 안 된 놈일세?"

그리고 샌슨은 롱소드를 뽑았다. 우리 영주님이 재산을 탕진해 가며 장만해 주신 검으로, 라이칸스롭을 상대하기 위해 은으로 코팅까지 되어 있는 멋진 롱소드다. 상대는 당황해서 핼버드를 찔렀지만 샌슨은 롱소드를 수평으로 든 채 비스듬히 핼버드에 마주 대면서 그대로 휘리릭 휘둘렀다. 핼버드와 롱소드가 뒤얽힌 채 마찰음을 내다가 그대로 튕겨났다. 무거운 핼버드를 다시 똑바로 드는 데는 시간이 걸렸고, 샌슨은 앞으로 한 발자국 들어서며 슬쩍 찔렀다. 당장 그놈의 손이 멎어버렸다. 샌슨은 그놈의 목젖에 롱소드를 들이댄 것이다. 싱거울 정도로 간단하게 결판이 났다.

"아, 아."

놈은 눈에 핏발을 세우면서 목에 닿은 롱소드를 쳐다보았다. 샌슨은 롱소드를 좌우로 조금씩 흔들면서 말했다.

"사과하면 안 죽인다. 죽고 싶으면 어떻게 해야 될지 알겠지?"

"이 자식!"

옆에 있던 다른 놈이 핼버드를 휘둘렀고 샌슨은 뒤로 주춤 물러났다. 그 사이에 목을 찔릴 뻔한 놈도 다시 핼버드를 들어올리더니 덤벼들었다.

"이 새끼! 우리가 누군 줄 알고!"

나머지 병사들도 모조리 달려들었다. 정말 더럽기 짝이 없군. 난 바스타드를 든 채 앞으로 뛰어올랐다. 계단 위에 서 있어서 상당히 높이 뛸 수 있었다. 나는 공중에서 바스타드를 뽑아들고는 양손에 검과 검집을 들었다.

"아하앗!"

뛰어내리는 힘까지 이용해서 핼버드 두 개를 단숨에 박살내었다. 바스타드로는 베어버렸고 검집으로는 부러뜨렸다. 그리고 땅에 발이 닿자마자 곧 허리를 뒤틀었다. "일자무식!" 양손에 들고 있으니 원심력으로 훨씬 쉽군. 다시 두 개의 헬버드가 박살났다.

사람 같지 않은 놈들이지만 그래도 인간의 몸에 바스타드를 쑤셔박고 싶진 않았다. 놈들 때문이 아니라, 나 때문이다. 그래서 왼손의 검집으로 후려쳤다.

"으아악!"

뺨을 호되게 맞은 병사는 곧 이빨을 튀기며 나가떨어졌다. 나는 다시 바스타드를 검집에 꽂아넣고는 검집 째로 휘둘렀다. 다시 두 명의 병사가 팔을 맞고는 자지러지면서 물러났다. 도끼 찍듯이 팔을 내리쳤으니 아마 꽤 아플 게다. 부러졌을까? 그럼 한 달은 좋은 교훈 속에 살겠지.

샌슨도 내 모습을 보더니 알았다는 듯이 롱소드를 다시 검집에 꽂아넣고는 통째로 휘둘렀다. 지금까지는 그 손에 매운 맛이 없었지만 검을 꽂아넣고 나자 샌슨은 당장 포악해졌다. 인정사정 없이 목이나 명치 등의 급소를 두드리기 시작했다. 아무리 검집을 씌웠다 해도 병사들은 숨막히는 비명을 지르며 기절하지 않을 수 없었다. 샌슨은 쓰러진 병사들이 거치적거리자 걷어차거나 그대로 밟고 지나가며 휘둘렀다.

우리 둘은 미친 듯이 검을 휘둘렀고 잠시 후 여관 앞 대로에는 몸 한두 군데 부러지지 않은 병사가 없게 되었다. 나는 아까 샌슨을 기습했던 놈을 걷어차며 말했다.

"이 자식들아. 난 오거 슬레이어다. 어디서 함부로 덤벼?"

일루전이긴 하지만 분명히 난 오거나 가고일, 퓨리아와 싸웠고 오크나 우르크, 트롤과는 실전도 겪었던 사람이다. 기본이 엉망인 것은 이 병사들이나 나나 마찬가지지만 내겐 그런 끔찍한 경험들이 있다. 아마 그 경험 덕택에 이렇게 쉽게 쓰러뜨릴 수 있었겠지. 난 기고만장해서 그놈들을 다그쳤다. 샌슨은 그런 나를 말렸다.

"그만해라, 후치. 이거, 좀 비슷하게 싸웠다면 상관없지만 너무 기본도 안 된 녀석들이군. 때린 내가 가슴 아플 지경이다."

쉐린은 멍청한 표정으로 계단 위에서 바라보고 있었다. 그러자 유스네는 하인들을 다그쳐 그 사병들을 부축하게 했다. 하지만 유스네는 어떻게 해야 좋을지 모르겠다는 표정이었고 그것은 샌슨도 마찬가지였다. 샌슨은 찌푸린 얼굴로 자신과 나의 위업의 증거들을 바라보며 말했다.

"우리야 떠나면 그만인 사람이지만 쉐린과 유스네는 계속 여기서 장사를 해나가야 할 사람이죠. 마무리는 해야겠습니다. 모두 홀 안으로 데려가 주십시오."

유스네는 고맙다는 듯이 샌슨을 바라보았다. 하인들은 병사들을 부축하여 안으로 옮겼다.

홀 안으로 들어오자 샌슨은 그 리더로 보이는 놈을 테이블에 앉혔고 칼과 쉐린도 그쪽에 함께 앉았다. 다른 병사들은 좀 떨어진 테이블에 앉히고 나와 이루릴이 그들을 감시했다.

유스네는 일단 맥주 한 잔씩을 가져와 병사들과 우리들 모두에게 돌렸다. 마치 그 싸움이 동네 청년들의 혈기에 의해 벌어진 단순한 것이며, 이제 원만하게 웃으며 끝나야 될 것처럼 행동하는 것이다. 사실 아무도 치명적으로 다치진 않았으므로 유스네가 저렇게 행동하는 것은 적절한 효과를 낼 수 있었다. 당차고 요령

있는 계집애네. 병사들은 시무룩한 표정이었지만 맥주잔을 거절하지는 않았다.

칼과 샌슨은 그 리더(이름은 한스덱이라던가?)와 무슨 이야기를 나누고 있었다. 한스덱은 처참한 표정이었지만 그래도 계속 화를 내고 있었고 샌슨도 무지 참는다는 표정이었다. 칼과 쉐린이 그 사이에서 중재를 하는 듯했다.

나는 맥주잔을 들고 홀의 벽에 기대서서 병사들이 테이블에 앉아 맥주를 마시는 것을 바라보고 있었다. 이루릴도 내 옆에 똑같이 비스듬히 서 있었다. 병사들은 내 눈치를 힐끔힐끔 보았고, 아무리 적이라도 술잔을 앞에 놓고 저런 표정 짓는 것은 보고 싶지 않았다.

"두 손 모두 테이블에 얹고 일어서지만 않으면 간섭하지 않겠어요."

병사들은 내 말을 듣더니 미소 비슷한 것까지 지었다. 병사들은 복부를 쓰다듬거나 뺨을 문지르거나 하면서 맥주를 마셨다. 그중 하나가 나에게 말을 걸었다.

"야, 꼬마야."

"왜? 그리고 후치라고 불러요."

"후치라고? 웃긴 이름이군. 난 켈리다. 어쨌든 너 무슨 힘이 그렇게 좋냐? 그리고 오거 슬레이어라고? 그 말은 네가 오거를 잡았다는 뜻이야?"

"오거, 가고일, 퓨리아, 호브고블린, 미노타우로스와 싸운 적도 있고, 우르크 아홉 마리와 싸우기도 했고, 트롤과는 오늘 아침에 싸웠지. 트롤이 제일 귀찮던데요. 자꾸 재생해서."

병사들은 놀라는 표정을 지었다. 켈리가 말했다.

"새끼……, 허풍치는 것 아냐?"

"트롤 죽인 건 봤을 텐데, 켈리. 다른 것도 다 사실이지요. 내가 뭐 얻어먹을 것 있다고 거짓말을 해?"

켈리는 할말이 없는 표정이다. 그들은 마치 내가 줄줄 불러대는 몬스터들 중에서 한 마리도 보지 못했다는 듯한 태도다. 나는 의아해졌다.

"당신들은 사병이라며? 뭐 한가락 하는 게 있으니 사병으로 뽑힌 거 아녜요? 그렇게 놀랄 필요는 없을 텐데."

켈리는 기분 나쁜 듯이 쓰게 웃으며 대답했다.

"새꺄, 너희 같은 촌놈들이 아니라면 아무도 우리에게 덤비지 않아. 그래서 우린 누가 감히 덤빌 거라는 생각을 못한단 말이야. 그래서 방심했지."

"그러셔? 샌슨과 내가 충분히 주의를 주었을 텐데 방심씩이나 하셨어요?"

"……너희들은 지금 기고만장해 있을지 모르겠지만 우리 편이 모두 출동하면 너희들은 곧 끝장난다. 좋아할 수 있을 때 좋아해 둬."

나는 욱했다. 하지만 이루릴이 먼저 입술을 열었다.

"그럼 하나 묻겠는데, 왜 트롤이 도망쳤을 때는 당신 편들이 모두 출동하지 않은 거지요?"

"우린 자고 있었어! 이른 시간이었잖아?"

병사는 불쾌하다는 듯이 대답했다. 하지만 나는 기가 막혔다. 그때는 해가 뜨고도 한참 지난 후였다. 나는 해가 뜨기도 전에 일어나 영지를 구보하며 훈련을 시작하는 우리 고향 경비 대원들을 떠올리며 말했다.

"아니, 초병은 있을 거 아냐? 그리고 우리들이 싸우기 시작한 건 트롤들이 설치고 나서도 한참 후였어요. 그리고도 또 한참 동안 싸웠고. 그 정도면 얼마든지 출동할 수 있었을 텐데?"

켈리는 우물거리며 대답했다.

"우리 막사는 시장에서 좀 멀다."

그 말에 유스네가 피식 웃었다. 병사들은 험악하게 유스네를 바라보았지만 유스네는 본 척도 하지 않고 나에게 다가와 말했다.

"실리키안 저택은 시장 바로 옆에 있어. 꽤 멀지. 한 1분 거리."

말도 안 나오는군. 난 맥주잔을 비워버렸다.

"돈다, 돌아! 레이디 유스네. 한 잔 더 부탁해요."

유스네는 빙긋 웃으며 맥주잔을 받아들었다. 그러나 이루릴이 나를 말렸다.

"그만 마셔요. 당신은 아까도 많이 마셨고 지금도 많이 마셨어요. 6파인트는 마셨을 거예요."

내가 대답하기도 전에 유스네가 먼저 말했다.

"아니, 이분이 드시고 싶다면 드시는 거지, 당신이 무슨 상관이에요?"

엥? 와, 대단한 상인 정신일세. 그렇게 팔아먹고 싶나?

"아니, 괜찮아. 유스네. 그만 마셔야지. 그리고 그렇게 노골적으로 상인 정신을 드러내서야 쓰겠어?"

유스네는 놀란 눈으로 나를 바라보았다. 놀라긴 왜 놀라. 갑자기 유스네의 얼굴이 확 구겨지더니 외쳤다.

"바보! 누가 팔아먹고 싶어선 그런 줄 알아!"

유스네는 밖으로 달려가 버렸다. 나는 어이가 없었다. 속셈을 들켰으면 얌전히 물러나지 바보라니. 정말 성격이 독 오른 독사 같은 계집애로다. 병사들은 히죽 웃었다. 뭘 웃는 거야?

나는 벽에 기대어서서 바스타드를 꺼내어 그 날을 살펴봤다. 트롤을 베고 헬버드와 부딪히고 그 난리를 치느라 이가 빠진 부분이 없나 살펴봤지만 날은 발랐다. 흠, 그러고 보니 쇠붙이와 직접 부딪힌 적은 없었지. 하지만 그 병사들은 내가 바스타드를 바라보고 있자 모두 불편한 표정을 지었다. 그래서 나는 바스타드를 다시 꽂아넣었다. 켈리가 다시 기분 나쁜 소리로 말했다.

"이 꼬마야, 너 잘난 힘이 있다고 까불지만, 네가 마법에도 눈 하나 깜빡이지 않을 수 있겠어?"

"당신 마법 쓰나?"

"흥! 남작님은 대마법사 아프나이델을 고용하시고 계시단 말이야. 아프나이델은 너희들쯤은 죽기도 전에 혼을 뽑아놓을걸? 네가 우리한테 한 짓을 안다면 아프나이델은 반드시 그럴 거다!"

"어라, 마법사라……. 좋지 않은 소식이네."

정말 좋지 않은데. 난 트롤들을 하늘로 날려버리고 악마 발러를 불러내어 미노타우로스들을 박살내고 온갖 해괴한 몬스터들의 환상을 만들어내던 타이번을 떠올렸다. 그런데 이 작자들이 말하는 사람은 그냥 마법사도 아니고 대마법사라고?

그때 샌슨이 나를 불렀다.

"어이, 후치! 가자."

"어딜 가?"

"그 남작을 만나봐야지. 부하들과는 이야기가 안 돼."

"어, 어? 적진으로 걸어들어가는 거야?"

"원 녀석도. 가서 이야기를 나눠봐야지. 탈출한 트롤을 처치해

줬는데 병사를 보내다니, 별로 마음에 들지는 않아. 사례를 요청하고 싶은 생각은 없지만 사리는 따져봐야겠어. 게다가 우리가 이 병사들을 조용히 돌려보내 주면 그쪽에서도 뭐라 못하겠지."

"잠깐, 잠깐! 거긴 마법사가 있대! 아니, 대마법사!"

샌슨은 당황했지만 곧 평온한 표정으로 바뀌었다.

"그래서?"

저렇게 물어오면 할말 없지.

"빨리 가자고. 대마법사가 기다리잖아."

쉐린은 다급한 표정을 짓고 있었다. 그는 샌슨의 어깨를 붙잡으며 말했다.

"꼭 거길 찾아가겠다는 말입니까? 당신들이 찾아가면 그가 사과하며 자신의 잘못을 뉘우칠 거라고 생각한다는 말입니까? 바보 같지 않습니까? 그냥 이대로 떠나는 것이 나을 텐데요. 우리 때문이라면……. 그리고 대마법사 아프나이델은 잔혹한 사람입니다. 남작이 막강한 힘을 휘두르는 것도 그 아프나이델 때문입니다."

"위험할지는 모르지요. 하지만 이렇게 그 사람의 병사들을 데려다주면서 대화를 하자고 하면 그 사람도 우리를 심하게 몰아세우지는 못하겠지요."

쉐린은 고개를 가로저었다.

"그렇게 간단할 것 같습니까?"

어떻게 갈 것인가를 의논하다가 결국 우리는 말을 타고 가기로 결정했다. 왜 그래야 되는지는 모르지만 샌슨은 그렇게 해야 된다고 주장했다.

그래서 나와 칼은 지금 말을 타고 레너스 시의 대로를 따라 걸어가고 있으며 우리들 사이로는 여덟 명의 사병들이 2열 종대로 걷고 있었다. 흠, 말에 앉은 채 이들과 함께 걷고 있으니 이 사병들을 묶은 것도 아닌데 확실히 무슨 포로 인솔하는 듯이 보이는군. 아마 샌슨은 그런 효과를 노린 모양이다.

흘깃 쳐다보니 사병들도 얼굴을 붉히고는 주위를 쳐다보지 않기 위해 고개를 푹 숙이고 걷고 있었다. 하지만 레너스 시의 시민들은 우리의 모습을 잘 볼 수 있었다. 사람들은 수군거렸다.

"야, 저거 실리키안 남작의 경비병들 아냐?"

"그러네? 그런데 왜 저렇게 상한 거야?"

"저기 말 탄 꼬마는 아침에 그 꼬마야! 트롤 목을 베어내던."

칼은 주위의 사람들이 쳐다보며 수군거리자 얼굴을 붉히며 투덜거렸다.

"이거, 원. 포로 교환이라도 하러 가는 장군이나 된 것 같아."

"헤? 맞아요! 칼. 좋은 지적이군요."

나 또한 위엄 있는 표정을 짓기 위해 애쓰면서 대답했다. 나는 제미니가 무릎을 쭉쭉 들어올리면서 걸어가기를 바랐지만, 제미니는 그저 밭 가는 말처럼 털레털레 걸어서 날 언짢게 만들었다. 에라, 관둬라. 제미니는 제미니지. 말이나 사람이나.

그리고 샌슨은 그 병사들 뒤에서 걷고 있었다. 자신의 말 슈팅스타에는 이루릴을 태우고 자신은 말고삐를 붙잡은 채 땅에서 걷고 있는 것이다. 이루릴은 걱정스러운 어투로 함께 타지 않겠느냐고 말했지만 샌슨은 무조건적으로 이유 붙일 필요 없이 사양했다.

그리고 그 뒤로는 쉐린이 여관의 하인들과 함께 따라오고 있었다. 우리는 사양했지만 쉐린은 자기 손님이므로 끝까지 책임을

지겠다고 말했다.

"혹시 여러분의 숫자가 적은 것을 보고 그 남작이 강짜를 부릴지 모릅니다. 당신들이 저택 안으로 들어가면 나오기 어려울걸요. 우리가 당신들을 보호하지는 못하겠지만 최소한 이렇게 많은 사람들이 보고 있다면 남작도 함부로 당신들을 감금하거나 하지는 못할 겁니다."

쉐린은 그렇게 말하고 하인들과 함께 우리들을 따라오고 있다. 대로에서 우리를 구경하고 있던 주위의 사람들 중 하나가 고함을 질러왔다.

"보쇼! 그 사람들은 왜 그 모양이오?"

그러자 그 사병들의 리더 한스덱이 고함을 질렀다.

"돌대가리 같으니! 이놈들이 트롤을 죽였으니까 그 보상금을 받아야지. 그래서 남작님께 압송하는 것이다!"

나는 말에서 고꾸라질 뻔했고 칼과 샌슨, 이루릴은 웃어버렸다. 말을 건 그 남자는 침을 탁 뱉더니 머리를 좀 긁적이며 말했다.

"퉤! 글쎄. 누가 누굴 압송한다고요?"

주위의 사람들이 왁자하게 웃기 시작했다. 흠, 확실히 말을 타고 있으니 여러 모로 좋군. 한스덱은 사나운 표정을 지으며 주먹을 쥐었지만 맨손이라 달려들지는 못했다. 그들의 핼버드는 내가 부러뜨렸으니까.

그건 그렇고 더럽게 불안하네. 나는 대마법사 아프나이델을 계속 생각하고 있었다. 어떤 자일까? 타이번은 발러를 불러냈으니 그 대마법사는 혹시 드래곤이라도 불러내는 것이 아닐까?

"이봐요, 한스덱. 아프나이델은 어떤 사람이지요?"

한스덱은 날 기분 나쁜 표정으로 쳐다보다가 진저리를 치며 말했다.

"사람 같지 않은 놈이야. 너무 무서워."

"그렇게 무서워요?"

"나라면 죽고 싶어질 때만 그 사람의 비위를 건드릴 거야. 그 사람은……."

한스덱은 말을 끝까지 맺지 못하고 몸을 떨었다. 나도 기분이 나빠졌다. 그런 무서운 마법사의 부하들을 두드려 팬 다음 이렇게 데리고 가고 있다고? 으으, 불안해.

실리키안 남작 저택이 보였다. 저택은 웅장했지만, 그것을 관찰할 시간이 없었다. 저택보다 더 관심을 끄는 광경이 보였기 때문이다.

저택 앞의 정원에는 지금 차양이 쳐져 있었고 그 아래에는 붉은 카펫을 깔아두고 있었다. 그 카펫 위에는 화려한 의자를 가져다놓고 누군가가 앉아 있었다. 남작인지 뭔지는 모르겠지만 벌써 전갈을 받았는지 기다리고 있는 모양이다. 화려한 옷을 걸치고 있는데, 도대체 음식 튈까 겁나서 밥도 못 먹을 그런 옷이다. 그는 옆에 있는 하인이 무릎을 꿇은 채 들고 있는 사발에서 뭔가 과자 같은 것을 계속 주워먹고 있었다. 역겨군.

그리고 그 옆에는 로브를 입고 지팡이를 든 젊은 남자가 서서 지루한 표정으로 하늘을 바라보고 있었다. 남자의 로브를 본 순간 나는 타이번의 로브를 떠올렸다. 타이번의 로브는 밤에 잘 때 좋을 정도로만 기능적인 옷이지만 저 옷은 완전히 '나 마법사요.' 하고 고함을 지르는 듯한 옷이다. 그렇지 않으면 왜 별 모양의 장식과 불꽃 모양의 무늬를 넣었겠는가. 아마 저 남자가 대마법사 아프나이델인가 보군. 나는 그 남자의 얼굴을 자세히 보고 싶었지만 하늘을 쳐다보고 있느라 자세히 볼 수 없었다. 하지만 예상 외로 젊은 얼굴이었다. 대마법사라길래 아주 늙은 사람을 생각했는데.

그리고 좌우로는 역시 체인 메일을 걸치고 헬버드를 든 사병들이 죽 펼쳐져 있었다. 30명 가량이었다.

정문은 활짝 열려 있었고 그대로 정원으로 들어갈 수 있었다. 우리 뒤로는 쉐린과 여관의 하인들, 그리고 구경하기 위해 따라온 시민들이 서 있었다. 시민들은 남작과 그 대마법사가 기다리고 있는 모습을 보자 흥분하기 시작했다. 수군거리는 소리가 높아졌다.

나는 한숨을 쉬면서 우리가 데려온 사병들에게 말했다.

"자, 저기 당신 편 있어요. 가서 옆에 서는 것이 어때?"

하지만 그 병사들은 질린 표정으로 주춤주춤 뒤로 물러서고 있었다. 어라? 이거 왜 이래? 리더인 한스덱은 울상이 되어 더듬더듬 말했다.

"주, 죽었다! 대마법사 아프나이델이……."

그때 의자에 앉아 있던 그 남작이 하인에게 물러가라는 손짓을 하고는 입을 열었다.

"손님들, 내 집에 어서 오시게."

나는 칼과 마주본 다음 말에서 내렸다. 뒤쪽에서 이루릴도 말에서 내렸으며, 샌슨과 이루릴은 앞으로 나왔다. 남작은 고개를 끄덕였다.

"남자 셋, 엘프 하나. 맞군."

"당신이 실리키안 남작이라는 그 투기장 주인이에요?"

나는 궁금해서 물었지만 남작은 관자놀이를 꿈틀거렸다.

“투기장 주인? 그래, 내가 실리키안 남작이니라.”

“가짜라며?”

남작은 도저히 못 참겠다는 표정을 지었다. 나야 워낙 입에서 진실밖에 나오지 않으니까, 기분 나쁘셔도 어쩔 수 없지. 실리키안 남작은 내게 고함을 지르는 대신 내 뒤를 쳐다보았다.

“한스데엑!”

한스덱은 절망적인 표정으로 앞으로 나가더니 무릎을 꿇었다. 실리키안 남작은 말했다.

“보상금을 받아오는 것으로는 보이지 않는데? 도대체 어떻게 했기에 이놈이 이렇게 오만 방자한 게냐?”

“기, 기습을 받았습니다! 우리가 여관에 도착하자 저들이 여관 주인 쉐린과 공모하여 우리를 덮쳤습니다! 그, 그래서 우린 무장을 해제당하고…….”

나는 폭소를 터뜨렸다. 대단하군. 거짓말도 어느 정도 통할 가능성이 있을 때 해야지, 저런 닭대가리가 있단 말인가? 의자에 앉아 있던 실리키안 남작은 볼을 씰룩거리며 한스덱을 내려다보았고 한스덱은 결국 못 견디게 되어버렸다. 한스덱은 땅에 이마를 박았다.

“날 속일 생각인가?”

“주, 죽을 죄를…….”

“그럼 죽어야지.”

한스덱은 눈을 들어 절망적인 표정으로 남작을 쳐다보았다. 하지만 남작은 한스덱에게서 눈을 돌려 옆에 있던 그 대마법사 아프나이델이라는 사람을 바라보았다. 나는 전율해서 조금 뒤로 물러났다.

아프나이델은 하늘을 바라보고 있던 눈을 내려 한스덱을 내려다보았다. 한스덱의 얼굴이 초주검이 되었다. 그는 그만 몸을 젖히고는 앉은 채로 뒤로 물러나기 시작했다.

"사, 살려주…… 살려주십시오!"

아프나이델은 로브 안으로 손을 집어넣었다. 다시 근엄한 동작으로 꺼낸 그의 손에는 검은색의 밧줄이 들려 있었다.

"살 가치를 보여주고 살려달라고 해라, 한스덱."

아프나이델의 목소리는 차가웠다. 그는 밧줄을 그 한스덱에게 집어던졌다.

"으아아아!"

한스덱은 마치 같은 크기의 뱀이라도 날아온 것처럼 질겁을 하며 비명을 지르고 팔을 휘둘렀다. 뭐야? 밧줄을 보고 기겁하다니? 아프나이델은 중얼거리기 시작했다. 아프나이델은 타이번처럼 내가 알아듣지 못할 말을 중얼거리다가 빠르게 말했다.

"애니메이트 로프! 휘감아 얽혀라!"

한스덱의 몸에 던져진 로프는 마치 살아 있는 것처럼 꿈틀거리며 한스덱의 목을 감더니 목 뒤에서 한 번 엉켜서 묶였다. 한스덱은 목을 졸리지 않기 위해 양쪽 끝을 있는 대로 잡아당겼지만, 간신히 졸리는 걸 막았을 뿐 몸에서 떼어내지는 못했다. 한스덱의 얼굴은 시뻘겋게 되어버렸다.

아프나이델은 다시 품속에서 뭔가 가루를 꺼내어 한스덱에게 집어던지더니 또 스펠을 캐스트했다.

"로프 트릭!"

그러자 곧 한스덱의 목을 감고 있던 로프는 한쪽 끝이 하늘로 올라가고 다른 쪽 끝은 땅으로 꼿꼿하게 섰다. 그러자 그 중간에 목이 묶인 한스덱은 당장 자신의 몸무게로 목이 졸리게 되었다.

"크억, 케켁!"

이런, 죽겠어! 아무리 무서운 마법사라도 못 참겠다.

"이익, 무슨 짓을!"

내가 고함을 지르기도 전에 먼저 이루릴이 움직였던 것 같다. 내 눈에 이루릴의 검은 머릿결이 물결치는 것이 보였으니까. 이루릴은 한스덱에게 달려들더니 망고슈로 로프를 쳤다. 탱!

뭐야? 예사 밧줄이 아닌가? 이루릴은 낭패한 표정으로 아프나이델을 바라보더니 한스덱의 몸을 끌어올려 목이 졸리지 않게 하려고 했다. 하지만 밧줄은 위아래로 잡아당겨지고 있는 것이라 한스덱의 몸을 들어올린다고 졸리지 않는 것은 아니었다. 아프나이델은 쿡쿡거리며 웃었다.

"그건 보통 밧줄이 아냐. 어리석은 엘프. 그건……."

아프나이델은 말을 끝까지 하지 못했다. 왜냐하면 내가 옆으로 일자무식을 사용해서 그것을 잘라버렸으니까.

한스덱이 털썩 떨어지고 나서 나는 일단 그자의 숨이 붙어 있는지 살폈다. 다행히 씩씩거리며 숨을 몰아쉬고 있었다. 나는 바스타드를 옆으로 내리며 말했다.

"이것 봐요! 이게 무슨 짓입니까?"

실리키안 남작은 당황한 표정으로 아프나이델을 바라보았고 아프나이델도 얼굴을 붉으락푸르락하고 있었다. 갑자기 그가 고함을 질렀다.

"이놈! 감히 대마법사 아프나이델의 물건에 손을 대다니, 가만두지 않겠다!"

그의 얼굴이 분노로 바뀌면서, 그는 다시 품속을 뒤졌다. 이런, 또 뭐하려는 거야? 그런데 타이번은 아무런 도구나 가루 같은 것을 사용하지 않았는데 저 친구는 뭐가 저렇게 복잡해? 대마법사라 그런가?

내가 생각을 정리할 사이도 없이 아프나이델은 품속에서 뭔가를 꺼내었다. 그것은 작고 하얀 이상하게 생긴…… 뼈다귀? 그는 그 뼈다귀를 나에게 집어던졌다. 이런! 기분 나쁘게? 하지만 이걸로 날 어쩌겠다고? 아프나이델은 빠르게 캐스트했다.

"스케어!"

뭔가 끔찍스러운 일이 일어날 것만 같은데……. 아무 일도 일어나지 않았다. 난 당황해서 아프나이델과 땅에 떨어져 뒹구는 그 뼈다귀를 한 번씩 바라보았다. 내가 무슨 마법에 걸렸나? 아무렇지도 않은데? 그런데 바닥에 쓰러져 숨을 몰아쉬던 한스덱이 갑자기 미칠 듯한 비명을 질렀다.

"으아아! 으아! 저, 저리가! 으웨엑!"

한스덱은 달려가다가 데굴데굴 구르며 땅에 고꾸라졌다. 그러더니 그대로 머리를 싸매고 펑펑 울기 시작했다. 그쪽 방향에 있던 병사들이 한스덱을 붙잡았으나 한스덱은 질겁하며 그 손들을 쳐내었다.

아프나이델의 눈이 커다랗게 변했다. 그는 더듬거리며 말했다.

"꼬마, 너, 너 아무렇지도 않냐?"

"글쎄, 기분이 좀 나쁘군. 뼈다귀를 맞았는데 기분이 좋을 리가 있나. 그런데 이거 무슨 뼈야? 당신이 아침 식사 때 먹다가 감춰둔 닭뼈야?"

아프나이델은 나와 이루릴을 번갈아 쳐다보았다. 그의 얼굴은 도저히 믿지 못하겠다는 표정이었다.

"에, 엘프야 사자(死者)의 공포를 느끼지 않지만, 너, 넌 사람인데?"

그때 칼과 샌슨이 앞으로 걸어나왔다. 칼이 침착하게 말한 다음에야 나는 사태를 짐작할 수 있었다.

"사악한 마법을 쓰는군요. 죽은 자의 뼈로 일으키는 마법. 정신이 나가버릴 정도로 무서운 공포를 주는 고약한 마법이지. 하지만 당신 앞에 있는 그 소년은 죽은 자에게 별로 공포를 느끼지 않아요. 워낙 죽은 사람을 많이 봤거든. 그리고 그건 우리 마을 사람들 대부분의 경향이지."

아프나이델의 눈이 커졌다. 그는 자지러지듯이 말했다.

"너, 너도 마법사냐!"

"아니, 독서가요."

이게 죽은 자의 뼈라고? 에이, 찝찝해. 나는 그 뼈를 걷어차 버렸고 아프나이델은 그런 나를 못 믿겠다는 듯이 바라보고 있었다. 그런데 죽은 사람 뼈를 구하려면 틀림없이 무덤을 팠다는 말이겠지? 나는 아프나이델을 잡아먹을 듯이 노려봤다.

"하, 이거 굴 같은 놈일세. 무덤을 파서 이걸 손에 넣은 거야?"

칼이 내 말을 부정했다.

"아니, 그건 아닐세. 네드발 군. 언데드 몬스터에게서 얻는 거라네."

"그래요? 어, 흠. 어쨌든 괜히 겁먹었군. 그런데 이 사람 대마법사 맞아요? 난 마법사라면 리버스 그래비티로 하늘과 땅을 뒤집고 공간 이동으로 악마를 불러내는 사람이라고 생각했는데, 밧줄 가지고 장난치고 가루를 뿌리고 뼈다귀를 던지네요?"

아프나이델은 입을 딱 벌렸다.

"이, 이놈! 날 모욕하느냐!"

"어, 미안해요. 하지만 내가 아는 마법사란 그런 것인데. 좀 시시하네?"

아프나이델은 머리끝까지 화가 났다는 표정으로 허겁지겁 다시 품 안에 손을 집어넣었다. 또 밧줄이네? 아프나이델은 곧장 밧줄을 집어던지며 외쳤다.

"애니메이트 로프!"

"엇, 위험해!"

나는 가까이 있던 이루릴과 칼을 밀어버리면서 앞으로 나섰고, 그러자 밧줄은 나에게만 감겼다. 아프나이델은 미간을 찌푸렸다. 아마 우리 넷을 한꺼번에 잡을 생각이었나 보다. 어쨌든 아프나이델은 샌슨과 칼을 노려보았다.

"이 입이 더러운 꼬마는 천천히 처리하기로 하고, 이제 네놈들 차례군. 어떻게 해줄까?"

샌슨은 좀 불쌍하다는 표정으로 아프나이델을 바라보더니 나에게 말했다.

"그거 언제까지 감고 있을 생각이냐?"

"그렇게 오래 감고 있을 생각은 없어."

난 팔에 힘을 주었고 곧 밧줄은 토막토막 끊어지면서 떨어져 나갔다. 뒤에서 쳐다보고 있던 시민들과 병사들이 탄성을 올렸고 아프나이델은 기겁했다. 그는 그제야 내 장갑을 보았다.

"그, 그것은 OPG! 네놈이 뭔데 그런 보물을!"

"선행에 대한 대가로 선물받았지."

실리키안 남작은 노호하기 시작했다.

"아, 아프나이델! 이게 어떻게 된 일인가! 당신 마법이 통하지 않는가?"

"이, 이놈들은 보통 놈들이 아닙니다! 에잇, 병사들! 저놈들을 붙잡아라! 아니, 죽여라!"

아프나이델은 뒤로 물러났고 실리키안 남작도 당황하여 의자에서 일어서 뒤로 물러났다. 그리고 30여 명의 병사들이 앞으로 나섰다. 헬버드는 좀 끔찍스럽게 생겼군. 우르크의 글레이브보다 더 무서운데? 칼은 고함을 질렀다.

"이게 무슨 짓이오, 남작! 우리가 뭘 잘못했다고! 당신들이 놓친 트롤들이 사고를 저지르지 못하도록 잡아준 것이 잘못이라는 말이오?"

남작은 맞고함을 질렀다.

"다, 닥쳐라! 네 놈이 감히 나의 트롤을 죽이고도 이렇게 뻔뻔하게 구느냐?"

칼은 대답할 말이 없다는 표정이다. 그리고 아프나이델은 내게 고함쳤다.

"머리에 피도 안 마른 놈이 희귀한 보물을 가지고 있군. 그건 내가 연구용으로 쓰도록 바쳐야겠어. 병사들! 죽여도 좋다, 가라!"

이게 말인가? 이게 정말 사람의 입에서 나오는 말인가? 나는 욕설을 퍼부어주기 위해 나섰다. 그때 이루릴이 나의 앞을 막았다.

"어, 이루릴? 비켜요!"

이루릴은 고개를 돌려 날 보았다.

"후치, 우린 친구죠?"

"몇 번 물어도 대답은 똑같아요!"

"그럼 당신이 32명의 병사들을 상대하지 못하도록 막아야 맞겠지요?"

32명인가? 아니, 그게 중요한 것이 아니다.

"마, 맞긴 맞는데, 에, 그건 나도 마찬가지잖아요? 당신이 위험해지게……."

"난 위험하지 않아요."

이루릴은 다시 고개를 돌리더니 손을 모았다. 병사들은 아름다운 엘프가 앞을 막자 당황해서 서로를 쳐다보았다. 이루릴은 뭐라고 중얼거리기 시작했다. 어랏? 캐스트?

"그리스."

"으악!"

사병들은 일제히 발이 미끄러지며 나가떨어졌다. 그 순간 빠르게, 이루릴은 또다시 캐스트했다.

"페더 폴."

곧 사병들의 모습이 이상하게 바뀌었다. 병사들은 나가떨어지다가 그대로 둥실 떠올랐다. 균형을 못 잡고 쓰러지려고 하지만 느릿느릿하게 쓰러졌다. 마치 물 속에 있는 듯한 모습이다. 병사들은 욕지거리를 뱉어내며 몸을 똑바로 세우려 애썼지만 자기 몸이 잘 조절이 안 되는 모양이다.

페더 폴이라. 몸이 깃털처럼 가벼워지는 마법인가. 이루릴이 마법사였나! 하지만 칼을 두 자루나 능숙하게 쓰는 모습은 마법사 같지 않았는데. 그런데 마법을 쓴다면 왜 우르크들과 싸울 때는 쓰지 않은 거지? 아! 기주(記呪)다.

그렇군. 그날은 이루릴이 우리 대신 불침번을 섰다. 그래서 아침 일찍 마법을 암기하는 기주를 못했기 때문이겠군. 칼에게 들었던 말이 생각났다.

'마법사가 마법을 쓸 때, 그것은 목수가 못질을 하거나 나무꾼이 도끼질을 하는 것과 달라. 그런 사람들은 자신의 힘을 쓰지만 마법사는 자연의 힘을 쓰거든. 그런데 이 다르다는 점을 잘 봐야 해요. 정말 능숙한 목수는 중력을 이용하며 못질을 하지. 그리고 못과 망치가 부딪힐 때의 반발력도 자연스럽게 처리해. 일반인은 몇 번만 휘둘러도 지쳐버리는 망치를 목수는 수백 번씩 휘두르는 것은 자신의 힘보다는 자연의 힘을 쓰기 때문이지. 결국 자신의 힘을 쓰는 사람들도 그 기술의 정점에서는 자연의 힘을 이용하게 돼요. 하물며 원래부터 자연의 힘을 사용하는 마법사는 어떻겠어. 그 사람들은 매일매일 자연과 하나 되기 위해 일부러 연습할 정도야. 그것이 기주의 목적이지. 네드발 군. 물론, 간단히 말하자면 그것은 그냥 그날 쓸 마법을 외우는 것이지만, 원래는 복잡한 의미가 있어요.'

내가 이런 생각을 하는 사이에도 이루릴은 숨쉴 사이 없이 계속 캐스트를 했다. 그런데 좀 이상했다. 지금 이루릴이 하는 말은 나도 알아들을 수 있는 말이었다.

"그 숨결에 생명을 담고 모든 것을 바라보며, 종속될 수 없는 운명을 가진 자여. 춤을 춰요, 내가 바라보는 이 시간과 이 공간에."

쉐애애애액! 쏴아아아아…… 까르르르르.

바람소리와 함께 허공에서 웃음소리가 들려왔다. 나는 내 눈을 의심했다.

허공 중에 무엇이 움직이고 있었다. 그런데 똑바로 바라보면 보이지가 않았다. 옆눈길로 바라볼 때만 흘깃흘깃 드러나는 모습이었다. 작은 사람 같은 모습이었다. 하지만 똑똑히 볼 수가 없다. 균형을 못 잡고 애쓰던 병사들을 제외하고는 모두 얼빠진 얼굴로 공중을 바라보았다. 칼이 감탄한 목소리로 말했다.

"이런 걸 볼 줄이야! 실프로군."

7

실프가 공중에서 장난을 치기 시작했다. 감성은 그렇게 느꼈다. 하지만 이성은 갑자기 마구 소용돌이치는 바람으로 느껴졌다.

이루릴의 검은 머릿결이 흩날렸다. 꼭 보리밭 위에 바람이 불 때의 모습 같다. 사라락거리며 흩날려도 어지럽지 않다. 부드럽게 물결칠 뿐이다. 나는 눈을 찌르는 머리카락을 걷어내며 앞을 살펴보았다.

다른 사람들은 모두 바람을 맞으며 옷을 펄럭이는 정도였다. 그러나 몸무게가 가벼워진 사병들은 마치 종이 조각이 소용돌이에 빨려 올라가듯이 휘날려 올라가기 시작했다. 사병들은 비명을 질렀지만 실프들의 웃음소리에 섞여 이상하게 들렸다.

"으아아…… 까르르…… 꺄아아…… 오호호호!"

시민들은 모두 얼이 빠져서 바라보고 있었다. 여관 주인 쉐린은 자기 하인의 어깨를 붙잡고 있었다. 다리가 풀리는 모양이군. 하지만 그 하인도 몸의 중심을 잘 잡지 못하고 있었다.

아프나이델은 대경실색한 모습으로 그것을 바라보더니 다시 이를 악물었다. 이루릴은 병사들은 실프에게 맡겨둔 채 가만히 서서 아프나이델을 바라보고 있었다. 그 모습은 평온했고 불안은 느껴지지 않았다. 그래서 나는 일단 잠자코 기다렸다. 그러고 보니 실리키안 남작이라는 그 친구는 이미 사라지고 정원에는 아프나이델만이 남아 있었다. 남작은 어디로 간 거지? 아프나이델은 고함을 질렀다.

"이 더러운 엘프! 마법은 인간의 것이다! 인간에게 훔쳐 배운 주제에 감히?"

"마법은 원래 드래곤의 것이죠."

"닥쳐라! 대마법사 아프나이델의 지팡이를 걸고!"

허공에서는 병사들이 낙엽처럼 흩날리고 있었고 넓은 정원에는 소용돌이치는 바람. 그리고 그 바람의 한가운데서 지팡이를 휘두르며 분노하는 마법사와 침착한 엘프가 마주하고 있다. 이 정도면 내가 흥분해도 아무도 뭐라고 하지 않겠지.

아프나이델은 다시 품속에 손을 넣었다. 도대체 저 안에는 얼마나 많은 잡동사니들이 들어 있는 거지? 그는 이번엔 붉은 천을 꺼내었다. 얼씨구. 그는 천을 들며 목이 터져라 외쳤다.

"서몬 스웜!"

그러면서 아프나이델은 붉은 천을 깃발 휘두르듯이 휘둘렀다. 그러자 그 천조각 뒤에서 갑자기 시커먼 것이 튀어나왔다.

"찌르르르! 찌륵! 찍찍찍, 찌르르르!"

맙소사, 박쥐다! 박쥐가 수십 마리나 나왔다. 나는 질겁을 하며 물러났다. 박쥐들은 곧장 이루릴에게 날아들었다. 끔찍스럽기 짝이 없는데, 이루릴은 그냥 가만히 서 있었다.

박쥐들은 아무 짓도 하지 않고 무력하게 서 있는 과녁인 이루릴에게 쉽게 접근했다. 그리고 박쥐들로 이루어진 검은 구름이 이루릴의 상체를 휘감았다. 나는 악을 썼다.

"이루리이일!"

"왜 부르지요?"

이러면 너무 싱겁잖아. 난 의아해져서 이루릴을 바라보았다. 이루릴은 내 얼굴을 가만히 바라보고 있었다. 그러고 보니 박쥐들은 이루릴을 감싸고 있는 것처럼 보이지만 그저 이루릴의 어깨에 앉거나 머리에 앉아 있기만 할 뿐이었다. 이루릴은 두 팔을 앞으로 들어 박쥐들이 매달리기 좋게 해주기까지 하고 있었다.

"괘, 괜찮아요?"

"낮에 나왔으니…… 눈도 아플 테고. 별로 괜찮지 않겠지요."

"아, 아니, 당신이오!"

"예? 전…… 팔이 조금 무겁군요. 냄새도 나쁘고."

나는 숨을 헉헉 몰아쉬고 있었다. 난 내가 이상한 성격의 소유자라고 생각하진 않았어. 하지만 비둘기나 꾀꼬리, 휘파람새 같은 예쁜 새들이 아니라 시커먼 털이 빽빽이 난 박쥐들에 둘러싸인 이루릴이 아름다워 보이는 이유는 무엇일까? 박쥐들 중 어떤 놈은 이루릴의 검은 머릿결 사이로 파고들기까지 하고 있는데. 순결한 소녀와 엘프를 돌보시는 그랑엘베르여. 오래간만에 불러보는군요. 어쨌든 당신이 돌보시는 것들은 전부 왜 이렇습니까? 어쩌자고 저 엘프는 박쥐에 둘러싸여도 아름답습니까?

이루릴은 팔에 매달린 놈들 중 하나를 쓰다듬으며 말했다.

"불쌍해라……. 낮에 나오다니, 햇빛은 너희들에게 너무 괴롭겠지. 가렴. 너희들의 동굴로 돌아가."

그러자 박쥐들은 일제히 푸드덕거리며 날아올랐다. 잠시 정원에는 하늘을 가린 박쥐들의 그림자가 어지럽게 움직였고 시민들의 비명이 조금 시끄러웠지만 박쥐들은 모두 날아가버렸다. 이루릴은 박쥐들이 사라지자 흐트러진 옷매무새를 가다듬으며 아프나이델에게 말했다.

"날 공격할 줄 알았는데, 왜 박쥐들을 불러내어 괴롭히죠?"

나는 도저히 못 참고 샌슨에게 매달리고 말았다. 샌슨도 어깨를 들썩거리며 웃고 있었다.

"큭, 크크크, 프흐흐흐. 우하하하하!"

우리는 서로 매달려서 킬킬거렸다. 불쌍한 아프나이델은 덜덜 떨고 있었다.

"아냐! 아냐! 이럴 수는 없어. 넌, 넌 방어 마법도 쓰지 않았고 현혹 마법도 쓰지 않았어! 그런데 어떻게 내 박쥐들이……."

"잠깐, 기다리죠."

이루릴은 아프나이델의 말을 끊더니 아직까지 멋지게 흩날리고 있는 공중의 병사들을 바라보았다. 그녀는 병사들에게 손바닥을 내밀며 말했다.

"그들과의 춤은 재미있었나요? 이제 그들을 내려줘요."

병사들이 마치 낙엽 떨어지듯 천천히 떨어지기 시작했다. 병사들은 천천히 떨어지는 것이 더 공포스럽다는 듯이 악을 쓰고 있었고 그래서 꽤 소란스러웠다. 뭐가 무서운 거야? 천천히 떨어지는구만.

"조심해요!"

샌슨의 고함소리. 뭐야? 이런, 저 죽일 놈! 이루릴이 공중을 쳐다보고 있는 사이에 아프나이델이 뭔가 빠르게 캐스트를 하고 있었다. 그런데 이번엔 왠지 다른 때보다 훨씬 캐스팅 타임이 길었다. 이루릴은 샌슨의 주의를 듣고는 아프나이델을 바라보았다. 순간 그녀의 눈에 처음으로 불안이 떠올랐다. 그녀는 재빨리 뒤를 돌아보더니 앞으로 나섰다. 난 고향에서 저런 눈빛을 띤 채 저렇게 행동하는 사람들을 많이 보았다. 우리를 막아주기 위해서…….

"이루릴!"

이루릴도 아프나이델에 맞서 캐스트를 시작했다. 아프나이델은 온몸으로 땀을 비오듯이 쏟고 있었다. 이마에는 핏줄이 불거져 있었고 팔은 부들부들 떨고 있었다. 아무래도 이번에는 앞의 장난 같은 마법이 아닌 모양이다. 샌슨과 나는 앞으로 달려가기 시작했다. 그러나 아프나이델은 캐스트를 끝내고는 품속에서 시커멓고 작은 공 같은 것을 꺼내어 던졌다.

"받아라! 파이어볼!"

오, 맙소사!

아프나이델이 던진 시커먼 공이 순식간에 불타오르더니 거대한 불덩이가 나타났다. 거의 사람만 한 크기의 불덩이가 이글거리며 나타나더니 곧장 이루릴에게 날아들었다. 공기가 타오르는 무서운 소리가 들린다. 화르르르르. 열풍에 머리카락이 그슬리는 느낌이 든다. 그러나 이루릴도 그때 캐스트를 끝내었다.

"월 오브 아이스."

쫘작! 촤아아아악!

눈 앞에 거대한 얼음벽이 나타났다. 얼음벽 때문에 시야가 가렸지만 엄청난 폭음은 잘 들렸다. 콰아아앙!

얼음벽이 쪼개지며 얼음조각이 사방으로 튕겼다. 반사적으로 얼굴을 가려 눈은 다치지 않았지만 팔에는 마치 채찍으로 맞은 듯한 느낌이 왔다.

"으으윽."

팔을 내려보니 두 팔에는 모두 날카로운 상처가 가득 생겼다. 그리고 눈앞의 얼음벽은 사라졌고 거기에는 굉장한 수증기의 구름이 만들어졌다. 앞이 하나도 보이지 않았다. 그런데 이루릴은 그 수증기의 구름 속으로 뛰어들었다. 이루릴의 모습이 사라지고 나서야 나는 이루릴을 불렀다.

"이, 이루릴?"

그리고 조금 후, 뭔가 둔한 소리가 들리더니 곧 무엇이 땅으로 쓰러지는 소리가 들렸다. 샌슨과 나는 눈앞을 마구 저으며 구름을 헤치고 앞으로 나갔다. 그러다가 나는 뭔가 물컹하는 것을 밟았고 샌슨은 무엇과 부딪혀버렸다. 샌슨이 비명을 질렀다.

"아앗! 죄, 죄송합니다!"

샌슨은 이루릴을 껴안고 있었다. 그는 황급히 물러나며 코가 땅에 닿을 듯이 절을 했다. 그리고 내가 밟고 있는 것은 아프나이델이었다.

"어, 어라?"

"머리를 쳐서 기절시켰어요. 참 위험한 인간이군요."

나는 피식피식 웃으며 그자를 살펴봤다. 밟아도 모를 정도니 완전히 기절한 모양이다. 나는 주위를 둘러보았다.

엉망이었다. 저택의 꽃과 풀들은 얼음과 불이 충돌하며 일어난 폭풍으로 산산이 흩어져 있었고 그 둘이 충돌한 지점에는 땅에 구덩이가 파여 있을 정도였다. 저쪽에 있던 칼은 한숨을 쉬며 걸어오고 있었고 쉐린과 마을 시민들도 모두 어처구니가 없다는 표정으로 우리를 바라보고 있었다. 이 사람들아, 우리가 더 황당해. 조용히 대화로 해결하려고 포로들까지 얌전히 데리고 왔는데 대접이 너무 과격하잖아.

칼은 우리를 둘러보고 다시 쓰러진 아프나이델을 보더니 말했다.

"이래서야, 점잖은 대화를 바라는 것은 어렵겠군. 그래도 할 수 없지. 남작을 찾아보자. 이 피해에 대해 보상해 달라고 하면 어쩌지?"

"그때는 사정 보지 않고 그놈을 화장실에 처박아 주죠."

칼은 빙긋 웃었다.

"네드발 군……, 그 의견이 매력적으로 들리네만, 그래도 그래선 안 되지."

그때 뒤에 있던 시민들이 웅성거리는 소리가 들려왔다. 우리는 그쪽으로 고개를 돌렸다. 곧 찢어지는 고함소리가 들렸다.

"저, 저놈들이다! 저놈들이 내 하인들을 구타하고 내 고문인 아프나이델을 살해했어!"

저 목소리를 안다. 그런데 저 내용은 참 기분 나쁘군. 우리는 당황한 눈으로 서로를 바라보았다.

마을 사람들이 좌우로 갈라지며 실리키안 남작과 20여 명의 병사들이 뛰어왔다. 그리고 하필이면 그때 공중으로 날려갔던 사병들도 다 땅에 내려온데다가 페더 폴이 풀려서 모두 정상적으로 서 있었다. 달려온 병사들은 가죽 갑옷에다 포차드를 들고 있었고 그중 롱소드를 차고 있는 자가 우두머리로 보였다. 병사들이 일제히 좍 늘어서 우리를 포위하자 그 우두머리는 앞으로 나오며 말했다.

"본관은 레너스 시 경비 대장 레넌 위스터다. 모두 무기를 버려라! 너희들을 무단 침입, 기물 파손, 폭력 행위 및 살인 현행범으로 체포한다."

샌슨은 당황한 표정으로 대꾸했다.

"뭐라고? 어떻게 그런 무시무시한 죄명이 성립되지?"

"레너스 시민 실리키안 남작의 저택에 무단 침입했고, 그 정원을 파손했으며, 그 하인들을 구타하고 남작가의 고문인 아프나이델을 살해했다."

샌슨은 입을 쩍 벌렸다. 나는 샌슨을 밀치며 말했다.

"이봐요. 최소한 마지막 것은 빼자고요. 아프나이델이라는 이 마법사는 죽지 않았으니까."

레넌 위스터는 아프나이델을 바라보고는 그가 살았다는 것을 확인했다.

"그렇군. 하지만 앞의 죄목은……."

"그것도 순서대로 빼보지요. 폭력 행위라, 그건 정당 방어였지. 이 작자들이 먼저 마구 마법을 쓰고 공격을 감행했거든요. 기물 파손도 그 때문에 일어난 것이고. 그리고 무단 침입이라. 분명히 우리가 들어올 때 저 남작은 '손님들, 내 집에 어서 오시게.'라고 말했어요. 그러면 무단 침입이 될 수 없죠?"

레넌은 당황한 얼굴로 실리키안을 바라보았다.

"그게 사실입니까?"

실리키안 남작은 시뻘게진 얼굴로 말했다.

"무슨 당치 않은 수작을! 이봐, 레넌! 뭘 하는 거야? 네가 어떻게 봉급을 받는지 까먹었나? 어서 저놈들을 체포해!"

레넌은 다부진 표정으로 실리키안 남작을 노려보았다.

"전 시청의 공복으로 시에서 봉급을 받는다는 것을 알려드리지요."

"이놈이!"

"하지만 당신이 고발하신 이상 이들을 체포하기는 하겠습니다. 이봐. 고발이 들어왔으니 일단 조사해야 된다. 모두 무기를 내놓고 순순히 우리를 따라오도록."

어, 사리에 맞게 말하는데? 하지만 그럴 수는 없지.

"이봐요. 저 작자는 정식으로 고발장을 제출한 겁니까?"

레넌은 침착하게 대답했다.

"아니. 구두 고발이다. 정식 고발이라고는 할 수 없지. 따라서 당신들을 체포하는 것은 아니다. 동행 조사다."

"그러면 우리도 저 작자를 구두로 고발하지요. 죄명은 무고죄. 저 작자도 우리와 함께 데려가요. 그러지 않는다면 우리도 못 가요."

칼은 즐거운 표정으로 나를 쳐다보았고 샌슨은 감탄스럽다는 듯이 쳐다보았다. 흠, 내 입에 대해서는 나도 기특하게 생각한단 말이야. 레넌이라는 그 경비 대장은 고개를 끄덕였다.

"좋아. 실리키안 남작, 저와 함께 가실까요?"

"뭐라고! 이 자식이 돌았나! 네놈이 날 체포하겠다고!"

"말씀드렸다시피 체포가 아니라 동행 조사입니다. 순순히 따라주시면……."

쫙! 굉장한 소리. 실리키안 남작은 레넌 위스터의 뺨을 갈겼다. 우리들은 어처구니가 없어서 넋을 잃은 채 그 광경을 바라보고 있었다.

레넌은 아랫입술을 깨물고 부들부들 떨면서 실리키안 남작을 쳐다보고 있었다. 실리키안 남작은 크게 화를 내며 고함을 질렀다.

"이 버릇없는 놈! 감히 네가 날 체포하겠다고? 서푼짜리 경비 대장 자리에 기고만장해서 아래 위도 모르고! 네녀석이 평소 하는 행실로 보아 오래 가지 못할 놈이라는 것은 알고 있었다! 도대체 예절도 모르고 인사를 차릴 줄도 몰랐지! 내 이놈을 그냥…….”

실리키안 남작의 말은 끝나지 못했다. 쫙! 레넌이 멋지게 실리키안 남작의 뺨을 올려붙인 것이다. 실리키안 남작은 나동그라졌다.

“저 사람들은 동행 조사이지만, 당신은 이제 체포하겠습니다. 공무원 폭행과 공무원 모독, 공무 집행 방해 현행범으로 체포합니다.”

실리키안 남작은 쓰러진 채 그 말을 듣더니 고함을 질렀다.

“으아아! 저, 저놈을 잡아!”

땅에 내려와 있던 실리키안의 사병들이 그제야 핼버드를 꼬나들면서 앞으로 나섰다. 그러자 레넌도 주춤하며 뒤로 물러섰고 시의 경비 대원들은 포차드를 앞으로 들어올렸다. 레넌은 낮지만 엄격한 목소리로 외쳤다.

“무기를 내려라! 감히 시 경비대에게 무기를 겨누느냐!”

사병들은 거칠게 쏘아붙였다.

“시 경비대는 무슨 말라비틀어진 시 경비대야? 우린 돈 받는 사람 말만 들으면 돼!”

이런, 안 되겠군. 20 대 30으로 시 경비대 쪽이 불리하다. 샌슨과 나는 눈길을 마주치고는 곧장 레넌 옆으로 다가섰다. 이루릴과 칼도 천천히 레넌 옆으로 가서 섰다.

우리들이 앞으로 나서자 사병들은 주춤거렸다. 그들은 특히 이루릴에게 겁을 집어먹고 있었다. 조금 전 공중에서 이루릴이 마법을 쓰는 장면을 잘 목격했을 테니까. 나는 이루릴에게 속삭였다.

“뭔가 겁날 말을 하세요! 저들은 당신을 두려워해요.”

이루릴은 고개를 끄덕이더니 앞으로 한발 나섰다. 그러자 사병들도 한발 뒤로 물러났다. 좋아, 멋지군. 레넌은 아리따운 엘프 아가씨 한 명이 30여 명의 사병들을 위압하고 있는 것을 보자 입을 딱 벌렸다.

이루릴은 입을 열었다.

"여러분."

사병들은 주춤거리며 마치 이루릴의 말에 밀린 듯이 더 물러났다. 훌륭하다! 그런데 이루릴은 잠시 고민하는 표정이었다. 그녀는 뒤로 다시 물러나더니 나에게 귓속말을 했다.

"무슨 말을 하지요?"

으아아, 그랑엘베르여! 나는 머리를 내두르며 무조건 고함질렀다.

"어이! 이 아가씨가 당신들 몇 명을 죽일까 물어오는데, 뭐라고 대답할까?"

사병들의 얼굴이 핼쑥해졌다. 이루릴은 의아한 표정으로 나를 바라보다가 입을 열었다.

"왜 거짓말을?"

정말 손발 안 맞네! 나는 계속 무턱대고 외쳤다.

"쳇, 그 끔찍한 말을 그대로 전할 수는 없다고요!"

이루릴은 이제 멍한 표정으로 자신의 질문이 끔찍했던 것인가에 대해 생각하는 표정이 되었다. 그리고 사병들은 제각기 취향대로 이루릴의 '그 끔찍한 말'에 대해 상상하는 표정이었다. 나는 계속 말했다.

"이봐! 어차피 실리키안 남작은 체포된다! 그런데 너희들이 이 경비대에 반항하면 실리키안 남작의 죄가 더 무거워진단 말이야! 남작은 시의 공적(公敵)이 될 테고 그러면 너희들도 시의 공적이 된다! 도망자로 살아남을 생각은 아니겠지? 그러니 너희들을 위해서라면 경비대에 협력하는 것이 낫다! 그리고 그렇게 해야 실리키안 남작의 죄가 가벼워진다!"

사병들은 급하게 서로 쳐다보기 시작했다. 몇 마디 말을 주고받더니 그들은 곧 실리키안 남작을 포위하기 시작했다. 남작은 악을 썼다.

"이, 이 쳐죽일 놈들아!"

"저, 남작님. 저 꼬마 말대로 하십시오. 우리가 반항하면 남작님 죄가 더 무거워져요. 그러니까 우린 남작님을 위해서라도 정중히 경비대에 체포되도록 해야겠습니다."

"뭐, 뭐라고! 이놈들이 찢어진 입이라고!"

그 광경을 보며 난 배부른 미소를 지었다. 칼이 말했다.

"네드발 군. 자네가 이렇게 임기응변에 강할 줄은 미처 몰랐네."

"나도 몰랐어요."

"나도 몰랐다. 욘석아! 제법이네."

샌슨이 내 머리를 헤집으며 웃었다. 실리키안 남작은 고래고래 고함을 질렀다. 주로 사병들에 대한 욕지거리와 레넌, 나, 기타 등등 주위의 모든 사람들에게 욕지거리를 퍼붓고 있었다. 그러니 도저히 자기 편을 만들 수가 없지. 사병들은 두말하지 않고 실리키안 남작을 시 경비대에게 넘겨버렸다.

레넌은 침착한 표정을 지으려 애쓰면서 나에게 말했다.

"당신의 조력에는 감사한다. 하지만 원칙은 원칙이라……."

"가죠, 뭐."

샌슨과 칼도 모두 동의한다는 표정이었다. 그때 쉐린이 앞으로 달려나왔다.

"12인의 여관 마스터인 쉐린입니다. 제가 목격자로 따라가겠습니다!"

레넌은 고개를 끄덕였다. 그러자 쉐린은 자기 말고도 하인과 몇 명의 시민들을 더 불러들였다. 그 다음 우리 일행은 모두 레너스 시 경비대를 따라 시청으로 향했다.

"이건 말도 안 돼!"

나는 머리끝까지 화가 나서 쇠창살로 돌진했다. 그러나 쇠창살이 휘어지는 대신 내가 나동그라졌다. 제기, OPG가 없지. 샌슨은 날 보며 말했다.

"탈옥하면 완전히 죄수가 되지. 후치."

"칵! 지금은 죄수 취급 아냐?"

샌슨은 여전히 풀죽은 얼굴로 구석에 앉은 채 대답하지 않았다. 칼도 언짢은 표정으로 면회를 온 쉐린에게 말했다.

"그럼, 그 레넌이라는 경비 대장은?"

"직무 태만으로 감봉 처분되었습니다."

"맙소사. 직무 태만이라고요?"

"저도 어이가 없군요."

쉐린은 말을 전해 주는 자신이 더 화가 나서 못 견디겠다는 표정이었다. 나는 발악을 하며 쇠창살을 다시 쥐고 흔들어대었지만 샌슨이 엉덩이를 걷어차는 바람에 또 나뒹굴었다.

"이 자식아! 돼지 새끼처럼 툴툴거리지 말고 얌전히 못 있어?"

"이런 억울한 경우를 당했는데 어떻게 인간의 존엄성을 지켜!"

그러자 쉐린을 따라온 유스네가 날 불렀다.

"저, 후치……, 이거 마셔. 나 다른 것은 해줄 게 없고. 숨겨 들어오기 힘들었어. 그 고생을 생각해서라도……."

그러면서 유스네는 품속에서 작은 수통을 꺼내어 주었다. 내가 술주정뱅인 줄 아느냐, 누명을 뒤집어쓴 채 생전 처음으로 감옥에 갇히기는 했지만 아직 그 정도로 타락하지는 않았다, 등등으로 외치면서도 나는 그 수통을 받아들었다. 유스네는 그런 나를 보며 배시시 웃었다.

수통 뚜껑을 여는 순간 현기증이 핑 올랐다. 장난이 아니게 도수가 셀 것 같은데. 나는 한 모금 마시고는 그대로 아무 말도 하지 않은 채 샌슨에게 줘버렸다. 샌슨도 수통에 코를 가져다대더니 머리를 흔들었다.

나는 확확 달아오르는 볼을 만지작거리며 말했다.

"어마어마한 놈을 숨겨왔군. 고마워, 유스네."

"화 푸는 데 도움이 되었으면 좋겠어."

"미안하지만 도움이 안 될 것 같아. 도대체 어떻게 이럴 수가 있지?"

정말 이럴 수는 없다. 우리는 시청으로 오자마자 모든 무기를 빼앗기고 나는 OPG도 빼앗기고 그대로 감옥에 처넣어졌다. 그때까지만 해도 우린 일단 구속하고 조사가 끝나면 풀려날 것이라고 생각했다. 그래서 난 생전 처음 감옥 구경한다고 좋아하기까지 했다. 그런데 그대로 아무 소식도 없이 이렇게 이틀째 갇혀 있는 것이다.

그런데 이틀째 저녁, 쉐린이 면회를 와서 한다는 말이, 실리키안이라는 그 가짜 남작은 이미 풀려났으며 그를 체포한 레넌 경비 대장은 징계를 받았다는 것이다. 게다가 시청에서는 우릴 조사할 생각 같은 것은 전혀 없는 모양이다. 쉐린은 아마 실리키안 남작의 지시에 따라 우리의 처리 방식이 정해질 것이라고 알려주었다.

나는 머리카락을 쥐어뜯다가 말했다.

"잠깐, 이루릴은? 이루릴은 어떻게 되었어요? 이루릴은 엘프니까 가둘 수 없잖아요?"

쉐린은 침울하게 말했다.

"그 엘프분은 바이서스의 시민이 아니라서 정식으로 갇혀 있는 것은 아니지만, 그건 여러분도 마찬가지입니다. 여러분들도 불명확한 죄목으로 갇혀 있는 셈입니다. 사실 여러분은 죄인 명부에 올라 있지도 않고, 따라서 존재하지도 않는 죄수인 셈이죠. 저희도 사실은 면회를 온 게 아니고, 감옥 답사를 왔을 뿐입니다. 아시겠습니까?"

"제에기……."

"여러분은 좀 낫습니다. 그 엘프분은 면회도 못하게 하더군요. 간수들에게 듣자니 그분은 이 아래층에 계시는 모양입니다. 처지는 더 안 좋고요. 마법을 쓸까 무서워 식사도 제대로 주지 않고 장전한 석궁을 소지한 병사들이 24시간 교대하며 계속 감시하고 있답니다."

"맙소사? 아니, 그저 아침에 기주를 못하게 하면 되는 것 아녜요!"

"정령을 부리는 것은 언제든 가능하니까……."

"제길!"

난 돌벽을 걷어찼다. 당연히 내 발이 아파왔다. OPG만 있다면 이대로 벽을 뚫고 달려나가 다 때려부수고 싶다. 칼은 우울한 목소리로 말했다.

"쉐린. 아무래도 정식 재판 같은 것은 기대할 수 없는 모양이군요?"

"아무래도……, 그렇습니다."

"그것 참. 우린 여정이 바쁜데. 그리고 세레니얼 양도 우리 때문에 자신의 여정을 방해받게 된 데다 고초까지 겪게 했으니……. 몹쓸 노릇이군."

쉐린도 퍽이나 안 좋은 얼굴이었다. 그는 일단 시장에게 탄원서도 내어보고 공개적으로 여론을 조성해 보겠다고 했지만 별로 자신 있는 태도는 아니었다.

쉐린과 유스네가 떠나고 나서 나는 끙끙거리며 생각에 잠겼다. 이제는 더 못 참겠다. 탈옥, 탈옥이다! 한다, 반드시 한다! 그런데 어떻게 탈옥하지? 나는 이곳에 단 하나 있는 창문을 바라보았다. 그 창문에는 돌 격자가 설치되어 있었고, 설사 그 돌 격자가 없어진다 해도 너무 작아서 빠져나가는 것은 불가능해 보였다. 지금 그 틈 사이로 별빛이 반짝이는 밤하늘이 보였다.

"제기, 그거 좀 줘봐. 샌슨."

샌슨에게 수통을 받아들고 다시 한 모금 마셨다. 우와? 감옥 천장이 돈다! 감옥이 무너지는 모양이야! 그렇다면 자유다, 자유! 우하하하!

젠장. 나는 달아오르는 볼을 차가운 돌벽에 비비며 혼잣말을 했다.

"이건 안 돼. 우리가 여기 몇 달 갇혀 있으면 모든 게 끝장이야. 우리가 돈을 마련하지 못하면 아무르타트는 영주님과 백작, 그리고 포로들을 전부 죽일 거야. 하멜 집사가 어떻게 그 돈을 마련하겠어."

내 투덜거리는 소리에 샌슨과 칼의 표정도 우울해졌다. 그들도 잘 알고 있는 사실이지만 방법이 없다. 이 감옥이 닳아버릴 때까지 볼을 비벼볼까?

감옥에 단 하나 있는 창문에 재미있게 생긴 얼굴이 떠올랐다. 흠, 저 얼굴 정말 재미있군. 난 술에 너무 취하면 안 되는 모양이야. 왜 머리에 풀이 난 중년 얼굴의 어린애가 보이는 거지?

"버터핑거!"

난 간신히 목소리를 죽였다. 듀칸 버터핑거라는 그 하플링이다. 듀칸은 입 앞에 손가락을 세우며 조용히하라는 시늉을 했다. 샌슨은 재빨리 쇠창살에 붙어 밖을 감시했고 칼과 나는 창문으로 다가갔다.

우리가 있는 감옥은 지하였고, 그래서 창은 바깥의 지면과 같은 높이였다. 그래서 듀칸은 몸을 땅에 눕히고 등 위에 풀더미를 올려놓은 채 엎드려 있었다. 바깥은 시청의 정원이니 아마 이런 모양이면 아무도 알아보지 못할 것이다. 듀칸은 낮게 말했다.

"이봐요. 내가 여기 있다는 것을 들키면 나도 끝장이야. 빠르고 간단하게 하자고. 당신들을 구해 줄 테니 얼마를 내겠소?"

칼은 잠깐 당황하더니 대답했다.

"낸다고? 어, 얼마나 원하시오?"

듀칸은 실쭉 웃었다. 그가 입을 헤벌레 벌리면서 말하려는 순간, 뭔가가 내려오더니 듀칸의 정수리를 찍었다.

"이놈! 틀림없이 이럴 줄 알았다!"

들켰구나! 경비병에게 들켰어. 이제 끝장이다. 그런데 듀칸은 놀라는 표정이 아니었다. 대신 그는 당황하며 옆으로 손을 뻗어 누군가를 땅에 눕히는 모습이었다. 이윽고 듀칸의 얼굴 옆으로 수염이 덥수룩하게 난 얼굴이 나타났다.

"엑셀핸드?"

12인의 다리에서 만난 그 드워프였다. 듀칸은 자신의 등 위에 있던 풀더미를 재빨리 엑셀핸드의 등에도 덮어주며 목소리를 죽인 채 엑셀핸드를 나무랐다.

"아니, 도대체 무슨 정신으로 그렇게 고함을 지르는 거야! 여기가 드워프의 광산이라도 되는 줄 알아? 여긴 감옥이라고, 감옥!"

"웃기는군. 의로운 자들은 감옥에, 악당은 바깥에. 인간의 방식인가?"

엑셀핸드의 중얼거림에 칼은 인간 종족을 대표해서 얼굴을 붉혔다. 하지만 난 얼굴을 붉히지 않았다. 술 때문에 이미 얼굴이 벌게져 있었으니까. 난 엑셀핸드에게 말했다.

"다, 당신이 여기 어쩐 일로?"

"구해 주러. 인간 방식은 어떤지 모르지만 드워프 방식으로는 의로운 자는 바깥에, 악당은 감옥에 있어야 하거든. 그래서 요 소악당을 보냈지. 하지만 틀림없이 요따위 수작을 할 것 같아서 쫓아왔지. 그런데 자넨 감옥 안에서도 팔자가 편한 모양이군? 술 냄새까지 풍기고."

난 뒤의 긴 말은 듣지 않았다. 중요한 건 맨처음의 한 마디뿐이다.

"구해 준다고요? 탈옥?"

"그렇지."

"어떻게?"

"그건 이 소악당이 알아서 할 일이야. 이놈아! 어서 계획을 벨어라!"

듀칸은 이마를 짚으며 신음소리를 내었다.

"정말 드워프란 족속은……. 좀 조용히 못해?"

듀칸은 땅에 붙은 배 쪽으로 손을 집어넣어 끙끙거리더니 곧 열쇠 꾸러미를 하나 꺼내었다.

"자, 이건 마법의 열쇠, 자유의 열쇠지. 하하. 이 감옥의 모든 문은 이걸로 열리지 않는 게 없지."

정말 그렇지 않을 수 없겠다. 열쇠가 자그마치 100개는 넘어 보이니까! 제기, 100개를 일일이 맞춰보고도 들키지 않으려면 그거 보통 일이 아니겠다. 듀칸은 그런 우리 표정을 용케 알아채고 (감옥 안은 어두웠으니까) 부연 설명했다.

"물론 그 많은 것을 일일이 맞춰볼 필요는 없어요. 그건 모두 103개라고. 이건 말이야, 시장의 열쇠 꾸러미를 복사한 것이거든? 103개를 복사하는 것은 정말 쉬운 일이 아니었지. 아, 정말 그때는 정말 사상 최대의 작전이었어! 그때 나는 시장이 목욕을 하는 사이에 세탁장이로 변장하고 방에 불을 지른 다음……."

"그만하지 못해?"

엑셀핸드가 팔꿈치로 찍자 간신히 듀칸은 헛소리를 멈춘 다음 설명했다.

"열쇠에는 문자와 숫자가 있어. 당신들의 감방 쇠창살의 자물쇠를 봐. 아래쪽에 작은 일련 번호가 있을 거야."

나는 샌슨을 바라보았고 샌슨은 재빨리 쇠창살 한쪽의 문에 있는 자물쇠를 살폈다. 샌슨은 한참을 살피더니 말했다.

"좋아. J-104이다. 감옥 104호라는 말인가 보군."

나는 재빨리 달빛에 비춰가며 열쇠들을 살폈다. 열쇠에 있는 작은 문자들을 알아보는 것은 쉬운 일이 아니었지만 잠시 후 간신히 J-104의 열쇠를 찾아내었다. 나는 히죽 웃으며 말했다.

"이 도시에서 감옥에 갇힐 일을 하는 사람이라면 이것은 엄청난 보물이겠는걸? 듀칸, 당신 도둑입니까?"

"떽. 꼭 이 드워프처럼 말하네. 소유권 이전 전문가라고 불러. 어쨌든 지금 당장은 나오지 말아. 달을 잘 보다가 두 번째 달 루미너스가 산 너머로 나타날 때까지 정문으로 나와요. 그때까지 어떻게든 당신들 말을 마구간에서 빼내어 시청 정문 옆에서 기다리겠어. 그리고 이것."

듀칸은 대거를 세 개 들이밀었다.

"조용히 처리하면서 나와요. 되도록 소란을 일으키면 안 된다는 것쯤은 알겠지? 이 건물 안의 모든 자물쇠는 다 열 수 있으니까. 그럼."

"곧 보세나!"

엑셀핸드는 호탕하게 말하고는 몸을 일으켰다. 듀칸은 벌떡 일어서는 엑셀핸드를 보며 혀를 차더니 엑셀핸드의 팔을 붙잡고 사라졌다. 나는 단숨에 기가 올라서 주먹을 불끈 쥐었다.

"좋아, 시작하지요."

칼은 고개를 갸우뚱거리며 말했다.

"벌써? 그 하플링은 루미너스가……."

"아니, 우리 물품도 되찾아야 되고 이루릴도 찾아보려면 바빠요."

"그렇군. 이거 원, 도둑의 흉내까지 내야 되는군. 하지만 아무래도 정당하게 나갈 방법은 없으니."

칼은 고개를 끄덕이며 쇠창살 쪽으로 다가갔다. 바깥에는 아무도 없었다. 열쇠를 받아든 샌슨은 소리가 나지 않도록 애쓰면서(사실 그건 좀 어려운 일이었다. 열쇠가 너무 많았다.) J-104의 열쇠를 끼워넣었다. 찰칵! 너무너무 듣기 좋은 음향이 들리며 자물쇠는 열렸다.

샌슨은 기름칠이 되지 않은 창살문을 조심스럽게 열고는 밖으로 나왔다. 그리고 우리는 각자 입에 대거를 물고는 세 명의 암살자처럼 복도의 그림자 속으로 숨어들었다. 샌슨은 우리가 끌려올 때의 기억을 더듬으며 조심스럽게 밖으로 향했지만 나는 샌슨을 붙잡으며 속삭였다.

"먼저 이루릴을 찾아보자. 아래쪽에 있다고 했어."

샌슨은 고개를 끄덕이고는 다시 몸을 돌렸다. 시청 지하의 이 감옥은 지하의 여러 층으로 구성된 모양이다. 우리가 있는 곳이 지하 1층이었는데 1층을 다 돌아보아도 감옥은 모두 비어 있었다. 대신 우리는 지하 2층으로 내려가는 계단을 발견했다. 계단을 내려가려는데 아래쪽에서 갑자기 불빛이 보였다.

우리는 황급히 계단 입구 옆의 벽에 몸을 붙였다. 저벅거리는 발소리. 저쪽편에 있는 샌슨은 손가락을 하나 세워보였다. 한 놈이란 말이지?

잠시 후, 발소리가 가까워지며 불빛이 환해지더니 손에 횃불을 든 병사가 계단을 올라왔다. 나는 OPG가 없어서 한 대 쥐어박는 대신 그의 어깨를 쳤다.

"이봐. 말 좀 묻자."

그는 내 쪽으로 돌아서더니 놀란 표정을 지었다. 그리고 그때 그의 등 뒤에 있던 샌슨이 재빨리 그의 목을 틀어쥐며 목에 대거를 가져다대었다. 손발 잘 맞아.

"떠들면 죽인다."

샌슨의 낮은 협박에 병사는 아무 소리도 내지 못했다. 나는 재빨리 그가 들고 있던 횃불을 빼앗고 그의 허리에 있던 롱소드도 빼어들고는 물었다.

"이 아래도 감옥이지? 아래에 엘프가 있나?"

"그, 그렇다."

"지키는 사람은?"

"나와 둘."

쉐린의 말대로 지키는 병사들이 있는 모양이군. 이 밤중에 고생들이 많겠어.

"넌 어디 가는 길이야?"

"야, 야식을 가지러……."

"거 안됐군. 몸을 돌려. 한 명을 불러."

"부, 부르라고?"

"'아이고, 내 다리. 미끄러졌어. 야, 누구 불 좀 가져와 봐.' 이렇게 짜증스럽게 불러. 알았지?"

병사는 이를 악물었지만 샌슨이 손에 힘을 주자 곧 내가 시킨대로 외쳤다.

"아, 아이고! 내 다리. 미끄러졌어! 야! 누구 불 좀 가져와 봐!"

곧 아래쪽 멀리서 투덜거리는 소리가 들렸다.

"뭐야, 저놈은 도대체 걷지도 못하나?"

샌슨은 재빨리 손에 잡고 있던 병사의 뒤통수를 대거 칼자루로 찍어버렸다. 병사는 쓰러졌고, 나는 횃불을 껐다. 계단 쪽에서 다시 발자국 소리가 들려오고 횃불 빛이 보였다.

"야, 도대체 어디야?"

난 그 병사에게 말했다. "여기야." 아까와 똑같이 그 병사는 샌슨에게 잡혀버렸다. 참 재미있을 정도군. 그 병사도 내가 시키는 대로 고함을 지르게 되었다.

"야! 이 녀석, 다리가 부러진 모양이야! 혼자 못 들겠어, 이리 와봐!"

그리고 그 병사도 처리되었고 마지막 병사도 투덜거리며 나타나서 똑같이 처리되었다. 이거 원, 장난 같네. 우리는 서로를 보며 히죽 웃은 다음 병사들을 내버려두고는 아래로 내려갔다.

이루릴은 단번에 찾을 수 있었다. 통로 중간쯤에 테이블이 있었고 그 위에 랜턴이 켜진 채 놓여 있었다. 테이블 위에는 카드들이 흩어져 있었는데 이루릴은 바로 그 테이블 앞의 감옥에 있었다.

"이루릴!"

감옥 안에서 어떤 멋있게 보이는 것이 웃으며 일어났다. 이루릴이었다.

"어서 오세요."

"어? 놀라지도 않아요?"

"저 병사들은 듣지 못했지만 전 계단에서 나는 소리를 다 들었거든요."

"우와! 대단해."

샌슨은 재빨리 이루릴의 감옥 자물쇠를 조사하고는 감옥 문을 열었다. 이루릴이 밝은 바깥으로 나오자 곧 그 안쓰러운 모습이 잘 보였다. 항상 깔끔하던 옷맵시가 감옥에 갇혀 있느라 초라해지고 얼굴이나 머리도 단정하지 못했다. 식사도 제대로 못했다고 하던데……. 하지만 침착하고 단정한 몸놀림은 여전했다. 샌슨은 너무너무 슬퍼서 말도 안 나온다는 표정을 짓고 있었지만 우리는 그를 다그쳤다.

테이블 옆에는 장전된 석궁이 세 개 있었다. 못된 놈들. 이루릴이 뭔가 마법을 쓰려 했다면 당장 이것을 쏴버렸을 테지? 나는 그것을 쓸 줄 몰라서 다른 세 사람이 하나씩 들었다. 그리고 테이블 옆에는 밧줄이 있었다. 그것을 들고 우린 다시 병사들이 쓰러져 있던 장소로 돌아갔다. 병사들을 다 묶은 다음, 샌슨은 물었다.

"누굴 깨울까?"

"마지막 녀석. 제일 위엣 놈이 마지막에 움직였을 테지."

샌슨은 마지막 병사를 깨웠다. 그는 머리가 아프다는 듯이 인상을 찌푸리더니 곧 공포스러운 얼굴이 되었다. 샌슨은 험상궂은 표정을 지으며 질문했다.

"자, 내가 질문하고 넌 대답한다. 우물쭈물하거나 헛소리를 하는 것 같으면, 그때마다 손가락을 하나씩 자른다. 따라서 헛소리는 열 번까지 할 수 있다. 자를 게 더 없어지면 입 밖으로 꺼내기 어려운 걸 자르겠다."

보고 있던 칼과 내가 질릴 정도였다. 병사가 거의 눈물을 쏟을 듯이 공포스러워하며 고개를 끄덕이자 샌슨은 우리 물건을 둔 곳, 바깥의 병사들의 상황을 질문했다. 그 착한 병사는 질문에 성심성의껏 대답했다. 샌슨은 고맙다는 인사 대신 뒤통수를 다시 쥐어박아 기절시켰다.

병사의 말에 의하면 우리 물건은 모두 시청 비품실에 있다고 했다. 그리고 이곳은 시청이라 건물 내에는 별로 병사가 없다는 것이다. 병사들은 모두 바깥쪽의 경비대 건물에 있으며, 정문 옆의 초소에 숙직 병사가 두 명 앉아 있을 거라고 했다.

밤이라서 시청 직원들은 모두 퇴근했으며 우리는 병사의 말에 따라 쉽게 비품실을 찾아내었다. 듀칸의 말대로 그 열쇠는 진짜 마법의 열쇠였다. 간단히 비품실 문을 연 우리는 각자의 갑옷과 무기들을 찾을 수 있었다. 그런데 내 OPG는 보이지 않았다.

“이런, 망할! 아마 그 아프나이델이란 녀석이 가져갔을 거야.”

“할 수 없지. 일단 나갈 준비를 하자.”

우리는 시청 건물의 정문으로 갔다. 정문 옆의 창문으로 밖을 살펴보니 상황이 고약했다. 하필이면 초소에 앉아 있던 두 명 중 한 명이 순찰을 돌고 있는 것이다. 잠시 후 그는 건물을 빙 돌아갔다.

“지금 갈까? 아니면 돌아와서 앉을 때까지 기다릴까?”

“기다려야지. 아직 루미너스가 안 떴어.”

우리는 초조하게 창문 밖을 내다보며 루미너스가 뜨기를 기다렸다. 그 사이에 병사는 돌아왔고 그는 다시 초소에 앉아 동료와 잡담을 나누었다. 자, 그런데 저 병사들과 싸우면 경비대 건물에 있다는 경비 대원이 다 뛰어나올 텐데. 경비대 건물은 본관 왼편으로 조금 떨어진 위치에 있었고 거리는 가까웠다. 샌슨은 그쪽을 바라보며 인상을 찌푸렸다.

“조용히 나갈 방법이 있으면 좋겠는데……. 하필 그 멍청한 하플링은 정문으로 나오라고 했지? 이거, 조금 있으면 루미너스가 뜨겠는데 말이야. 쏠까?”

샌슨은 석궁을 들어올려 보였다. 그러나 내가 말하기도 전에 먼저 말했다.

"그건 싫다. 그렇지? 우리는 자유지만 저쪽은 생명이니까."

그러자 이루릴이 앞으로 나섰다. 그녀는 캐스트에 들어갔다.

"어? 기주를 했어요?"

칼이 대신 대답했다.

"정령을 부르는 것이야."

칼이 말한 대로 이루릴은 내가 알아들을 수 있는 말을 했다.

"밤의 이슬 속에서도 젖지 않는 하나의 모래의 주인이며 휴식의 수호자, 수면을 취하지 못하는 저들을 달래줘요."

뭔가가 움직이는 기분이 들었지만 역시 보이지는 않았다. 칼이 말했다.

"샌드맨이군."

샌슨과 나는 눈이 빠져라 초소를 바라보았다. 잠시 후, 두 병사들은 하품을 하더니 기지개를 켜고 볼을 두드리면서 졸음을 잊기 위해 애썼다.

"반항하지 마! 잠들어, 이 녀석들아!"

샌슨과 나는 애가 타서 낮게 외쳤다. 하지만 별로 조바심칠 필요는 없었다. 병사들은 머리를 끄덕거리기 시작하더니 곧 테이블에 머리를 박고 잠들었다.

"자, 가자."

우리는 본관을 나와 살금살금 걸어갔다. 정원이 엄청나게 길다는 느낌이 들었지만 다행히도 아무 일 없이 정문까지 나올 수 있었다. 샌슨과 난 손바닥을 소리 안 나게 부딪히며 속삭였다. "나왔다!"

밤의 도시는 고즈넉하고 간혹 불어오는 바람소리만 을씨년스러운 기분을 더했다. 조용히 흘러내리는 달빛이 주위를 푸르스름하게 물들이고 있었다. 그런데 정문으로 나왔지만 아무도 없었다. 벌써 루미너스가 떴는데? 이 하플링 녀석이 우릴 속였나? 그러나 바로 그때 엑셀핸드의 목소리가 들렸다.

"허, 정확하군!"

이번에는 나도 정말 듀칸과 같은 심정이었다. 우리 모두가 엑셀핸드의 목소리에 10년은 감수했다는 표정을 지으며 고개를 돌려보자 어둠 속에서 빨간 빛이 보였다. 엑셀핸드는 파이프를 피워문 채 시청 담벼락 옆에 앉아 있었는데 그림자 속인데다가 너무 작아서 보이지 않았던 것이다.

그가 일어서자 곧 듀칸도 나타났다. 그는 손짓으로만 우리들을 불렀다. 듀칸을 따라가자 곧 나무에 매어둔 우리 말들이 보였다. 엑셀핸드는 여전히 태평스럽게 말했다.

"자, 잘들 가게. 이만하면 12인의 다리를 건네준 보상은 충분하겠지?"

"아니, 그걸 갚으시려고 이렇게 위험한 일을……?"

드워프는 밤하늘로 멋진 담배 연기 고리를 날려보냈다. 그의 눈은 우리 머리 위의 밤하늘과 마찬가지로 끝없이 깊고 심원하게 번뜩였다. 검은 눈은 달빛에 번뜩이는군. 그는 대답했다.

"자네들도 목숨을 걸고 함께 싸워주지 않았나. 드워프는 함께 싸운 자들을 영원한 친구로 생각하지. 흠, 흠. 설령 그게 암석의 아름다움을 모르는 숲의 종족이라도."

마지막 부분은 목소리가 좀 낮았다. 이루릴은 고개를 숙이며 말했다.

"고맙습니다."

"됐어! 잘들 가라고. 인연이 있으면 또 만나겠지."

그리고 엑셀핸드는 파이프를 다시 물더니 두말 없이 몸을 돌렸다. 방금 세 명의 죄수를 탈옥시킨 것이라기보다는 마치 밤 산책이라도 가는 태도다. 샌슨에게 열쇠를 돌려받은 듀칸도 우리에게 눈을 찡긋해 보이더니 곧 몸을 돌렸다. 칼은 당황해서 말했다.

"아, 아니. 대가를 원하시는 것이……?"

"천만에요. 저 능글맞은 드워프가 다 지불했어요."

엑셀핸드가? 듀칸은 몸을 돌리다가 두 팔을 과장되게 펼치고는 말했다.

"언제라도 이 도시에 들르면, 그리고 만일 곤경을 당했다면, 날 기억해요. 듀칸 버터핑거! 소유권 이전의 전문가이자 밤의 세계에 유일하게 남아 있는 진정한 로맨티스트! 하하하."

듀칸은 상쾌한 웃음만 남겨놓고는 그대로 어둠 속으로 사라졌다. 칼은 뭐라고 말하려 했지만 이미 엑셀핸드와 듀칸의 모습은 보이지 않았다. 맑은 달빛 속에는 우리들만이 남아 있었다.

"허, 이런. 저렇듯 고마운 사람들이 있나."

"사람이 아니라 드워프와 하플링이죠. 그리고 사람으로 말하자면, 난 지금 당장 만나봐야 될 사람이 하나, 아니 두 명 있어요."

칼과 샌슨은 날 바라보았다. 나는 기세등등하게 대답했다.

"시간은 오늘 밤뿐이죠. 내일 아침이면 우리가 탈옥했다는 것을 들킬 테니까. 그 가짜 남작과 사이비 마법사에게 오늘 밤은 잊혀지지 않는 밤이 될 겁니다."

8

순종 헬턴트 사나이인 샌슨은 무조건 내 말에 찬성이었고, 좀 괴짜이긴 해도 역시 헬턴트 남자인 칼은 주저하면서도 복수의 유혹을 뿌리치지 못하는 표정이었다.

"허……. 조용히 떠나는 게 좋을 텐데."

"아니죠. 추격대가 따라올지도 몰라요. 확실히 매듭을 지어놓는 게 좋겠지요. 그리고 이곳 시청은 어차피 그 가짜 남작의 꼭두각시니까 결판을 지으려면 그 작자와 지어야죠."

"위험하지 않겠나? 그 저택에는 사병들도 많고."

"그 엉터리 사병들? 틀림없이 곯아떨어져 있을 거예요. 트롤이 설쳐도 잠이 덜 깨서 출동 못했다는 놈들이에요. 그 자식들은 우리가 그 저택을 몽땅 불태우기 전까지는 일어나지 않을걸요?"

나는 계속 이것은 우리의 불유쾌한 감금과 불가피한 탈옥이 발생한 데 대한 모종의 해명을 요구하기 위한 것이며, 그리고 거기에 복수도 포함되면 좋은 일이라는 식으로 설득했고 결국 칼은 결정을 내렸다.

"한번 가보기나 하세."

"아뇨. 먼저 12인의 여관으로. 우리 짐은 다 챙겨와야죠."

우리는 말을 몰아 12인의 여관으로 달려갔다. 샌슨은 이루릴을 등 뒤에 태우고는 어쩔 줄 몰라하고 있었다. 이루릴은 자연스럽게 샌슨의 허리를 잡고 있는데 샌슨만 마치 음란한 일이나 벌이고 있는 것처럼 혼자서 흥분하고 있다. 에이, 빨리 장가를 보내야지, 원.

12인의 여관에도 불이 다 꺼져 있었지만 1층 홀에는 불이 켜져 있었다. 우리는 살그머니 홀의 창문으로 다가갔다. 홀 안에는 유스네가 혼자 테이블에 앉아서 장부 같은 것을 펼쳐놓고는 망연히 허공을 바라보고 있었다. 나는 창문을 두드렸다.

유스네는 깜짝 놀라서 창문을 바라보았다. 그러고는 곧 더 놀라버렸다.

"후, 후치?"

"안녕? 멋진 일이 일어날 것 같은 밤이지?"

"어, 어떻게 나온 거야?"

"믿을 수 있겠어? 아까 그 독한 술을 뿌리니까 돌벽이 녹더라고."

유스네는 놀라 어쩔 줄을 몰라하더니 달려와 문을 열어주었다. 우리는 급히 안으로 들어갔다. 유스네는 우리들을 상하좌우로 정신 사납게 살펴보더니 말했다.

"어떻게 된 거예요? 아니, 이렇게 나오다니……."

칼이 손을 내저었다.

"설명할 시간이 없어. 우리 짐은 우리 방에 있나?"

"아, 그건 제가 보관하고 있어요."

우리는 곧 유스네를 따라가 우리들의 배낭을 각자 들었다. 쉐린이나 다른 하인들은 모두 잠들어 있는지 아무와도 만나지 않았다. 샌슨이 물통에 물을 채우는 동안, 나는 유스네에게 말했다.

"자, 말할 테니까 중간에 끼어들지 마. 우린 탈옥했어. 그리고 이대로 이 도시에서 달아날 거야. 하지만 그 전에 손 좀 봐줄 사람이 있어서 먼저 거기로 갈 거야. 여관비는 모두 얼마지?"

유스네는 내 말에는 대답도 하지 않고 엉뚱한 말을 했다.

"떠난다고? 지금?"

"따뜻한 봄이 올 때 출발할까?"

"……넌 입이 참……."

"참? 어떻단 말이야, 키스하기 좋다고?"

유스네는 볼이 불룩해서 샌슨에게 여관비를 받았다. 우리는 잽싸게 짐을 챙겨들고 밖으로 나갔다. 그때 유스네가 안에서 바구니를 가져오더니 내밀었다.

"급해서 줄 게 없네. 도시락이야. 가면서 먹어."

"이거 정말 고맙네. 이 여관에 들르면 대륙 어디에 가서라도 좋은 추억을 말할 거라고 한 사람이 있었지. 고마워요, 레이디 유스네. 그리고 오빠에게도 고맙다고 전해 줘."

"응, 알았어. 그런데……."

유스네는 뭔가 하고 싶은 말이 있다는 투였다. 급한데 참 시간 끄네. 에이, 아가씨들도 역시 헬턴트 아가씨가 최고야. 시원시원하거든.

"유스네, 하고 싶은 말이 있다면 해버리는 게 나아. 안하고 후회하는 것보다는 욕설이라도 퍼붓는 게 낫지. 자, 빨리 해. 나한테 제대로 욕을 못해서 그런 거야?"

유스네의 입이 갑자기 뚫렸다.

"야! 이 나쁜 놈아, 내 마음을 돌려줘!"

"……뭐?"

뭐냐고 묻는 내 목소리는 밤의 미풍보다도 가늘고 낮았다. 칼과 샌슨도 망치로 한 대 맞은 표정을 지었다. 나는 간신히 목을 가다듬어 이번엔 조금 크게 물었다.

"뭐라고 했니?"

그래도 별로 크지 않군. 유스네는 코를 훌쩍거리며 이야기했다.

"흥, 훌쩍, 오래된 이야기대로야, 크응. 여관에서 일하는 처녀는, 훌쩍, 방랑자에게 마음을 뺏기지. 하지만 방랑자는 떠나고 다시는 돌아오지 않아. 처녀는 평생을 기다리지. 크응, 아마 다른 남자와 결혼하고, 아이도 낳겠지만, 훌쩍, 평생 그리움은 남아."

아악! 못 말리겠다, 정말! 이 애는 자신과 날 소재로 삼아 이렇게 음침하고 현실성이라고는 눈 뜨고 찾아볼 수 없는 상상을 마구 펼치고 있었단 말이야? 정말 사춘기 취향에 딱 맞는 공상이다. 나는 유스네의 눈물을 닦아주고는 물어보았다.

"야, 야! 너 날 잡아먹지 못해 안달이었잖아?"

"그때부터 난 마음을 뺏긴 거지. 그걸 알았어야 했어. 내가 널 거칠게 대할 때, 난 이미 네가 내 마음을 뺏어갈 남자라는 것을 어렴풋이 눈치챘던 거야. 맞아. 그랬을 거야. 난 내가 내 평생에 단 한 번 있을 마법의 가을에 들어섰다는 것을 알아차린 거지."

마법의 가을……, 미치겠군. 야, 네가 날 거칠게 대한 거야 그때 네가 주정뱅이에게 화가 나 있어서 그랬던 거지, 어디에 무엇을 짜맞추는 거야?

"그리고 그날 아침, 생전 처음 보는 사람들을 위해 트롤과 싸우고도, 그 사람들에게는 냉대를 받는, 상처입은 전사를 봤을 때, 난, 난 이미 돌이킬 수 없게 되었어."

그랑엘베르여, 제발! 난 속으로 악악거린 다음 가까스로 조용히 말했다.

"유스네. 쓸데없는 생각하지 마. 넌 날 겨우 사흘 봤어. 그리고 그중에서도 이틀은 내가 감옥에 있느라 제대로 보지도 못했고. 난 좋은 남자가 아니야. 네가 나에 대해 느끼는 감정 중에 90퍼센트 이상은 너 스스로 만들어낸 거야."

"아냐, 이건 운명이야. 하지만 널 붙잡지 않겠어. 자신의 마음을 함부로 방랑자에게 줬으니, 처녀에게 다가오는 징벌은 당연하지. 가. 붙잡지 않아. 내 가장 소중한 것을 가지고 이대로 영영 사라져가겠지만, 원망하지 않아."

아무래도 즐기고 있는 것 같아. 유스네는 가을과 함께 떠나간 방랑자에게 마음을 빼기고 평생 그리움 속에 매년 가을을 맞이하는 처녀의 역할을 하고 싶은 모양이야. 그렇다면 일부러 현실성을 머리에 집어넣어 주고 싶지는 않다. 유스네도 얼마 있지 않아 자기가 왜 그랬던가 하고 생각하게 되겠지. 그때까지는 조금 슬퍼서 오히려 아름다운 그런 공상을 계속 유지하렴.

나는 두말하지 않고 제미니에 올랐다. 다른 사람들도 놀라서 말에 올랐다. 난 말에서 아래를 내려다보며 말했다.

"이봐, 유스네."

"응?"

"넌 좋은 남자를 만날 거야. 아들을 낳는다면, 그리고 그중 하나가 말썽꾸러기가 될 것 같은 이마를 타고 난다면, 그 이름은 후치로 지어주겠어?"

칼과 샌슨은 신음소리를 내었다. 이 양반들아. 나도 이런 말하려니 간지러워 미치겠어. 하지만 유스네가 좋아할 거란 말이야. 예상대로 유스네는 볼이 발그레지더니 고개를 끄덕였다. 헹,

웃기네. 아마 남편의 반대에 부딪힐 거다, 요 깜찍한 소녀야! 하지만 난 끝까지 진중한 표정으로 고개를 끄덕여주었다.

유스네는 갑자기 목으로 손을 가져갔다.

"이것, 날 위해 간직해 줘. 잊지 말아줘."

목걸이. ……돌아버리겠군. 유스네가 내민 것은 알록달록한 구슬들이 꿰어져 있는 목걸이로 누가 볼까 무서워 목에 못 걸고 다닐 물건이었다.

'야! 내가 어떻게 이렇게 야하고 유치한 목걸이를 걸고 다니냐!' 라고 고함지르는 대신, 난 그것을 받아들어 목에 걸었다. 그리고 말없이 말을 달려갔다. 말없이, 묵묵하게, 가을밤을 밟아가며 사라져 다시는 돌아오지 않을 방랑자. 그러나 내 마음 한 조각 훔쳐간 남자. 그걸 원한단 말이지? 해줄 수 있지. ……하지만 간지러워 죽겠다!

레너스 시 시민들의 안면을 방해하지 않기 위해 조용히 달려가다가 고개를 돌렸다. 12인의 여관 앞에는 유스네가 그대로의 모습으로 서 있었다. 멋진 일이 일어날 것 같은 밤이라고 누가 말했던 것 같은데. 흐음. 한참 달려온 후, 샌슨은 말을 걸어왔다.

"야, 후치."

"그만! 나 저 계집애 원하는 대로 해주기에도 지쳤어. 그러니 더 이상 그 일로 날 놀리지 마."

"……순수한 소녀 마음 가지고 장난치면 못쓴다."

"그럼 어쩌라는 거야? 그 애는 날 좋아하는 게 아냐. 사춘기 꿈속에 나타나는 백마의 왕자님을 대충 나에게 끼워맞춘 것뿐이라고. 그러니 어쩌겠어? 그 애가 원하는 대로 멋진 말을 남기고 떠날 수밖에. 그러지 않았다면 아마 끝까지 죄 지은 기분이 들

거야. 제기, 난 아무 감정도 없고 아무 죄도 없는데 말이야."

칼은 고개를 끄덕였고 샌슨은 입을 다물었다. 그 뒤에 타고 있는 이루릴은 우리가 한 행동이 도대체 이해가 되지 않는다는 표정이었다. 잠시 후 샌슨은 낮게, 그러나 분명한 목소리로 말했다.

"그렇겠지. 네 마음은 이미 고향에 있는, 아니 네가 타고 있는……."

"아아악! 샌슨!"

우리는 남작 저택에 도착했다. 밤은 깊어 이미 캄캄했고 저택 안은 고요했다. 우리는 담벼락 옆에 말을 매어두고 내렸다. 모두 수건을 꺼내어 얼굴을 가리고 이루릴은 그 탐스러운 머리를 질끈 묶어서 옷 속에 집어넣었다. 샌슨이 말했다.

"저, 이루릴. 당신은 가지 않아도……."

"저도 그 남작과 마법사에게는 따져볼 게 있어요."

"애초에 동행을 요구한 제 잘못입니다."

"그런 식으로 따지고 들어가면 태어난 게 잘못이라는 데까지 올라가겠지요. 서두르지 않겠어요?"

서둘러야지. 샌슨이 받쳐줘서 칼과 나는 담장을 넘었다. 담장은 허술해서 간단히 넘을 수 있었다. 이윽고 이루릴도 넘어왔고 샌슨은 좀 버둥거린 다음 넘어왔다. 칼은 저택 모양을 살펴보더니 말했다.

"모양을 보아하니 2층 중앙이 침실이렷다. 저 베란다도 그렇고. 그리고 저 별관이 아마 사병들의 숙소일 것 같군. 그런데 마법사는 어디에 있을까?"

"'마법사의 실험실' 하면 보통 지하실이 생각나지 않아요?"

"조사해 보세나."

우리는 살금살금 걸어갔다. 루미너스가 떠오른 지 이미 오래라 셀레나와 루미너스 두 개가 다 떠 있어 무척 밝았다. 그래서 몰래 걷는 것은 쉽지 않아야 정상이겠지만, 어이없게도 정원에는 아무도 없었다. 대신 별관 쪽은 소란스러웠다. 살짝 다가가 보니 별관 안에서 사병들이 술 마시고 노래 부르고 있었다. 잘들 논다.

"저놈들 도대체 어떻게 돈을 받는 거지?"

우리는 조용히 본관으로 걸어갔다.

문은 거창했다. 하지만 잠겨 있었다. 안으로 빗장을 질러넣어 잠긴 것이라 어떻게 열 방법은 없었다. 샌슨은 창문을 바라보았지만 칼은 고개를 저었다.

"어딘가에 부엌이 있을 거야. 부엌은 연기와 음식 냄새가 빠지기 쉽도록 건물보다는 야외에 가깝게 있지. 뒤로 돌아가 보자."

뒤로 돌아가 보니 과연 본관 건물에 달려 있는 혹처럼 생긴 부엌이 보였다. 그때 누군가가 걸어오는 소리가 들렸다. 우리는 재빨리 옆의 나무에 숨었다.

걸어온 사람은 평상복을 입고 있어 하인인지 사병인지 구분되지 않았지만 생김새로 보아 사병인 것 같다. 그는 취해서 비틀거리며 부엌으로 오더니 부엌문을 쾅쾅 두드리기 시작했다.

"야! 나와! 문 열어!"

잠시 후 부엌에서 불빛이 환해지는 것이 보이더니 곧 부엌문이 열렸다. 문을 열고 나온 것은 램프를 들고 있는 하녀였다. 하녀는 눈을 비비며 말했다.

"뭐야? 왜 자는 사람 깨우는 거야?"

"술이 모자라다. 술병을 가지러 왔어."

"네놈들은 허구한 날 술 마시는 게 일이냐? 안 돼! 더 이상은 못 내줘!"

"아이고, 그거 성질 독하네. 어디 보자……."

"꺄악! 이놈이 미쳤나!"

사병은 하녀를 끌어안으려다가 정강이를 걷어차였다. 부엌문은 닫혔고 사병은 욕지거리를 뱉으며 다시 돌아갔다. 우리는 다시 나무 뒤에서 나왔다.

"좋아, 들어가는 방법은 알았군."

샌슨은 고개를 끄덕이며 부엌문으로 다가갔다. 그는 기세 좋게 문을 두드렸다.

"야! 미치겠다, 한 병만 내줘!"

당장 안에서 욕지거리가 튀어나왔다.

"내, 이놈을 그냥! 너 거기 가만 서 있어!"

표독스러운 하녀의 목소리에 이어 문이 활짝 열렸다. 하녀는 부지깽이를 들고 돌격해 나왔다가 샌슨에게 팔을 잡혔다. 하녀의 눈이 커지고 고함을 지르려 하는 순간, 샌슨은 하녀의 입을 틀어막았다.

"조용히! 떠들면 가만 안 두겠어."

두건 뒤에서 들리는 샌슨의 목소리는 무시무시했다. 하녀는 벌벌 떨면서 고개를 끄덕였다. 샌슨은 하녀의 입을 막은 채 말했다.

"입을 놓겠어. 하지만 만일 비명을 지르거나 하면 큰일 날 줄 알아."

하녀는 입이 풀리자 당장 '살려주세요, 살려주세요.' 하고 모기 소리를 내며 울먹이기 시작했다. 샌슨은 좀 당황해서 말했다.

"시키는 대로 하면 다치지 않아요. 자, 안에 당신 말고 또 깨어 있는 사람이 있습니까?"

"아뇨, 아무도 없어요. 저도 자고 있었는데 누가 불러서……."

그러자 샌슨은 하녀를 돌려세우고 어깨를 잡으며 말했다.

"좋아요. 안을 안내해 주십시오. 당신 등에 단검이 있으니 서툰 짓은 말고."

하녀는 너무 떠느라 걸음을 못 옮길 지경이었다. 어쨌든 하녀를 다그쳐서 우리들은 모두 안으로 들어갔다.

안으로 들어가자 부엌 건물과 본관이 연결된 문이 보였다. 그 안쪽은 홀이고, 대개 그렇듯이 홀에는 하인들이 잠들어 있었다. 원래 하인 방이라는 것은 없으니까. 하녀 방은 있는데 말이야.

나는 그 와중에도 이런 일에 대해 생각하다가 잠들어 있는 하인을 밟을 뻔했다. 간신히 그 손을 조금 차는 선에서 멈추었다. 하인은 몸을 뒤척이더니 다시 잠들었다. 그 짧은 순간 우리 넷은 식은 땀을 흘리며 굳어 있었다. 샌슨은 낮은 목소리로 윽박질렀다.

"후치, 임마!"

"우하, 후! 내가 더 놀랐으니 그만해."

우리는 살금살금 홀에서 2층으로 올라가는 계단을 올라갔다. 계단이 삐걱이는 소리에 질겁했지만 하인들은 낮의 고된 집안일 때문인지 깨지 않았다. 2층에 다 올라오자 계단 좌우로 복도가 있었고 앞으로도 복도가 있었다. 앞쪽 복도의 끝에는 화려한 문이 보였다. 하녀가 그 방을 가리키기도 전에 우리는 그 방이 남작의 방이라는 것을 눈치챘다. 샌슨은 말했다.

"마법사는 어디 있습니까?"

"지, 지하에. 저기 복도 끝에 보면 지하로 내려가는 계단이 있어요."

"당신은 저 문을 열 수 있습니까?"

"아, 아뇨. 열쇠는 남작님과 집사님만 가지셨어요."

"그래요. 당신이 우릴 안내했다는 것을 들키면 당신은 무사하지 못하겠지요? 이렇게 합시다. 내가 당신을 기절시키지요. 당신은 우리들에게 반항하다가 맞았다고 하세요. 알겠죠?"

하녀는 허옇게 질렸지만 잠시 후 고개를 끄덕였다.

"사, 살살 해주세요."

"그럼 실례."

샌슨은 고개까지 꾸벅하고 나서 하녀의 복부를 후려쳤다. 둔한 소리가 나고 하녀는 그대로 허물어졌지만 샌슨은 하녀를 받쳐들었다가 그대로 벽에 기대어 앉혔다. 샌슨은 머리를 가로저었다.

"이거, 여자를 때리다니 너무 미안하군."

"그래도 고마워할 거야. 자, 지하로 내려가자."

"왜?"

"저 문을 열려면 하인들이 다 일어날 테니까. 먼저 마법사를 붙잡은 다음 마법사를 시켜 문을 열게 하자."

우리는 2층 끝에 있는 계단으로 다가갔다. 어떻게 지하실로 내려가는 계단이 2층에 있는 거지? 희한하군. 칼이 설명해 주었다.

"그렇다면 지하실은 원래 중요한 용도가 있을 거야. 어떤 예법에 의하면 1층은 하인들의 생활 공간이고 2층은 주인 가족들의 생활 공간이거든. 그래서 중요한 지하와 2층을 연결해 둔 거야. 거기엔 하인들이 다가가지 못하지."

그런가? 어쨌든 원래 무슨 목적이 있는지는 몰라도 2층에서 지하까지 내려가는 길이라 그런지 계단은 가파르고 꽤 길었다. 다행히 돌계단이라 소리는 나지 않았지만 캄캄한 어둠 속에 계단을 내려가자니 벽을 더듬으며 꾸물거려야 했다. 그러자 이루릴이 말했다.

"자신의 적 속에서 가장 아름다운 정령, 그를 감추는 어둠은 오히려 그의 먹이, 나와서 어둠을 삼켜요."

갑자기 환한 빛이 떠올라 기겁할 뻔했다. 정신을 차려보니 그렇게 밝은 것은 아니었지만 캄캄한 복도에서 갑자기 빛을 보아서 놀란 것이다. 빛의 중앙에는 그 빛 때문에 잘 보이지 않았지만 뭔가 하늘거리는 것이 움직이고 있었다. 난 칼을 바라보았고, 칼은 대답했다.

"윌로위스프로군. 듣던 대로 아름다워. 빛의 정령이지만, 오히려 어둠 속에서만 그 아름다움을 느낄 수 있는……."

윌로위스프 때문에 계단을 내려가는 것은 간단했다. 그 불빛은 붉지 않고 약간 푸르스름해서 이상한 기분이 들긴 했지만. 어쨌든 바닥까지 내려오니 문 하나가 보였다. 문은 나무판에 철재로 보강한 꽤 튼튼해 보이는 것이었다. 자! 어떻게 열지?

이번에도 이루릴이 나섰다. 그녀는 나와 샌슨을 문 양쪽에 서게 하고 윌로위스프는 문 위쪽으로 날아오르게 했다. 그리고 또 캐스트했다.

"그 숨결에 생명을 담고 모든 것을 바라보며, 종속될 수 없는 운명을 가진 자여. 여기서 그대의 권능 중 하나를 거두세요."

바람이 있을 리 없는 지하에 바람이 불었다. 잠시 이루릴은 우리가 내려온 계단을 바라보더니 말했다.

"위쪽으로는 아무 소리도 새어나가지 않을 거예요. 이제 그자로 하여금 문을 열게 하지요."

"예? 문을 어떻게?"

"'불이야.' 라고 고함치세요."

오호라! 지하실에 있는 자라면 불이 났다는 소리에 질겁을 할 게다. 샌슨과 나는 목이 터져라 고함을 지르기 시작했다.

"불이야!"

과연 문 안쪽에서는 잠시 후 쿠당탕 하는 소리와 함께 뭔가가 구르는 소리가 들렸다. 그러고는 '으악!' 하는 비명과 함께 문이 벌컥 열렸다. 뛰어나온 것은 웃통을 벗은 남자였다. 문이 열리자 윌로위스프는 그 사람의 눈에 다가들었고 그 남자는 다급하게 눈을 가렸다. 아프나이델이었다.

샌슨은 눈을 가리고 있는 아프나이델의 뒤통수를 간단히 잡았다. 샌슨은 그의 팔을 꺾어 잡으며 목에 대거를 들이대었다.

"안녕하시오? 싸구려 마법사."

그자는 그제야 눈을 슬며시 뜨더니 우리를 살펴보았다. 그의 얼굴이 경악으로 바뀌었다.

"뭐야……, 불이 난 게 아닌가? 너희들은 누구냐!"

"우리가 고함친 거야. 자, 안으로 들어가실까?"

샌슨은 그자를 밀어붙여 안으로 들어갔다.

안에는 불이 켜져 있었고, 그야말로 난장판이었다. 괴상한 냄새도 풍기고 있었는데 썩는 냄새, 기름 냄새, 유황 냄새 등으로 코를 싸매야 될 지경이었다. 그리고 온갖 잡동사니들, 쇳가루, 금가루, 크리스털 볼, 유황, 동물의 내장이나 털 등의 일부분들, 동물의 대소변까지도 있었다. 그리고 온갖 희한하게 생긴 도구들과 철사, 밧줄들이 벽에 가득 걸려 있었고 책장마다 요상한 병이 가득 차 있었다. 이루릴은 눈살을 찌푸리더니 윌로위스프를 돌려 보냈다.

샌슨은 그자를 바닥에 무릎꿇게 한 다음 얼굴을 가린 두건을 풀었다.

"너, 너는!"

아프나이델은 대경실색했다. 그리고 다른 우리들도 각자 두건을 풀자 아프나이델은 숨이 막혀서 컥컥거리는 소리를 내었다. 샌슨은 능글맞게 웃으며 말했다.

"죽이고 나서 괴롭혀줄까, 괴롭히고 나서 죽여줄까?"

아프나이델의 얼굴이 초주검이 되었다. 나는 먼저 내 물건을 돌려받기로 했다.

"이봐, 내 OPG부터 내놔. 어디 있지."

"그건, 저, 저기 화로 위의 냄비에……."

"으악! 냄비라고?"

난 놀라서 화로로 다가가보았다. 정말 냄비에는 물이 담겨 끓고 있었고(뭔지 모를 것을 잔뜩 넣어 물의 색깔과 냄새는 엉망이었다), 그 안에 내 OPG가 둥둥 떠 있었다. 아이고 맙소사. 난 옆에 있던 쇠막대기를 사용해 그것을 꺼내들었다. 온갖 지저분한 것들이 끌려 올라오고 있었고 집게손가락 부분에는 어떤 동물의 눈알까지 하나 딸려 올라왔다. 욕지기 나는군.

"도대체 뭘 한 거야?"

"여, 연구를……."

"삶아먹으려고 했던 것 아냐? 돌겠네."

난 그것을 옆에 있는 물통에 집어넣어 씻고는 대충 턴 다음 수건으로 닦고 다시 손에 끼어보았다. 아무런 감각은 없었지만 이건 원래 그렇다. 알아보려면……, 난 벽에 걸려 있던 쇠몽둥이 하나를 꺼내어 휘어보았다. 예전처럼 부담 없이 휘어졌다.

"괜찮은데. 그런데 이걸 어쩌려는 생각이었어?"

"오, 오거 패밀리어를 불러내려고……."

패밀리어? 그때 이루릴이 미소를 지었다.

"우습군요. 어떻게 오거를 패밀리어로 할 수 있다고 생각했죠? 당신은 도대체 마법을 어디서 익혔나요?"

그러자 아프나이델의 얼굴에 놀라움이 번졌다.

"다, 당신 패밀리어를 아시오?"

"어떻게 해야 하는지는 알아요."

"좀, 가, 가르쳐줄 수……."

"예. 불러내려는 패밀리어의 종류에 따라 밤낮의 시간이 달라지는데 원하는 동물의 활동 시간을 골라 시작합니다. 놋쇠 화로에 숯을 가득 채우고 거기에 향을 가득 집어넣어요. 향의 양은 숯을 완전히 덮을 정도면 충분하며, 주문이 완성될 때까지 몇 번 더 집어넣어야 해요. 그리고 이때 알로에와……."

샌슨과 칼, 그리고 나는 어이가 없어서 차분히 불러주는 이루릴과 열심히 받아적는 아프나이델을 바라보고 있었다. 정말 화기애애하고 탐구적인 분위기네? 우리는 그 동안 아프나이델의 해괴한 물건들을 가지고 장난을 치면서 기다렸다. 이루릴은 설명해주고는 종이 위에 무언가를 써주기도 했다.

아프나이델은 다 받아적고는 그것을 바라보며 흐뭇한 표정을 지었다.

"그 말이 맞았어! 여, 역시 엘프는 인간과 달라서 마법을 잘 가르쳐주는군!"

이루릴도 방긋 웃었다.

"새로운 주문은 소중한 것이죠. 대가는 목숨이에요."

아프나이델은 종이를 떨어뜨렸다. 그의 얼굴이 질리는 것이 우리를 퍽 유쾌하게 만들었다. 이루릴은 정말 침착하며 냉철한데. 그녀는 싸늘하게 말했다.

"당신은 이미 받았어요. 그러니 이젠 내가 대가를 받지요. 불만은 없겠지요?"

이루릴은 에스터크를 뽑아들었다. 아프나이델은 뒷걸음질치다가 발이 걸려 주저앉고 말았다. 그는 사시나무 떨듯 떨면서 말했다.

"사, 사, 살려주……."

"당신은 그 싸구려 마법으로 그 남작을 보좌하며 이 시의 시민들을 농락해 왔겠지요. 그러면서 자신의 욕망도 마음껏 채웠겠지요. 아마 퍽 즐거웠을 거라고 생각되는군요. 하지만 유피넬은 반드시 대가가 치러지도록 세상을 규정지었다는 것을 왜 몰랐나요. 유피넬이 저울을 만들고, 헬카네스는 추를 만들지요. 당신의 저울대는 너무 기울었어요. 이제 평형을 맞춰야지요. 당신의 목숨을 추로 삼아."

이루릴의 목소리는 침착하고 마치 내일의 날씨에 대해 말하는 투였지만 아프나이델에게는 아마 세상에서 제일 무서운 소리로 들릴 것이다. 아프나이델은 계속 뒷걸음질치다가 벽에 부딪히고 말았다. 그리고 이루릴은 천천히 앞으로 걸어갔다.

갑자기 아프나이델은 고함을 질렀다.

"나, 내가 욕망을 채웠다고!"

이루릴은 의아한 표정으로 아프나이델을 바라보았다. 아프나이델은 공포로 눈물을 질질 흘리면서도 매몰차게 외쳤다.

"제기! 당신네 엘프와 달라서 인간 마법사는 마법을 선선히 가르쳐주지 않아! 10년을 공부해도 겨우 클래스 2 마법밖에 배우지 못했어! 그렇게 오랜 세월 봉사해 주었는데!"

"마법은 쉽게 배워 쉽게 쓰는 것이 아니라는 것은 알 텐데요."

"그래도 난 견딜 수 없었어! 젊은 시절을 모두 그 곰팡내 나는 늙은이에게 바칠 수는 없어. 그래서 뛰쳐나온 거야! 하지만 클래스 2 마법 가지고는 이런 싸구려 장사꾼의 부하 노릇밖에 할 수 없었어!"

이루릴은 가만히 바라보다가 말했다.

"인간에겐 마법을 익히기 위해 소모되는 기간이 너무 길겠지요."

"그래! 우린 엘프가 아냐. 다른 젊음의 욕구를 모두 포기하고 오로지 마법만 갈고 닦아도 쓸 만한 마법사가 되려면 이미 중풍 맞을 나이가 된단 말이야. 난 그게 싫었어. 그래서 뛰쳐나온 거야! 욕망? 허! 욕망이라. 그래, 솔직히 생활은 편했지. 남작이 지정하는 사람들을 적당히 괴롭히면 그만이었어. 그래, 꼬마야! 네 말대로 그런 사람에게 밧줄이나 던지고 뼈다귀나 던지면서 말이야! 하지만, 하지만 항상 불안했어. 언제 나보다 더 우수한 마법사가 여기 들이닥칠지 몰랐어. 그리고 사람들이 내가 별볼일 없는 마법사라는 것을 알게 되는 것도 무서웠어! 그래서 스스로를 대마법사라 불렀고, 저런 욕지기나는 옷도 입었어! 하지만 나도 결국 못 견디겠더라고. 나는 마법사야! 마법 연구가 그리워 어쩔 수 없었어. 그래서, 그래서 매일 연구하고, 알지도 못하는 주문을 스스로 만들어내어 보려고 실험해 보고……."

아프나이델은 내 OPG를 가지고 주문을 만들어내어 보려고 했던 것이군. 칼이 물어보았다.

"왜 스승께 돌아가지 않았소?"

"부끄러워서……. 도저히 그럴 수가 없었어요. 내 방종한 생활을 생각하니, 도저히 그럴 수 없었어요."

아프나이델은 고개를 떨어뜨리며 울고 있었다. 이루릴은 그 모습을 보더니 에스터크를 다시 집어넣었다.

"유피넬과 헬카네스는 시간을 만들었지요."

아프나이델은 눈물을 닦으며 이루릴을 올려다보았다. 이루릴은 말했다.

"시간은 절대적이며, 불변적인 것. 그러나 이용할 수는 있겠지요."

이루릴은 미소를 지었다.

"당신의 시간을 남겨두겠어요. 잘 이용해 보아요. 당신 스스로 당신의 기울어진 저울대를 바로잡아요. 스스로의 생을 돌아보고, 앞으로의 생을 바꿔요."

아프나이델의 얼굴에 그제야 희망이 돌아왔다. 그는 이마를 땅에 찧으며 말했다.

"감사합니다! 고맙습니다!"

샌슨과 나는 서로 마주보며 어깨를 으쓱였다.

"이런, 이루릴이 다 해버려서 우린 더 할 게 없군."

"맞아. 나라면 가차없이 두드려 팼을 텐데. 저거 점잖긴 한데 내가 여기까지 오면서 기대했던 것은 아니야."

이루릴은 내 말을 듣더니 미소를 지었다.

"미안해요. 후치."

"아뇨, 천만에요! 썩 마음에 들어요. 하지만 남작은 우리에게 남겨줘요. 이봐! 아프나이델?"

아프나이델은 그때까지 계속 머리를 조아리고 있다가 다시 한 번 부르고 나자 일어섰다. 난 그에게 말했다.

"자, 당신은 이루릴이 처리했지만 남작은 좀 다를 거야. 우리와 함께 올라가지."

9

우리는 2층으로 다시 올라왔다. 아프나이델은 죽었다 살아나자 퍽 얌전해져서 사근거리며 우리를 안내했다. 2층 중앙의 남작의 방에 도착한 후, 나는 아프나이델에게 말했다.

"남작을 불러요. 조용히."

아프나이델은 시키는 대로 조용히 남작을 불렀다. 남작은 깊이 잠들어 있는지 깨어나지 않았다.

"당신, 열쇠 없어요?"

"없는데."

"그럼 할 수 없지. 자, OPG를 되찾은 기념이다."

나는 주저없이 손바닥으로 문을 쳤다. 쾅! 문짝은 통째로 날아갔다. 나는 빠르게 말했다.

"자, 샌슨! 남작을 데리고 나와! 하인들은 내가 막지."

샌슨은 바람처럼 몸을 날렸다. 그리고 나는 문 부서지는 소리에 놀란 하인들을 바라보았다. 그들은 2층을 올려다보았지만 어두워서 잘 보이지 않는 모양이다. 이윽고 그들은 양초와 램프들을 켜들었고, 우리의 모습을 보며 비명을 질렀다. 그 사이에 샌슨은 실리키안 남작의 목덜미를 잡아 끌고 나왔다.

"이 때려죽일 놈들! 내가 누군 줄 알고! 죽고 싶어 환장했느냐?"

남작은 그 외에도 다양한 욕설을 퍼붓고 있었다. 도대체 상황 판단을 못하는군. 나는 그 작자의 다리를 잡아올렸다. 남작은 노호했다.

“이, 이놈! 감히 나를! 이것 놓지 못하냐!”

“내가 당신 하인이면 당신 말을 듣겠지만.”

그리고 나는 그대로 실리키안 남작을 들어 2층 난간 밖으로 내밀었다. 아래의 하인들이 비명을 질렀다.

“으악!”

실리키안 남작은 입에 거품을 물었다. 나는 팔을 위아래로 흔들면서 말했다.

“당신 좀 무거운 편이군.”

“이 죽일 놈! 네가 감히 나에게 이런 짓을 하고도 살 것 같으냐?”

“당신은 그 따위로 떠들고 살 것 같아?”

그제야 남작은 정신을 좀 차리는 모양이다. 내가 손만 놓아버리면 그는 당장 고(故) 실리키안 남작이 될 테니까. 그는 아래를 향해 악을 썼다.

“이, 이 녀석들! 어서 날 받아! 아, 아니 올라와 이놈들을 죽여!”

하인들은 당황하여 우르르 달려와 남작 아래에서 팔을 들어올렸다. 나는 조금 왼쪽으로 걸었으며, 그러자 하인들도 우르르 왼쪽으로 움직였다. 그래서 난 오른쪽으로 걸어갔고, 그러자 하인들은 욕지거리를 뱉으면서 오른쪽으로 우르르 달려왔다. 재미있다! 나는 몇 번 그렇게 왔다갔다 했다.

남작은 거꾸로 들린 채 여기저기로 휘둘리니까 제정신이 아닌 모양이다. 그래도 그는 끝까지 더러운 욕설을 퍼부으며 날 저주하고 있었다. 보다못한 칼이 말했다.

"여보게, 네드발 군. 그만하게나. 내려놓게."

난 빙긋 웃고는 그를 내려놓았다. 실리키안 남작은 땅에 내려지자 곧 달아나려고 했으나 난 그자의 어깨를 꽉 내리눌렀다. 그러자 그는 자유로운 부분인 입을 마음껏 놀렸다.

"발칙한 놈들! 시궁창의 쥐새끼들이 인간을 몰라보고 이따위 짓을! 죽으려고 작정했단 말이냐! 네놈들이 감히 나에게 이런 무례한 짓을 해? 더러운 놈들!"

남작은 정말 입심이 좋았다. 머리가 어지러울 텐데도 끝없이 욕설을 퍼붓고 있었다. 칼은 뭐라고 말을 걸려다가 고개를 저으며 포기했다.

"아무래도 말이 안 통할 것 같아. 놔두고 가자."

"이놈들! 너희들이 어딜 달아날 수 있을 것 같으냐? 너희들 쥐새끼의 소굴인 하수구로 달아나려는 게냐? 어림없다. 너희들 사지를 찢어주겠어. 감히 나에게 이런 발칙한 짓을 하고도 살 수 있을 거라고? 내가 아무리 자비로워도 그렇게는 못한다!"

난 칼에게 말했다.

"그냥 던져버리죠. 짜증나요."

"뭐라고? 이 어린 놈이! 입에서 나온다고 다 말인 줄 알아? 싹수 노란 꼬맹이 같으니라고! 너희들이 그럴 수 있을 것 같아?"

칼은 하마터면 그렇게 하라고 말할 뻔했다.

"그렇게 해버……리지는 말고."

그때 드디어 본관 정문이 왁살스럽게 열리며 사병들이 들이닥쳤다. 정말 출동 빠르네. 이제야 겨우 나타난 거야? 그들은 2층을 올려다보더니 남작이 인질로 있는 것을 보고는 고함을 질렀다.

"이봐! 너희들, 딸꾹! 완전휘이 위포되어, 아, 아니 포위되었다!"

난 마주 고함질러 주었다.

"말이나 똑바로 해, 멍청아! 출동이나 한 게 용하다!"

사병들은 모두 취해서 제대로 걷지도 못하고 있었고 갑옷을 거꾸로 입은 자, 걸치다 만 자, 방패를 머리에 쓰고 투구를 손에 들고 온 자 등 각양각색이었다. 아무래도 무서울 수가 없는 몰골이었다. 도대체 무슨 배짱으로 저택을 지켜야 할 사병들이 저렇게 취해 있는 걸까? 남작도 나와 마찬가지 심정인 모양이다. 그는 나와 더불어 아래의 사병들에게 욕설을 퍼부어대었다. 사병들은 남작의 욕설도 제대로 듣지 못하고 허우적거리고 있었고 그중에는 바닥에 주저앉더니 구토를 하는 사병도 있었다. 대단하군. 처음부터 그냥 정문으로 들어올걸 그랬나? 칼은 그 사병들을 보면서 싱긋 웃었다.

"좋아. 저 정도면 충분하겠군."

나와 샌슨은 의아해서 칼을 쳐다보았다. 칼은 정중한 태도로 실리키안 남작에게 절을 하며 말했다.

"남작님. 저와 내기 하나 하실까요?"

"내, 내기라니?"

"남작님이 없어지면 저 병사들이 남작님의 재산을 완전히 절단낼까, 내지 않을까 내기합시다. 어때요? 우리가 이대로 남작님을 데리고 사라지면 저 병사들은 남작님의 보석, 옷가지, 중요 서류를 다 끝장낼 겁니다. 전 거기에 걸겠습니다. 남작님은 그렇지 않다에 거시겠지요? 남작님은 저 병사들의 충성을 믿으실 테니까요."

남작의 얼굴에 드디어 공포가 떠올랐다.

"이, 이, 이봐, 너, 너, 어떻게."

"네드발 군. 기절시켜."

난 그 말을 듣자마자 남작의 뒤통수를 내려찍었고 남작은 개구리처럼 쫙 뻗어버렸다. 칼은 아래를 굽어보더니 아프나이델에게 말했다.

"아프나이델 씨. 남작의 가족은?"

"없습니다. 아내는 사별했고 딸은 이미 시집갔습니다."

"그럼 거칠 게 없군. 아프나이델 당신도 아마 적당히 챙기고 싶겠지요?"

아프나이델은 피식 웃었다. 그러나 그는 이루릴의 눈길을 보더니 고개를 숙였다. 칼은 말했다.

"양심이 허락하는 한 봉사의 대가를 챙겨요."

"어, 됐습니다. 내 짐만 챙기겠습니다. 오늘 저녁에는 이미 충분한 것을 얻었습니다. 새 주문을 얻었죠."

칼은 빙긋 웃었다.

"당신은 역시 마법사군요. 난 생명을 얻었다고 대답할 줄 알았는데. 가보시오. 그리고 웬만하면 스승께 돌아가시오."

아프나이델은 고맙다고 말하며 지하실로 돌아갔다. 칼은 빠르게 지시했다.

"사병들이 분탕질을 치는 도중에 하인이나 하녀가 다쳐선 곤란하다. 퍼시발 군, 네드발 군, 가서 사병들의 무장을 제거하고 모두 기절시켜 둬. 취한 놈들은 간단하겠지? 그리고 하인과 하녀 여러분, 이 작자는 우리가 끌고 갈 테니 취향대로 골라 가지시오!"

"뭐, 뭐라고?"

칼은 능글스럽게 말했다.

"서두르지 않으면 많이 못 챙길 겁니다."

하인들은 그제야 날카로운 눈빛이 되었다. 그리고 나와 샌슨은 빙긋 웃으며 계단을 뛰어내렸다.

"야호!"

때리고, 휘두르고, 집어던지고, 걷어차고…….

우리는 말을 몰아 남작가를 벗어났다. 이루릴은 놀랍게도 남작의 마구간에서 말을 하나 슬쩍해 왔다. 나는 웃으며 말했다.

"엘프도 그런 짓을 합니까?"

"이건 합리적인 행동이죠. 어차피 이 말들은 주인을 잃고 마구 팔리거나 사병들에게 끌려가거나 하겠지요. 주인이 없으니, 제게 봉사할 수도 있겠죠. 이름은 '래셔널 셀렉션'이라고 붙일까요?"

"좋군요. 합리적이라서."

나는 빙긋 웃었고 이루릴도 미소를 지었다. 다만 샌슨만이 뭐 씹은 얼굴을 하고 있었을 뿐이다. 이루릴 대신에 남작과 같이 말을 타고 있었으니까. 나는 칼에게 질문했다.

"그런데 우리가 이대로 달아나면 납치가 아닌가요? 시청에서 쫓지 않을까요?"

"이 작자가 시청을 휘두를 수 있었던 것은 금력 때문이야. 이 자가 금력을 잃으면 더 이상 시청은 이자의 주구 노릇을 하지는 않을걸. 그리고 한 가지 방법이 더 있지."

"그게 뭔데요?"

그것을 알게 된 것은 우리가 레너스 시의 시청에 도착하고 나서였다.

시청 근처의 골목길에서, 나는 종이와 잉크, 펜을 꺼내었다. 사두길 잘했어. 그리고 칼은 남작에게 투기장을 시청에 기증한다는 내용의 각서를 쓰도록 명령했다. 물론 남작이 선선히 그런 각서를 쓸 리는 없다.

"뭐? 뭐라고? 이런 말도 안 되는!"

그러자 샌슨은 머리를 좀 가로저은 다음 남작의 귀에 대고 뭐라고 귓속말을 했다. 잠시 후, 남작은 퍼렇게 질려서 각서를 쓰기 시작했다. 나는 샌슨에게 물었다.

"뭐라고 했어?"

"안 듣는 게 좋아. 나도 다시 하고 싶지 않고."

남작은 투기장을 시청에 기증한다는 각서를 다 썼다. 그리고 다행히 우리 숫자가 딱 세 명이었다. 이루릴은 바이서스의 시민이 아니니까. 어쨌든 남작의 서명 아래에 칼과 샌슨, 그리고 내가 서명했다.

"난 성인이 아니라 공증인이 못 되는데요?"

칼은 고개를 가로저었다.

"아니. 네드발 군의 성인 여부를 결정하는 것은 헬턴트 영주의 권한이야. 그리고 난 현재 헬턴트의 전권 대리인이고. 그러니 내 이름 아래에 적힌 네드발 군의 이름은 나와 똑같은 대우를 받을 수 있어."

하! 그것 참. 대단하군? 나는 서명을 끝내었다. 칼은 잉크가 마르도록 종이를 살짝 휘저으며 말했다.

"자, 시청에서도 이런 재산을 받으면 입 싹 씻을 수 있겠지.

그리고……."

칼은 다시 다른 종이를 꺼내어 뭐라고 휘갈겨 썼다. 다 쓰고 나자 그는 말했다.

"레너스 시에서는 우릴 쫓지 않을 거야. 쉐린 씨는 우리가 죄인 명부에도 없다고 그랬지? 그러니 시에서는 우릴 꼭 쫓을 필요가 없고, 그래서 우리 자유와 투기장을 교환하자고 썼다. 시장이 머리가 돌아간다면 내 제의를 수락하겠지. 우리를 끝까지 죄수로 취급해서 뒤쫓는다면 남작의 각서는 효력이 없어지거든? 죄수는 공증인이 될 수 없어."

"와!"

샌슨과 나는 진심으로 감탄하며 고개를 끄덕였다. 혹시 칼은 옛날에 공갈범이나 사기꾼이 아니었을까? 어쨌든 우리가 시청에서 충분히 멀어지고 나서, 칼은 화살에 그 두 장의 종이를 묶어서 시청으로 날려보냈다. 그리고 그것을 신호로 우리는 질풍처럼 달려 레너스 시를 빠져나왔다.

아침해가 떠오르고 있었다.

우리는 새벽녘에 레너스 시 외곽 적당한 곳에 남작을 떨어뜨려 주었다. 남작은 이미 모든 용기를 잃고 완전히 폐인이 되다시피 한 상태였다. 레너스 시에 돌아간다 해도 그는 이제 아무 재산도, 아무 힘도 없는 것이다. 우린 그를 격려하며 친구들의 도움을 받아보라고 했지만 남작은 아무런 친구가 없는 모양이다. 복수 치고는 최고로 통쾌하게 복수한 셈이지만, 저렇게 기운 빠져 있는 모습을 보니 안쓰럽군. 왜 친구 하나도 없는 거야.

칼의 복수 방법이 대충 이해가 간다. 그는 실리키안 남작의 인간성에서 자연히 생길 수밖에 없는 결과를 유도해 낸 것이다. 실리키안 남작이 인망이 깊은 사람이었다면 그가 사라지든 말든 그의 재산과 인망은 유지될 것이다. 칼의 복수 방법은 내재된 형벌을 끌어내는 것으로 선한 이들에게는 아무런 해가 될 수 없는 방법이다.

하지만 실리키안 남작에게는 효과적이었다. 으음. 칼, 무서워요. 내가 이런 말을 하자 칼은 기꺼워하며 미소지었다.

"그렇다네, 네드발 군. 사람이 어떤 잘못을 저질렀을 때, 눈으로 보이는 형벌을 받지 않는다고 안심할 수는 없는 법일세. 왜냐하면 죄에 대한 형벌은 이미 그 사람 속에 차곡차곡 쌓이기 때문일세. 형벌이라는 것은 다른 곳에 있지 않네. 그리고 지혜로운 심판관이라면 죄인의 죄에 대한 가장 적절한 형벌은 이미 그 죄인의 내부에 있음을 알고 있지. 내가 어쭙잖게 그 흉내를 좀 내어보았네."

그리고 지금 우리는 레너스 시의 동쪽에 있는 산을 중간쯤 올라가 야영하고 있다. 해가 떠오르기 시작할 때 잠을 자려니 좀 이상했지만, 우린 밤새도록 자지 않았으니 그냥 출발할 수는 없었다.

나는 아침해를 받아 희미하게 반짝이는 레너스 시를 바라보며 말했다.

"레너스, 좋은 기억도, 나쁜 기억도 많군요."

"그건 어디라도 마찬가지야. 인간이 사는 곳이면."

칼의 대답이었다. 나는 이루릴을 바라보았다.

이루릴은 아침해를 바라보고 있었다. 눈은 지그시 감고 있었다. 마치 해바라기처럼 해 쪽으로 얼굴을 내밀고 있는 것이다.

속눈썹에 부서지는 햇살이 아름답다.

"이루릴? 인간의 도시와 엘프의 도시를 비교해 보겠어요?"

이루릴은 여전히 눈을 감은 채 말했다.

"엘프에겐 도시가 없는데요."

"그럼 엘프의 관점으로 인간 사회를 정의한다면? 나 사실 불안하고 좀 부끄러워요. 당신은 어떤 평가를 내리겠어요?"

내 질문에 칼과 샌슨도 주의를 기울였다. 이루릴은 말했다.

"글쎄요……. 실망스러운 점도, 놀라운 점도 많아서 한마디로 정의하기 어렵군요. 저 도시에 사흘 있었지만, 마치 30년은 보낸 것 같은 느낌이 들어요. 인간들의 하루는 항상 이런가요?"

"우리도 매일같이 그런 모험을 하는 것은 아니죠."

"그런가요. 난 혹시 인간이 단명한 이유가 너무 격렬하게 살기 때문이 아닌가 짐작했거든요. 특히 어젯밤의 여러분의 행동은 상상도 할 수 없이……."

"약삭빨랐죠?"

이루릴은 눈을 감은 채 웃었다. 그녀는 그제야 눈을 뜨고 날 돌아보았다.

"그래요. 약삭빨랐어요. 그 약삭빠른 행동에 대한 평가는 미루고 느낌만 말하자면, 꽤 상쾌했어요. 속도감 비슷한 것 같은 느낌인데, 꽤 상쾌하고 시원했어요. 음. 인간의 말로는 잘 설명하기 어렵군요. 그것을 활기차다고 하나요? 잘 모르겠네요."

"아니, 그 설명으로도 충분히 알아들었어요."

난 안심했다. 이루릴은 별로 부정적인 말은 하지 않았다. 이루릴이 혹시 인간이란 모두 실리키안 남작 같은 사람인 줄 알까 두려웠거든. 나 스스로 인간에게 애정이 있었는지 모르겠지만, 인간 아닌 다른 종족과 함께 있으니 왠지 인간이 더 잘나고 고상한 생물이었으면 하는데. 나도 결국 인간인가 봐.

샌슨이 말했다.

"자! 자자고. 이거 무지무지하게 피곤하군."

칼은 나무에 등을 기대며 말했다.

"난 별로 한 게 없으니 내가 불침번을 서겠네. 모두들 푹 쉬어요. 사흘이나 허비했으니 빨리 가려면 더욱 잘 쉬어야 된다네."

난 제미니와 우리 고향 헬턴트 영지의 꿈을 꾸었다. 악몽인가?

우두두둑!

"으아, 언제 또 침대를 만날 수 있을까?"

나는 몸을 비틀며 혼잣말을 했다. 뼈가 모조리 부서져나갈 듯한 소리가 들렸다.

칼은 나무에 기대어 앉은 채 잠들어 있었다. 흠, 퍽 안심시키는 불침번이군. 샌슨은 내 혼잣말에 눈을 뜨더니 일어났다. 그는 칼을 보더니 싱긋 웃고는 칼을 깨웠다. 칼은 몹시 허둥지둥거리며 방금 잠든 거라며 미안해했지만 샌슨은 미소지었다.

"괜찮습니다. 모두 밤을 샜는데, 당연합니다. 누워서 주무세요. 야간을 달리는 것은 좋지도 않고, 그냥 오늘은 여기서 푹 쉬도록 하지요."

"시간이 되겠는가?"

"원래 여유 일자가 한 달 보름이었는데 레너스 시에서 사흘을 허비해서 여유 일자는 40일쯤 되겠군요. 그 정도면 전하를 알현하고 휴리첼 백작가에 들르고, 영지 매각에 대해 알아보는 데 충분하지 않을까요?"

"40일, 40일이라…… 그것 참. 퍼시발 군. 궁성은 원래 한 달 걸려서 중심부까지 들어간다고 해요."

"에엑? 그렇게 궁성이 큽니까?"

"아니, 그게 아니라 아랫관리에서부터 관리들을 차례로 거치려면 그 정도의 시간이 걸려요. 다행히 나는 헬턴트 영지의 전권 대리인이고 왕의 드래곤에 대한 일을 보고하는 거니까 곧바로 전하를 알현할 수 있겠지만."

내가 끼어들었다.

"저, 그런데 꼭 임금님을 알현해야 되는 거예요? 그냥 아랫관리 아무에게나 캇셀프라임은 패배했다는 이야기만 전하면 되는 것 아니에요?"

"그건 곤란해. 다른 일이라면 그렇게 해도, 아니 그렇게 해야 하지만 드래곤에 대한 일은 달라. 드래곤은 어디까지나 왕의 드래곤이야. 그리고 캇셀프라임은 전하께서, 중요하네, 전하께서 직접 헬턴트 영지에 보내준 것이야. 국왕이 보낸 것이기 때문에 내가 직접 전하께 보고해야 돼. 그 신하들에게 보고할 수가 없어."

"그것 참! 귀찮네. 그게 중요해요?"

"중요하지. 만일 국왕께서 진노하신다면 목이 달아나는 것은 나니까. 다른 신하들은 자신의 목이 날아가기를 원하지는 않겠지."

"엣? 목이 달아나다니, 사형?"

칼은 싱긋 웃었다.

"물론 그럴 수도 있네. 하지만 원칙상 그럴 수 있다는 것이니 너무 걱정 말게. 작전 책임자는 헬턴트 영주로 되어 있지만 헬턴트 영주께서는 휴리첼 백작에게 전권 위임했거든. 그러니 패전의 책임은 휴리첼 백작에게 있지."

"그럼 칼은 안전한 것인가요?"

"응. 캇셀프라임을 보내주신 데에도 불구하고 패해서 죄송하다는 말씀을 올리면, 국왕께서는 너그럽게 용서해 주는 정도로 끝날 거야. 형식상 그렇게 해야 되고 그렇게 기록되는 것이지. 그리고 국왕께서는 인자한 분으로 알려져 있어. 그분의 형님이 폐위되고 그분이 태자가 되었을 때 기뻐한 사람들이 더 많았다던데."

"어휴, 놀랐네."

칼은 한숨을 쉬는 나를 바라보며 미소지었다. 하지만 그의 얼굴엔 다시 수심이 피어났다.

"40일이라……. 패전 보고는 사실 큰 문제가 아니고, 정말 큰 문제는 몸값을 마련하는 것이네. 내가 걱정하는 것도 그것이야. 하멜 집사가 어떤 재주를 부린다고 해도 그런 돈을 우리 영지 내에서는 만들어낼 수 없어요. 그러니 그 몸값도 결국 우리 셋의 책임이지. 수도에서 왕가에 부탁하든 귀족원에 부탁하든 어떻게든 돈을 마련해야 돼. 난 헬턴트 영지의 여러 가지 수취권 증서도 가지고 왔다네. 여차하면 그것을 팔아야겠지."

칼이 걱정하자 샌슨이 끼어들었다.

"저, 그럼 돌아올 때의 시간을 좀 짧게 잡겠습니다. 제가 이 길을 달려본 적이 없어서 지리서로만 판단한 것이라 계획을 조정하기는 좀 그렇군요. 하지만 돌아올 때는 익숙하지 않겠습니까."

"그렇겠군. 알겠네."

칼은 고개를 끄덕이며 모포 속으로 들어갔다. 그러고도 한참을 모포 속에서 엎치락뒤치락하면서 고민하더니 한참 후에야 잠들었다. 샌슨은 짐을 뒤적거리더니 지리서를 꺼내어 살피기 시작했다. 그리고 나는 유스네가 준 바구니를 꺼내었다.

바구니 안에는 빵, 맥주병, 그리고 치즈와 과일이 들어 있었다. 흠, 귀여운 말을 하던 계집애. 뭐? 자기가 방랑자에게 마음을 뺏기고 평생 그리워하는 처녀라고? 하하하.

거대한 맥주병은 단단히 막혀 있었고 거기다가 양초로 봉해 놓았다. 뚜껑을 뜯어내자 당장 거품이 피어올랐다. 워낙 흔들리던 것이니까. 난 한 모금 마시고 샌슨에게 준 다음, 빵을 먹기 시작했다.

오후였다. 낙엽이 떨어지고 있었고 하늘은 맑고 높았다. 새소리가 요란했다.

고개를 들어보니, 낙엽이 떨어지고 메마른 가지 위로 새들이 앉아서 날 내려다보고 있었다. 난 빵조각을 뜯어 앞에 던졌다.

새들은 의심스럽다는 듯이 날 바라보았고, 난 새들에게는 어떤 표정이 안심스러울까 생각하다가 관둬 버렸다. 난 말의 표정도 읽을 줄 모른다. 그런데 새가 나의 표정을 읽을까. 음, 이건 잘못 생각한 것이군. 말은 표정을 지을 만큼의 얼굴 근육이 없다. 즉, 표정은 인간에게 있는 것이다.

그리고 엘프도 있군. 이루릴이 모포 속에서 옆으로 누워 팔로 턱을 고이고 잠이 덜 깬 듯한 나른한 표정으로 나와 빵조각을 바라보고 있었다. 그녀는 하늘을 올려다보았다.

이루릴은 빙긋 웃더니 휘파람을 불었다.

"휘리리, 휘릭, 쯧쯧쯧, 휘릭."

곧 가지 끝에 있던 새 하나가 아래로 내려왔다. 그 새는 빵조각을 쪼기 시작했고, 그러자 그 옆에 있던 다른 새들도 뛰어내리더니 빵조각을 쪼았다. 난 두 다리를 뻗고는 팔로 상체를 받친 채 그 광경을 바라보았다. 새들이 놀라지 않도록 낮은 목소리로 말했다.

"휘파람 잘 부시네요?"

이루릴은 새를 바라보다가 날 바라보았다.

"나에게도 그걸 좀 주겠어요?"

난 바구니에서 빵을 꺼내어주었다. 이루릴은 모포 속에 누운 채 엎드려서 빵을 먹었다. 자연스럽군. 누워서 음식을 먹다니. 제미니라도 저렇게는 하지 않을 텐데. 하지만 버릇없다는 느낌은 들지 않았다. 인간이 아니니 그런 느낌을 가진다는 것이 우습잖아. 숲 속에서 엘프가 낙엽 위에 누워 빵을 먹는다고 누가 뭐랄까.

"저, 일어나서 드시지요."

음, 역시 샌슨이다. 이루릴은 고개를 돌려 샌슨을 바라보았다.

"예?"

"누워서 드시면, 저, 소화가 잘 안 되실지도……."

"대부분의 생물은 몸의 자세와 소화는 크게 관계가 없어요."

그러자 샌슨은 할말이 없어졌다. 그는 멋쩍게 웃으며 다시 지리서를 들여다보았다. 나도 피식 웃고는 새를 바라보았다.

이루릴은 자리에서 일어났다. 그녀는 손을 탁탁 털더니 머릿결을 다듬었다. 저렇게 긴 머리니까 당연히 자다가 엉망이 되었다. 그런데 이루릴은 마치 개들이 몸을 털듯이 머리를 앞뒤 좌우로 사납게 흔들었다. 나는 보다가 깜짝 놀랐고 샌슨은 입을 딱 벌렸다. 새들도 다 날아가 버렸다.

이루릴은 그렇게 정신 사납게 머리를 휘두르더니 마지막에 머리를 뒤로 크게 젖혀 머리가 모이도록 하고는 손으로 쓸어내렸다. 아주 간단하군. 이루릴은 옆에 벗어둔 재킷을 들어 뒤적거리더니 빗을 꺼내어 머리카락을 빗어내리기 시작했다.

"어, 여자들 머리 손질하는 것을 많이 본 것은 아니지만, 거참 대단히 간단하네요?"

"인간 여자는 빗질을 어떻게 하나요?"

"글쎄요. 먼저 감고, 빗질하고, 말리고, 틀어올리거나 땋거나……."

"나도 좀 감았으면 좋겠군요."

"어, 어쨌든 그렇게 몸을 흔들어 머리를 정리한다는 것은 의외군요."

이루릴은 고개를 갸웃하더니 말했다.

"아, 그렇지요. 네, 머리카락이 엉키지요. 저흰 머리카락이 엉키지 않아요. 그래서 흔들면 그냥 다 풀려버리거든요."

"편하겠네요?"

"글쎄요. 편하다? 땋기는 어렵지요. 머리카락들이 전부 가늘고 건조해서. 그래서 저처럼 전부 머리를 산발하고 있지요. 보기 이상하죠?"

"아, 아뇨."

"저도 머리를 땋거나 틀어올리거나 해봤으면 좋겠어요. 하지만 이 머리카락으로는……. 만져보겠어요?"

이루릴은 앉은 채로 다가오더니 머리카락을 한 줌 내밀었다. 나는 그것을 살짝 쓰다듬어보았다. 이루릴은 물었다.

"가늘죠?"

무슨 명주실 같다.

"가늘어요. 하지만 숱은 참 많은 것 같네요."

"예. 머리카락의 숱이 많아서 그걸 뽑아 활을 만들어도 충분하지요. 제 활의 활줄은 제 머리카락을 뽑아 만들었어요. 엘프들은 모두 활줄 길이가 될 만큼 머리가 길면 그렇게 활줄을 만들어 자신의 활을 갖지요."

그때 샌슨이 말했다.

"저, 활을 좀 보아도 되겠습니까?"

그러자 이루릴은 자신의 배낭에 꽂힌 컴포짓 보를 뽑아들고 샌슨에게 다가갔다. 나도 그에게 다가가 활을 구경했다. 샌슨은 활을 들어 시위를 몇 번 튕겨보더니 감탄한 표정을 지었다.

"좋은데요, 제 체구에는 맞지 않지만, 썩 좋군요."

"체구? 아, 팔 길이. 저와 팔 길이 대어보실까요?"

이루릴은 팔을 쫙 펼치더니 가슴을 내밀었다. 샌슨은 뒤로 후다닥 물러나다가 머리를 나무에 부딪히고 말았다. 그는 뒤통수를 움켜쥐고 신음소리를 내었고 이루릴은 깜짝 놀랐다.

"어머, 왜 그러시죠?"

왜 그러시긴. 그렇게 팔길이를 대어보면 가슴이 맞닿잖아. 포옹하는 것이나 다름없잖아. 어이구, 보는 내가 다 얼굴이 붉어지네. 샌슨은 간신히 정신을 차려 말했다.

"아, 그, 저, 그것보다, 이 활줄이 이루릴의 머리카락이라고요?"

이루릴은 고개를 갸우뚱거리더니 선선히 대답했다.

"여러 번 꼬았죠. 검은 색이죠? 다른 엘프들도 모두 자기 머리색깔과 같은 활을 가지고 다니죠. 그래서 자기 머리카락 색깔과 같지 않은 활을 가진 엘프가 있다면 그 활에는 뭔가 사연이 있거나 중요한 물건이라는 것을 알 수 있어요."

"아, 예! 지당하신 말씀입니다."

"예? ……예."

이루릴은 다시 고개를 갸웃거렸다. 아무래도 샌슨은 충격을 받아서 횡설수설하고 있다. 이루릴은 다시 활을 받아들면서도 이상하다는 듯이 샌슨을 바라보더니 몸을 돌려 자신의 재킷이 있는 곳으로 돌아갔다. 어쨌든 그녀가 움직일 때마다 느끼는 거지만 그녀의 가죽 바지는 정말 멋지게 움직인다. ……제미니에게도 가죽 바지를 하나 선물할까? 그런데 그 계집애가 가죽 바지를 입으면 뭐 볼 게 있을까? 흠, 흠.

이루릴은 재킷을 들어 입더니 배낭을 뒤지기 시작했다. 이윽고 엄청난 크기의 책이 나왔다. 방패라고 해도 믿어주겠는데! 나와 샌슨이 탄복한 눈으로 그 큰 책을 보고 있는 동안, 이루릴은 책을 펼치더니 거대한 책장을 넘기기 시작했다. 책장도 워낙 커서 이루릴은 손바닥 전체로 그것을 넘겼다.

"저, 구경해도 돼요?"

"읽을 줄 아세요?"

나와 샌슨은 가까이 가보았다. 음, 새로운 경험이군. 흰 건 확실히 종이인데, 검은 건 글이 아니잖아.

나와 샌슨은 서로 쳐다봤다가 다시 책을 보았다. 이상한 도안과 무늬들이 있었고 복잡하게 뭔가 글자 같은 것이 있긴 있는데 도대체 무슨 글인지 모르겠다.

"이건 엘프어인가요?"

"마법의 언어, 룬이지요. 이건 실제로 읽거나 할 수는 없어요.”

“예? 읽을 수 없다고요?”

이루릴은 곰곰이 생각하더니 주위의 낙엽을 치우고 땅이 나오게 했다. 그녀는 돌멩이를 들더니 땅에 뭔가를 쓰기 시작했다. THM, OEW. 이게 뭐람?

“읽어보시겠어요?”

난 의아한 표정으로 그냥 그것을 하나씩 읽었다. 그러자 이루릴은 미소를 지었다.

“전 이렇게 읽겠어요. 세 명의 인간 남자, 한 명의 엘프 여자.”

“아!”

나와 샌슨은 고개를 끄덕였다.

“하지만 이루릴이 쓴 것은 읽을 수는 있잖아요.”

“예. 이 글자는 원래 읽을 수 있고 이름이 있으니까 그렇게 'THM, OEW' 하고 읽을 수도 있어요. 하지만 룬어는 원래 읽을 수 없고, 이름도 없어요. 하지만 제가 이렇게 쓴 것처럼 룬어도 그 의미는 있어요. 설명이 좀 이상하지만, 그렇게밖에 설명하지 못하겠군요.”

“예……. 그럼 마법사들이 외우는 주문은 어떻게 말소리가 있는 것이죠?”

“그것은 룬어가 아니라 시동어지요. 룬어는 기주할 때 필요한 말이지만 시동어는 그냥 자기 종족의 말로 만들 수 있어요. 룬어로 된 주문을 읽고 기주하면 자연스럽게 시동어가 만들어져요. 제가 'THM, OEW'라고 써두고 읽을 때는 세 명의 인간 남자, 한 명의 엘프 여자라고 읽은 것처럼.”

"자연스럽게? 그럼 룬어만 읽을 줄 알면 누구나 마법을……."

이루릴은 고개를 가로저었다.

"아니에요. 그렇지 않아요. 마력이 움직이는 방식을 이해해야지요."

"마력이 움직이는 방식?"

"저 아프나이델을 생각해 보세요. 그 사람은 분명 마법사로서 룬어를 읽을 줄 알아요. 제가 수단을 가르쳐주고 룬어도 정확하게 적어주었지만, 그는 당장은 그 패밀리어를 불러내진 못할 거예요. 마력을 움직이는 방법에 대해 한참 연구하고 연습한 다음에야 쓸 수 있을 거예요. 물론 전 마력을 움직이는 요령까지 가르쳐줬으니 이해가 훨씬 쉽겠지만."

난 머리를 쩔쩔 흔들었다.

"그러면……, 마법사가 제자에게 가르치는 것은 도대체 뭡니까? 난 지금까지 그냥 주문을 가르쳐준다고 생각했는데."

"마력을 다루는 기술, 그 기술을 증진시키는 연습 방법, 그리고 룬어를 가르치고 그 다음에 마법을 가르치지요. 특정한 마법에 필요한 룬어를 가르쳐줍니다. 그것이 당신이 말하는 '주문을 가르치는 것'과 비슷한 것이겠지요. 하지만 그것으로 마법을 배우는 것은 아니죠. 그 룬어를 가르쳐준 다음, 그때 마력을 움직이는 방식에 대해 설명해 주지요. 그 부분이 훨씬 어려워요. 헤엄치는 것에 비교하자면, 어떤 마법의 룬어를 배우는 것은 겨우 물속에 들어가는 정도고, 마력을 움직이는 것은 실제로 물속에서 손발을 놀리는 법에 대해 가르치는 셈이죠."

나는 두 손을 들고 말았다.

"어렵군요. 샌슨, 내 머리에서 김 나?"

“응. 뭉게뭉게 피어오르는데?”

샌슨은 농담을 했고 나는 미소를 지었다. 그런데 이루릴이 근심스러운 표정으로 말했다.

“저, 그게 무슨 뜻인가요? 머리에서 김이 나다니요.”

어, 어? 이걸 설명까지 해야 되나?

“아, 그건 농담이에요. 주전자에 물이 끓으면 김이 나지요? 우리도 머리가 열을 받으면 김이 난다고 하는 거지요. 그러니까 그냥 비유지요.”

“하지만 후치. 당신 머리에서는 김이 나지 않아요.”

나와 샌슨은 한참 동안 얼이 빠져서 이루릴을 바라보았다. 그러고 나서 설명해 주려고 했지만, 막상 설명하려니 우리도 주전자와 머리를 비교하는 것이 우스운 이유에 대해 설명할 방법을 모르겠다. 그것이 왜 농담이지?

〈2권에서 계속〉

드래곤 라자 작업을 도와주신 분들

나무 상자 드래곤 이미지 | Illustration by Blaze Wu
Copyright© Spring International Publishers,Co.,Ltd,Taiwan.
저작권 감수 | 김병수
세트 지도 작업 및 드래곤 문양 | 홍연주
독자편집자 | 이호, 박든든나름

드래곤 라자 1

1판 1쇄 펴냄 2008년 11월 26일
1판 36쇄 펴냄 2024년 7월 23일

지은이 | 이영도
발행인 | 박근섭
편집인 | 김준혁
펴낸곳 | 황금가지

출판등록 | 2009. 10. 8 (제2009-000273호)
주소 | 06027 서울 강남구 도산대로 1길 62 강남출판문화센터 5층
전화 | **영업부** 515-2000 **편집부** 3446-8774 **팩시밀리** 515-2007
홈페이지 | www.goldenbough.co.kr

도서 파본 등의 이유로 반송이 필요할 경우에는 구매처에서 교환하시고
출판사 교환이 필요할 경우에는 아래 주소로 반송 사유를 적어 도서와 함께 보내주세요.
06027 서울 강남구 도산대로 1길 62 강남출판문화센터 6층 민음인 마케팅부

ISBN 978-89-6017-258-6 04810 (1권)
ISBN 978-89-6017-270-8 04810 (세트)

㈜민음인은 민음사 출판 그룹의 자회사입니다.
황금가지는 ㈜민음인의 픽션 전문 출간 브랜드입니다.

사진 · 조선희

이영도

1972년에 태어났다. 두 살 때부터 마산에서 자라난 마산 토박이로 경남대학교 국어국문학과를 졸업했다. 1993년부터 본격적으로 소설을 쓰기 시작, 1997년 가을 컴퓨터 통신 하이텔에 판타지 장편소설 〈드래곤 라자〉를 연재했다. 일만 삼천여 매에 달하는 방대한 분량으로 이용자들의 폭발적인 부흥의 전기를 마련했다. 1년 후 내놓은 〈퓨처워커〉는 한층 심도 있는 주제와 새로운 구성으로 전작을 뛰어넘는 작품성을 인정받았다. 그 후 〈폴라리스 랩소디〉를 출간하며 완성된 작품 스타일을 보여주었는데, 이 작품은 기존의 반양장 형태의 서적 외에도 500부 한정으로 고급 양장본으로 제작되어 단숨에 매진될 정도로 많은 이의 관심을 불러모았다. 그 외에 〈이영도의 판타지 단편집〉이 있다.